파티시엘 강나예

vol. 2

파티시엘 강나예 2

ⓒ서진우 2016

초판1쇄 인쇄   2016년 7월 13일
초판1쇄 발행   2016년 7월 18일

지은이   서진우

펴낸이   박대일
편집   이문영 · 임유리 · 신지연 · 전보라 · 박현주
교정   박준용
마케팅   송재진 · 임유미
표지디자인   이매진

펴낸곳   파란미디어
출판등록   2004년 9월 14일 제313-2004-00214호

주소   04072 서울시 마포구 성지1길 32-36 (합정동)
전화   02.3141.5589(영업부) 070.4616.2012(편집부)
팩스   02.3141.5590
전자우편   paranbook@gmail.com
카페   http://cafe.naver.com/paranmedia
페이스북   http://www.facebook.com/paranbook

ISBN   978-89-6371-324-3(04810)
978-89-6371-322-9(전2권)

Strawberry
Mousse
Cake

Chocolate
mousse cake

Raspberry
meringue
cookie

Macaron

파티
시엘,
강나예

Chocolate
doughnut

Fresh cream

Lemon
Curd tarte

서진우 장편소설
vol. 2

fruit muffin

Macaron

Praline
chocola

파란

나예는 주먹을 쥐었다 폈다 하며 입술을 꽉 깨물었다. 손끝이 차갑게 떨렸다.

"선수들은 부스에 입장해 주십시오."

진행 요원의 지시에 따라 나예는 부스 안으로 입장했다. 그녀와 함께 경연을 펼칠 나머지 세 명의 선수들도 부스 안으로 들어왔다. 그들과는 이미 예선전을 치를 때 안면을 튼 사이였다. 이든베이커리 정현성 실장, 한국제과학교 임주승 교수, 그리고 미래직업전문학교 우제연 셰프.

남자들 틈에서, 그것도 그녀와는 한참 연배 차이가 나는 제과업계 선배들과 함께한 예선전을 통과한 것도 나예의 입장에서 보면 거의 기적에 가까웠다. 함께 선수로 경연을 펼칠 정현성 실장과 임주승 교수는 이미 제과 기능장이었다. 그들의 엄청난 이력에 나예는 기가 죽었지만 티 내지 않으려고 애썼다. 그녀가 경쟁해야 할 상대는 그들이 아니라 그녀 자신이었다.

'내가 정말 대회 시간 안에 계획한 작품을 얼마만큼의 완성도로 완성할 수 있을지가 문제야. 다른 사람은 의식하지 말자.'

나예는 굳은 결심을 하고 대회장에 왔다. 전날 밤, 잠이 오지 않는 눈을 억지로 감으며 잠이 들었다 깨었다를 반복하다가 새벽 3시에 일어나 이것저것 준비를 하고 대회장에 도착한 시간이 4시 30분. 옷을 갈아입고, 5시가 되자 모든 선수들이 부스에 입장을 했다. 나예는 떨리는 손을 꽉 쥐곤 결연한 표정으로 정면을 바라보았다.

'마음 편히 갖자. 다들 업계 선배님들이고 이미 자신만의 입지를 쌓은 분들이야. 난 그냥 이 경연 대회에서 끝까지 작품을 마무리하는 것만으로도 성공한 거야.'

나예는 자기최면을 걸듯 속으로 계속 되뇌었다. 나예를 포함한 네 명 모두 월드페이스트리컵 대회 한국 대표 선발전은 처녀출전이었다. 다들 긴장된 분위기에서 재료 및 작업대 검수를 위해 재료 정리를 했다. 나예는 작품을 만들기 위한 재료들과 각종 도구들을 사용하기 편리하게 정리를 해 두었다.

나예가 출전한 설탕 공예 및 초콜릿 케이크 부문, 그리고 둘째 날 경연인 초콜릿 공예 및 디저트, 셋째 날 경연인 아이스카빙 및 아이스크림 케이크 부문은 모두 월드페이스트리컵 대회의 일정과 같은 새벽 6시부터 오후 3시까지 장장 아홉 시간에 걸쳐 경기가 이루어졌으며 3시까지의 시간 안에 작품을 완성해야만 했다. 3시에 경기가 종료된 후에도 작품을 완성하지 못했을 때는 총점에서 10퍼센트가 감점됐으며 종료 후 30분이 지나면 실격이었다. 그렇기 때문에 작품의 완성도도 중요하지만 일단 시간 안에 작품을 완성해야만 하는 힘겨운 자신과의 싸움이었다. 새벽부터 시작되어 하루 종일 이어지는 경기에 체력 또한 필수였다.

'아빠, 어디선가 보고 계시죠? 저, 아빠가 이루지 못한 꿈을 이루러 대회에 나왔어요. 오늘 저, 꼭 작품 멋지게 완성할게요. 그래서 아빠 꿈, 제가 대신 이룰 거예요. 이번 대회는 제 꿈이기도 하니까 저 정말 열심히 할 거예요.'

재료 및 작업대 검수를 하는 동안 나예는 기도하는 심정으로 마음속으로 생각했다. 아버지가 어디에선가 꼭 살아서 지켜보고 있을 거라고 굳게 믿었다. 아버지가 Siba 대회에 참여했던 1993년은 대회장에서의 실제 경연 대회가 최초로 열렸던 해였다. 그래서 경연 부문도 케이크 데커레이션 한 가지였으며 국제 대회에 출전할 선수를 뽑지도 않았었다. 하지만 그 이후 서울국제빵과자페스티벌은 회를 거듭할수록 새로운 시도를 해나갔으며 경연 부문이 학생 제과 경연 대회, 소상공인 제빵왕 선발 대회, 그리고 제과인들의 가장 큰 축제이자 이름 높은 경연 대회인 프랑스월드페이스트리컵 대회에 출전할 국가 대표를 선발하는 선발전까지 여러 가지로 확대되었다.

"지금부터 2005프랑스월드페이스트리컵 한국 대표 선발전을 시작하겠습니다."

새벽 6시. 진행 요원의 안내에 따라 선발전이 시작되었다. 경기 시작과 동시에 모든 선수들은 설탕을 끓이고 초콜릿 케이크를 준비하기 시작했다. 설탕 공예는 오후 3시까지 작품을 완성해야 했고, 중간에 1시부터는 초콜릿 케이크 맛 심사가 있었다. 그래서 공예 작품을 만드는 것과 동시에 초콜릿 케이크도 동시에 만들어야만 했다.

나예는 차분하게 냄비에 설탕과 물을 넣고 끓이기 시작했다. 설탕물의 온도를 체크할 온도계도 옆에 준비해 두었다. 연습을 할 때 작품을 완성하려면 이틀에서 사흘 정도가 걸렸다. 빵집 영업이 끝나고 난 뒤 밤부터 연습을 시작했기 때문에 한 번도 작품을 한 번에 완성해 본 적이 없었다. 그래서 나예에게는 아홉 시간이라는 경기 시간 안에 작품을 완성하고 초콜릿 케이크까지 만드는 것 자체가 힘든 도전이었다. 그렇지만 어떻게 해서든지 시간 안에 완성도 있는 작품을 만들겠다는 의지로 나예는 하나하나 차근차근 준비했다.

새벽의 코엑스는 조용하고 적막감마저 감돌았다. 설탕을 끓이는 열기가 부스를 채우면서 달콤한 향기가 퍼져 나갔다. 행사 요원들이나 대회 진행 요원들만 주변에서 왔다 갔다 하며 행사 준비를 하고 있었다. 그리고 선발전이 열리는 부스 옆으로 대회 수상작들을 전시하는 진열대를 조립하고 꾸미는 사람들이 분주히 움직이고 있었다.

나예를 비롯한 네 명의 선수들은 다들 준비한 대로 차근차근 설탕을 끓이고 설탕 반죽을 만들었다. 나예는 설탕과 물을 넣어 끓이던 냄비에 물엿을 넣고 120도까지 끓인 후, 소량의 알코올을 섞은 산화타이타늄을 넣었다.

선수들은 각자 당기기, 붓기, 불기 등 여러 가지 기법을 사용해서 작품을 만드는 데 집중했다. 나예는 한눈 한번 팔지 않고 완벽하게 작품에만 몰두했다. 나예가 정한 주제는 '파랑새와 자유'였다. 이상을 좇아 날아가는 파랑새의 모습과 자유로움을 표현하고자 했다. 그래서 나예는 고난이도의 불기 기법을 주로 사용하여 얼굴이 그대로 비치는 광택이 있는 작품을 만들었다.

'파랑새의 모습과 자유로움을 상징하는 추상적인 모형을 만들어서 케이크 위의 메인 장식물을 만드는 거야.'

나예는 설탕 반죽에 보라색 색소를 넣고 동그랗게 만들었다. 동그란 두께가 일정해야 바람을 넣었을 때 한쪽으로 치우치지 않고 균일한 모양을 낼 수 있기 때문에 두께가 일정하도록 신경을 썼다. 나예는 펌프로 바람을 넣고 토치를 이용해 끝을 동그랗게 마무리했다. 빨간색 색소를 넣은 공, 파란색 색소를 넣은 공 등을 만들어 놓고 하늘색 색소를 반죽에 넣어 파랑새를 불어 표현했다.

초콜릿 케이크 위의 메인 장식은 설탕으로 만들되, 전체적인 작품의 주제를 함축적으로 표현할 수 있어야 했다. 그래서 나예는 작은 파랑새와 공을 만들어 조화를 이루도록 붙였다.

얼마나 시간이 흘렀을까. 대회장 주변이 조금씩 모여드는 사람들로 활기를 띠기 시작했다. 오전 10시. 대회장 옆 각 부스들은 이미 개장 준비를 다 마친 뒤였다. 제빵 용품, 제빵 기계, 초콜릿 등의 각종 부재료들, 그리고 대회 출품작과 여러 윈도우 베이커리의 부스들…… 수많은 부스들은 활기 있게 관람객들을 맞을 준비를 마쳤다. 개장 시간이 되자 전시를 관람하러 온 사람들이 돌아다니고 대회장으로도 일반인 입장객들이 들어섰다.

나예는 잠시 고개를 들어 대회 관람을 위해 착석하고 있는 사람들을 둘러보았다. 영미가 응원을 하러 온다고 하더니 역시 가장 먼저 도착해 그녀에게 손을 흔들고 있었다. 나예는 생긋 웃으며 영미에게 손을 흔들었다. 대회장 주변으로 제빵 가운을 입고 하얀 모자를 쓴 사람들이 여럿 보였다. 아마 진행 요원들인 것 같았다.

일반인 관람객들이 모두 착석하자 진행을 맡은 김민준 파티시에가 마이크를 들고 대회 규정에 대해 간단하게 관람객들에게 설명했다. 대회 과정을 촬영하는 카메라와 기자들도 대회장 주변에서 볼 수 있었다. 새벽의 조용했던 대회장은 이제 사람들로 북적거려 매우 소란스러워졌다.

하지만 나예는 주변에 사람들이 있든 없든 상관없이 작품에만 집중했다. 완성해 놓은 반죽들에 색소를 섞고 몰드에 붓기를 이용해 여러 가지 모양을 만들었다. 붓기를 이용해 메인 기둥을 만들고, 기둥 옆에 유선형을 그리며 하늘로 솟아오르는 여러 개의 기둥을 만들기 위해 뜨거운 반죽을 당기고 접고 당기고 접어 광택이 나는 여러 개의 기둥을 만들었다. 시간 안에 작품을 완성하기 위해 작품에 붙일 부속품들을 재빠르게 만들어야만 했다.

그리고 맛 심사를 위한 초콜릿 케이크 제작 역시 함께 병행해야 했다. 이마에 땀이 났다. 나예는 장갑을 끼었지만 뜨거운 열기를 손으로 느끼며 반죽을 잡아당겼다. 작업 과정이 바로 관객과 심사 위원들에게 보이도록 부스는 작업대가 고스란히 보이는 열린 형태였다. 선수들이 작업하는 모습을 보며 관객들은 감탄하기도 하고, 자기들끼리 뭔가 이야기를 나누기도 했다.

다섯 명으로 구성된 심사 위원들이 돌아다니며 선수들의 작업 과정을 꼼꼼히 살펴보았다. 나예는 제빵 가운을 입고 하얀 모자를 쓴 심사 위원들이 부스 안으로 들어와 그녀가 작업하는 모습을 꼼꼼히 체크하자 긴장된 마음에 손이 더욱 빨라졌다.

"여러분들께서 보고 계시는 선수들의 작업 공정은 설탕 공예의 여러 가지 기법들을 사용합니다. 1번 정현성 선수가 지금 사용하고 있는 기법은 '붓기' 기법으로, 끓인 설탕을 몰드에 부어 여러 가지 모양을 만드는 것입니다. 단순한 모양을 만들어 내는 것부터 작품에 여러 가지로 광범위하게 응용을 할 수 있는 기법입니다."

김민준 파티시에는 관객들을 위해 선수들의 작업 공정에 대해 설명을 했다. 그리고 관객들이 지루해하지 않도록 설탕 공예에 대한 각종 상식 및 역사에 대해서도 알기 쉽게 설명을 해 주었다. 나예는 초콜릿 케이크 맛 심사가 곧 이루어지기 때문에 공예 작품은 잠시 놔두고 케이크 마무리 작업을 했다.

"대회가 중반으로 접어들었는데요, 선수들이 맛 심사를 위한 초콜릿 케이크를 완성했습니다. 시식 심사를 하기 전에 사흘간 수고해 주실 심사 위원님들을 소개하겠습니다. 심사 위원장으로는 가운데 앉아 계신 박찬회님……."

케이크를 완성한 뒤로 나예는 다시 공예 작품을 완성하기 위해 정신없이 작업을 했다. 그런데 주변에서 수런거리는 소리가 들리더니 하얀 백발에 하얀 수염을 기른 외국인이 부스 안으로 쑥 들어왔다. 나예는 깜짝 놀라 손을 멈추고 가만히 섰다. 그는 나예의 작품을 보더니 뭔가 나예에게 말을 했다.

"네?"

"파랑새가 뜻하는 게 뭐냐고 물으십니다."

멍해 있는 나예에게 옆에 있던 통역이 대신 말을 전했다. 나예는 정신을 차렸다. 이번 대회에 프랑스월드페이스트리컵 대회의 창시자인 가브리엘 빠야송이 온다고 들었는데 아마 그분인 모양이었다.

"아, 네. 자유로운 비상을 뜻합니다."

나예의 대답에 그는 고개를 끄덕이며 미소를 지었다.

"여러분, 소개해 드릴 분이 또 한 분 계십니다. 지금 선수들의 작업 공정을 지켜보고 계신데요, 프랑스월드페이스트리컵 대회의 창시자이신 가브리엘 빠야송 씨가 이번 국가 대표 선발전에 와 주셨습니다."

김민준 파티시에의 소개에 잠시 가브리엘 빠야송이 부스를 나가 관객들에게 인사를 했다. 사람들은 환호성을 보내며 박수를 쳤다.

"여러분들도 잘 아시다시피 가브리엘 빠야송 씨는 스물다섯의 나이로 프랑스 최우수 기술인 제과 부문 MOF를 획득했으며, 스물아홉 때에는 빙과 부문에서 MOF를 획득하셨습니다. 그 이후로 수많은 경연 대회에서 300개 이상의 상을 휩쓸며 명실공히 제과계의 장인으로 명성을 쌓아 오신 분입니다."

나예는 작품 완성을 하느라 정신이 없는 와중에도 김민준 파티시에의 멘트에 귀를 기울이고 있었다. 제과인이라면 누구나 한 번쯤 들어 봤을 명성 높은 그에게 사사받기 위해 수많은 파티시에들이 프랑스를 찾는다는 것은 이미 공공연한 사실이었다. 특히 후배 양성에 힘을 쏟아 그에게 직접 배운 견습생 중 두 명이나 MOF를 획득했다는 사실 또한 대단한 일이 아닐 수 없었다.

"가브리엘 빠야송 씨는 1989년에 월드페이스트리컵 대회를 창설하셨는데 '파티시에'라는 직업을 세계에 알리는 한편, 세계 제과인들이 기술 노하우를 서로 공유할 수 있으면 좋겠다는 생각에 경연 대회를 창설하셨다고 합니다. 또 경연 대회를 통해 좋은 프랑스산 제과 원부재료를 소개하고 외국의 신재료를 소개받을 수 있는 기회를 마련하여 전 세계적인 제과 기술 발전에 도움이 되고자 하는 생각을 하셨다고 합니다. 그래서 2년마다 열리는 월드페이스트리컵 대회에 우리 한국 대표단도 참여를 하고 있으며, 그 대표 선수를 뽑는 선발전을 2년에 한 번씩 서울국제빵과자페스티벌 기간에 열고 있습니다. 여러분들께도 대회 규정에 대해 소개를 드렸지만 프랑스월드페이스트리컵 본선 대회의 규정과 스케줄에 맞춰 진행하고 있습니다."

심사 위원들을 비롯한 많은 사람들이 작업 과정을 지켜보고 있는 것은 꽤나 큰 부담이었다. 하지만 나예는 그 부담감마저 느낄 여유가 없었다. 이제 작업 종료 시간까지는 겨우 두 시간 남짓. 두 시간 동안 작품을 완성해야만 했다. 기둥을 세우고 부속품들을 붙이는 데 걸리는 시간도 꽤 오래 걸릴 터였다.

"자, 지금부터 시식 심사를 시작하겠습니다. 진행 요원들께서 선수들이 완성한 케이크를 심사 위원들께 전달하면 외형 심사, 단면 심사, 맛 심사의 순으로 심사가 진행됩니다. 지금 1번 정현성 선수의 케이크가 심사 위원들에게 전달되고 있습니다. 선수들의 작업 공정을 지켜본 심사 위원들께서 작업 진행 순서와 단면 층이 일치하는지, 단면이 여러 층으로 구성되고 깔끔하게 작업되었는지 여부를 살피게 됩니다."

케이크 심사가 이루어지고 있었으나 나예는 심사에 신경 쓸 여력이 없었다. 다른 선수들도 마찬가지였으며 다들 설탕 공예 작품의 마무리에 박차를 가하고 있었다.

"심사 위원들의 맛 심사에서 가장 중요한 것은 아무래도 케이크의 맛이겠지요. 초콜릿 특유의 맛이 잘 살아나면서도 다른 재료와 조화롭게 어울려 최상의 맛을 낼 수 있어야 좋은 점수를 받을 수 있습니다. 맛 심사에는 총 40점이 배점되고, 기본 점수는 20점이 있습니다. 심사 위원들의 심사가 다 끝난 뒤에는 지켜보시는 여러분들께도 시식을 할 수 있는 기회를 드립니다. 조금만 기다려 주세요. 아, 이제 2번 강나예 선수의 케이크가 심사 위원들께 전달되었습니다."

나예의 케이크가 심사대에 올랐다. 나예는 심호흡을 했다. 심사가 이루어지고 있었지만 그쪽으로 눈길을 돌릴 수조차 없었다. 나예는 메인 기둥 옆에 여러 가지 곡선으로 이루어진 보조 기둥을 붙이고 있는 중이었다. 토치램프와 에어브러시를 이용해서 하나하나 정교하게 고정 작업을 해야 했다. 손가락 하나만 삐끗해도 설탕이 깨지거나 제대로 접착이 안 될 수가 있었다. 그래서 나예는 눈동자 한번 깜짝하지 않고 호흡마저 조심스럽게 작업을 하는 중이었다.

"자, 이제 4번 우제연 선수의 케이크까지 심사가 끝났습니다. 지금 관객 여러분께 나눠 드리고 있는 것은 선수들이 만든 초콜릿 케이크입니다. 모든 분들이 골고루 맛보실 수 있도록 나눠 드시길 바랍니다."

심사가 끝나자 시식 시간이 이어졌다. 나예는 입 안이 바짝 말랐다. 남은 시간은 한 시간 남짓. 작품을 마무리하기엔 다소 부족한 시간이었다. 하지만 마음이 급해도 작업을 허투루 할 수는 없었다. 나예는 더욱 신중하게 기둥을 붙여 나갔다. 빛나는 광택을 살리며 정교하게 작품을 완성해 갔다. 여러 개의 공을 붙이고 중간 부분에 파랑새를 붙였다.

"휴우……."

파랑새가 잘 접착이 되었다. 나예는 작게 한숨을 쉬었다. 이마에 진땀이 맺혔다. 이제 파랑새 주변으로 공을 접착하고 위로 기둥 몇 개와 로고를 붙이면 완성이었다.

"이제 선수들의 설탕 공예 작품이 거의 완성되어 가고 있습니다. 작업 종료 시간까지 30분 남았습니다. 시간 안에 작품을 완성하는 것이 관건이 되겠습니다. 지금 속도를 보면 3번 임주승 선수가 가장 빠른데요, 임주승 선수의 주제는 '자연'으로 갖가지 동식물의 모습을 추상적으로 표현했습니다. 나머지 선수들도 힘을 내서 마무리 작업 부탁드립니다."

나예는 의자에 올라가서 위쪽의 부속품들을 부착했다. 손끝이 살짝 떨렸다. 공을 붙이고 파스티아주로 만든 가면을 붙였다.

"아!"

사람들의 탄성이 들렸다. 어디선가 설탕이 무너진 듯했다. 심장이 조여들었다.

"3번 임주승 선수의 작품 일부가 살짝 부서졌습니다. 아무래도 설탕 공예의 특성상 온도에 민감하고 파손이 쉬운 부분이 있습니다. 아직 시간이 있으니까요, 다시 작업해서 일부를 수정하면 될 것 같습니다. 대회 때 가장 안타까운 부분이 바로 이런 상황인데요, 아홉 시간 동안 심혈을 기울여 작업한 결과물이 옮길 때나 옮기기 직전에 무너지는 경우가 종종 있습니다. 하지만 다행히 임주승 선수, 차분하게 다시 작업에 집중하고 있습니다."

나예는 숨을 들이쉬고 다시 의자 위로 올라갔다. 마무리 단계였다. 얇은 곡선으로 이루어진 기둥 몇 개를 더 붙이자 작품이 완성되었다. 시간은 3시 정각. 나예는 의자에서 내려와 안도의 한숨을 내쉬었다. 작품의 주위를 돌면서 균형 있게 되었는지, 조화로운지 살폈다.

"이제 작업 시간이 완료되었습니다. 2번 강나예 선수의 작품이 가장 먼저 완성되었습니다. 3번 임주승 선수가 가장 빠르게 작업을 하고 있었지만 부서진 설탕을 다시 완성하느라 시간이 걸리고 있습니다. 나머지 선수들도 지금 막바지 작업을 하고 있네요. 일단 완성된 강나예 선수의 작품은 심사를 위해 앞으로 옮기겠습니다."

진행 요원들이 나예의 작품을 옮기기 위해 다가왔다. 작품이 완성됐음에도 나예는 좀처럼 긴장을 풀 수 없었다. 다 완성한 뒤에도 옮기면서 설탕이 무너지는 경우가 많기 때문에 한순간도 긴장을 풀 수 없었다.

"자, 조심해서. 하나, 둘, 셋!"

진행 요원 두 명이 호흡을 맞춰 작품을 들어 올렸다. 나예는 작품을 흔들리지 않도록 손으로 살짝 잡고 함께 이동했다. 가슴이 조마조마했다. 작품을 부스에서 심사대로 무사히 옮기자 나예는 긴 한숨을 내쉬었다. 다리가 풀려 주저앉을 것만 같았다. 다른 선수들은 막바지 작업 중이었다. 나예는 부스로 다시 돌아와 빠른 손길로 작업대를 정리했다. 작품을 만드는 중에도 위생 상태를 심사하기 때문에 계속 정리를 하면서 작업을 했었다. 그래서 정리하는 데 그리 시간이 오래 걸리진 않았다. 정리를 마치고 나서야 나예는 다른 선수들의 작품을 돌아볼 여유가 생겼다. 아직 경기 종료 후 30분이 지나지 않았기 때문에 실격 된 선수는 없었다.

"우와."

나예는 숨죽인 탄성을 터뜨렸다. 나머지 세 선수의 작품들은 눈을 뗄 수 없을 정도로 아름다웠다. 그녀의 작품도 뒤지지 않 았지만 역시 관록과 경험을 무시할 수 없다는 생각이 들었다.

"1번 정현성 선수의 작품이 옮겨지고 있습니다. 지금 시간은 3시 20분입니다. 앞으로 10분이 지나면 실격 처리됩니다. 우제 연 선수, 임주승 선수 힘을 내시고 마무리해 주십시오."

여의주를 문 용이 하늘로 날아오르는 작품이 옮겨졌다. 실 감나게 꿈틀대는 용은 마치 살아 있는 듯했다. 심사 위원들이 작품을 심사하고 있었다. 나머지 두 선수들도 다행히 30분이 지나기 전에 마무리를 하고 작품을 옮겨 놓았다.

"강나예 씨, 작품 멋진데요. 깜짝 놀랐습니다."

대회가 종료되자 이든베이커리 정현성 실장이 다가와 나예 에게 악수를 청했다. 대선배의 웃음에 나예는 잔뜩 긴장해 고 개를 숙여 감사 인사를 했다.

"감사합니다. 선배님 작품 정말 대단해요. 용이 살아서 꿈틀 거리는 것 같아요."

"과찬이에요. 사실 예선전 치르고 나서 강나예 씨 경력이나 나이 보고 솔직히 별 기대 없었는데 오늘 작품을 보니까 제 생 각이 틀렸다는 걸 알게 되었습니다. 반성 많이 했어요. 역시 한

순간도 자만하거나 방심하지 말아야겠다는 생각이 듭니다. 늘 자신의 기술을 연마하고 새롭게 배워 나가야 발전할 수 있다는 평범한 진리를 오늘 새삼 또 깨닫게 되네요. 대체 얼마나 연습을 한 겁니까?"

"아…… 빵집 영업 일 끝나고 밤에 연습했어요. 설탕 공예는 예전에 제과학교 다닐 때부터 좋아했던 분야라 계속 연습해 왔었고요. 될 수 있으면 손에서 놓지 않으려고 계속 연습을 했던 것 같아요."

"대단하네요. 이번에 결과가 어떻게 나올지 모르겠지만 대회가 아니더라도 꼭 한번 같이 일해 보고 싶은 생각이 들어요. 언제 한번 같이 식사나 하시죠. 오늘 우리 출전했던 선수들끼리."

"네. 높이 평가해 주셔서 몸 둘 바를 모르겠어요. 고맙습니다."

심사를 마친 심사 위원들 역시 선수들에게 다가와 악수와 격려의 인사를 건넸다. 나예는 정신이 하나도 없었다. 제과계의 대선배들이자 제과 기능장들을 한 장소에서 그렇게 많이 만난 것은 처음이라 심장이 터질 것만 같았다. 손 닿지 않는 멀리 있는 사람들이라 생각했는데 다들 좋은 사람 같았다. 그리고 나예가 어리고 경력도 별것 없었음에도 불구하고 모두 대단하다며 입을 모아 칭찬해 주었다. 경력이 아니라 작품을 보고 평가해 준 것에 대해 가슴이 터질 듯 기뻤다. 그리고 작품을 완성했다는 것 자체가 너무 뿌듯하고 기분이 좋아 하늘에 둥둥 떠 있는 것 같은 기분이었다.

"나예야!"

심사 위원들도 가고 작품을 심사대에서 대회 진열대로 옮기고 난 뒤, 뒷정리까지 마무리되자 벌써 5시가 훌쩍 넘은 시간이 되어 버렸다. 나예는 그 시간까지 기다려 준 영미와 비로소 이야기를 나눌 수 있게 되었다. 영미는 나예의 손을 꼭 붙잡고 밝은 얼굴로 재잘거렸다.

"너 정말 대단했어! 쟁쟁한 파티시에들 틈에서 주눅 들지 않고 그렇게 멋진 작품을 완성하다니! 구경하던 사람들도 다들 감탄했다니까!"

나예는 그제야 대회가 끝났다는 게 실감이 났다. 온몸의 힘이 빠졌다. 하지만 전혀 피곤하지는 않았다. 온몸에 흘러넘치는 아드레날린 때문이라는 걸 확신했다. 나예는 웃으며 영미의 손을 꼭 잡았다.

"응원해 줘서 고마워! 난 작품 완성했다는 것만으로도 기뻐. 시간 안에 완성 못 할지도 모른다는 생각이 들어서 걱정이 태산이었거든."

"걱정했다고? 티 하나도 안 났어. 엄청 차분하게 잘하던걸? 내가 보기엔 네 작품이 제일 멋졌어."

"아냐, 언니. 다른 선수들 작품이 더 대단해."

"아니라니깐? 내가 객관적으로 봤을 때, 네 것이 제일 나았어. 다른 관객들 반응도 비슷해. 봐 봐. 네 작품 구경하는 사람들이 제일 많잖아."

진열대에 전시된 나예의 작품 앞에는 사람들이 구름처럼 몰려들어 있었다. 다른 선수들의 작품도 보고 있었지만 나예의 섬세하고 화려한 작품에 관심을 많이 보이고 있었다.

"어쨌든 언니, 정말 고마워. 대회 준비하느라 바빠서 영우한테 신경도 못 썼는데 그래도 언니가 늘 돌봐 줘서 안심하고 연습할 수 있었어."

"뭘 그런 걸 가지고. 영우 돌보는 건 하나도 안 힘든걸. 어차피 내 동생들도 집에 있으니까 같이 잘 놀잖아. 오늘도 저녁 애들끼리 먹고 놀고 있으라고 했어. 걱정 마. 그나저나 오늘 심사 결과는 언제 나오는 거야?"

"대회 끝나고 나면. 내일은 초콜릿 공예 경연이 있고, 모레 아이스 카빙 경연 끝나면 바로 한꺼번에 발표할 거야."

"그렇구나. 내일도 올 거지? 빵집은 어떻게 할 거니?"

"내일은 열어야지. 대신 새벽에 빵 구워 놓고 올까 생각 중이야. 초콜릿 공예 경연도 꼭 보고 싶거든. 모레는 아이스 카빙 경연이라 혁준 선배님 응원하러 가야 해. 그날 시상식도 있고. 빵은 충분히 많이 만들어 놓을 테니까 내일하고 모레, 언니가 가게 좀 잘 봐줘."

나예가 출전하는 날은 어차피 빵을 구울 수 없었기 때문에 하루만 임시 휴업을 하기로 했다. 하지만 나머지 날들은 쉴 수 없었다.

"걱정 마. 근데 뭘 그렇게 두리번거려? 누구 찾아?"

나예는 대회장 근처를 두리번거리고 있었다. 사실 대회가 끝날 때까지는 너무 경황이 없어서 생각 못 하고 있었는데 끝나고 나자마자 정민이 보러 오겠다고 했던 게 기억났던 것이다.

'내일 저 설탕 공예로 대회에 나가요. 혹시 시간 되면 보러 오실래요?'

'당연히 가야지. 내가 응원해 줄 테니까 잘해 봐.'

그는 선뜻 나예의 초대에 응했다. 그가 어디선가 보고 있을 거라고 생각했지만 대회 중간에는 너무 긴장을 한 나머지 아무것도 보이질 않았다.

"아! 언니, 혹시 정민 씨 못 봤어? 오늘 시간 되면 잠깐 온다고 했는데."

"그래? 난 못 봤는데. 역시 정민 씨답네. 너 대회 나간다고 보러 온다고 하고. 알았으면 한번 찾아보는 건데 그랬네. 난 앞쪽에 앉아 있어서 못 봤어. 한번 전화해 봐."

나예는 웃음으로 얼버무리곤 영미에게 옷을 갈아입고 오겠다고 말하고 탈의실로 갔다. 나예는 옷을 갈아입고 가지고 왔던 도구들과 재료들을 정리해서 차에 실었다. 영미를 데리러 대회장으로 다시 들어온 나예는 영미와 이야기하고 있는 혁준을 발견했다.

"나예 씨, 오늘 대박 터뜨렸던데!"

혁준은 나예를 보자마자 크게 웃음을 터뜨리며 소리쳤다. 나예는 피식 웃으며 혁준에게 다가갔다. 혁준은 언제나처럼 유쾌한 얼굴로 싱글거리고 있었다.

"선배님, 대회 준비 때문에 바쁘실 텐데 보셨어요?"

"바쁘긴. 내 인생이 내내 대회 준비로 바빴는데 오늘 같은 날은 좀 쉬어 줘야지. 아까 오후에 시식할 때부터 와 있었어. 나예 씨 초콜릿 케이크는 정말 일품이잖아. 그거 맛보고 싶어서 왔지.”

“맛…… 어땠어요?”

나예는 긴장된 얼굴로 혁준의 평을 기다렸다. 사실 맛이야 심사 위원들이 다 봤지만 공예 작품 때문에 심사 위원들의 반응을 체크할 여력도 없었다. 어차피 부스에 등을 지고 앉아 있어서 심사 위원들의 뒷모습밖엔 보이질 않지만.

“내가 나예 씨 초콜릿 케이크를 몇 번 먹어 봤지만 그중에서도 단연코 최고였어. 유혹당할 뻔했다니까? 촉촉하고 부드럽고, 초콜릿 특유의 향미가 강했어. 그러면서도 다른 재료들과 조화를 이루는 맛이었어. 내가 심사 위원이었으면 높은 점수 줬을 거야.”

“아…… 고맙습니다. 정말 과찬이세요.”

“나예 씨, 나 몰라? 아닌 건 아니라고 하는 사람인 거.”

“알죠.”

“결과 기대해 봐. 내가 보기엔 잘했어. 내가 생각했던 것보다 훨씬. 대선배들 틈에서 배짱 좋게 잘하던데? 작업 공정도 군더더기 없이 깔끔했고. 설탕 공예 작품은 정말 기대 이상이었어. 파랑새가 비상하는 모습이 몽환적으로 잘 표현되었더라고. 최근 추세잖아. 사실적인 대상보다는 추상적인 형상 표현이 지금 세계적인 공예 추세거든. 자유와 꿈이라는 추상적인 개념이 곡선을 이루는 기둥과 추상적인 형태로 잘 표현되었어.

설탕 공예 기법도 다양하게 잘 썼던걸."

"저 어지러워서 떨어질 것 같아요. 비행기 그만 태우세요."

"후훗. 솔직한 감상평이야. 내일 초콜릿 공예 보러 올 거야?"

"네. 저 빵집 문 열어야 해서 오전에 준비해 놓고 조금 늦게 오려고요. 선배님은요? 내일은 모레 있을 대회 연습해야 하죠?"

"연습이야 매일 하지. 오늘도 새벽부터 오전 내내 하고 왔는 걸. 이제 가서 또 할 거고. 내일도 응원해 줘야 할 녀석이 하나 있어서 잠깐 들를 거야."

혁준은 시간을 확인하며 말했다. 나예는 그가 응원해야 한다는 사람이 정훈겸이라는 것을 알고 있었다. 혁준을 통해 그 사람 역시 대회에 나온다는 것을 들었기 때문이다. 그리고 나예 역시 그가 어떤 작품을 만들지 몹시 궁금했다. 소문으로만 듣던 그 실력을 눈앞에서 실제로 본다고 생각하니 흥분되기도 했다. 나예는 일전에 정민과 함께 라파예르호텔 베이커리에서 정훈겸이 만든 빵과 초콜릿 제품들을 먹어 보고 그 맛에 경이로움을 느꼈던 터라 그 사람의 작업 과정을 꼭 보고 싶었다.

"그럼 내일 뵙겠네요."

"응. 내일 보자고. 난 얼른 가서 연습해야겠어."

혁준은 나예의 어깨를 정다운 손길로 두드리곤 사라졌다. 나예는 영미를 돌아보곤 웃음 지었다.

"가자, 언니. 우리 저녁 먹고 들어가."

"그래. 배고프겠다. 너 새벽부터 오늘 한 끼도 못 먹었잖아."

나예는 영미의 손을 잡고 주차장으로 향했다. 막 발걸음을 떼려는데 누군가 뒤에서 나예의 어깨를 잡았다.

"저녁, 나랑 먹지."

나예는 흠칫 놀라 뒤를 돌아보았다. 인재였다. 나예는 잠시 그가 왜 여기에 있나 생각하다가 킹 과자점 역시 전시에 참여했을 거라는 데 생각이 미쳤다. 서울국제빵과자페스티벌은 여러 가지 분야의 경연 대회뿐만 아니라 갖가지 분야의 빵 전시, 빵을 만드는 재료 및 부재료 판매와 소개, 그리고 제빵 도구를 비롯한 제빵 기계, 윈도우 베이커리들의 시식 행사 등 빵과 관련된 모든 분야의 사업과 볼거리, 체험거리들을 부스별로 꾸며 놓은 말 그대로 축제의 장이었다. 제과업계에서 가장 큰 행사 중의 하나이기 때문에 킹 과자점 역시 행사에 참여했을 게 분명했다.

"이사님, 죄송하지만 전 선약이 있어서요."

나예는 영미의 손을 더욱 단단하게 잡으며 말했다. 인재를 만난 것은 어쩔 수 없다 쳐도 그와 저녁까지 함께 먹을 생각은 없었다. 그가 행사장에 와 있다는 것은 회장인 차성희 역시 와 있을지도 모른다는 뜻. 차성희 회장과 은빛의 분노를 감당하고픈 생각은 절대 없었다. 그들의 반대를 무릅쓰고라도 인재를 원할 만큼 그에게 마음이 있지 않았다.

"선약? 날 거절할 핑계도 가지가지로군. 어쨌든 좋아. 오늘은 내가 양보하지. 대회 치르느라 힘들었을 테니까."

"대회…… 보셨어요?"

"응. 꽤 잘하던데. 놀랐어. 네가 빵을 만든다고 했지만 별로 대단하게 생각하진 않았었는데, 오늘 보니까 알겠어. 꽤 재능이 있는 것 같더군. 킹 과자점으로 들어오는 건 어때? 네 능력을 더 펼칠 수 있을 거야. 동네 빵집 보다는. 네가 원한다면 유학도 보내 줄 수 있어."

"말씀은 고맙지만 됐어요. 전 제 빵집에 만족하거든요."

"내가 계속 찾아다니는 것도 모양새가 좋지 않으니 네가 들어와. 조건은 서운하지 않게 해 줄 테니."

나예는 인재의 말에 속으로 발끈했다. 그녀를 찾아오는 건 자존심 상하니 아예 회사로 불러들여 유혹해 보겠다는 뜻으로 들렸다. 나예는 입술을 앙다물었다. 인재는 포기할 줄을 모르는 남자였다. 그녀가 남자 덕 보려는 생각이었다면 진작 인재의 손을 잡았겠지만 나예는 한낱 정복의 대상으로만 여자를 보고 있는 인재의 생각이 싫었다.

"저 먼저 가 보겠습니다."

나예는 더 이상 인재와 말을 섞지 않았다. 영미의 손을 잡고 돌아서는데 화가 울컥 치밀어 올랐다. 하지만 나예는 인재를 돌아보지 않았다.

22장

나예가 대회장에 도착한 것은 11시가 넘어서였다. 오전에 하루 분량의 빵을 모두 구워 놓고 나오느라 시간이 걸렸다. 대회장 주변에는 사람들이 구름처럼 몰려 있었다. 가브리엘 빠야송이 대회가 열리는 사흘 내내 선수들의 작업 과정을 모두 지켜본다는 사실 자체가 핫이슈였기 때문에 관객이 많을 수밖에 없었다.

설탕 공예도 그랬지만 둘째 날 대회인 초콜릿 공예 및 디저트 부문 역시 출전한 네 명의 선수 모두 제과 기능장 출신에 엄청난 이력을 갖고 있는 선수들이었다. 더구나 정훈겸 셰프는 그중에서도 단연 돋보이는 유명인이라 방송국의 취재 경쟁 또한 엄청났다. 평소 잡지든 방송이든 인터뷰 안 하기로도 유명해 더욱 취재 열기가 뜨거운지도 몰랐다. 나예는 뒤쪽에 서서 조금 더 일찍 올 걸 하고 까치발을 했다. 사람들이 하도 많아서 제대로 보이지도 않았다.

"어휴, 진짜 유명하긴 유명한가 보네. 작업 과정 보고 싶었는데."

나예는 한숨을 쉬며 중얼거렸다. 어렸을 때 단 한 번 보았던 기억에, 언젠가 다시 한 번 그를 만나고 싶다는 생각을 했었다. 그녀가 처음으로 설렘을 느꼈던 이성이었고 그의 빵에 반했었으니까. 나예는 기웃거리며 사람들을 헤치고 앞쪽으로 가 볼까 조금 망설였다.

"나예 씨! 이제 왔어?"

그때 나예의 팔을 잡아당기는 혁준의 손길에 나예는 고개를 돌렸다. 혁준이 그렇게 반가울 수가 없었다.

"선배님! 사람들이 너무 많아서 보이지도 않아요."

"이쪽으로 와 봐."

혁준이 싱긋 웃으며 나예를 데리고 옆쪽으로 갔다. 기자들이 촬영을 하고 있는 쪽으로는 관람객들이 적었다. 나예는 혁준을 따라 카메라 옆쪽으로 들어갔다.

"잠시만요. 기자님, 저희 이쪽에서 좀 봐도 되죠?"

혁준은 안면이 있는 기자인 듯 웃으며 말을 걸었고, 기자는 반색을 하며 혁준과 나예를 앞쪽으로 들어갈 수 있도록 자리를 내어 주었다. 관계자들이 앉는 자리인 듯 사이드 앞쪽에 놓인 의자에 혁준은 나예를 앉히고 옆자리에 앉았다.

"선배님, 덕분에 잘 보겠네요. 고맙습니다."

"됐어. 오늘 경연도 흥미진진할 것 같은데. 그리고 나도 나예 씨한테 좀 궁금한 게 있고."

"궁금한 거요?"

나예는 혁준의 말을 들으며 선수들이 한창 작품을 만들고 있는 부스 쪽으로 시선을 돌렸다. 나예가 앉아 있는 오른쪽 사이드가 1번 부스와 가까운 쪽이었다. '2005월드페이스트리컵 한국 대표 선발전'이라고 크게 쓰인 플래카드 아래 네 명의 선수들이 작업을 하고 있는 부스가 칸칸이 나뉘어져 있었다. 그리고 부스 앞으로 심사 위원석이 놓여 있었으며, 심사 위원석과 조금 거리를 두고 관객들이 착석할 수 있는 좌석이 마련되어 있었다.

1번 부스가 바로 정훈겸 셰프의 부스였다. 나예는 기대감 어린 눈으로 부스를 바라보았다.

"어?"

나예는 선수를 확인하고 눈을 휘둥그렇게 떴다. 뭔가…… 이상했다. 그녀가 잘못 본 것 같았다.

"나예 씨, 왜 그래?"

혁준이 나예의 기색이 심상치 않은 걸 보고 의아한 눈초리를 보냈다. 나예는 뚫어질 듯 1번 부스의 정훈겸 셰프를 바라보았다.

"선배님, 세상엔 닮은 사람이 많잖아요. 그런데 저분, 제가 아는 사람과 아주 많이 닮았어요."

나예는 멍하니 1번 부스를 보며 중얼거리듯 말했다. 그 남자, 정훈겸은…… 그녀가 알고 있는 남자, 박정민과 너무도 닮았던 것이다. 키도, 얼굴도, 몸도. 흰 제빵 가운을 입고 있었지만 쌍둥이라 해도 좋을 만큼 너무도 똑같았다.

'하지만 정민 씨가 왜 여기 있겠어? 저 부스 안에 있는 사람은 정훈겸 셰프인데.'

나예는 고개를 절레절레 흔들었다. 그러고는 눈을 비비고 다시 한 번 자세히 부스를 살펴보았다. 침착하게 초콜릿을 만지고 있는 사람은 분명 정훈겸 셰프였다. 그리고 그는 나예가 좋아하는 남자, 박정민과 판박이처럼 똑같이 생겼다.

"훈겸이 말하는 거야? 나예 씨가 아는 사람 누구랑 닮았는데?"

어릴 때 보았던 그 사람을 떠올리려 애를 썼지만 커다란 키와 길고 모양 좋은 손가락밖에는 기억이 나질 않았다. 나예는 멍하니 정훈겸 셰프의 얼굴을 바라보았다.

"믿을 수가 없어요. 쌍둥이인가? 정민 씨는 형제가 있다는 말은 하지 않았는데…….."

나예의 말에 혁준이 뭔가 망설이는 듯하더니 조심스럽게 입을 열었다.

"저기, 나예 씨. 훈겸이가 말하지 말라고 해서 내가 모른 척하고 있었는데…… 아마 나예 씨가 알고 있는 사람이 저 녀석 맞을 거야."

"네?"

혁준의 말이 머릿속에 제대로 입력이 되질 않았다. 나예는 그의 말이 무슨 의미인지 몰라 잠시 멍하니 있었다. 혁준을 바라보니 혁준은 조금 난감한 기색이었다.

'그게 무슨 뜻이지? 정민 씨가 정훈겸 셰프라고? 그럴 리가.'

말도 안 되는 소리였다. 정민은 빵에 대해서는 전혀 몰랐다. 매일 그녀의 빵집에 와서 빵을 먹고 가는 게 일이었고, 재벌가의 후계자, 혹은 자산가, 아니면 부동산 부자 정도로 생각하고 있었다. 그가 정훈겸 셰프일 리 없었다. 하루 24시간 내내 연습에만 열중한다는 연습 벌레가 어떻게 그녀의 제과점에 매일 찾아오고, 그녀와 데이트를 할 수 있단 말인가.

"그러니까…… 나예 씨가 알고 있는 사람과 저 녀석이 동일 인물이라고. 이유는 잘 모르겠지만 어쨌든 사실은 그래."

"말도 안 돼요. 정민 씨는 파티시에가 아닌데……."

심장이 멈춘 듯했다. 혁준이 말한 대로 정훈겸 셰프와 박정민이 동일 인물이라면, 뭔가 아귀가 맞지 않았다. 그를 처음 만났던 건 술집이었는데 매일 술집을 찾는 연습 벌레는 상상할 수도 없으니까. 게다가 그는 단 한 번도 빵과 관련된 이야기를 한 적이 없었다. 그리고 도대체 왜 그녀에게 거짓말을 한단 말인가.

'거짓말? 왜? 정민 씨가 왜 날 속이지?'

그가 정말 혁준의 말대로 정훈겸이라면 왜 그녀에게 사실을 말하지 않고 다른 사람인 척했는지 이유를 알 수 없었다.

"나예 씨, 많이 놀란 모양이네. 그런데 뭔가 사정이 있는 것 같더라고."

"사정이요? 무슨 사정? 왜요? 전 믿을 수가 없어요. 왜 정민 씨가……."

머릿속이 뒤죽박죽 정신없이 어지러웠다. 나예는 정민이 거짓말을 한 이유를 알 수가 없었다. 그리고 정훈겸이 박정민이라는 사실도 믿을 수가 없었다. 그를 붙잡고 '나를 아세요?' 하고 물어보고 싶은 심정이었다.

"정민 씨가 정훈겸 셰프일 리 없어요. 선배님이 그랬잖아요. 정훈겸 셰프, 하루에 두 시간 이상 자는 일이 없다고. 작업실에 틀어박혀서 절대 나오는 일 없다고. 그렇게 지독하게 연습만 하는 사람이라면서요."

"아, 그건 그랬지. 지금도 그렇고. 그런데 나예 씨 만난 후로는 좀 달라졌지. 매일 나예 씨 빵집에 간다고 하던데. 오전에 일 끝내 놓고 잠깐. 그리고 끝나고 가끔 나예 씨 만나러 가는 것 같던데. 물론 나예 씨 만나고 나서 다시 작업실 와서 밤새우고 연습하지만. 어쨌든 매일 연습량은 무슨 일이 있어도 채우는 녀석이니까."

"그, 그렇지만 정민 씨를 처음 만났을 땐 전혀 몰랐어요. 파티시에라고 하지도 않았고 빵집 근처에도 가지 않았다고요."

"그래?"

나예는 그를 처음 만났을 때를 떠올렸다. 레드플라워에서 그를 보았을 때, 일하던 아가씨들도 그가 거의 한 달이 다 되도록 매일 술만 마셨다고 했다. 사흘간 함께 있으면서도 전혀 빵에 대한 이야기는 하지 않아서 짐작조차 하지 못했다.

"훈겸이 말론 3년 전쯤에 잠깐 나예 씨를 알고 지냈다고 하던데. 녀석이 그때 한 달 정도 일을 나오지 않았던 적이 있었어. 무슨 일 때문이었는지는 말을 해 주지 않아서 모르겠는데, 나예 씨를 그때 처음 만났다고 하더라고."

머릿속에 일대 혼란이 일었다. 나예는 믿을 수 없는 사실에 한동안 아무 생각도 할 수 없었다. 눈앞에서 능숙한 손놀림으로 초콜릿 공예에 집중하고 있는 사람이 그녀가 아는 박정민이라는 사실을 믿을 수가 없었다.

'도대체 왜?'

그가 왜 사실을 숨기려 한 것인지 알 수가 없었다.

"그렇지만 왜?"

"뭔가 사정이 있겠지. 나예 씨한테 알릴 수 없었던 사정이."

알릴 수 없는 사정이라는 말에 나예의 머릿속에 한 가지 가능성이 떠올랐다.

"선배님, 언제부터 알고 계셨어요?"

"아마 나예 씨가 저 녀석 최근에 처음 만난 날이었을걸? 그때 나예 씨가 날 찾아왔던 날이었는데, 훈겸이 녀석이 다짜고짜 전화를 해서 자기 이름을 말하지 말라고 하더라고. 아는 척도 하지 말고. 이유를 물어봐도 말해 주지 않아서 알겠다고는 했는데 나도 궁금해. 두 사람 사이에 무슨 일이 있는 건지."

그가 어쩌면 그녀의 아버지, 강희석을 알고 있을지도 모르겠다는 생각이 문득 들었다. 그녀의 아버지 강희석과 자신의 아버지 정도훈의 관계가 좋지 않다는 걸 알고, 그래서 자신의 이름을 숨겼는지도 모르겠다는 생각이 들었다. 라파예르호텔에 함께 갔을 때, 나예가 어릴 적의 일과 아버지들끼리의 관계에 대해 잠깐 이야기해 준 적이 있었다.

'그렇지만 그건 정민 씨를 만나고 한참 뒤의 일인데. 정민 씨가 처음부터 날 알고 있었을까? 그리고 그렇다고 해서 숨길 필요까지 있는 일이었을까? 대체 왜 그런 거지?'

아무리 생각해도 알 수가 없었다. 나예는 고개를 갸웃거렸다. 생각할수록 이상했다. 그가 밝힐 수 없을 만한 뭔가가 더 있는 것 같았다.

"그러니까 정민 씨가 정훈겸 셰프라는 거죠? 세상에."

나예는 홀린 듯 부스를 바라보았다. 훈겸은 작품에 집중하느라 한눈 한번 팔지 않고 있었다. 놀라운 집중력이었다. 가브리엘 빠야송이 선수들의 작품을 보면서 뭔가 말을 걸고 있었다. 그는 훈겸의 작품을 보면서도 뭔가 질문을 던졌는데, 훈겸은 통역을 보지 않고 가브리엘 빠야송을 바라보며 대답을 했다. 그가 프랑스 유학파였다는 사실이 떠올랐다. 나예가 알고 있던 박정민이라는 남자가, 정훈겸 셰프였다는 사실은 나예의 세계에 지각변동을 일으킬 만큼 대사건이었다.

"나한테 거짓말을 했어요."

나예는 무심코 중얼거렸다. '거짓말'이라는 생각이 머릿속에 각인되었다. 정민은 그녀에게 거짓을 말했다. 이유가 있다 치더라도 자신이 어떤 사람이라는 것을 속였다는 것은 나예에게 배신감을 주기에 충분했다. 점점 화가 났다. 나예는 그 사람,

정훈겸에게 농락당한 기분이었다. 그녀가 만든 빵을 매일 먹겠다고 한 것도 단순히 그녀를 보기 위해서일 거라고 생각했는데, 뭔가 다른 의도가 있는 것은 아닌지 의심스러웠다. 빵에 대해 전혀 모르는 척했던 게 못내 화가 났다. 게다가 나예는 그가 첫사랑이었다고 고백까지 했다!

'어떻게 그럴 수가 있지? 날 바보로 안 거야? 같은 제과업계에 있으면서 언제까지 숨길 수 있다고 생각한 거지?'

더욱 화가 났다. 나예는 입술을 깨물었다. 그렇게 나예를 기만한 것은 용서할 수가 없었다. 나예가 대회에 출전한다고 말했을 때라도 사실을 이야기했다면 배신감이 덜했을 것 같았다. 하지만 그녀가 대회에 나간다고 했을 때도 말하지 않았고, 대회 전날 보러 오라고 초대를 했을 때까지도 말하지 않았다. 그녀가 대회 때 그를 볼 거라고 충분히 예상할 수 있었음에도 그는 끝까지 아무 말 하지 않았다.

"나예 씨, 서운하겠지만 이해해 줘. 저 녀석이 일부러 나쁜 마음으로 속이진 않았을 거야. 뭔가 사정이 있었을 테니까 대회 끝나고 서로 이야기를 해 봐."

"속였다는 게 중요한 거죠. 이렇게 알게 될 거 다 예상하고 있었을 텐데, 뻔히 알면서도 속이다니 너무 어이가 없어요. 제가 사람을 잘못 본 것 같아요."

감정이 격해지자 나예는 말을 멈췄다. 주위에 기자들이 있었기 때문에 목소리를 높일 수도 없었다. 수많은 관객들이 있었고, 많은 사람들의 눈이 있었다. 그런 곳에서 소란을 일으킨다면 두고두고 문제가 될 게 틀림없었다. 나예는 억지로 감정을 참으며 시선을 내리깔았다.

"자, 선수들이 디저트를 완성했습니다. 심사 위원들의 심사를 거친 후, 관객 여러분들께도 시식의 기회를 드리겠습니다. 1번 정훈겸 선수의 디저트가 심사 위원들에게 전달되고 있습니다. 정훈겸 선수는 우리 고유의 소재를 활용한 디저트를 완성했는데요, 특이하게 유자를 이용했습니다. 유자의 맛이 초콜릿과 어떻게 어우러질지 저도 몹시 궁금합니다."

나예가 혁준과 대화를 나누는 동안 선수들은 디저트 접시를 완성했고, 맛 심사가 시작이 되었다. 설탕 공예와 마찬가지로 초콜릿 공예 및 디저트 부문 역시 초콜릿 공예 작품을 만드는 동시에 디저트 접시를 완성해야 하는 경연 방식이었다. 디저트는 심사 위원들의 맛 심사를 거쳐 관객들에게 시식용으로 제공이 되었다. 선수들은 다시 초콜릿 공예 작품을 만드느라 여념이 없었다. 나예는 입을 꼭 다물고 심사 위원들에게 시선을 던졌다. 심사 위원들은 훈겸의 디저트를 앞에 두고 외형과 구조, 맛 등을 심사하고 있었다.

"어제와 마찬가지로 맛 심사에 40점이 배점되어 있습니다. 그리고 초콜릿 공예는 작업 공정과 위생 상태, 시간 엄수 및 작품의 구성도 등을 종합적으로 보는 작업 점수가 40점, 색채나 주제에 대한 충실도, 완성도 등을 보는 아트 점수가 40점이 배점되어 있습니다. 여러분께 아까 설명드렸다시피 초콜릿이라는 소재는 매우 민감해서 온도와 습도 등 약간의 차이에도 민감한 변화를 보입니다. 그리고 아까 말씀드린 템퍼링이라는 과정을 꼭 거쳐야 공예 작품이 무너지지 않고 굳어 있습니다."

진행을 맡은 김민준 파티시에는 어제에 이어 초콜릿 공예에 대한 해박한 지식과 입담을 과시하며 능숙하게 대회 진행을 하고 있었다. 나예는 작업에 집중하고 있는 훈겸에게 시선을 돌렸다. 그는 다른 선수들보다 훨씬 빠른 작업 속도를 보이고 있었다. 벌써 메인 기둥을 세우고 불꽃 모양의 복잡한 소용돌이를 표현하고 있었다.

"주제가 '열정의 불꽃'이라는데. 아마 지금 자신의 마음 상태를 그대로 표현하고 있는 것 같아."

혁준이 나예의 시선이 훈겸에게 닿아 있는 것을 보고 조심스럽게 다시 말을 꺼냈다.

"열정의 불꽃……. 불꽃을 형상화한 것이군요."

"음. 저 녀석은 천재야. 저 소용돌이 같은 모양은 난 따라할 수도 없다고. 아마 다른 사람들도 마찬가지일 거야."

기둥 주위로 너울거리는 불꽃의 모양은 복잡하고도 정교했다. 그의 실력은 나예도 인정할 수밖에 없었다. 그는 군더더기 없는 깔끔한 동작으로 작업을 하고 있었다.

"초콜릿이라는 소재의 특성 때문에 보시다시피 작업대가 금방 더러워집니다. 그래서 위생 상태를 깨끗하게 유지하기가 몹시 힘든 면이 있는데, 오늘 네 명의 선수들은 모두 그런 점에 유의해서 작업을 하고 있는 것 같습니다."

김민준 파티시에의 말처럼 작업 중 위생 상태도 심사 점수에 포함되기 때문에 작업 도중에 계속 정리를 해야만 했다. 하지만 작업을 하는 데만 신경 쓰다 보면 금방 주위가 지저분해지기 마련이었다. 게다가 하얀 제빵 가운에 초콜릿이 묻어 지저분하게 보이기 일쑤인데 훈겸의 제빵 가운은 눈처럼 하얗게 유지되고 있었다. 그의 손길은 나예가 어릴 적에 보았던 것처럼 마법의 손 같았다. 접착을 하면서 에어브러시를 사용하는 손놀림은 거침이 없었고 템퍼링한 초콜릿을 묻히는 손길은 정확했다. 나예는 어느새 그의 작업하는 모습에 빠져들었다.

"심사 위원들의 심사가 모두 끝났습니다. 시식하실 때는 골고루 드실 수 있도록 나눠 드시길 바랍니다."

맛 심사가 끝났는지 선수들의 디저트가 시식용으로 제공되었다. 나예는 혁준이 내민 접시를 보고 고개를 저었다.

"그래도 맛은 봐야지."

"됐어요. 이미 맛이 어떤지는 알아요."

그가 만든 빵과 초콜릿 제품, 케이크 등은 이미 다 맛을 봤다. 그와 함께 가서 한 아름 빵을 골랐던 날이 떠오르자 나예는 새삼 배신감에 몸을 떨었다. 베이커리에 있던 직원들이 그와 나예를 이상하다는 듯 쳐다보았던 것이 떠올랐다. 그들은 이미 훈겸을 알고 있었고 그래서 이상한 표정을 지었던 거였다.

"이제 경기 종료까지 40여 분이 남았습니다. 선수들 막바지 완성에 힘을 내고 있는데요, 시간 안에 완성을 해야 합니다. 몰드를 사용하지 않고 직접 손으로 깎아 내는 고난이도의 기법을 이용해서 작업을 하고 있기 때문에 시간이 더 걸리는 면이 있습니다."

진행자의 말처럼 선수들은 직접 모양을 깎아 내고 있었다. 부스 여건이 어렵기 때문에 선수들의 속도가 더뎌 작품이 시간 안에 완성이 될지 알 수 없는 상황이었다. 나예는 훈겸의 작업 과정을 하나도 놓치지 않고 지켜보았다. 정말 대단하다고밖에 할 수 없는 실력이었다. 그녀 역시 초콜릿 공예를 많이 해 보았지만 템퍼링을 하면서 온도를 맞추는 것부터 세세한 표현에 이르기까지 쉬운 게 하나도 없었다. 얼마나 많은 노력을 하고 연습을 했는지 자로 잰 듯한 정확한 손놀림에 감탄을 금할 수 없었다.

그는 생생한 불꽃을 추상적인 형상으로 표현했다. 아름답다는 생각이 절로 드는 작품이었다. 그의 작품은 나머지 세 명의 선수들의 작품과 확연히 차이가 났다. 인정하기 싫지만 그의 실력 하나는 인정하지 않을 수 없었다.

"1번 정훈겸 선수가 현재 가장 빠르게 작품을 완성하고 있습니다. 지금 정훈겸 선수가 하고 있는 작업은 분사 작업인데요. 작품의 모양을 완성한 후에 거친 겉면을 깨끗하게 하고 광택이 나도록 하는 공정입니다. 분사 작업을 하면 광택이 나면서 색깔도 함께 낼 수 있습니다. 보통 카카오버터에 다크 색소나 다크 초콜릿을 녹여서 분사하기도 하고, 카카오버터에 검정 색소를 넣어 분사하기도 합니다. 그런데 이 분사 작업이라는 게 굉장히 어려운 공정입니다. 카카오버터의 온도가 높으면 너무 많이 분사되어 겉면이 균형 있게 되지 않고, 카카오버터의 온도가 낮으면 노즐을 통해 분사가 잘 되지 않습니다. 그래서 그냥 보기에는 쉬워 보이지만 결코 쉽지 않은 공정이라고 할 수 있습니다."

그의 작품은 카카오버터에 검정 색소를 넣은 것이었다. 나예는 작품이 완성되어 가는 모습을 보며 놀라움을 금치 못했다. 새벽부터 계속 이어진 경기에 지칠 만도 한데 전혀 지친 기색 없이 집중력을 발휘하며 작품을 완성하고 있었다.

"정훈겸 셰프 정말 잘생기지 않았니? 저 턱선 좀 봐 봐. 예술이다."

"애, 넌 작품을 봐야지 사람만 보고 있니?"

"작품은 말할 것도 없고. 심사 위원들도 심사하기 딱 좋겠네 뭐. 실력 차이가 너무 확연히 나잖아."

"하긴 그래. 나 이렇게 오랜 시간 동안 정훈겸 셰프를 볼 수 있다는 게 꿈만 같아. 얼굴 한번 보려고 라파예르호텔에 몇 번이나 찾아갔었는데 한 번도 못 봤거든."

집중해서 보고 있는데 뒤쪽에서 관람객들의 목소리가 들렸다. 나예는 흘끗 뒤를 돌아보았다. 일반 관객인지 업계 사람들인지는 모르겠지만 여자들의 눈동자가 빛이 나고 있었다. 갑자기 속에서 뭔가 뜨거운 게 치밀어 올랐다. 나예는 입술을 깨물며 시선을 앞으로 돌렸다.

"어제에 비해서 관객 수가 배는 더 되는 것 같은데요. 절반 이상이 아마 정훈겸 셰프 보러 온 걸 거예요."

옆에서 기자들끼리 주고받는 이야기도 들려왔다.

"맞아요. 인터뷰도 잘 안 하지, 늘 작업실에서만 살다시피 하니까 이렇게 오랫동안 볼 수 있는 기회가 없잖아요. 끝나고 인터뷰 꼭 따야 하는데."

사람들은 훈겸의 작품에 대해, 그리고 그에 대해 수런거렸다. 나예가 듣지 못한 말들도 많을 터였다. 나예는 여자들이 그의 외모를 보고 열광하는 것에 왠지 모르게 화가 났다.

'뭐지? 이 이상한 감정은?'

그만 좀 쳐다보라고 톡 쏘아붙여 주고 싶은 기분에 나예는 깜짝 놀라고 말았다. 그에 대한 배신감 때문에 기분이 나빴는데 여자들의 관심에 더욱 기분이 나빠졌다. 나예는 주먹을 꽉 쥐었다. 경기가 끝이 나고 선수들은 작품을 모두 진열했다. 안타깝게도 한 명의 선수는 시간 안에 작품을 완성하지 못해 실격당했다. 나머지 세 선수는 작품을 무사히 진열하고 심사를 받았다.

나예는 자리에서 조용히 일어섰다. 그를 마주하고 싶지 않았다. 그가 거짓말을 한 이유도 정확하게 몰랐고, 그의 의도도 알지 못했다. 그에게 배신감을 느끼고 있으면서 태연하게 얼굴을 마주할 수는 없었다. 나예에게도 마음의 준비를 할 시간이 필요했다.

"나예 씨, 벌써 가려고? 끝나고 훈겸이하고 이야기라도 좀 하고……."

"아뇨, 선배님. 저 가게 때문에 가 봐야겠어요. 내일 봬요."

나예는 혁준이 더 이상 말을 하지 못하게 잘라 내곤 밖으로 나왔다. 생각을 정리하고 나서 그다음에 궁금한 것을 물어보리라 생각했다.

나예는 그날 밤새 잠을 제대로 이루지 못했다. 새롭게 알게 된 엄청난 사실에 대해 전혀 실감이 나질 않았다. 그가 왜 거짓말을 했는지 이유도 알 수가 없었다. 시상식 때 그를 만날 게 분명한데 어떤 얼굴로 그를 대해야 할지 고민스럽기만 했다. 저녁에 그가 전화를 했지만 나예는 전화도 받지 않았다. 아마 그 역시 나예의 반응을 보고 그녀가 사실을 알았다는 걸 알아챘을 터였다. 그가 이 상황에 대해 어떻게 설명을 할지 궁금하기도 했지만 나예는 왠지 그녀가 알게 되면 안 되는 진실과 맞닥뜨릴 것 같아 불안했다. 그가 거짓말을 했다는 것은 그녀가 알아서는 안 될 뭔가가 있다는 의미였다.

밤새 뒤척거리다 새벽녘에 잠을 포기하고 일어난 나예는 일찌감치 가게 문을 열고 준비를 했다. 오전 내내 빵을 굽고 있으면서도 나예는 정리가 안 되는 머리가 무겁기만 했다. 아무리 생각을 해도 그에게 어떻게 대해야 할지 고민스럽기만 했다. 그의 얼굴을 보면 제대로 말이 나올 것 같지 않았다.

"나예야, 안 피곤해? 어젯밤에 거의 잠 못 자는 것 같던데."

구운 빵을 매장으로 가져오는데 영미가 걱정스럽게 물었다. 나예는 웃으며 고개를 저었다.

"괜찮아, 언니."

"어제 경기는 어땠어? 정훈겸 셰프, 정말 소문처럼 굉장했어?"

영미의 호기심 어린 물음에 나예는 쓴웃음을 지었다. 소문처럼 굉장하긴 했다. 나예가 밤새 잠을 못 이룰 정도로.

"응. 소문대로 대단했어. 그런 작품은 처음 봤거든."

"그래? 외모는 어때? 엄청 잘생겼다고 하던데, 정말 그래?"

나예는 한숨을 쉬었다.

"이따 와서 봐."

"아, 그렇구나. 이따 시상식 맞춰서 갈게. 가게 봐 주기로 한 친구는 오후에 도착할 거야."

"그래. 언니, 나 먼저 대회장에 가 있을게. 혁준 선배님 경기 진행 중일거야."

나예는 영미에게 가게를 부탁하고 밖으로 나왔다. 정오가 훌쩍 지난 시간이었다. 원래는 더 일찍 가서 혁준을 응원하려던 계획이었으나 나예는 미적거리고 있었다. 어제 경기가 끝났으니 훈겸 또한 대회장에 와 있을 터였다. 혁준과 가까운 사이라고 했으니 그의 경기를 지켜볼 게 분명했다. 나예는 휴대폰을 꺼내 켰다. 지난밤 이후로 꺼 두었던 휴대폰을 켜니 부재중 전화가 열한 통이나 와 있었다.

"휴우……."

모두 그에게서 온 전화였다. 오전까지도 몇 통 있는 걸 보니 대회장에서 전화를 한 모양이었다. 나예는 휴대폰을 가방에 넣고 지하철을 탔다. 점심을 먹지 않았지만 배도 고프지 않았다. 나예가 대회 장소인 코엑스에 도착한 것은 오후 2시 30분. 혁준의 경기를 보고 싶었으나 아무래도 못 볼 것 같았다. 경기가 끝나는 3시부터 바로 시상식 준비를 해서 3시 30분쯤부터 시상식이 시작된다고 했었다. 나예는 탈의실에 들러 하얀 제빵 가운으로 갈아입고 대회장으로 갔다. 넓은 공간을 필요로 하는 작업 과정의 특성 때문에 아이스 카빙 경연은 부스에서 하지 않고 관람석 앞의 탁 트인 공간에서 하고 있었다.

경기 종료 10여 분을 남겨 두고 관람객들과 기자들, 관계자들 등 대회장 주변은 인산인해였다. 경기가 끝나면 사흘간의 경기 결과를 발표하기 때문에 전날 참여했던 선수들과 관계자들도 많았다. 나예는 훈겸과의 어색한 만남을 피하고 싶어서 한쪽 구석에 있다가 시상식을 할 때 나가야겠다고 생각을 하고 있었다. 하지만 경기장 근처에 도착하자마자 누군가 그녀의 손목을 세게 잡는 바람에 나예는 눈살을 찌푸리며 돌아섰다.

"강나예."

나예가 대회장에서 제일 만나고 싶지 않은 사람이 그녀의 눈앞에 서 있었다. 나예는 깜짝 놀라 얼음처럼 굳었다. 주변의 소란스러운 소리가 귓가에서 멀어졌다. 그녀와 똑같이 하얀 제빵 가운을 입고 모자를 쓴 모습은 어제 경연 대회에서 눈이 아프도록 보았던 바로 그 모습이었다. 나예의 심장이 미친 듯이 뛰기 시작했다. 그를 보면 뭐라고 말을 해야 할지, 어떤 반응을 보여야 할지 밤새 생각했지만 그와 마주한 순간 머릿속에서 모든 생각이 사라졌다. 나예는 조각처럼 가만히 서서 멍하니 그의 얼굴을 바라보았다. 그녀가 좋아했던 남자, 박정민이었다. 나예는 그가 정훈겸이 아닌 그녀가 알던 박정민이었으면 좋겠다고 생각했다. 왠지 그에게서 듣고 싶지 않은 말을 들을 것 같아 불안해졌다. 짧은 순간, 나예는 정신을 차렸다. 주변에 기자들이 많이 있다는 것을 생각해 낸 나예는 얼른 그의 손을 뿌리치고 돌아섰다.

"나예야."

그가 다시 나예의 손을 잡았다. 그는 주변에 사람들이 있건 없건 상관하지 않는 것 같았다. 나예는 얼른 그의 손을 뿌리치곤 눈을 치켜떴다.

"사람들 눈 많아요. 기자들도 있는데 소란 일으키고 싶지 않으니까 그냥 모른 척해요."

찬바람이 쌩쌩 도는 나예의 말에 그의 표정도 굳었다. 나예는 더 이상 그를 돌아보지 않고 사람들을 지나쳐 아이스 카빙 선수들이 보이는 자리로 걸어갔다.

"전화는 왜 안 받았어?"

따라오지 않았으면 했지만 그는 이미 다른 사람들은 의식하지 않는 듯 나예를 뒤따라와 물었다. 나예는 대답하지 않았다. 앞쪽으로 가니 혁준이 작품을 만드는 모습이 보였다. 선수들은 작품을 거의 완성한 참이었다. 톱과 끌로 투명하게 빛나는 얼음 조각을 다듬는 모습은 무척 진지했다.

"아! 봉황이네."

나예는 혁준의 작품을 보고 탄성을 내질렀다. 그는 날개를 펴고 날아오를 듯한 봉황을 조각했다. 화려한 날개가 매우 섬세했다. 나예는 홀린 듯 혁준의 섬세한 손놀림을 바라보았다.

정말 대단했다. 혁준은 경기 종료 시간인 3시에 딱 맞춰서 작품을 마무리했다. 경기가 끝나자 심사 위원들의 심사가 이어졌고, 관람객들과 기자들이 움직여 대회장 일대가 몹시 소란스러워졌다.

"강나예, 얘기 좀 해."

나예는 사람들로 북적이는 대회장에서 그와 아무런 얘기도 나누고 싶지 않았다. 제대로 대화가 될 것 같지도 않았고 사실 두렵기도 했다. 그래서 그의 말에 선뜻 대답을 하지 못하고 있었는데 그때 마침 기자들이 그에게 말을 걸었다.

"정훈겸 선수, 지금 시간 괜찮으시면 간단하게 인터뷰 가능할까요? 어제 작품 제작 과정을 다 지켜보았는데 정말 감탄을 금할 수가 없었습니다."

"아, 네."

그는 나예를 돌아보았다가 기자에게 시선을 돌렸다. 나예는 얼른 그의 옆에서 떠났다. 혁준은 막 경기를 마친 참이라 정리를 하고 대회 관계자들과 이런저런 얘기를 하느라 정신이 없어 보였다. 나예는 관람객들과 함께 아이스 카빙 선수들의 작품을 보았다. 네 개의 작품이 모두 투명하고 찬란한 물빛을 내고 있었다. 정말 아름다웠다.

"강나예 씨, 오셨네요. 오늘 경기 잘 보셨습니까?"

나예는 옆에서 말을 거는 남자에게 고개를 돌렸다. 이든베이커리 정현성 실장이었다. 나예는 반가운 얼굴로 인사를 했다.

"아쉽게도 좀 전에 도착했거든요. 보셨어요?"

"네. 저 어제와 오늘 계속 경기 다 지켜봤습니다. 설탕 공예가 제 전문이기는 하지만 초콜릿 공예와 아이스 카빙에도 관심이 많거든요. 사실 이번에 초콜릿 공예 쪽으로 출전해 볼까 하다가 정훈겸 셰프가 초콜릿 공예로 출전한다기에 포기했거든요. 정훈겸 셰프하고는 아직 경쟁할 수준이 되질 않아서."

현성은 호감이 가는 웃음을 보이며 말했다. 나예는 고개를 끄덕였다. 그녀가 보기에도 어제의 경연은 실력 차이가 너무도 확연히 나는 경연이었다.

"프랑스에 꼭 가고 싶었습니다. 정훈겸 셰프와 함께요. 같은 제과인으로서 정말 존경하는 분이거든요. 나이는 저보다 어리지만 작품 수준은 대선배라고 할 수 있죠. 그게 놀랍기도 하고, 또 부럽기도 해요. 그래서 꼭 한번 같이 작업을 해 보고 싶었거든요."

"실장님 작품 멋졌어요. 원하시는 대로 프랑스 가실 것 같아요."

"후후. 아뇨. 가고 싶은 마음은 간절하지만 아무래도 안 될 것 같아요. 나예 씨 작품이 뽑히지 않을까 싶은데."

"아니에요."

"괜찮아요. 어려워하지 않아도. 아무리 선배라도 이 대회는 경력으로 뽑는 게 아니니까요. 작품 자체를 보고 뽑는 겁니다. 선배를 뛰어넘는 작품을 만들었다면 당연히 대표 선수가 될 자격이 있어요. 어쨌든 곧 결과는 나오겠죠."

현성은 나예를 보고 따뜻하게 웃음 지으며 말했다. 그는 대선배임에도 겸손했으며 나예를 인정해 주었다. 나예는 그의 담백한 태도에 조금 놀랐다. 그때 혁준이 마무리를 다 한 듯 나예 쪽으로 다가왔다.

"하하! 나예 씨, 왔어? 나 경기하는 거 봤어? 어때?"

혁준은 기분 좋은 듯 커다랗게 웃으며 나예의 등을 탁탁 쳤다. 나예는 쿨럭거리며 기침을 했다.

"안녕하세요. 이든베이커리 정현성입니다."

"아, 첫날 경연 잘 봤습니다. 작품이 아주 인상적이었어요."

옆에서 현성이 인사를 건네자 혁준은 현성과 악수를 하며 웃음 지었다.

"오늘 경기, 처음부터 계속 지켜봤습니다. 봉황을 소재로 하셨던데 깜짝 놀랐습니다. 봉황의 날개가 진짜처럼 섬세하고 실감나게 표현되어서요. 대단하십니다."

"아이구, 과찬의 말씀을."

"네, 정말 선배님 작품 멋지던데요. 봉황이 진짜처럼 보였어요."

나예가 옆에서 맞장구를 치자 혁준이 기분 좋은 듯 허허 웃었다. 대회장이 치워지고 시상식을 위해 자리가 마련되자 한쪽에는 심사 위원들이, 다른 한쪽에는 대회에 참여한 선수들이 앉도록 되었다.

"나예 씨, 이쪽으로 앉아."

선수들 중 몇 명은 이미 자리에 앉아 있었다. 나예는 함께 경기에 참여했던 선수들에게 인사를 했다. 혁준이 나예가 앉으려던 자리를 보곤 얼른 나예를 끌어다 자신의 자리 옆으로 앉혔다. 자리에 앉고 나서 보니 한쪽 옆에는 혁준이, 그리고 다른 쪽 옆에는 훈겸이 앉아 있었다.

"선배님, 저……."

나예는 옆에 앉은 훈겸을 보고 엉거주춤 다시 자리에서 일어나려 했다. 하지만 혁준은 눈치 빠르게 나예를 다시 자리에 앉혔다.

"그냥 앉아. 이제 시작하니까."

나예는 한숨을 쉬었다. 정말 불편하기 이를 데 없었다. 그와 얼굴 마주하는 것도 난감한데 바로 옆에 앉아 그의 존재감을 온몸으로 느끼자니 미칠 것 같았다.

"지금부터 2005월드페이스트리컵 한국 대표 선발전 시상식을 시작하겠습니다."

사회자가 시상식의 시작을 알리자 소란스럽던 장내가 조금 조용해졌다. 나예는 안절부절못했다. 사회자가 진행을 하는 내용이 귀에 들어오지 않았다.

"내빈 소개가 있겠습니다. 이번 선발전을 위해 프랑스에서 먼 길을 와 주신 분이 계십니다. 바로 프랑스월드페이스트리컵 대회의 창시자이신 가브리엘 빠야송 씨입니다. 큰 박수로 환영해 주십시오."

나예는 정신을 차리고 정면을 바라보았다. 가브리엘 빠야송이 자리에서 일어나 관객들에게 인사를 하고 있었다. 옆에 앉은 남자에게서 익숙한 향이 느껴졌다. 나예는 몸이 뜨거워지는 걸 느끼곤 손으로 부채질을 했다.

"대한제과협회 회장님이신······."

내빈 소개가 이어졌다. 대한제과협회 회장과 부회장, 심사위원장인 김인웅 명장, 제과기능장협회 회장 및 부회장과 몇몇 내빈들이 소개되었다.

"그리고 킹 과자점의 정인재 이사님이십니다."

나예는 정인재라는 말에 깜짝 놀라 고개를 돌렸다. 내빈석에 앉아 있던 인재가 일어나서 인사를 했다. 워낙 경황이 없어서 인재가 자리에 와 있는지도 모르고 있었다. 그와 눈이 마주치자 인재는 나예에게 싱긋 웃어 보였다. 나예는 고개를 돌리고 시선을 아래로 떨어뜨렸다.

'뭐야, 정신을 차릴 수가 없잖아. 정인재 이사에 정훈겸 셰프까지.'

나예는 입술을 잘근잘근 깨물었다. 그녀를 혼란스럽게 하는 남자들 틈바구니에서 벗어나고 싶었다. 결과 때문에 초조해야 하는데 나예는 결과보다 그녀의 옆에서 불편하게 하는 남자들 때문에 초조했다.

"첫날 경기인 설탕 공예 및 초콜릿 케이크 부문의 결과를 발표하겠습니다. 시상에는 가브리엘 빠야송 씨와 킹 과자점 정인재 이사님께서 수고해 주시겠습니다."

제과기능장협회 회장의 축하 인사가 이어진 뒤, 바로 설탕 공예 및 초콜릿 케이크 부문의 시상을 시작하였다. 나예는 그제야 정신을 차리고 긴장된 시선으로 정면을 바라보았다. 심장이 두근거렸다. 가브리엘 빠야송과 인재가 앞으로 나와 상장과 메달, 꽃다발을 건네받자 심장이 더욱 거세게 뛰었다.

"설탕 공예 및 초콜릿 케이크 부문에서는 각종 설탕 공예의 기법을 이용한 작품 제작이 있었으며 모든 선수들의 실력이 우열을 가릴 수 없을 정도로 뛰어났다고 합니다. 2005프랑스월드페이스트리컵 대회에 참여할 한국 대표 선수는 2번 '파티시엘 강나예'의 강나예 선수입니다."

혁준이 환호성을 지르며 나예의 등을 두드려 주었다. 나예는 얼떨떨한 얼굴로 자리에서 일어났다. 정말 그녀가 한국 대표로 선발이 된 것인지 실감이 나질 않았다. 나예는 앞으로 나가 가브리엘 빠야송 앞에 서서 인사를 했다.

"2005월드페이스트리컵 한국 대표, 설탕 공예 및 초콜릿 케이크 부문, '파티시엘 강나예' 강나예. 위 사람은 사단법인 대한제과협회가 주최한 2005월드페이스트리컵 한국 대표 선발전에서 위와 같이 우수한 성적으로 입상하여 한국 대표 선수로 선발되었기에 상장을 수여합니다. 2003년 10월……."

머릿속이 하얗게 변한 것 같았다. 아무 생각도 나질 않았다. 그녀를 바라보며 인자하게 웃는 가브리엘 빠야송이 뭐라고 축하 인사를 건네는 것 같은데 잔뜩 굳어 대답도 제대로 하지 못했다. 상장을 받고 메달을 목에 걸자 비로소 상을 받은 것 같은 느낌이 들었다.

"축하해."

인재가 웃으며 그녀에게 꽃다발과 한국 대표 출전권을 내밀었다. 눈물이 조금 났다. 나예는 인사를 하고 꽃다발을 받았다.

'아빠! 저 한국 대표가 됐어요. 정말 될 거라곤 생각 못 했는데……. 아빠!'

나예는 마음속으로 기쁨에 겨워 아버지를 떠올렸다. 눈물이 뺨을 타고 한 방울 흘렀다. 이어 나머지 수상자를 발표하는 사회자의 목소리가 아득한 저 멀리에서 들리는 것 같았다. 초콜릿 공예 및 디저트 부문에서는 훈겸이, 그리고 아이스 카빙 및 아이스크림 케이크 부문에서는 혁준이 각각 수상의 영예를 안았다. 나예는 정신이 없는 와중에서도 훈겸이 빛나는 웃음을 보이며 상을 받는 모습을 바라보았다.

'혁준 선배 말처럼, 정말 함께 프랑스에 가게 되었네…….'

나예는 멍한 얼굴로 생각했다.

"오늘 상을 받은 것은 이것으로 끝이 아니고 새로운 시작입니다. 저희 대한제과협회에서는 2005프랑스월드페이스트리컵 대회가 있을 때까지 남은 1년여의 기간 동안 한국 대표 선수들에게 전폭적인 후원을 할 예정입니다. 지금부터 대회까지 대표 선수들은 지금까지보다 훨씬 더 강도 높은 훈련을 하게 될 것이고 더욱 힘들고 고된 자신과의 싸움을 이어 가야 할 것입니다……."

상 수여가 끝나고 나자 기념 촬영을 했다. 수상자들과 시상자들, 그리고 심사 위원들과 모든 관계자들이 함께 기념 촬영을 했다. 이어 제과협회 회장의 축하 인사가 있었으며 기자들과의 인터뷰가 이어졌다. 나예는 얼떨떨한 기분으로 그 뒤의 일정을 소화했다.

"여성으로서는 최초로 한국 대표로 월드페이스트리컵 대회에 참여하게 되셨는데요. 소감이 어떠십니까?"

"유학을 다녀오지 않은 순수 국내파로서는 유일하게 이번 선발전에서 영예의 상을 수상하셨는데요. 제과업계 후배들에게 해 주실 말씀은요?"

기자들은 나예에게 뜨거운 관심을 보였다. 그 관심에 나예는 어찌할 바를 몰랐다.

"와우, 정신이 쏙 나가 버릴 지경이야. 나예 씨, 괜찮아?"

나예가 정신을 차린 건 저녁 시간이 훌쩍 지나서였다. 기자들의 뜨거운 관심에 인터뷰가 계속 이어졌고 옷을 갈아입고 나자 8시가 되어 버렸다. 나예는 비로소 영미를 만날 수 있었다. 영미는 꽃다발을 들고 계속 나예를 기다리고 있었다.

"네. 이제 정신이 들어요. 참, 언니. 오래 기다렸지? 미안."

"괜찮아. 나도 실감이 안 나는데 넌 얼마나 정신없었겠니. 아무튼 축하해!"

영미가 나예에게 꽃다발을 안겨 주었다. 나예는 웃으며 영미를 안아 주었다.

"우리 밥 먹으러 가자. 나 오늘 새벽부터 아무것도 못 먹었다고."

혁준이 나예의 어깨를 두드리며 웃었다. 나예는 고개를 끄덕이다가 혁준의 옆에 서 있는 훈겸을 보고 흠칫했다. 그와 함께 저녁을 먹는다면 체할지도 모르겠다는 생각이 문득 들었다.

"아뇨, 선배님. 전 집에 가 봐야 할 것 같아요. 저녁 드시고 들어가세요."

나예가 거절하자 혁준은 나예와 훈겸을 한 번씩 번갈아 보더니 혀를 찼다.

"하늘 같은 선배님이 배가 고프다고 하면, 좀! 빨리 와. 프랑스까지 가려면 아직 갈 길이 멀었는데 첫날부터 서로 팀워크가 안 맞으면 어쩌라는 거야. 그렇지, 영미 씨? 같이 갑시다."

"그럼요. 같이 가요. 나예야, 같이 가. 영우는 어차피 동생들하고 있을 테니까 걱정 말고. 제가 낄 자리는 아니지만 같이 가도 될까요?"

"당연하지, 영미 씨. 가자. 오늘은 고기 먹어 줘야지? 근처에 괜찮은 데 있어."

혁준이 이끄는 대로 모두 근처의 고깃집으로 갔다. 혁준은 몹시 기분이 좋은 듯 싱글거리며 식당으로 들어섰다. 나예는 어쩔 수 없이 따라갔지만 훈겸 쪽으로는 눈길도 돌리지 않았다.

"이쪽으로 앉을까? 아니, 나예 씨 이쪽으로 앉아. 둘이 나란히 좀 앉아 봐라."

나예가 안쪽으로 들어가려고 하자 혁준이 싱글거리며 붙잡아 훈겸의 옆으로 앉혔다. 나예는 어쩔 수 없이 훈겸의 옆에 앉게 되었다. 혁준은 그들과 마주 보는 자리에 영미와 함께 앉았다.

"그런데 저 진짜 놀랐어요. 정민 씨, 아니…… 훈겸 씨라고 해야 되나……. 시상식 할 때 보고 내 눈을 의심했다니까요."

고기를 시키고 나서 영미가 조심스럽게 말을 꺼냈다. 나예는 시선을 어디다 두어야 할지 몰라 바닥을 보고 있었다.

"미안해요, 영미 씨. 나쁜 의도는 아니었어요."

훈겸이 영미를 보고 미안한 듯 말했다.

"그래? 나예 씨가 어제 말 안 했어?"

혁준의 의아한 눈길에 나예는 쭈뼛거리다가 마지못해 대답했다.

"저도 놀라서요."

"미안해, 나예 씨. 나도 숨기고 싶진 않았는데 상황이 그렇게 되어 버렸네. 좀 서운한 것도 있겠지만 둘이 잘 이야기해서 풀어. 그리고 어차피 우리 앞으로 1년간 셋이 함께 훈련해야 하니까 잘해 보자고. 두 사람, 이렇게 어색하게 있으면 곤란해."

혁준이 서글서글한 웃음을 보이며 말했다. 나예는 혁준을 보고 애써 웃음을 지으려 했다. 혁준이 어색한 그들 때문에 애쓰는데 분위기를 망치면 안 되겠다는 생각 때문이었다. 그리고 혁준의 말대로 앞으로 1년간은 계속 얼굴 마주 보고 연습해야 할 사이였다. 오래도록 어색하게 지낼 순 없었다.

"네. 선배님, 오늘 수고하셨어요. 배고플 텐데 많이 드세요."

나예는 고기가 나오자 혁준에게 웃으며 말을 건넸다. 혁준은 고기를 불판에 올려놓으며 영미를 돌아보았다.

"영미 씨, 많이 먹어. 고기 많이 먹어야 키도 쑥쑥 자라지."

"뭐예요! 내가 어린애인 줄 알아요?"

"어린애 아니었나? 땅꼬마처럼 쪼끄매서 어린애인 줄 알았는데."

혁준이 농담을 하자 영미는 눈을 하얗게 치뜨곤 혁준의 팔을 꼬집었다. 혁준은 아프다며 한바탕 소리를 지르더니 금세 신나게 소주를 시켜 모두에게 한 잔씩 따라 주었다.

"오늘 같은 날 마시지 않으면 언제 마시겠어. 자자, 다들 잔 들어 봐."

혁준이 기분 좋게 건배 제의를 하자 나예는 한 잔을 쭉 들이켰다. 평소 술을 마시진 않지만 주량이 약한 편은 아니어서 혁준이 권유하는 대로 몇 잔 마셨다. 훈겸도 말없이 술을 몇 잔 마셨으며 혁준은 기분 좋게 떠들면서 연거푸 술을 마셨다.

"우리 언제부터 연습할까? 팀장 정해지면 주제도 정해야 하고 할 일이 많아. 아마 우리 훈련장이 마련되면 그때부터 본격적으로 할 수 있을 거야."

"팀장은 형이 해."

훈겸이 당연하다는 듯 말했지만 혁준은 싱긋 웃으며 고개를 저었다.

"지난번에 내가 했으니까 이번엔 네가 해라."

나예는 혁준과 훈겸이 지난 2001월드페이스트리컵 대회 때 함께 호흡을 맞췄던 것을 알고 있었다. 그때 혁준이 팀장을 했던 모양이었다.

"내 말은 제대로 듣지도 않을 거면서 팀장을 하라고?"

"잘 들으면 되지. 어차피 서로의 영역에 대해서는 터치하지 않으면 되잖아."

"세 사람이 하나의 주제로 작품을 만들어야 되는데 어떻게 서로의 영역에 대해서 터치 안 할 수가 있어? 나한테 시킬 거면 내 말 잘 듣겠다고 약속부터 해."

눈 하나 깜짝하지 않고 선배에게 자기 말을 들으라고 요구하는 것을 보고 나예는 깜짝 놀랐다. 하지만 혁준은 싱글거리며 웃기만 했다.

"알았다, 이놈아. 나예 씨! 이 녀석은 나예 씨가 맡아. 나예 씨 말이라면 쥐약이니까."

"네?"

"뭘 그리 놀라? 이 녀석, 나예 씨 엄청 좋아하잖아."

얼굴이 뜨거워졌다. 몇 잔 마시지 않은 술 핑계를 대 봤지만 얼굴의 열기는 술 때문이 아니라는 것을 나예는 알고 있었다.

혁준은 기분이 좋은 듯 술을 꽤 많이 마셨다. 나예도 꽤 많이 마셨지만 정신을 바짝 차리고 있어서인지 그다지 취하진 않았다. 식사를 마치고 혁준은 대리운전을 불러 집으로 갔다. 훈겸은 많이 마시지는 않았지만 몇 잔 마셨기 때문에 역시 대리운전을 불러 나예와 영미를 태우고 집까지 데려다주었다.

"고마워요. 데려다줘서."

차에서 내리자 영미가 훈겸에게 인사를 했다. 나예도 인사를 하고 영미와 함께 집에 들어가려는데 그가 손을 잡았다.

"왜요?"

나예가 잠시 멈춰 서자 영미는 두 사람을 돌아보곤 먼저 들어가겠다며 재빨리 집 안으로 들어가 버렸다. 나예는 그날 처음으로 그와 단둘이 있게 되었다. 그가 복잡한 표정으로 나예를 내려다보더니 조금 망설였다.

"속인 건 미안하다. 사정이 있었어."

나예는 그의 눈동자를 바라보았다. 달라진 건 없었다. 그녀가 알고 있는 박정민이라는 남자, 바로 그 사람이었다.

"왜 그랬어요?"

일단 이유를 듣긴 해야 할 것 같았다. 그의 거짓말에 화가 나긴 했지만 뭔가 이유가 있을 거라는 생각에 나예는 일단 물어보았다. 하지만 그는 나예의 질문에 바로 대답하지 못했다. 잠시 침묵이 흐른 뒤, 그는 어렵사리 입을 열었다.

"얘기가 좀 길어. 내일 만나자. 너 일 끝나면 데리러 올게."

대체 무슨 까닭이기에 그가 말을 못 하는 것인가 덜컥 겁이 났다. 그의 미온적인 태도에 화가 나기도 했다. 나예는 입술을 깨물었다. 처음엔 이유를 들어 볼 생각도 나지 않을 정도로 배신감에 화가 났지만 그래도 이유를 듣겠다고 울컥이는 마음을 다스리고 있던 참이었다. 그런데 또 하루를 기다리라니. 나예는 신경질적으로 그의 손을 뿌리쳤다.

"어제 밤새 한숨도 못 잤어요. 대회장에서 당신을 봤을 때, 난 믿지 않았어요. 나한테 거짓말을 했을 줄은 상상도 못 했다고요. 대체 왜 그랬을까? 밤새 그 생각을 했지만 이유를 알 수가 없었어요. 그런데 이제 궁금하지 않아요. 정민 씨 좋은 사람이라고 생각했는데…… 내가 사람 잘못 본 것 같아요."

나예는 매몰차게 쏘아붙이곤 돌아섰다. 제발 뭐라도 좋으니 변명 한마디라도 했으면 싶었지만 그는 끝내 한마디도 하지 않았다. 나예를 붙잡지도 않았다. 나예는 집으로 들어와 욕실 문을 닫고 소리 없이 울었다.

23장

"나예야, 너 괜찮아?"

나예는 멍하니 빵을 정리하다가 흠칫 놀라 영미를 돌아보았다. 영미는 걱정스러운 듯한 표정으로 나예를 바라보고 있었다.

"응. 왜?"

"오늘 하루 종일 넋이 나간 것 같잖아. 눈은 퉁퉁 붓고. 아까 오전엔 너 얼굴 볼 만했어. 지금은 부기 가라앉았네."

"아, 그랬어?"

나예는 아무렇지 않은 어조로 말하며 고개를 돌렸다. 벌써 저녁 9시가 넘어가는 시간이라 나예는 가게 정리를 하고 있었다. 훈겸이 데리러 오겠다고 했기 때문에 마음이 어지러웠다. 이제 이유 따위 어찌 되었건 듣지 않겠다고 결심했다. 그래서 그가 만나자고 해도 그냥 집에 갈 생각이었다.

"문제가 뭐야?"

"응?"

영미가 눈을 빛내며 나예에게 다가와 그녀의 손을 잡고 가게 한쪽의 의자에 앉혔다. 나예는 영미의 눈을 피했지만 영미는 집요하게 물었다.

"내가 보기엔 그렇게 큰 문제는 없어 보이는데. 물론 훈겸 씨가 너를 속인 건 잘못한 일이지만 뭔가 사정이 있었다잖아. 일단 이유를 들어 보고 판단해야 하는 거 아냐? 그리고 둘이 서로 좋아하잖아. 나도 처음엔 3년 전에 널 돈으로 사기도 했고, 너 빵집 열 때 금전적으로 도움을 준 것도 그렇고 좀 꺼림칙했었어. 돈으로 여자 사는 나쁜 놈이라고 생각도 했었고. 근데 몇 달 동안 겪어 보니까 생각이 바뀌었어. 정말 괜찮은 남자 같아. 게다가 너와 공통점도 있잖아. 너한테 딱 맞는 남자 아니니? 그런데 네 기분은 왜 이렇게 바닥을 치는 건데?"

나예는 한숨을 쉬었다. 영미의 말이 옳았다. 그런데 이상하게도 영 기분이 나빴다. 불안하기도 하고 그가 숨기는 게 뭔지 몰라 더 걱정이 되기도 했다.

"언니, 그 사람이 날 속일 만한 이유가 없어. 난 그게 불안해. 내가 모르는 뭔가가 있을 것 같아서."

"별걱정을 다 한다. 내가 너라면 좋아서 춤이라도 추겠구먼. 처음에 박정민으로 알고 있을 때는 그냥 재벌 2세나 벼락부자 정도로 생각했었잖아. 너 모르지? 그 남자, 재산이 어마어마해. 킹 과자점 대주주에다가 강남에 부동산이 어마무시하게 많대. 그 왜, 돌아가신 정도훈 전 회장이 죽을 때 재산이랑 본인 소유의 주식을 몽땅 자기 친아들한테만 물려줬다고 그러더라고. 그게 바로 훈겸 씨야. 그것 때문에 정인재 이사 측이랑 알력 다툼이 있었다고…….”

“언니는 그런 걸 어디서 들었어?”

“조금만 관심 있으면 알지. 그때 언론에서 얼마나 떠들었었는데. 그리고 물려받은 재산 말고도 그 사람 몸값이 장난 아니잖아. 능력 있는 남자에다가 재산도 많아, 외모도 출중해. 완벽하지 않니? 그런 사람이 널 좋아한다는데! 여자들이 훈겸 씨 얼굴 한번 보려고 라파예르호텔에 줄을 선단다. 하도 작업실 밖으로 안 나오니까 어떻게 해서든지 만나려고. 소문엔 여자 만나면 연습 시간 줄어든다고 절대 안 만난다고 하더라고. 그런데 그런 남자가 매일 네 얼굴 보겠다고 여길 문턱이 닳도록 드나들었다고.”

영미는 침이라도 튀길 듯 열렬한 태도로 이야기했다. 대체 굴러온 복덩이를 왜 걷어차느냐는 식이었다. 나예도 알았다. 그가 얼마나 대단한 남자인지. 하지만 이젠 그와 더 이상 이야기하고 싶지가 않았다. 그가 밝히지 못하는 그 이유도 알고 싶지 않았다.

“언니, 그만하고 이제 가자.”

나예는 한숨을 쉬며 자리에서 일어났다. 며칠째 밤에 잠을 제대로 자지 못해 몹시 피곤했다.

“어휴, 계집애. 입 아프게 말하니깐 제대로 듣지도 않고.”

영미가 투덜거렸지만 나예는 못 들은 척 정리를 하고는 밖으로 나왔다. 가게 문을 잠그고 막 돌아서는데 가게 앞 도로에 훈겸의 차가 서 있었다. 그는 밖에 서 있다가 나예를 보곤 성큼성큼 다가왔다. 나예는 그를 외면하고 지하철역을 향해 걸었다. 그가 나예의 손을 잡았다.

"강나예."

나예는 그의 손을 뿌리쳤다. 그는 조금은 화가 난 것처럼 보였다.

"안녕하세요?"

영미가 재빨리 인사를 건네며 웃는 낯을 보이자 훈겸은 그제야 표정을 풀고 영미에게 인사를 했다.

"나예하고 할 이야기가 있어요. 오늘은 제가 좀 데려가겠습니다."

"네. 얼마든지요."

영미는 녹을 듯이 웃으며 나예를 밀어 주곤 지하철역으로 잰걸음을 옮겼다. 나예는 영미가 등을 밀어 비틀거리다 훈겸이 팔을 잡아 주자 제대로 설 수 있었다.

"얘기 좀 하자."

그가 나예의 팔을 잡은 채로 그녀의 눈동자를 깊숙이 들여다보았다. 나예는 그의 시선에 기분이 이상해지고 말았다. 결국 시선을 먼저 돌린 것은 그녀였다. 훈겸은 나예의 손을 잡고 그녀를 차에 태웠다. 나예는 창밖으로 시선을 돌린 채 입을 꾹 다물었다. 그가 뭐라 하든 들을 기분이 아니었다. 하지만 나예

는 차에서 내리지는 않았다. 그는 나예의 기분을 짐작한 듯 아
무 말 없이 운전에만 집중했다.

"여긴……."

차가 멈추자 나예는 의아하다는 얼굴로 바깥을 둘러보았다.
그가 나예를 데리고 온 곳은 라파예르호텔이었다. 그는 차에서
내려 나예가 앉아 있던 조수석의 문을 열었다. 나예는 일단 차
에서 내렸다. 이야기를 하자면서 호텔로 데려온 이유가 뭘까
생각하느라 머리가 지끈거렸다. 하지만 그는 나예의 생각을 짐
작한 듯 담백한 어조로 말했다.

"오해하지 마. 조용히 이야기할 곳이 마땅치 않아서 여기로
온 거니까."

그는 호텔 안으로 아무렇지 않게 들어갔다. 나예는 잠시 바
깥에 멈춰 서 있다가 그가 돌아보며 손짓을 하자 마지못해 안
으로 들어갔다. 객실로 올라가는 엘리베이터를 탄 나예는 어색
한 침묵에 어찌할 바를 몰랐다. 호텔방으로 가는 것 같은데 따
로 체크인을 하지도 않았다. 그러면 호텔 레스토랑이나 카페로
가는 것인가 생각했지만 그들이 내린 9층은 객실만 즐비한 층
이었다. 나예는 마른침을 꿀꺽 삼켰다. 그는 903호 앞에서 객
실 카드키를 꺼내 문을 열었다. 미리 체크인을 해 놓은 모양이
었다. 나예는 객실 안으로 들어가야 하나 말아야 하나 잠시 망
설였다. 들어가면 못 나오는 건 아닌가 의심스럽기도 했다.

"들어와. 날 믿지 못하는 마음은 이해하지만 나쁜 짓 하려는
거 아냐."

한숨을 쉬며 말하는 그를 보고 나예는 얼굴을 살짝 붉혔다. 그를 따라 객실로 들어가자 특실인 듯 안이 무척 넓었다. 나예는 조심스럽게 객실 안을 둘러보았다. 고급스럽고 깔끔한 가구들과 인테리어. 이런 방은 하룻밤에 얼마씩이나 하나 궁금해졌다.

"3년 전에 집을 나와서 아직 새 집을 못 구했어."

나예가 궁금해하는 것을 짐작한 것인지 그가 묻지 않은 말을 시작했다. 나예는 깜짝 놀라 그를 돌아보았다. 그는 재킷을 벗어 아무렇게나 소파 한쪽에 던지곤 자리에 앉았다. 나예는 그와 조금 떨어진 자리에 조심스럽게 앉았다.

"나한테는 집이 별로 의미가 없어서. 어차피 잠자는 시간은 얼마 안 되고, 호텔에서 일하니까 차 가지고 다니면서 길에다 버리는 시간 아까워서 여기에 머무르는 것뿐이야. 오늘은 사람들 눈 없는 데서 이야기하고 싶어서 여기로 온 거고. 내게 집이 있었다면 아마 거기로 갔겠지."

놀라운 일이었다. 정말 그는 연습하는 시간이 줄어드는 게 싫어서 호텔에서 머무르는 것 같았다. 그렇다면 영미가 말해주었던 게 사실일지도 모른다. 여자를 만나면 연습할 시간이 줄어드니까 만나지 않는다는 말이. 혁준이 우스갯소리처럼 했던 하루에 두 시간 이상 잠을 안 자는 연습에 미친놈이라는 말도 정말인 것 같았다.

"조금은 긴 이야기인데 들어 줄래?"

훈겸이 진지한 표정으로 그녀를 바라보고 있었다. 나예는 말없이 그의 눈을 바라보았다. 화가 나서 그가 하는 말을 듣지 않겠다고 생각했지만 나예는 결국 그를 따라왔고, 그와 마주 앉아 있었다. 어쨌든 그가 어려운 이야기를 하려고 하는 것 같아 나예는 말없이 그의 말을 들어 주기로 했다.

"내가 얼마 전에 했던 말 기억해? 직업이나 학벌, 집안 같은 건 나를 이루는 것 중의 하나임엔 틀림없지만 나 자체는 아니라고 했던 거."

"네."

그가 나예와 저녁을 먹으며 했던 이야기는 또렷하게 기억하고 있었다. 그를 다른 누가 아닌 그 자신으로만 보아 달라고 했던 말을.

"그냥 내 겉껍질 말고 내면을 봐 달라고. 내가, 널 이렇게 좋아하고 있다고."

훈겸은 나예를 뚫어지게 바라보았다. 심장이 폭주하듯 심하게 뛰었다.

"너한테 거짓말을 했던 건, 그래서였어. 내가 누구인지 알면 나한테는 기회가 없을 것 같아서."

"무슨…… 뜻이에요?"

"네가 전에 한번 이야기했었지. 너희 아버지와 우리 아버지와의 관계. 넌 아버지 때문에 날 다시 만나고 싶지 않다고 했었잖아."

"그건, 그랬죠."

"너, 어디까지 알고 있어? 부모님들의 일."

나예는 잠시 생각에 잠겼다. 그는 뭔가 알고 있는 것 같았다. 아버지, 강희석이 그렇게도 평생 정도훈 회장을 미워했던 이유를. 나예는 판도라의 상자를 눈앞에 두고 있는 것 같은 기분이 들었다. 그녀는 모르고 그는 알고 있는 사실을, 알면 안 될 것 같았다.

"아빠는…… 정도훈 회장님을 싫어했어요. Siba 대회 때, 아빠는 경연 대회에서 떨어진 게 정도훈 회장님 때문이라고 했어요. 그게 진짜인지 아닌지는 모르겠지만 그게 싫어했던 이유는 아닌 것 같아요. 훨씬 전부터 싫어하셨던 것 같아요. 이유는 한 번도 말씀 안 하셨지만."

나예는 두려움을 감추고 대답했다. 금방이라도 자리에서 일어나 도망치고 싶은 마음이 들었지만 나예는 두려움을 꾹 눌러 참았다.

"난, 평생을 빵공장에서 살았어. 말도 못 하던 아기 때부터 쭉. 내 인생에는 오로지 빵밖에 없었거든. 그리고 아버지가 계셨지. 난 아버지처럼 빵을 만들고 싶었고 아버지를 존경했어. 그런데 내 인생에서 단 한 달 동안, 일탈을 했던 때가 있었어. 그때 널 만났고."

나예는 고개를 끄덕였다. 그녀가 레드플라워에 있었을 때였다.

"그때 난 아버지가 내 인생의 롤모델로 삼고 싶었던 완벽한 사람이 아니었다는 걸 알게 되었어. 배신감에 견딜 수 없었지. 이걸…… 내가 발견했거든."

훈겸이 탁자 위에 있던 검은 노트를 나예 쪽으로 밀어 주었다. 두꺼운 검은 가죽은 낡고 오래되어 보였다. 그리고 아무런 표시도 되어 있지 않았다. 나예는 천천히 노트에 손을 뻗었다. 왠지 어디선가 본 듯한 느낌이었다. 나예는 노트를 집어 펼쳐 보았다.

'강희석.'

아버지의 필체로 아버지의 이름이 적혀 있었다. 나예는 깜짝 놀라 다시 이름을 확인해 보았지만 아버지의 필체가 맞았다. 아버지가 썼던 일기장은 나예가 갖고 있었기 때문에 아버지의 필체는 금방 알아볼 수가 있었다.

"아빠 거예요. 그런데 이게 왜?"

"봐."

간결한 그의 말에 나예는 일기장을 넘겨 보았다. 아버지의 일기였다. 아주 오래된. 아버지가 일기를 쓰는 습관을 갖고 있다는 것은 나예도 익히 알고 있었다. 아버지가 그녀에게 보여 주었던 그 일기장에도 하루의 일들을 또박또박 적어 두었고, 레시피며 연구하던 발효종에 대해서까지 다 자세하게 적혀 있었다. 그런데 나예가 집에서 찾았던 아버지의 일기장보다도 훨씬 오래된 일기였다. 아버지가 결혼을 하기도 전, 녹원당에서 김인웅 명장으로부터 빵을 배우던 때였던 것 같았다.

"최난희?"

아버지의 일기는 온통 최난희라는 여자에 대해 적혀 있었다. 평생 빵을 만들고 빵만 알아 온 아버지였기에 일기장에도 빵에 대한 이야기가 있는 건 이해가 되었으나 그것만큼이나 많은 지면을 할애하고 있는 최난희라는 여자에 대해서 나예는 알지 못했다.

'엄마가 아니야. 아버지는 엄마가 아닌 다른 여자를 사랑했던 것일까?'

머릿속이 혼란스러워졌다. 아버지의 일기에는 아버지가 최난희를 얼마나 사랑했는지 알 수 있을 정도로 그녀를 향한 마음이 잘 표현되어 있었다. 그리고 정도훈 회장에 대해서도 적혀 있었다. 두 분은 10여 년이 넘게 한 이불을 덮고 지냈던 친한 친구 사이였다. 그런데 왜 아버지가 정도훈 회장을 그렇게 싫어한 것인지 이유를 알 수 없었다.

"우리 어머니야."

"네?"

"네 아버지, 강희석 씨가 사랑했던 여자. 그게 바로 우리 어머니라고."

이해가 되질 않았다. 나예는 혼란스러운 머릿속을 정리하려고 애썼지만 미로에 빠진 듯 해답을 찾을 수가 없었다.

'아빠는 왜 최난희라는 여자를 그렇게 사랑하면서 엄마와 결혼했을까?'

나예는 일기장을 한장 한장 넘기며 생각했다. 아버지의 일기는 온통 최난희라는 여자에 대한 이야기투성이였다. 그런데 뒤쪽으로 넘어가 보니 이상한 일기가 하나 있었다. 나예의 손이 살짝 떨렸다. 믿을 수 없는 내용이었다. 뭔가 아귀가 맞지 않는 것 같기도 했다. 나예는 고개를 갸웃거렸다. 훈겸을 바라보니 그는 복잡한 표정으로 시선을 돌리고 있었다. 뭔가 잘못되었다.

"이건…… 좀 이상해요. 이게 아빠가 쓴 일기가 맞나요?"

"나도 처음엔 믿지 못했어."

그가 씁쓸한 미소를 띠고 말했다. 나예는 다시 일기를 읽어보았다. 그러니까 아버지 강희석과 정도훈 회장은 형제 이상의 정을 나눈 관계였는데, 정도훈 회장이 가장 친했던 친구의 여자를 겁탈했다는 내용이었다.

"말도 안 돼."

나예는 믿을 수가 없었다. 어떻게 그럴 수가 있을까 싶었는데 그게 사실이라고 했다. 그게 정말이라면 아버지가 정도훈 회장을 싫어했던 게 이해가 되었다. 평생 남을 미워할 줄 모르고 살았던 아버지였다. 어머니가 그렇게 집안을 풍비박산 내어 놓고 도망을 갔어도 아버지는 어머니를 원망하지 않았다. 아무리 그런 아버지이지만 믿었던 친구의 배신은 지워지지 않는 상처였음에 틀림없었다. 정말 믿기 힘든, 말도 안 되는 이야기였다. 나예는 일기를 한 글자 한 글자 차분하게 다시 읽었다. 아버지가 느꼈던 배신감과 분노, 절망감을 고스란히 느낄 수 있었다.

"아빠가 사랑했다면 쉽게 포기하지 않았을 거예요. 아빠는…… 뭐든 그랬어요. 무슨 일이든 될 때까지 우직하게 하는 분이었거든요. 이렇게 사랑했던 여자였다면 무슨 일이 있어도 포기하지 않았을 거예요. 그런데 왜 아빠가 이 분과 결혼하지 못했던 거죠?"

나예는 일기장을 한 장 넘기며 말했다. 나예가 아는 아버지라면 한번 사랑했다면 끝까지 사랑했을 것임에 틀림없었다. 결혼 생활 내내 어머니가 겉돌았던 것도 아버지가 사랑을 주지 않았기 때문이었다. 아버지는 아마 첫사랑이었던 최난희라는 여자를 계속 잊지 못했던 것 같았다.

"그건…… 나 때문이었어."

나예는 의아한 눈으로 훈겸을 바라보았다. 그는 쓸쓸한 표정으로 말했다.

"그때 날 임신했었다고. 그래서 아버지와 결혼하셨어."

영화나 소설 속에서 나오는 이야기 같았다. 운명의 장난이 아닐 수 없었다. 나예는 잠시 멍하니 있다가 정신을 차렸다. 그의 어머니는 그를 낳다가 난산으로 돌아가셨다고 했다. 원치 않는 일을 당하고 원치 않는 아이에, 결혼까지. 최난희라는 그분의 삶도 가엾기 짝이 없었다. 아버지가 그렇게 사랑하던 여자가 일찍 세상을 떠난 건 큰 상처였음에 틀림없었다. 그리고 그 불행의 모든 원인은 정도훈 회장이라고 생각했을 것이 분명했다. 그렇기 때문에 누굴 미워할 줄 모르던 아버지가 원수처럼 대했던 것이리라.

"그런데 이게 왜 당신한테 있는 거예요?"

나예는 일기장을 한 장씩 넘기며 물었다. 아버지의 일기 뒤쪽은 빈 종이가 몇 장 있었고, 그 뒤로는 아버지의 레시피가 적혀 있었다. 나예가 아버지의 일기장을 봤을 때도 일기와 함께 레시피와 연구 내용이 자세히 적혀 있었다. 이 일기장 역시 그랬다. 아버지가 예전에 만들었던 레시피였다. 그건 아마도 녹원당에서 빵을 만들 당시에 썼던 레시피임에 틀림없었다.

"혹시⋯⋯."

별생각 없이 레시피들을 보다가 나예는 어떤 한 가지 생각이 떠올랐다. 아버지의 배합비는 나예도 잘 알고 있었다. 그리고 그것들은 킹 과자점의 주력 상품이었던 빵들이었다. 그럴리는 없겠지만 어쩌면 정도훈 회장이 일부러 아버지의 레시피를 가져간 것일 수도 있었다. 하지만 설마 그게 사실일까 싶어 나예는 목구멍까지 올라왔던 말을 다시 삼켰다.

레시피의 뒤쪽은 발효일지가 있었다. 나예가 아버지의 일기장에서 보았던 발효일지, 아버지가 예전부터 연구하고 있었던 것이라 하셨던 발효일지가 분명했다.

"아마 아버지는 그 뒤쪽에 있었던 것들이 필요했던 모양이야."

훈겸이 나지막한 목소리로 말했다. 믿을 수 없었다. 그래도 한때 아버지와 가장 친했다던 그 사람이 어떻게 그런 짓을 할수 있는지 나예는 이해가 되질 않았다. 손이 바르르 떨렸다. 들고 있던 일기장의 종이가 사각사각 소리를 내었다. 그것은 명백한 도둑질이었다. 다른 사람의 레시피를 가져가는 것은. 지금은 레시피를 공개하고 서로 공유하는 추세지만 아버지가 일을 하던 70~80년대만 해도 레시피는 개인 재산이나 마찬가지였다. 그렇다면 정도훈 회장은 아버지가 밤낮 없이 연구해 얻은 결과를 가로채어 성공을 한 것이다. 나예는 일기장을 덮었다.

'아버지……'

나예는 이제 그가 거짓말을 했던 이유를 이해했다. 아마 나예가 이런 사정을 알았다면 그를 절대 만나지 않았을 것이 분명했다. 나예는 입술을 깨물었다.

"아버지에게 모든 걸 물어보진 못했다. 그땐 나도 그 엄청난 사실을 도저히 받아들일 수 없었으니까. 아버지는 녹원당에서 일할 때부터 발효종을 연구하고 있었다고 하셨어. 어쩌면 두 분이 그렇게 친한 사이였으니 같이 연구를 했을지도 모르지. 그리고 레시피도, 같은 스승님 밑에서 빵을 배웠으니 두 분이 알고 있던 레시피도 비슷했을 거야."

"지금 그걸 말이라고 하는 거예요? 그랬다면 정도훈 회장님은 왜 이 일기장을 가지고 있는 거죠? 이미 다 알고 있는 레시피가 왜 필요한 거예요?"

나예는 그의 말을 막고 버럭 화를 냈다. 그가 자신의 아버지를 두둔하는 듯한 말에 저도 모르게 화가 났다. 아버지의 인생은 휴지 조각처럼 구겨져 버렸는데 그는 자신의 아버지의 행동을 합리화시키고 있었다. 그것은 말도 안 되는 일이었다. 나예가 화를 내자 그는 괴로운 표정으로 말을 멈췄다. 하지만 아버지의 억울함에 분노하는 나예에게는 그의 표정이 보이질 않았다.

"네 말도 맞아. 난 그때 이걸 보고 나서 지금까지도 계속 고민해 왔어. 아버지는 돌아가셔서 대답을 해 줄 수 없으니 진실은 아무도 몰라. 난 그저 내 생각을 이야기한 것뿐이야. 아마 아버지가 이걸 필요로 했던 건, 레시피가…… 아버지가 알고 있던 것과 좀 달랐거나 아니면 발효종 때문일 거야. 아버지는 발효종에 대해서 계속 연구하셨거든. 나도 같이 했었는데 여러 가지 문제가 있어서 실패했어."

"여기에 적힌 발효종은 아빠가 처음에 연구했던 것들이고 이것들은…… 적절한 발효점을 찾기 힘들거나 발효가 잘 되지 않는 것들이에요. 아빠는 다른 종류의 발효종들을 계속 찾았어요."

"다른 종류?"

아버지의 일기장에서 보았던 몇 가지 발효종이 떠올랐다. 그것들은 훈겸이 보여 준 일기장에 있는 것들과는 다른 것들이었다. 하지만 그가 궁금해하는 듯하자 나예는 또 울화가 치밀어 올랐다.

"왜요? 당신도 정도훈 회장님처럼 연구 결과가 필요한 거예요? 그래서 나한테 접근했어요?"

화가 나서 한 말이지만 나예는 이제 그의 진심마저 의심스러웠다. 그가 무슨 생각으로 그녀에게 거짓말을 한 것인지 알 수가 없었다. 그녀를 좋아한다고 했지만 그게 진심인지, 아니면 그저 그녀를 꾀어 내어 뭔가를 얻으려 하는 것인지 그의 말을 도무지 믿을 수가 없었다.

"젠장! 사람 말을 어디로 듣는 거야? 내가 너 좋아한다고. 사랑한다고. 발효종이 필요한 게 아니라 네가 필요한 거야! 그래서 이걸 다 털어놓는 거라고."

훈겸이 화를 냈다. 그의 말을 듣자 더 혼란스러워졌다. 사랑한다는 말을 들으면 기뻐야 하는데 오히려 두려웠다. 북받치는 감정에 눈물이 날 것 같았다. 나예는 눈물을 억지로 참으며 떨리는 목소리로 비아냥거렸다.

"당신은 사랑한다는 말이 그렇게 쉽게 나와요? 당신 아버지가 우리 아빠 인생을 박살냈다는 얘기를 하면서 날 사랑한다고 하면 내가 좋아할 줄 알았어요? 당신 말, 하나도 못 믿겠어요."

그는 망치로 얻어맞은 듯한 표정이었다. 눈물이 조금 흘렀다. 나예는 울지 않으려 눈에 힘을 주었다. 그는 한숨을 푹 쉬었다. 그녀의 반응을 예상했던 듯 그는 괴로운 표정으로 나예를 바라보더니 일어나서 그녀에게 가까이 다가왔다. 그는 나예의 앞에서 한쪽 무릎을 꿇고 앉았다. 그리고 그녀의 손을 잡았다. 나예는 화들짝 놀라 그의 손을 뿌리쳤다.

"네 기분 이해해. 하지만 내 진심을 외면하지 말아 줘. 네가 생각하는 것처럼 내가 널 이용하려고 들었다면, 이런 얘기 다 하지도 않았어. 나도 이 일들이 다 사실이 아니라면 좋겠어. 내가 생각하고 있는 것들이 사실이 아니라면 좋겠다고 수천 번, 수만 번 생각했어. 그런데 이미 일어난 일은 다시 되돌릴 수가 없지. 나는, 아버지와 연을 끊으려 했었어. 난 아버지가 그런 잘못을 했다는 걸 인정할 수가 없었거든. 내가 아는 아버지는,

그런 분이 아니었거든. 내가 평생 본받고 똑같이 살고 싶다고 생각한 내 세계의 전부였거든. 아버지는."

그의 표정이 너무도 아파 보였다. 나예는 저도 모르게 그의 얼굴을 멍하니 바라보았다. 그가 사흘간 나예와 함께 지내면서 보였던 그 표정이 떠오르자 그때 그가 왜 괴로워했었는지 알 것 같았다. 그가 시간을 되돌리고 싶다고 했던 이유가 이제 이해가 되었다.

"그런데 현실은 그게 아니었어. 내가 대회 때 너희 아버지의 실력을 직접 봤기 때문에 나중에 그 일기장을 보았을 때 아버지가 왜 그 일기장이 필요했는지 짐작할 수 있었어. 내가 어릴 때부터 만들었던 킹 과자점의 주력 상품들은 모두 그 레시피의 빵들이었고, 아버지가 연구하던 발효종도 그것들이었어. 아버지가 강희석 씨의 레시피를 훔쳐서 킹 과자점을 키웠다고 생각할 수도 있어. 인정하고 싶지 않지만 어쩌면 그게 사실일 거라고 생각해. 아버지는 강희석 씨에게 평생 갚을 수 없는 죄를 지었어. 대회 때도, 아버지가 강희석 씨의 케이크시트를 바꿔서 최우수상을 받을 수 있었던 거야."

"그게…… 정말이에요? 케이크시트를, 정말 바꿨다고요?"

아버지가 의심했던 일이 진실이었음을 알게 되자 나예는 기가 막혔다. 아버지가 분노하며 시트가 바뀐 거라고 했을 때, 나예는 그런 일이 가능한 것인가 싶어서 반신반의했었다. 어쩌면 아버지가 그분을 미워하기 때문에 그렇게 생각하는 것일지도 모른다고 생각했다. 그런데 아버지의 예상이 맞는 거라니. 사람이 어떻게 그럴 수가 있는지 기가 막혔다.

"그래. 아버지는 그때 혜성그룹에서 실력 있는 파티시에를 찾고 있다는 걸 알고 계셨어. 기회를 놓치고 싶지 않았겠지. 결국 킹 과자점은 혜성그룹의 자본으로 지금처럼 거대한 프랜차이즈로 성장할 수 있었어."

온몸이 분노로 떨렸다. 나예는 이제 그를 볼 수 없었다. 킹 과자점은, 아버지의 희생 위에 키워진 회사였다. 훈겸이 모든 일을 한 것은 아니지만 그의 아버지가 한 일이었다. 나예는 눈을 질끈 감았다. 이제 무서워졌다. 정도훈이라는 사람이. 그리고 그의 아들이. 그녀의 앞에서 무릎을 꿇고 있었지만 속내는 어떨지 몰랐다. 아버지를 농락하고, 이제 그녀까지 농락하려드는 것 같았다. 뜨거운 눈물이 볼을 타고 흘렀다.

"처음부터…… 다 알고 있었어요? 3년 전에 나를 만났던 때부터?"

"아니. 난 네가 누군지도 몰랐어. 그리고 그때 널 만나기로 했던 날, 아버지가 돌아가셨다. 그래서 약속 장소에 가지 못했던 거야."

나예는 눈을 떴다. 그가 흔들리는 눈빛으로 그녀를 바라보고 있었다. 그의 마음을 믿고 싶었다. 그가 정말 부모님들 간의 일과 상관없이 그녀를 사랑한다는 것을 믿고 싶었지만 나예는 너무 혼란스러웠다. 그를 믿을 수가 없었다.

"아버지가 한 일들은, 모두 잘못이라는 걸 알아. 난 그래서 용납할 수가 없었고 아버지와의 연도 끊고 싶었다. 그런데 막상 병원에 누워 계시는 아버지를 보니까 그게…… 안 되더라. 아무리 미워도, 아버지라서…… 용서할 수밖에 없었어."

"용서요? 당신이 왜? 용서는 우리 아빠가 해야 되는 거잖아. 우리 아빠는 절대 용서하지 않을 거예요. 내가 아빠라도 용서 안 해. 돌아가셨어도 용서할 수 없어요."

나예가 쏘아붙이자 그는 이해한다는 듯 고개를 끄덕였다. 그것도 화가 났다. 나예는 그를 노려보았다.

"알아. 아버지가 돌아가시기 전에 강희석 씨에게 용서를 빌고 싶다고 하셨어. 다 아버지가 잘못한 일이라고, 아버지의 욕심 때문에 일어난 일이라고. 직접 사죄하고 싶다고 하셨어."

"이제 와서 용서를 빌어 봤자 무슨 소용이에요? 우리 아빠는 지금 어디 계신지도 모르는데! 죽었는지 살았는지도 모른다고요!"

나예는 울음을 터뜨렸다. 화가 나서 미칠 것 같았다. 아빠가 사채업자에게 쫓겨 행방불명이 된 것도, 나예가 영우를 구하기 위해 몸을 팔았던 것도, 그녀의 가족에게 생긴 모든 불행이 다 정도훈 회장 때문인 것만 같았다. 아버지의 기회를 그 사람이 빼앗지만 않았어도, 어쩌면 클로버 빵집이 킹 과자점보다 더 큰 회사가 되었을지도 모를 일이었다. 어머니가 아무리 사치스럽게 생활했어도 감당할 수 있을 정도로 아버지가 성공했을지도 모를 일이었다. 그런데 이제 와서 그게 다 무슨 소용이란 말인가. 아버지는 돌아가셨을지도 모를 일인데. 나예는 서러웠다.

"미안하다. 내가 대신 용서를 빌게. 아버지는 돌아가셨지만 내가…… 강희석 씨 꼭 찾아서 용서를 빌게. 아버지도 그렇게 해 달라고 하셨어. 정말 미안하다."

나예는 자리에서 벌떡 일어났다. 더 이상 그를 마주하고 있을 수가 없었다. 모든 일들이 다 정도훈 회장 때문이었다. 그녀의 가족이 뿔뿔이 흩어져 버린 것도, 그녀가 힘들게 살아야 했던 것도. 훈겸이 그 일들을 다 한 것은 아니지만 그도 미웠다. 그녀를 속인 것도 화가 났고, 아무것도 모르고 그에게 마음이 기울어 버린 것도 화가 나 미칠 지경이었다.

"강나예, 잠깐만."

그녀가 밖으로 나가려는데 훈겸이 쫓아와 그녀의 손을 잡았다. 나예는 매몰차게 손을 뿌리쳤다. 눈물이 걷잡을 수 없이 흘러내렸다.

"놔요! 나한테 손대지 마!"

"제발. 네 마음은 알겠는데 제발 나한테도 기회를 줘. 난 너 놓치고 싶지 않다."

"내 마음이 어떤지 당신이 어떻게 알아요? 날 속인 얄팍한 수를 또 쓰려고요? 다신 보고 싶지 않으니까 연락하지 말아요!"

그에게 매섭게 소리치곤 밖으로 나왔다. 그가 따라와 다시 붙잡았지만 나예는 그를 다시 뿌리쳤다.

"나예야, 거짓말한 건 미안하다. 정말 널 놓치고 싶지 않았어. 내 마음을 보여 줄 기회도 없이 내쳐지고 싶지 않았다고. 제발 내 마음은 믿어 줘. 널 정말 사랑한다고."

나예는 그를 바라보지 않았다. 또 속아 넘어갈 것 같았다. 달콤한 그의 말에 속아 넘어가 바보처럼 당할 것 같았다. 눈물이 또 흘러내렸다.

"다시는, 사랑한다는 말 따위 하지 마요. 역겨우니까."

엘리베이터에 올라탄 뒤, 나예는 차갑게 말을 뱉었다. 그는 더 이상 나예를 따라오지 않았다. 나예는 악몽 같았던 그때의 일을 떠올리며 몸서리를 쳤다.

*

"아, 손님. 오늘은 영업 끝났습니다."

검은 양복을 입은 남자들 몇 명이 우르르 가게로 들어왔다. 영미가 웃으며 영업이 끝났다는 말을 했지만 남자들은 밖으로 나가질 않았다. 대신 나예와 영미를 험상궂은 인상으로 바라보며 물었다.

"김영주 어디 있어?"

순간 나예의 등줄기에 싸한 느낌이 지나갔다. 어머니를 찾는 검은 양복 차림의 사내들. 어머니가 또 무슨 일을 저지른 건지 알 수가 없다. 나예는 불안한 얼굴로 영주와 시선을 교환했다.

"여긴 안 계시는데요. 저희 엄마는 왜 찾으시죠?"

"아, 김영주 딸년이로군. 김영주 그년이 우리 돈을 안 갚았거든. 작년부터 갖다 쓴 돈이 수억이야."

숨이 턱 막혔다. 나예는 절망적인 심정으로 입술을 깨물었다. 카드빚뿐만이 아니었다. 어머니는 사치스런 생활을 유지하기 위해 사채까지 끌어다 쓴 모양이었다. 어떻게 해야 할지 아무 생각도 나질 않았다.

"그, 그럴 리가 없어요. 그렇게 많은 돈을 썼다니요."

"그년이 갖다 쓴다고 써 놓은 차용증 보여 줘? 그년이 못 갚으면 집에서 갚아 줘야지. 이 빵집 팔면 되겠네, 응?"

어깨가 떡 벌어진 사내가 빵 바구니를 들어 바닥에 패대기쳤다. 영미가 비명을 질렀다. 남자들은 빵들을 사방으로 던지고 가게 안의 물건들을 부수기 시작했다. 소란스러운 매장의 소리를 들었는지 공장에 있던 아버지가 달려 나왔다. 아버지는 놀란 얼굴로 매장 상황을 보더니 남자들을 가로막고 섰다.

"대체 이게 무슨 짓입니까! 당신들은 누군데 남의 가게에 와서 행패요!"

남자들은 잠시 가게를 부수던 손길을 멈추었다. 우두머리로 보이는 험상궂은 남자가 아버지를 보고 비릿한 웃음을 지었다.

"아하. 김영주년 남편이로군. 그년이 빌린 돈을 좀 갚아야겠어. 자, 차용증 보시지."

남자가 내민 차용증에 적힌 금액은 1억 5000만 원이었다. 나예의 가족들에게 1억 5000만 원은 엄청난 돈이었다. 가게 보증금을 빼어 줘도 부족할 금액. 집을 처분해도 다 갚지 못할 금액이었다.

"돈은, 곧 갚겠소. 그러니 그만 돌아가시오."

"곧 갚을 돈이었으면 우리가 이렇게 찾아오지도 않았지. 그

년이 1년 내내 곧 갚겠다고만 하고 갚질 않았어. 물론 처음에
는 갚았지. 일수로 시작한 건데, 뭐…… 처음엔 5000 정도 빌
렸나? 매일 꼬박꼬박 갚더니 한 달 만에 차일피일 미루다가 다
시 금액을 높여서 일수를 찍고, 이게 반복되다 보니까 불어난
돈이 이래."

"말도 안 돼. 5000이 어떻게 1억 5000으로 불어납니까!"

"남의 돈을 빌려 놓고 계속 안 갚은 건 말이 되나? 원래 이자
가 그래. 붙은 돈에서 또 붙고, 또 붙는 법이거든. 우린 그래도
다른 업체에 비해서 이자가 싼 편이라고. 20프로면 괜찮은 편
아닌가? 그리고 일수잖아. 처음부터 이자 꼬박꼬박 내고 빌리
겠다고 약속하고 빌려 준 거였다고. 그런데 한 달 후부턴 이자
조차도 단 한 번도 안 냈어, 그년이."

사내들은 비웃음을 던지곤 차용증을 집어넣었다. 그리고 가
게의 물건을 몇 개 더 부수고는 나가 버렸다.

"사흘 주지. 못 갚으면 각오해야 할 거야."

사내들이 나가자 나예는 바닥에 털썩 주저앉았다. 눈물이
방울방울 흘러내렸다. 어머니에 대한 원망이 가슴속에 가득해
졌다. 그 돈을 갚으려면 집도 가게도 다 내놓아야 했다. 그래도
모자랐다. 아버지의 꿈인 빵집을 빼앗긴다면 아버지는 살 수
없을지도 모른다. 나예는 입술을 깨물었다. 어떻게 해야 할지
방법이 떠오르질 않았다.

"나예야, 집에 가자."

아버지 역시 진이 빠졌는지 힘없는 어조로 나예에게 말했

다. 영미는 울면서 바닥을 정리하고 있었다. 나예는 일어나 아버지를 따라 가게를 나섰다. 막막하고 또 막막했다.

집으로 가는 동안 아버지는 아무 말씀도 하지 않으셨다. 나예 역시 아무 말 하지 않았다. 집에 도착하니 오랜만에 어머니는 집에서 영우와 함께 있었다. 영우는 거실에서 종이접기를 하고 있었고 어머니는 방에 누워 있었다. 아버지는 안방으로 들어가 문을 닫았다. 나예는 안절부절못하며 거실에 서서 안방 문을 바라보았다.

"아니에요. 빌린 건 사실이지만 갚을 수 있을 거라 생각해서 빌렸던 거예요. 내가 갚으면 될 거 아니에요."

아버지와 어머니가 다투고 있었다. 나예는 두 손을 맞잡고 불안한 얼굴로 방문을 뚫어지게 바라보았다. 아버지가 어머니의 카드빚까지 알게 되면 어떻게 하나 걱정이 되었다.

"무슨 수로 그 큰돈을 갚는단 말이오."

"어떻게든 할 거예요. 내가 쓴 돈이니 내가 갚을 거예요."

"왜 그렇게 대책이 없어! 이제까지 해 온 것만으로도 충분하잖아. 당신도 이제 현실을 직시할 때가 되었다고! 당신의 지금 위치에 걸맞게 살아야지!"

"이럴 거면 왜 나랑 결혼했어요? 당신은 날 사랑하지도 않잖아! 날 이렇게 구질구질하게 살게 할 거였으면 왜 결혼했냐고! 차라리 혼자 살게 놔두지!"

두 분의 언성이 높아지자 영우가 울기 시작했다. 나예는 깜짝 놀라 영우를 안아 주었다.

"영우야. 괜찮아. 괜찮을 거야."

나예는 영우의 귀를 막았다. 괜찮을 거라고 반복해서 중얼거리는 나예는 스스로에게 주문을 걸듯 괜찮다는 말을 반복했다. 어머니는 자신이 빌린 돈이니 스스로 갚겠다고 했지만 어머니에게 무슨 뾰족한 대책이 있을 리 없었다. 지난번에 말한 것처럼 다시 술집에 나가 돈을 벌어 오는 것 외에 어머니의 능력으로 뭔가를 할 수는 없었다. 그것도 돈을 벌 수 있을지 없을지 알 수 없는 일이었다.

"지난 일을 후회해 봤자 무슨 소용이야. 이미 일어난 일을. 우리가 결혼하게 된 것도 운명이고, 이렇게 살게 된 것 또한 운명인데. 앞으로 어떻게 할지 생각해 봐야지. 솔직히 다 말해봐. 빚진 건 이게 전부야?"

어머니는 대답을 하지 않았다. 나예는 눈물이 나는 눈을 부릅뜨고 영우를 토닥였다. 영우가 입고 있는 바지의 무릎 부분이 해져 있었다. 가난은 싫었지만 견디지 못할 것은 없다고 생각했었다. 아버지처럼 열심히 살고, 자신의 일에 최선을 다한다면 괜찮을 거라 생각했었다. 하지만 그게 아니었다. 바닥으로 떨어졌다고 생각하면 그것이 끝이 아니었다. 시커먼 바닥은 계속 입을 벌리고 나예를 아래로 아래로 끌어당기는 것 같았다.

"여기서 멈췄으면 좋겠다. 영우야."

나예는 영우에게 작은 소리로 속삭였다. 악마가 나예와 가족 모두를 삼키는 것만 같았다. 나예는 제발 더 이상은 아무 일도 생기지 않기를 빌었다. 하지만 운명은 나예의 바람을 무참히 짓밟고 말았다.

사흘 후, 아버지는 돈을 구하지 못했다. 가게 보증금은 가겟세를 제하고 나니 턱없이 부족했고, 집을 내놓았지만 사흘 만에 팔릴 리가 없었다. 먼 일가친척들에게까지 다 돈을 빌리러 다녔지만 어려운 시기에 아무도 선뜻 돈을 내놓질 않았다. 친구도, 업계 아는 사람들도, 아무도 그들을 도와주지 않았다. 어머니는 돈을 구해 오겠다며 집을 나간 후 돌아오질 않고 있었으며, 나예는 학교도 가지 못하고 영우를 데리고 불안함에 잠을 이루지 못했다.

"돈을 마련하지 못했어? 아주 간이 배 밖으로 나왔구먼. 다 같이 죽자고 덤비는 거야?"

검은 양복을 입은 사내들이 집으로 몰려왔다. 나예는 영우를 안고 바들바들 떨었다. 무서웠다. 영우는 울음을 터뜨렸다. 애새끼가 시끄럽다고 역정을 내는 사내들 때문에 나예는 영우의 입을 막고 정신없이 달래느라 바빴다.

"집은 내놓았지만 팔리려면 시간이 걸릴 거요. 오늘은 우선 이것만 가지고 돌아가 주시오. 곧 나머지 돈도 마련하겠소."

"지난번에도 돈은 갚겠다고 했지. 우리도 바쁜 사람들이야. 어떻게 돈 받으러 맨날 쫓아다니겠나? 오늘 결판을 내자고, 응? 돈을 갚아. 가게를 팔아서라도. 어디서든 쥐어짜면 돈이 나오게 되어 있어. 딸년이라도 팔아. 얼굴이 반반한 게 꽤 값을 받을 수 있겠네, 응?"

아버지의 얼굴이 허옇게 변했다. 나예는 섬뜩한 기분에 시선을 아래로 내리깔았다. 사내들의 시선이 두려웠다. 금방이라도 그녀를 어떻게 해 버릴 것 같은 분위기에 나예는 두려움에 질렸다.

"제발, 아이들은 건드리지 마시오. 어떻게든 돈을 마련할 테니. 차도 팔려고 하니 돈이 좀 더 생길 거요. 그러니 제발……."

사내들은 서로 눈길을 주고받더니 닥치는 대로 세간을 부수기 시작했다. 나예는 눈을 꼭 감았다. 두려움에 비명이 나오지도 않았다. 영우의 귀를 막고 눈을 가렸다. 아버지가 사내들을 막다가 각목에 맞아 나뒹굴었다.

"자, 이제 어디서 돈이 나올지 생각이 나지?"

사내들은 한차례 세간을 부수고 나서 아버지에게 물었다. 그러고는 종이를 한 장 꺼냈다.

"각서다. 여기 사인해. 일단 네 딸년을 팔아야겠다. 그리고 기한 안에 돈을 갚지 못하면 네 장기라도 떼어다 팔아야지."

나직한 목소리로 말했지만 나예의 귓속에 창처럼 꽂히는 말이었다. 나예는 부들부들 떨었다. 눈을 뜨니 아버지 역시 손을 부들부들 떨고 있었다. 사내는 아버지에게 억지로 펜을 쥐어 주었다. 하지만 아버지는 사인을 하지 않았다. 나예는 입술을 깨물었다. 바닥은 아직도 더 깊었다.

아버지는 나예를 바라보았다. 나예는 절망적인 심정으로 아버지의 눈을 바라보았다. 아버지는 나예에게 눈짓을 했다. 현관문을 한번 쳐다보고 나예를 바라보는 아버지의 눈동자에서는 도망가라는 의도를 느낄 수 있었다. 나예는 사내들을 둘러보았다. 세 명. 세 명을 뚫고 밖으로 도망갈 수 있을까 하는 생각에 나예는 마른침을 꿀꺽 삼켰다. 품에 안고 있는 영우를 내려다보았다. 영우를 버리고 갈 순 없었다. 영우를 데리고 밖으로 나갈 수 있을까 생각하고 있는데 갑자기 아버지가 일어나 사내들 중 한 명을 넘어뜨렸다.

"악!"

옆에 있던 의자를 밀어 사내들이 나오지 못하게 막자 나예는 더 이상 생각을 할 수 없었다. 나예는 영우를 안아 들고 젖먹던 힘까지 다해 달렸다. 현관문을 박차고 밖으로 나가 계단을 쿵쿵 뛰어 내려갔다. 뒤에 남은 아버지는 어떻게 하나 걱정이 되었지만 일단 나예는 바깥으로 나왔다. 뒤에서 사내들의 욕설과 소리치는 소리가 들렸다. 아버지가 따라서 뛰어나오고 있었다.

"나예야, 차에 타!"

아버지가 소리쳤다. 나예는 주차장으로 달려 영우를 안고 아버지의 차에 올라탔다. 아버지는 차에 올라 시동을 걸고 바깥으로 차를 몰았다. 사내들이 뒤에서 소리를 치더니 자신들의 차에 올라서 뒤를 따라왔다. 나예는 뒤를 돌아보며 불안한 눈동자를 굴렸다. 무서웠다. 도망을 가지만 그 사내들에게 잡히면 어떻게 되는 것인지 생각하기도 싫었다.

"아빠……."

울먹이는 영우의 목소리에 아버지가 백미러를 흘깃 보았다.

"걱정 마라. 경기도 쪽으로 갈 거야. 거기 예전에 알고 지내던 분이 있다. 거기서 잠깐 숨어 지내며 방법을 생각해 보자."

아버지는 침착했다. 그녀와 영우를 지키기 위해서 정신을 바짝 차리고 있는 것이리라. 나예는 눈물이 날 것 같았지만 억지로 참았다. 아버지를 더욱 힘들게 할 순 없었다. 나예는 입술을 깨물고는 영우를 자리에 제대로 앉히고 안전벨트를 매 주었다. 그리고 스스로도 안전벨트를 매고 영우의 손을 꼭 잡았다. 아버지는 외곽 도로로 차를 몰았다. 사내들의 차도 바짝 따라붙었다. 속력을 내고 있었지만 사내들은 막무가내로 운전을 하고 있었다.

나예는 계속 뒤를 돌아보았다. 시커먼 차가 바짝 따라붙는 것이 무서웠다. 사내들에게 잡히면 나예는 술집에 팔려 가거나 변을 당할 게 분명했다. 심장이 조여들었다. 다행히 도로에 차들이 별로 없어서 아버지는 계속 속력을 내어 달릴 수 있었다.

"아앗!"

서울을 벗어나 좁은 도로를 달리고 있는데 사내들의 차가 바짝 붙어 왔다. 차선도 무시하고 옆으로 바짝 붙자 차끼리 부딪쳤다. 충격으로 영우가 소리를 질렀다. 나예는 두려워 미칠 지경이었다. 운전대를 잡고 있는 아버지의 손에 하얗게 힘이 들어갔다. 속력을 더 냈지만 사내들의 차는 끈질기게 쫓아왔다. 시커먼 악마 같은 차가 옆으로 다가오자 나예의 눈이 커졌다.

"아악!"

차가 또 흔들렸다. 강하게 부딪혀 아버지의 손이 헛손질을 했다. 나예의 눈앞에 모든 게 슬로모션처럼 천천히 느껴졌다. 검은 차에 부딪힌 차가 도로를 벗어났다. 시커먼 하늘이 보이고 차가 기울자 길게 자란 풀들이 눈앞을 덮쳐 왔다. 나예는 비현실적으로 몸이 붕 뜨는 듯한 기분을 느꼈다. 그리고 순간 강한 충격에 암전.

나예가 눈을 떴을 땐 메케한 연기가 차를 메우고 있었다. 나예는 쿨럭거렸다. 온몸이 욱신욱신 아팠지만 살아 있었다. 도로를 벗어난 아버지의 차는 논두렁으로 굴러 떨어진 듯했다. 사방이 어두워서 어디가 어디인지 분간을 할 수 없었지만 나예는 정신을 차리고 옆자리의 영우를 흔들었다.

"영우야! 영우야, 정신 차려!"

영우의 얼굴에 생채기가 나 있었다. 나예는 덜컥 겁이 났다. 영우를 재차 흔들자 영우가 천천히 눈을 떴다. 다행히 영우도 살아 있었다. 나예는 한숨을 쉬었다. 그제서야 운전석의 아버지에게 생각이 미친 나예는 얼른 아버지를 살폈다.

"아빠! 아빠! 괜찮아요? 정신 차려요, 아빠!"

나예가 흔들자 아버지는 천천히 눈을 떴다. 신음 소리에 나예는 흠칫 놀랐다. 아버지는 머리에서 피를 흘리고 있었다. 많이 다친 것 같았다. 나예는 울음을 참으며 아버지를 살폈다.

"나예야……."

꺼질 것 같은 아버지의 목소리에 나예는 가슴이 찢어지는 것 같았다. 나예는 울면서 아버지의 손을 잡았다.

"아빠, 정신 차려요, 네? 괜찮을 거예요."

"어서…… 도망가. 영우를……."

"아빠 놔두고 어딜 가요. 같이 가요, 네? 아빠!"

"집에 가서…… 일기장을 찾아, 나예야. 우리 꿈인…… 클로버빵…… 네가 완성해……."

"안 돼요, 아빠! 저 혼자서는 안 할 거예요. 같이 가요!"

"어서…… 가."

나예는 차창 밖을 바라보았다. 도로가에 차를 세운 사내들이 차에서 내려 뭐라고 소리치고 있었다. 나예는 두려움에 목이 막혔다. 영우를 돌아보니 영우도 두려운 얼굴이었다. 나예는 잠시 망설이다 영우의 손을 잡았다. 안전벨트를 풀고, 낑낑대며 차 문을 열었다. 풀숲에 긁혔지만 아프지도 않았다. 나예는 영우의 손을 잡고 달리기 시작했다. 사내들 중 한 명이 나예를 발견하고 뭐라고 소리치는 소리가 들렸다. 사내들이 달리기 시작했다. 나예는 두려움이 목구멍까지 치밀어 오르는 것을 참고 달렸다. 숨이 끊어질 것 같았지만 계속 달렸다. 논두렁의 풀을 헤치고 앙상하게 남은 풀숲으로 들어갔다.

"아, 아빠!"

그때 아버지의 차에서 굉음이 터져 나왔다. 펑 하는 소리와 함께 뜨거운 불길이 치솟았다. 나예는 달리다가 그 자리에 못 박힌 듯 멈춰 섰다. 사고 기능이 멈추었다. 불길에 사내들의 발길이 잠시 묶였다. 나예는 다음 순간 다시 달렸다. 숨이 멎을 것 같았지만 달렸다. 한참을 달려 사내들이 더 이상 뒤쫓아 오지 않는다는 걸 알게 되자 나예는 걸음을 멈추었다. 그리고 어두운 도로 위에 털썩 주저앉았다.

"누나······."

영우가 울먹이며 나예의 품을 파고들었다. 나예는 어깨를 들썩였다. 참았던 눈물이 조금씩 흘러나왔다.

"흑흑흑······."

나예는 영우를 끌어안고 오열했다. 어두운 밤하늘을 붉게 물들이던 불빛이 떠오르자 울음이 터져 나왔다. 나예는 가슴을 쥐어짜며 울었다. 영우를 끌어안고 아프게 울었다. 그녀에게 늘 기분 좋은 웃음을 보여 주었던 아버지, 아버지와 함께 빵을 만들던 공장의 밀가루 날리던 뿌연 공기가 생생했다. 나예는 믿을 수가 없었다. 아버지가 돌아가셨다는 것을, 자동차와 함께 불타 버렸다는 것을 믿을 수가 없었다.

"누나, 우리 어디로 가?"

나예는 한참을 울다가 영우의 말에 정신을 차렸다. 따뜻한 옷조차 제대로 입지 못한 영우는 덜덜 떨고 있었다. 나예는 다리에 힘을 주고 일어섰다. 겉옷을 벗어 영우에게 입혀 주고 영우의 손을 잡았다.

"집에······."

막막했지만 일단 집으로 가야 했다. 아버지가 말했던 일기장을 가지러.

아버지는 일기장에 연구하던 발효종에 대해 기록을 해 두었다고 했었다. 나예가 클로버빵을 만들자고 했을 때, 아버지는 발효종과 일기장에 대해 이야기해 주셨다. 나예는 그때 아버지가 늘 뭔가 메모를 하던 것이 바로 일기장이었다는 것을 알았다.

밤새 도로가를 터벅터벅 걷다가 우연히 지나는 트럭을 얻어 타고 나예와 영우는 서울로 돌아올 수 있었다. 나예는 영우와 함께 집으로 조심스럽게 들어갔다. 집은 텅 비어 있었다. 나예는 영우의 옷을 단단히 챙겨 입히고 따뜻한 옷으로 갈아입었다. 그리고 안방에서 아버지의 일기장과 나예가 숨겨 두었던 비상금 20만 원을 챙겼다.

"아빠……."

나예는 일기장을 손에 쥐고 눈물을 흘렸다. 아버지의 단정한 필체를 보니 가슴이 먹먹해졌다.

'아빠, 제가 할게요. 아빠의 꿈, 제가 이룰게요. 그리고 우리 클로버 빵집, 제가 다시 되찾을 거예요. 어떻게 해서든 다시 일어날게요. 아빠…….'

나예는 일기장을 쥔 손에 힘을 주며 속으로 다짐했다. 그리고 눈물을 훔치곤 영우의 손을 꼭 잡았다.

"영우야, 누나랑 가자."

"응. 누나, 근데 엄마는?"

나예는 입술을 깨물었다. 어머니는 소식조차 없었다. 원망하는 마음이 솟아났지만 나예는 마른침을 꿀꺽 삼키고 영우에게 애써 웃는 낯을 지었다.

"엄마도 나중에 올 거야. 지금은 누나랑 있자."

일단 급한 대로 영미를 찾아가 신세를 질 생각으로 나예는 영우를 데리고 밖으로 나왔다. 조심스럽게 주변을 살피고 빠른 걸음으로 걷는데 갑자기 누군가 어깨를 세차게 당겼다.

"아얏!"

나예는 넘어질 뻔했지만 균형을 잡고 돌아섰다. 그리고 다음 순간 눈을 휘둥그렇게 떴다.

"다시 기어들어 올 줄 알았지. 갈 때 가더라도 우리 돈은 갚아야 되지 않겠어?"

지옥의 사자도 이보다 더 무서울 순 없었다. 나예는 사내들에게 잡힌 손을 빼내려고 안간힘을 썼지만 꼼짝도 할 수 없었다. 사내들은 나예와 영우를 끌고 차에 태워 어디론가 데려갔다. 인근의 폐공장인 것 같았다. 나예는 두려움에 찬 눈으로 주변을 둘러보았다. 사람들은 그림자도 보이질 않았다. 어두운 안으로 들어가자 영우가 울음을 터뜨렸다. 사내들은 사정없이 영우의 작은 등을 때려 바닥에 나뒹굴게 했다.

"어린애잖아요! 왜 그러는 거예요!"

나예는 몸을 던져 영우를 감쌌다. 사내들은 냉정한 얼굴로 나예와 영우를 떼어 놓았다.

"집하고 가게 처분하면 대충 5000. 남은 건 1억이다. 한 달 안에 1억 만들어 와라."

"미쳤어요? 1억이라니 말도 안 돼! 그리고 한 달 안에 어디서 돈을 구해 오란 말이에요!"

나예가 소리치자 사내들은 비웃음을 지으며 나예를 바라보았다.

"돈 구하는 방법 알려 줄까? 널 팔아. 몇천은 너끈히 나올 거다. 네가 할 수 있는 건 네 몸뚱이로 돈을 구하는 방법밖에 없어. 아니면 누구에게든 돈을 빌려 보든가."

"그, 그럴 수는 없어요!"

나예는 섬뜩한 느낌에 뒤로 물러섰다. 사내들은 나예에게 각서를 내밀었다.

"사인해. 한 달 안에 돈을 구해 오지 못하면 네 동생은 영영 볼 수 없을 거다. 왜냐면, 중국으로 팔아 버릴 거거든."

"당신들은 미쳤어! 이런 거 불법 아니에요? 경찰에 신고할 거야! 당신들은 우리 아빠도 죽였어! 당신들 마음대로 이런 짓을 할 순 없어요!"

나예가 악을 쓰며 대들자 사내들은 혀를 찼다.

"너희 아빠를 죽인 건 우리가 아니야. 그건 그냥 교통사고였을 뿐이지. 운전 미숙으로 인한 사고야. 그리고 우리가 차에 갔을 때 차 안엔 너희 아빠가 없었어. 죽었는지 살았는지 모르겠다고. 우리한테 죽었다고 책임 전가를 하면 안 되지. 죽었는지 살았는지도 모르는 사람을 두고 말이야. 안 그래?그리고 돈을 갚지 않은 건 너희 엄마고, 엄마가 도망갔으니 너라도 돈을 갚아야지."

나예는 부들부들 떨었다. 사내들은 각서에 억지로 나예의 손을 끌어다 사인을 하곤 영우를 끌고 나가 버렸다. 나예는 정신을 차리고 사내들을 쫓아 나갔다.

"누나! 누나!"

영우가 울고 있었다. 나예는 사내의 팔을 잡고 늘어졌다.

"제발 영우는 돌려줘요. 아직 어린애란 말이에요!"

"한 달간은 무사할 거야. 우리가 고이 데리고 있지. 밥도 주고, 잠도 재우고. 하지만 그 후에는 어떻게 될지 아무도 몰라. 여기로 전화해라."

사내는 나예의 손에 전화번호 하나를 적은 메모를 쥐여 주곤 영우를 차에 태워 데려가 버렸다. 나예는 차가운 바닥에 털썩 주저앉아 버렸다.

24장

"이사님, 오늘 오찬 약속은 1시에 잡혀 있습니다. 그리고 회
장님께서 잠시 올라오시랍니다."

인재는 시간을 확인했다. 11시. 점심 약속은 1시였지만 더
빨리 가려던 인재는 눈살을 찌푸리며 자리에서 일어났다.

"알았어. 오후 스케줄 여유 있게 조정해 놓고. 오찬은 나 혼
자 갈 거야."

대한제과협회 회장 길형우와 제과기능장협회 회장인 김기
철, 그리고 이번 프랑스월드페이스트리컵 한국 대표 선발전에
서 대표로 뽑힌 세 명의 파티시에들과 식사 약속이 잡혀 있었
다. 식사를 하러 가기 전에 월간 베이커리에서 세 사람의 인터
뷰를 한다고 했기 때문에 그 자리에 먼저 들렀다가 갈 생각이
었다.

인재는 엘리베이터에 올라 회장실로 갔다. 차성희 회장은 인재가 들어가자 자리에서 일어나 그에게 소파의 자리를 권했다.

"앉으렴. 오늘 대한제과협회 회장님과 점심 약속이 있다고?"

"네."

인재는 자리에 앉으며 대답했다. 차성희 회장은 자리에 앉더니 얼굴에 살짝 미소를 띤 채 인재를 잠시 바라보았다. 어머니가 무슨 생각을 하는지 어느 정도 짐작은 했다. 하지만 인재는 먼저 말을 꺼내진 않았다.

"대한제과협회 측에 월드페이스트리컵 대회 대표 선수들 훈련장을 제공하겠다고 제안했다지? 그런데 왜 그걸 나한테는 말하지 않았니?"

프랑스월드페이스트리컵 대회에 나갈 대표 선수들은 대한제과협회의 지원을 받아 1년간 훈련을 하게 된다. 인재는 그걸 알고 있었다. 킹 과자점은 전에도 한국 대표 선수들에게 지원을 해 준 적이 있었다. 훈련장이 되었든, 재료나 각종 지원금이 되었든, 아니면 해외 연수가 되었든 어떤 지원도 대한제과협회 측에서는 환영하는 입장이었다. 실제로 다른 회사에서도 지원을 하거나 재료를 협찬하곤 했다.

"굳이 회장님께 보고할 필요가 없어서요. 예전에도 킹 과자점은 대표 선수들 지원을 했었고 지원으로 인한 광고 효과도 무시할 수 없다는 거, 회장님도 잘 알고 계시잖습니까."

"훈련장을 킹 과자점 본사 건물에 마련한다고 들었다."

"네. 이번에 아이스 카빙 대표 선수로 선발된 권혁준 공장장이 일하기 편하도록 본사 3층에 있는 제빵체험실 전체를 리모델링하기로 했습니다. 아무래도 킹 과자점 본점과 근접한 곳에서 훈련을 하는 게 좋을 것 같아서요. 우리 킹 과자점에서 한국 대표가 선발되었다는 것도 우리로서는 충분한 광고 효과가 있을 것 같고, 훈련장을 제공한다는 면에서 킹 과자점을 부각시키는 효과도 있을 것 같습니다."

"그래, 네 말도 일리가 있지. 아무래도 시간을 절약할 수도 있을 테고. 권혁준 공장장이 있어야 본점도 잘 돌아가니까."

"네."

"그런데 인재야, 난 왜 다른 생각이 들까? 강나예 양이 이번에 함께 선발되었다지? 그 아이를 네 옆에 두기 위해서 훈련장을 이곳에 두는 것 같은 건, 내 기우인 거니?"

인재는 부드러운 차성희 회장의 말투에 속지 않았다. 어머니는 분명히 나예를 인재의 짝으로 생각하지 않는다는 점을 분명히 했었고, 인재는 어머니가 한번 결심한 것은 끝까지 밀고 나간다는 것을 잘 알고 있었다. 그 역시 나예와 결혼할 생각까지는 없었지만 그렇다고 어머니가 그와 나예 사이에서 마음대로 그녀를 조종하는 것도 바라지 않았다.

"아뇨. 어머니 생각도 맞습니다. 콧대가 하늘 높은 줄 모르는 그 여자, 제 옆에 좀 두려고요. 아무리 유혹해도 넘어오질 않으니 옆에 두고 자주 보면 혹시 기회가 생길까 싶어서요."

인재는 핵심을 바로 치고 들어갔다. 예상대로 차성희 회장은 순순히 인정하는 인재의 말에 적잖이 당황한 듯했다.

"인재야, 너 정말…….."

"어머니가 싫어하시는 거 알아요. 하지만 제 여자관계까지 어머니 마음대로 조종하려 들지 마세요. 전 어머니 관리가 필요한 미성년자가 아니잖아요."

"정인재!"

"저, 강나예하고 결혼할 생각은 없어요. 저도 제 결혼이 어떤 의미인지 잘 알고 있기에 결혼으로 제가 얻을 수 있는 게 많은 여자를 선택할 생각이에요. 그러니 방해하지 마세요. 제 성격 아시잖아요. 어머니가 나예한테 뭔가 다른 행동을 취하신다면 제 마음이 바뀔지도 모르니까요. 지금은 그냥 연애로 끝낼 생각이지만 반대하시면 결혼하고 싶어질지도 몰라요."

차성희 회장은 기가 막히다는 얼굴로 한숨을 쉬었다. 인재는 고집스럽게 입을 다물고 차성희 회장을 바라보았다. 어릴 때부터 인재는 자신의 의지대로 움직여 왔다. 킹 과자점 역시 어머니가 원해서 일을 하는 게 아니라 그의 판단으로 일을 하고 있는 것이었다.

"휴우. 정인재, 널 정말 감당 못 하겠다. 너 이렇게 여자한테 정신 못 차리고 있으면서 연애로 끝낼 수 있겠니? 그 아이는 너한테 마음 없는 것 같던데."

"그렇다 하더라도 그건 제 문제예요. 어머니께서 관여할 일은 아닙니다."

"은빛 양은 어쩔 거야? 너만 보면서 기다리고 있는데."

"제가 알아서 하겠습니다."

차성희 회장은 생각만 해도 머리가 아픈 듯 관자놀이를 손으로 꾹꾹 누르며 한숨을 쉬었다. 일을 할 때는 누구에게도 지지 않는 여장부였지만 단 하나의 약점이 바로 인재였다. 인재는 자리에서 일어섰다.

"저, 먼저 가 보겠습니다."

어머니에게는 좀 미안했지만 어머니의 말을 따를 수는 없었다. 그 역시 은빛과 결혼을 하는 것이 가장 이상적이라는 사실을 알고 있었다. 사업상으로도 그랬고, 은빛은 예전부터 그를 좋아하고 있었다. 하지만 인재는 강나예라는 콧대 높은 여자를 꼭 꺾고 싶었다. 호승심일 수도 있고 자존심일 수도 있었다. 무엇이 진심인지 인재 자신도 잘 몰랐다.

인재는 주차장으로 내려가 차를 타고 인터뷰가 진행되고 있을 약속 장소로 향했다. 인터뷰는 점심 약속 장소인 한정식집에서 진행된다고 했다. 회사에서 가까운 곳이라 금방 도착했다. 인재는 종업원의 안내를 받아 인터뷰가 진행되고 있는 방으로 들어갔다.

인터뷰가 한창 진행되고 있었다. 인재는 하얀 제빵 가운을 입고 있는 나예를 보고 숨이 막히는 것 같았다. 기자의 질문에 대답을 하다가 나예가 웃음을 터뜨렸다. 구슬이 굴러가는 것처럼 듣기 좋은 소리였다. 인재는 뚫어질 듯 나예를 바라보았다. 그녀는 닿지 않는 곳에 있는 유리 인형 같았다. 처음에는 별것도 아닌 게 콧대만 높다고 생각했었다. 돈으로 안 되는 게 없으니 돈을 주면 그에게 무릎 꿇을 거라 생각했다. 그런데 강나예라는 여자, 참 이상했다.

돈도 필요 없고, 킹 과자점이라는 회사 또한 그녀에게는 유혹적이지 못했다. 그의 외모도 먹히지 않았고, 그 무엇도 그 여자의 관심을 끌 수 있는 게 없었다. 쥐뿔도 없으면서, 코딱지만 한 빵집 하나가 그녀가 가진 전부였다. 하지만 그녀는 킹 과자점을 소유하고 있는 인재보다도 더 당당했다.

숨 막히게 아름다운 외모도 그녀의 당당함보다 빛이 나진 않았다. 인재는 홀린 듯 나예를 바라보며 생각에 잠겼다. 그 여자를 어떻게 해서든 손에 넣고 싶었다. 월드페이스트리컵 대회에 한국 대표로 뽑힌 것을 보고 적잖이 놀라기도 했다. 그녀를 옆에 두고 싶어서 킹 과자점으로 들어오라고도 해 봤지만 그녀는 요지부동이었다.

"아, 안녕하세요? 킹 과자점 정인재 이사님이시죠?"

인터뷰를 하고 있던 기자가 인재를 돌아보고 아는 척을 했다. 인재는 목례를 하곤 그들에게 다가갔다.

"지난번 킹 과자점 창립 기념일 때 잠깐 뵀었는데, 기억하십니까?"

"아, 네."

이상호 기자라고 자신을 소개하며 남자가 말했다. 인재는 창립 기념일 때 연회장에서 보았던 기자임을 기억해 냈다. 그는 서글서글한 태도로 인재에게 말을 걸었다.

"이번에 킹 과자점에서 월드페이스트리컵 대회 대표 선수들에게 훈련장을 제공한다고 들었습니다."

"네. 매번 지원을 했었지만 이번에는 특히 저희 킹 과자점 본점의 권혁준 공장장님이 대표 선수로 선발이 되었고, 훈겸이는 제 동생이기도 해서 제가 좀 더 도움이 될 순 없을까 생각하다가 훈련장을 제공하기로 했습니다."

"그렇군요. 그럼……."

이상호 기자는 인재에게 몇 가지 질문을 더 하고 인터뷰를 마무리했다. 인재가 왔을 때 인터뷰가 거의 마무리 단계였던 모양이었다. 이상호 기자가 인사를 하고 나가자 그들도 식사를 하기 위해 다른 방으로 자리를 옮겼다. 그런데 이상호 기자가 나가자마자 분위기가 좀 이상해졌다. 인터뷰를 하는 동안에는 화기애애한 분위기였는데 세 명이 모두 표정이 굳어 있었다. 특히 나예는 차갑게 굳은 얼굴로 방 안의 누구에게도 시선을 주지 않고 있었다. 인재는 손을 뻗어 나예의 어깨를 잡아 돌려세웠다. 그녀가 사나운 눈길을 던졌다.

"사람을 보고 인사도 안 하나? 우리 꽤 오랜만에 보는 건데."

"안녕하세요."

나예는 얼음 인형처럼 차가운 얼굴로 인사를 하곤 몸을 돌려 나가 버렸다. 뭔가 좀 이상했다. 혁준을 바라보자 그 역시 모르겠다는 얼굴로 고개를 저었다. 방을 옮겨 자리를 잡고 앉은 뒤에도 마찬가지였다. 인재는 혁준과 훈겸을 마주 보고 앉았다. 그녀를 옆에 앉히려는 생각이었지만 나예는 혼자 옆 테이블로 가 앉았다. 인재는 혁준과 훈겸을 한번 보곤 나예에게 고개를 돌렸다. 그녀는 그들이 없는 사람인 듯 혼자 등을 꼿꼿이 세우고 앉아 있었다.

"강나예, 이쪽으로 와. 왜 혼자 앉아?"

"전 여기가 편해요."

화가 벌컥 났다. 튕겨도 너무 튕겼다. 여러 사람들과 함께 식사하는 자리에서마저 그렇게 티 나게 그를 멀리하는 건 기분 나쁜 일이었다. 어찌나 자존심이 상하는지 강나예라는 여자, 다시는 쳐다보기도 싫을 정도였다.

"내가 그렇게 싫어? 다른 사람들 눈도 신경 쓰지 않을 정도로?"

가시를 박은 말을 건넸지만 나예는 들은 척도 안 했다. 인재는 화가 났다.

"이사님을 싫다고 할 만큼 이사님에 대해서 감정 갖고 있지 않아요. 훈련장 지원해 주신 건 고맙습니다."

그녀가 또렷한 음성으로 말했다. 얄미울 정도로 야무진 대답에 얼굴이 뜨거워졌다. 인재는 씩씩거리며 나예를 노려보았다. 하지만 그녀는 그 말을 끝으로 조개처럼 입을 다물어 버렸다.

"아, 하하. 이사님, 정말 감사합니다. 훈련장이 킹 과자점 본점에 있으니 저는 일하기도 편하고 연습하기도 편하게 되었네요."

분위기가 어색해지자 혁준이 얼른 웃으며 감사 인사를 했다. 인재는 겨우 나예에게서 시선을 돌려 혁준을 바라보았다.

"제가 더 고맙죠. 공장장님이 킹 과자점을 대표해서 이름을 빛내 주셨으니까요. 프랑스에 갈 때까지 힘들겠지만 열심히 해 주십시오."

다행히 분위기가 조금 풀렸다. 그때 대한제과협회 회장 길형우와 제과기능장협회 회장인 김기철이 방으로 들어왔다. 그들은 모두 일어서서 서로 인사를 나누었다.

"축하드립니다, 대표 선수들. 대회 끝나고 2주 만인가요?"

자리에 앉자 길형우 회장이 웃음을 지으며 말을 꺼냈다. 모두 도착하자 식사가 시작되었다. 길형우 회장은 제과 명장으로 시종일관 부드러운 미소를 지으며 세 명의 선수들을 격려하고 칭찬해 주었다.

"이번 대표 선수들은 모두 젊은 세대라 또 의미가 있고 기대도 큽니다. 정훈겸 셰프와 권혁준 셰프는 두 번째 출전이라서 더 잘할 거라 생각되고요. 팀장은 누가 하기로 했습니까?"

"예, 제가 하기로 했습니다."

훈겸이 대답을 하자 길형우 회장은 고개를 끄덕였다. 화기애애한 분위기에서 식사는 계속되었다.

"정훈겸 셰프는 젊은 나이에 참 놀라운 발전을 이룬 사람이라 제과계에서 큰 기대를 걸고 있습니다. 기능올림픽 때도 아무도 예상하지 못했던 은메달을 우리나라 최초로 따내지 않았습니까."

"네, 맞습니다. 저도 저 친구 제과 기능장 시험 볼 때 최연소 제과 기능장에 최고점이라는 데 깜짝 놀랐죠. 그런데 하루에 두 시간밖에 안 자면서 연습만 한다는 소문을 듣고 진짜 그럴 만하다고 생각했습니다."

"젊은 게 좋긴 하군요. 그래도 사람이 그 나이에 할 수 있는 일들이 있지 않습니까. 한창때인데 연애도 해 보고 결혼도 해야지. 어디 좋은 아가씨 있으면 소개도 시켜 주고 그래요."

길형우 회장과 김기철 회장이 웃으면서 이야기했다. 김기철 회장이 나예를 쳐다보더니 웃으며 말을 꺼냈다.

"소개해 줄 필요도 없이 여기 있네요. 강나예 셰프는 나이가 꽤 어리던데, 두 사람 잘 어울리는 것 같지 않습니까? 둘 다 제과계의 샛별이고……."

인재는 자리가 불편해져 헛기침을 했다. 두 사람이 나예와 훈겸을 이어 주려는 듯한 분위기로 몰고 가자 기분도 나빴다. 훈겸을 경쟁 상대로 생각해 본 적도 없지만 빵에만 미쳐 사는 동생 녀석이 여자에게 관심이나 있는지 의심스러웠다.

"정훈겸 셰프보다는 제가 더 어울리지 않습니까? 저도 제과계의 샛별 한번 잡아 보고 싶은데."

인재는 웃으며 끼어들었다. 길형우 회장과 김기철 회장은 잠시 놀란 눈으로 인재를 보더니 너털웃음을 터뜨렸다.

"이거 의외로군요. 일 중독자라고 소문난 정인재 이사가 여자에게 관심을 보이다니."

"일도 중요하지만 인생에는 중요한 것들이 많이 있죠."

"하하하. 젊은 분이 현명해요."

분위기가 조금 바뀌자 기분이 좋아졌다. 정말 유치하게도 인재는 다른 사람들의 말 한마디 한마디를 신경 쓰는 자신을 의식하고 조금 놀랐다. 그만큼 강나예라는 여자가 좋아진 것인가 생각을 하다 나예를 바라보았다. 그녀는 자신이 화제에 오르는 것이 불편한지 어색해하고 있었다.

"형이지만, 저도 포기할 수 없겠는데요. 제 이상형이 파티시엘이라서."

그때 뼈 있는 말을 던진 훈겸 때문에 인재는 깜짝 놀랐다. 나예를 보던 시선을 돌려 훈겸을 바라보니 훈겸은 빛나는 눈으로 그를 바라보고 있었다. 그저 분위기를 맞춰 재미있게 하려는 말이 아니었다. 인재가 아는 훈겸은 그런 말을 농담으로 하는 녀석이 아니었다. 그리고 그를 바라보는 훈겸의 눈빛은 경고를 담고 있었다. 강나예를 건드리지 말라는 듯한 경고의 눈빛.

"하하하! 재미있네요. 형제끼리 경쟁하겠는데요. 강나예 셰프, 둘 중에 누가 더 마음에 듭니까?"

점점 재미있어진다는 듯 김기철 회장이 나예에게 질문을 던졌다. 인재는 훈겸을 노려보았다. 훈겸이 진심으로 나예에게 관심이 있는 것인지 의심스러웠다. 여자 만나는 시간도 아까워하며 연습에만 몰두하는 미친 녀석이었다. 빵에 미친 녀석이 어떤 여자인들 눈에 들어올까 싶었는데 나예를 마음에 두고 있는 듯한 발언에 순식간에 경계심이 들었다. 훈겸은 인재의 시선을 피하지 않았다.

"저는……."

나예가 입을 열었다. 인재는 나예에게 시선을 돌렸다. 그녀가 뭐라고 답할지 궁금했다. 혹시 그녀가 훈겸에게 어떤 관심이 있는 것인지도 궁금했다. 예전에 그녀가 이미 좋아하는 남자가 있다고 말한 적이 있어서 혹시나 하는 마음도 있었다. 그 말은 새빨간 거짓말이라 확신했지만 혹시 그가 모르는 사이에 훈겸을 만났을지도 모른다는 생각도 들었다.

"……두 분 다 관심 없습니다. 전 빵이 제일 좋아요."

맥이 탁 풀렸다. 길형우 회장과 김기철 회장이 동시에 너털웃음을 터뜨렸다. 그녀가 어느 한 사람을 선택하지 않고 빵을 선택한 것이 현명한 대답인 것 같기도 했다.

"그래. 그러니까 이렇게 젊은 나이에 한국 대표에 선발이 된 거지. 게다가 여성으로는 최초로 선발되지 않았습니까."

"강나예 셰프가 만들었던 작품, 정말 인상적이었어요. 섬세하고 정교한 작품에 심사 위원들 모두가 찬탄을 아끼지 않았죠."

"이번 프랑스 대회에서는 우리나라가 최초로 순위 안에 입상하는 것도 기대해 볼 만하지 않습니까?"

식사는 화기애애한 분위기 속에서 마무리되었다. 하지만 인재는 훈겸의 눈빛이 계속 신경이 쓰였다. 녀석이 진심으로 강나예라는 여자에게 관심이 있는 것인지 확인해 봐야 되겠다고 생각했다. 인재는 식사가 끝나고 길형우 회장과 김기철 회장이 먼저 자리를 뜨자 가려는 훈겸을 붙잡았다. 혁준은 나예를 데려다주겠다며 먼저 나갔던 참이었다.

"얘기 좀 하자."

훈겸은 인재를 돌아보았다. 뭐라고 물어볼까 생각하다가 인재는 핵심을 바로 찌르기로 했다.

"너, 강나예한테 마음 있어?"

"응."

1초의 망설임도 없이 나오는 대답. 인재는 놀라움을 금치 못했다. 다른 사람이었다면 몰라도 훈겸은 평생 여자 따윈 쳐다보지도 않고 살 거라고 생각했었다. 인재가 아는 녀석은 그런 녀석이었다.

'그런데 왜?'

의문이 생겼다. 강나예라는 여자의 무엇이 돌부처 같던 녀석을 움직였을까? 대체 그 여자는 어떤 매력을 가지고 있기에 평생 여자를 돌처럼 여기던 훈겸의 마음을 움직였을지 궁금해 미칠 지경이었다.

"왜?"

"뭐가?"

"대체 왜 그 여잘 좋아하냐고. 넌 여자엔 관심 없었잖아."

인재는 훈겸을 노려보며 물었다. 훈겸 역시 인재에게 보내는 시선이 곱지 않았다. 그것은 마음에 드는 암컷을 두고 서로 싸우는 수컷의 눈이었다.

"사랑하는 데 이유가 필요해? 강나예, 내 여자니까 건드리지 마."

인재는 순간 말문이 막혔다. 사랑이라고 했다. 정훈겸이. 대체 녀석이 사랑이 뭔지나 알고 그런 말을 하는지 궁금했다. 인재가 알기로 나예는 어떤 남자도 만나지 않았었다. 훈겸 역시 일하고 있다는 라파예르호텔 밖으로 돌아다니는 걸 본 적이 없었다. 녀석은 늘 작업실에서 연습에만 미쳐 있었고, 나예의 주위에서 남자를 본 적도 없었다. 그런데 어떻게 두 사람이 가까워졌단 말인가.

"사랑한다고? 네가?"

"그래."

"강나예도 같은 건가?"

인재의 물음에 훈겸이 입을 다물었다. 녀석의 반응으로 보아 나예는 아닌 것 같았다. 그렇다면 이쪽도 일방통행. 마음이 조금은 가벼워졌다.

"아니. 나예는 날 싫어해."

솔직한 녀석이니 그 말이 맞을 터였다. 인재는 그럼 그렇지 하는 생각에 고개를 끄덕였다. 강나예라는 여자, 어떤 남자도 옆에 다가오지 못하게 하는 이상한 여자였다. 인재마저도 거부한 콧대 높은 여자가 훈겸 따위를 마음에 둘 리 없었다.

"어쨌든 그럼 네 녀석이 나한테 이래라저래라 할 일은 아닌 것 같군. 난 그 여자 가질 거다. 네가 어떻게 하든 신경 안 써. 지금은 콧대 높이고 있지만 그래 봐야 강나예도 다른 여자들과 똑같은 여자야."

"아니. 나예는 달라. 나예가 누굴 선택할지는 모르겠지만. 그 여자한테 마음이 있다면, 정말 진지한 마음이 아니라면 접근하지 마. 형이 한번 데리고 놀다 버릴 만한 여자 아니야."

훈겸은 당당했다. 인재는 꽤나 놀랐다. 그가 알던 훈겸이 아닌 것 같았다.

"한번 놀 생각으로 이 고생을 하진 않아. 어쨌든 그 여자한테 어떤 매력이 있는 건지 몹시 궁금해지네. 경고하는데, 날 상대로 이길 거라곤 생각하지 마라. 난 지금까지 목표한 일은 무엇이든 다 해냈어. 여자도 마찬가지다."

"나예는 쟁취할 목표가 아니야. 그런 생각이라면 그만두라고."

훈겸이 단호하게 말하자 더욱 투지가 불타올랐다. 인재는 비릿한 웃음을 지으며 돌아섰다. 강나예라는 여자, 무슨 수를 써서라도 꼭 가져야겠다는 생각이 들었다.

25장

"자 자, 우리 정말 잘해 보자. 오늘 첫날이니까 주제에 대해서도 이야기해 보고, 훈련을 어떻게 해 나갈지도 의논하자고. 그리고 팀워크를 위해서 가볍게 단합 대회 어때? 응?"

혁준이 분위기를 띄우려는 듯 활발하게 떠들어 댔다. 킹 과자점 3층에 마련된 훈련장에 세 사람이 모인 것은 거의 한 달 만이었다. 훈겸은 그를 외면하고 있는 나예를 뚫어져라 쳐다보았다.

대회가 끝나고 나서 그녀에게 모든 걸 고백한 뒤로 나예는 딴사람이 되어 버린 것만 같았다. 이렇게 될 것을 예상 못 한 바는 아니었다. 그래서 될 수 있으면 고백을 미루고 싶었다. 그녀에게 그의 마음을 충분히 보여 주고 그녀의 마음을 얻은 다음에 고백을 하겠다는 생각이었는데, 대회 때문에 어쩔 수 없이 고백을 해야만 했다.

그녀는 모든 진실을 알게 되자 그 진실을 받아들일 수 없었던 모양이었다. 그녀와 그녀의 가족이 겪었던 모든 불행을 모두 정도훈 회장의 탓으로 돌린 것 같았다. 그녀의 마음은 이해했다. 그럴 수 있다고, 그럴 만하다고 이해했다. 하지만 그녀가 더 화가 난 것은 그의 거짓말 때문이었던 것 같았다. 그녀는 아예 그를 믿지 못하겠다고 말했다. 조금이라도 그녀의 마음을 얻기 위해 거짓말을 했지만 그 거짓말이 더 큰 분노를 불러올 줄은 몰랐다.

"아…… 하하하. 선배님이 말하는데 아무도 대답을 안 해 주네. 민망하게. 어쨌든 우리 일단 주제에 대해서 먼저 얘기해 볼까? 그나저나 나예 씨, 여기 마음에 들어? 우리 훈련을 위해서 이번에 싹 리모델링한 거거든. 섹션을 나눠 놨지만 또 함께 작업이 가능하게 넓은 작업실을 따로 두었고, 작업이 편하게 각종 도구들과 기계들 다 갖춰 놨고. 냉동고 어때? 급속 냉동고 마음에 들어?"

"네."

혁준이 어색함을 없애려는 듯 신나게 떠들었지만 나예는 단답형의 대답만 한마디 하고는 또 입을 다물어 버렸다. 혁준은 훈겸을 돌아보며 도끼눈을 떴다. 그에게 손짓을 하며 어떻게 좀 해 보라는 제스처를 보냈지만 훈겸이라고 뾰족한 수가 있는 건 아니었다.

그녀에게 고백을 한 뒤 훈겸은 아예 나예를 만날 수가 없었다. 전화는 받지 않았고, 빵집에 찾아가면 제빵실에 틀어박혀 나오질 않았으며, 집 앞으로 찾아가도 만날 수 없었다. 제과협회 회장님과 기능장협회 회장님과의 식사 자리에서 겨우 처음으로 만날 수 있었지만 그때도 인터뷰할 때만 억지로 눈을 마주쳤고 인터뷰가 끝나고 나서는 개인적으로 말 한마디 나눌 수조차 없었다. 그러고 나서 거의 한 달여 만에 다시 만나는 거였다.

한 달 동안이 1년 같았다. 훈겸은 매 순간 그녀의 생각으로 미칠 것만 같았다. 보고 싶어 미칠 것 같은데 그녀를 만날 수가 없었다. 그녀의 마음은 완전히 얼음처럼 굳어 버린 것 같았다. 혁준이 나예를 보고 한숨을 쉬더니 훈겸의 소맷자락을 잡아당기며 눈짓을 했다. 나예는 여전히 훈겸을 외면하고 인형처럼 앉아 있기만 했다. 훈겸은 혁준이 이끄는 대로 밖으로 나왔다.

"이 분위기 어쩔 거야!"

혁준이 펄펄 뛰며 소리를 질렀다. 훈겸은 할 말이 없었다. 어쨌든 그의 잘못이었다. 나예가 마음의 문을 완전히 닫아 버린 것도, 그를 끔찍하게 생각하고 있는 것도. 하지만 계속 이런 식이면 대회를 나갈 수 없었다. 세 사람이 한 팀이 되어 작품을 만들어야 하는데 팀원들끼리 서로 얼굴도 쳐다보지 않을 정도라면, 작품을 만드는 것은 불가능하다. 훈겸은 길게 한숨을 쉬었다.

"네 녀석 때문에 저러는 거 맞지? 어쨌든 해결하라고. 이래서 어떻게 훈련하겠어?"

"알았어."

혁준의 닦달에 대답은 했지만 훈겸도 막막하긴 마찬가지였다. 어떻게 해야 그녀의 마음이 풀릴지 아무리 생각해도 알 수가 없었다. 하지만 대책 없이 손 놓고 있을 수도 없는 노릇이었다. 훈겸은 다시 훈련장 안으로 들어가 나예에게 다가갔다. 나예는 그가 다가가자 일어서서 나가려고 했다. 아예 얼굴도 마주하기 싫다는 의지의 표현이었다. 훈겸은 나예의 어깨를 붙잡았다.

"강나예, 언제까지 날 안 볼 수는 없어. 대회 안 나갈 거야?"

그녀가 멈칫했다. 훈겸은 나예의 어깨를 두 손으로 잡고 그녀의 얼굴을 내려다보았다. 그녀는 여전히 그를 외면하고 있었다.

"내가 아무리 미안하다고 해도 마음이 풀리지 않겠지. 그렇지만 대회는 나가야 하잖아. 우리는 한 팀인데 서로 얼굴 마주하지도 않으면서 어떻게 같이 작품을 만들 수 있겠어?"

"놔요."

훈겸의 말은 들은 척도 하지 않고 놓으라는 요구뿐이었다. 훈겸은 답답했다. 그녀는 그의 손에서 벗어나는 것만이 가장 중요한 일인 듯 몸을 비틀었다. 그녀의 태도에 답답하기도 하고 화도 났다.

"내 말을 듣고 있기는 한 거야? 내가 미운 건 미운 거고, 훈련할 때만은 그래도 잊어 달라고. 어쩔 수 없는 상황이잖아."

"잊으라고요? 뭘 잊어? 어떻게 잊어요? 이 손 좀 놓으라고요!"

그녀가 소리쳤다. 까맣게 일렁이는 그녀의 눈동자가 분노로 가득 찼다. 나예는 몸을 비틀고 그의 팔을 떼어 냈다. 그리고 세차게 그의 뺨을 때렸다. 그녀가 뭘 한 건지 머릿속에 입력이 잘 되지 않았다. 그냥 뺨이 화끈거리는 게 맞았구나 싶었다. 화도 나질 않았다.

뺨을 맞아서 해결이 될 것 같으면 그냥 몇 대고 맞고 싶었다. 그녀의 마음이 풀린다면, 그의 진심을 이해해 준다면. 훈겸은 아무 말 없이 그녀를 바라보았다. 나예는 분노와 당황스러움이 묻어 있는 시선을 그에게 보냈다.

"강나예! 지금 뭐하는 거야? 네 눈에는 선배고 뭐고 안 보여? 훈겸이, 너하고 나이 차이만 여섯 살이야. 그리고 나이 차이보다 더 차이 나는 제과업계 대선배고. 네 태도, 이게 옳은 거라고 생각해? 그리고 훈겸이는 널 좋아하는 남자이기 전에 우리 팀의 팀장이야. 넌 우리가 지금 국가 대표 선수로 뽑혀서 국제 대회에 나가게 된 것이 장난인 줄 알아? 네 개인적인 감정만 중요하고 우리 앞에 기다리고 있는 대회는 아무것도 아니냐고! 그 대회의 출전권을 따내기 위해서 잠 못 자고 연습에만 매달린 사람들이 한두 명인 줄 알아? 너한테 주어진 기회가 다른 사람들이 얼마나 원했던 기회인 줄 아냐고!"

옆에 있던 혁준이 파랗게 질린 얼굴로 나예를 호되게 나무랐다. 나예는 놀란 눈으로 혁준을 바라보더니 그 커다란 눈에 눈물을 글썽이다 뚝뚝 흘리기 시작했다. 바보처럼 그녀의 눈물에 가슴이 미어졌다. 그녀는 눈물을 뚝뚝 흘리며 입술을 깨물었다. 훈겸은 말없이 그녀를 바라볼 수밖에 없었다. 그 상황에서 혁준이 나예를 나무랄 수밖에 없었다는 건 그가 누구보다도 더 잘 알았고, 혁준의 말이 옳았기 때문에 나예의 편을 들어줄 수가 없었다. 나예가 왜 그에게 모질게 대하는지 훈겸은 모르니 그렇게 말할 수밖에 없었다.

"죄송합니다……."

나예가 흐느끼며 작은 목소리로 말했다. 그녀는 고개를 숙이고 혁준과 훈겸에게 사과를 했다. 심장이 찢어질 것만 같았다. 훈겸은 나예의 어깨를 잡았다가 그녀가 싫어할까 싶어 다시 손을 놓았다.

"됐어. 그만 울고, 오늘은 여기서 헤어지자. 마음 좀 가라앉으면 훈련은 다시 날짜 잡으면 돼. 혼자 갈 수 있지?"

훈겸은 나예에게 나직한 목소리로 말했다. 그녀는 대답 대신 고개를 끄덕였다. 계속 흐느끼고 있어 대답을 할 수도 없는 상황이었다. 혁준이 뭐라고 더 말을 하려는 듯 입술을 달싹였다. 하지만 훈겸이 눈짓을 하곤 혁준의 팔을 끌어당겼다.

"형, 그만해. 가자."

"야, 정훈겸."

"가자고."

훈겸은 혁준의 팔을 잡아당기는 손에 더 힘을 주어 끌고 가다시피 혁준을 데리고 밖으로 나왔다. 엘리베이터를 기다릴 것도 없이 계단으로 내려온 훈겸은 밖으로 걸어 나갔다.

"야, 너 괜찮냐?"

혁준이 따라오며 물었다. 훈겸은 쓴웃음을 지으며 고개를 끄덕였다.

"술이나 한잔 하자, 형."

훈겸은 근처 포장마차로 혁준을 데리고 갔다. 혁준은 궁금한 표정이었지만 일단은 기다려 주었다. 훈겸은 혁준이 따라 준 술을 거푸 마시곤 한숨을 쉬었다.

"강나예, 그렇게 경우 없는 여자는 아닌데. 그렇게까지 할 정도면, 너 얼마나 큰 잘못을 한 거냐?"

훈겸은 혁준의 질문에 피식 웃고 말았다.

"아주아주 큰 잘못."

"대체 뭔지 말이나 좀 해 봐라. 대회 때부터 아무리 물어봐도 대답을 안 해 줘. 앞으로도 이러면 곤란하잖아. 내가 무슨 상황인지 알아야 둘 사이에서 어떻게 처신할지 나도 계획을 세우지."

혁준과는 친형제 사이처럼 가까웠지만 차마 아버지의 잘못을 다 이야기할 수는 없었다. 훈겸은 조금 고민하다가 천천히 입을 열었다.

"형, 로미오와 줄리엣 알지?"

"알지."

"지금 우리 상황이 딱 그래. 나예 집하고 우리 집이 원수 사이야. 우리 아버지가…… 잘못을 했어. 그런데 내가 그걸 나예한테 숨겼어. 그래서 나예가 화가 난 거야."

"그러니까, 나예 씨한테 네가 누군지 말하지 말라고 했던 게 그래서였어? 누군지 알면 나예 씨가 널 싫어할 테니까?"

"맞아."

"야, 줄리엣은 로미오 사랑했어."

뜬금없는 혁준의 말에 훈겸은 또 피식 웃었다.

"정말 그랬으면 좋겠다."

"그런데 정도훈 회장님이 잘못을 한 거면, 너하고는 상관없는 거잖아. 네가 잘못한 것도 아닌데 왜 그러는 거지?"

"형, 미안. 자세히 얘기해 줄 순 없지만 나예가 그러는 거, 그럴 만한 이유가 있어. 대회에는 차질 없게 내가 해결할게. 당분간은 그냥 모른 척해 줘."

"알았다. 여자 문제로 네가 이럴 줄은 정말 몰랐다. 세상 오래 살고 볼 일이네."

훈겸은 쓴웃음을 지었다. 대회까지는 1년. 긴 기간이라고 볼 수도 있었지만 국제 대회를 준비하기엔 결코 긴 기간이 아니었다. 그래서 나예와 계속 불편한 관계가 지속된다면 곤란했다. 훈겸은 다시 나예를 만나야겠다고 생각했다.

며칠 후, 훈겸은 나예의 집 앞으로 그녀를 찾아갔다. 좀처럼 그녀를 만날 기회가 없어 집에 들어가는 그녀를 붙잡아 보려는 생각이었다. 얼마나 기다렸을까. 영미와 함께 골목 어귀에서 걸어오고 있는 그녀를 발견했다. 훈겸은 차에서 내려 그녀에게 다가갔다.

"아, 안녕하세요?"

영미가 그를 보고 반갑게 인사했다.

"이제 퇴근하시나 봐요."

"네. 여긴 어쩐 일이세요?"

"나예하고 할 얘기가 있어서요."

"아, 네. 천천히 얘기하세요. 나예야, 난 먼저 들어갈게."

영미는 눈치 빠르게 말하곤 집으로 쑥 들어가 버렸다. 나예는 그를 보고서도 못 본 척 영미를 따라 안으로 들어가려 했다. 훈겸은 집으로 들어가려는 나예를 막아섰다. 그녀가 눈살을 찌푸렸다.

"얘기 좀 하자."

"전 할 말 없어요."

단호한 그녀의 태도에 말 붙여 볼 용기가 나질 않는다. 훈겸은 이제 알 것 같았다. 그녀가 주변에 다가오는 남자들을 어떻게 거절했는지. 그녀가 다시 들어가려 하자 다급해진 훈겸은 그녀의 손목을 잡았다. 차가운 눈길로 말없이 그를 바라보는 나예의 눈길이 서늘했다. 무서울 정도로.

"같이 갈 데가 있어."

훈겸은 용기를 냈다. 그녀를 끌고 차에 태웠다. 다행히 그녀는 반항하지 않고 차에 탔다. 훈겸은 한숨을 내쉬곤 운전석에 올라 시동을 걸었다.

"여긴……."

그녀를 데리고 간 곳은 그녀의 빵집과 가까운 아파트였다. 나예는 왜 이곳에 왔느냐는 듯한 눈길로 그를 바라봤지만 일단 차에서 내렸다. 그는 마스터키로 공동 현관을 열고 엘리베이터에 탔다. 17층에서 내리자 두 개의 문이 보였다. 1701호와 1702호. 훈겸은 1701호의 문을 열었다.

아파트 안은 무척 넓었다. 최인규 변호사에게 부탁을 해 얻은 아파트였다. 실내는 어림잡아 100평 정도는 되는 것 같았다. 당장 들어와 살 수 있도록 가구와 생활 집기들도 다 준비해 두었다. 나예는 집을 둘러보며 의아하다는 시선을 그에게 보냈다.

"영미 씨랑 동생들 데리고 여기서 지내. 지금 집, 불편하잖아."

나예는 알 수 없다는 표정으로 다시 집을 둘러보았다.

"돈을 원했다면…… 방법은 많았어요. 정인재 이사님도 내가 원하는 거라면 다 주겠다고 했었거든요."

그녀가 나직하게 말했다. 정인재라는 말을 들으니 불끈 화가 치솟았다. 그녀가 한 번도 인재에 대해서는 말하지 않아서 먼저 묻지는 않았지만 그녀가 인재에 대해서 어떻게 생각하는지 몰랐기 때문에 불안한 마음이 들었다.

"정인재, 네가 정말 좋아서 그런 게 아냐. 그저……."

"내 몸을 원했어요. 그런 건 사실 별로 어려운 일은 아니잖아요. 이미 당신한테도 한 번 팔았고……."

"강나예! 너 정말!"

참으려 했는데 상황이 이렇게 될 줄은 몰랐다. 훈겸은 저도 모르게 나예의 어깨를 힘주어 잡고 말았다. 그녀가 얼굴을 찌푸렸다. 아플 것이 분명했는데 그녀가 아파한다는 것도 인식하지 못할 정도로 화가 났다. 그가 알지 못하는 3년 동안 그녀가 인재와 어떤 관계를 맺었는지 알 수 없으니 답답하고 미칠 것만 같았다.

"말해 봐! 정인재하고 무슨 관계야? 3년 동안 그 자식하고 사귀기라도 한 거야? 대답을 하라고!"

"내가 왜 대답해야 해요? 내가 어떤 남자를 만나든 당신이 무슨 상관인데?"

"상관있어! 내가 너 사랑하니까!"

그녀의 얼굴이 붉어졌다. 분노로 타오르는 그녀의 눈동자가 그의 시선을 사로잡았다. 나예는 그의 손에서 벗어나려 몸을 비틀며 화를 냈다.

"내가 누굴 만나든, 누굴 사랑하든 당신이 강요할 순 없어요! 난 내 마음대로 할 거고 그게 당신은 아닐 거예요. 절대."

"아니! 다른 놈은 쳐다보지도 마. 과거에 정인재하고 어떤 관계였든 상관없어. 중요한 건 현재니까. 날 봐!"

분노로 이성이 마비되었다. 훈겸은 나예를 꼼짝 못하게 꽉 붙잡고 있었다. 그녀가 씩씩대면서 그를 노려보았지만 훈겸의 머릿속은 온통 분노로 가득 차 버렸다. 훈겸은 거칠게 나예를 끌어당겼다. 그녀의 붉은 입술을 삼켰다. 나예는 뜨거웠다. 붉은 입술도, 얼굴도, 물고기처럼 파닥이는 몸도. 그녀가 피하려는 듯 고개를 돌리려 했다. 훈겸은 한 손으로 그녀의 머리를 잡고 고개를 돌리지 못하게 했다. 벌주듯 아프게 그녀의 입술을 빨아 당겼다. 다른 남자가 그녀에게 키스하고 그녀를 가졌을

지도 모른다는 생각에 미칠 것만 같았다. 다시는 아무도 쳐다보지 못하게 가둬 두고 싶었다. 그녀가 가늘게 신음했다. 입술이 터졌는지 비릿한 혈향이 났다. 다른 한 손으로 그녀의 가느다란 허리를 거세게 잡아당겼다. 나긋나긋한 몸이 그의 딱딱한 몸에 한 치의 틈도 없이 밀착되었다.

분노와 흥분이 한꺼번에 밀려들어 정신을 차릴 수가 없었다. 그녀의 부드러운 몸이 주는 쾌락에 금세 젖어 들었다. 그녀를 가지고 싶었다. 아무에게도 가지 못하게, 오로지 그에게만 허락하도록 하고 싶었다. 훈겸은 부드러운 그녀의 입술을 가르고 혀를 빨았다. 달콤한 그녀의 입술이 천국을 보여 주었다. 그녀는 이제 반항하지 않았다. 두 눈을 꼭 감고 그에게 고개를 젖히고 기대 왔다. 심장이 터질 것만 같았다. 맞닿아 있는 그녀의 심장도 그의 것처럼 터질 듯이 뛰고 있었다. 이대로 침대로 그녀를 데려가도 가만히 있을 게 분명했다. 그녀는 뜨거운 여자였다.

머릿속이 어지러웠다. 그녀와 이대로 밤을 보낸다면, 그녀의 부드러운 몸에 자신을 묻고 싶었다. 그녀를 가진다면 어쩌면 그녀가 마음을 조금은 열어 줄지도 모른다. 그와 밤을 보내고 그의 아이라도 가진다면, 아무리 그가 미워도 어쩔 수 없지 않을까 하는 생각이 스쳐 지나갔다.

'아…….'

훈겸은 머릿속을 스쳐 간 유혹에 갑자기 찬물을 뒤집어쓴 듯 굳어 버렸다.

'아버지도…… 이랬을까?'

아버지의 행동에 극도의 분노를 느꼈던 그가, 똑같은 행동을 하려 하고 있었다. 훈겸은 천천히 손에서 힘을 풀었다. 나예를 놓아주자, 그녀가 혼란스러운 표정으로 눈을 떴다. 두 손이 부들부들 떨렸다. 힘없는 여자를 억지로 가졌던 아버지를 경멸했으면서 똑같은 생각을 하다니 아이러니였다. 훈겸은 자신에 대해서 극도의 실망감과 자괴감을 느꼈다. 나예가 그의 손길을 거부하지 않을 거라는 확신은 있었지만 그녀의 마음은 더 굳게 닫힐 게 분명했다. 그녀의 마음이 아니라 몸만을 얻는 것은 옳은 방법이 아니었다.

"미안하다. 내가…… 잠깐 정신이 나갔었나 봐."

손이 계속 떨렸다. 훈겸은 마음을 가라앉히려 애썼다.

"내가 잠깐 질투심으로 제정신이 아니었어. 미안."

그녀는 말이 없었다. 조금 놀란 것도 같았고, 혼란스러워하는 것도 같았다. 훈겸은 그녀에게서 한 발짝 물러섰다. 그리고 차분히 이야기했다.

"이 집은, 널 돈으로 유혹하려고 주는 게 아냐. 원래 네 것이었어."

"무슨 뜻이에요?"

"아버지가 돌아가시면서 남긴 재산들 중 일부를 강희석 씨에게 돌려주라고 하셨어. 킹 과자점을 키우면서도 아버지는 그게 본인 혼자 가져서는 안 되는 거라고 생각하셨던 것 같아. 내 생각도 같아. 아버지가 얻은 재산과 명예는 강희석 씨와 함께 얻었어야 했던 거라고 생각해. 그래서 아버지가 물려주셨던 부동산하고 재산은 내가 그대로 갖고 있었어. 강희석 씨를 찾으면 돌려드리려고."

나예의 눈이 동그랗게 커졌다. 그의 말이 사실인지 아닌지 의심하는 눈치였다. 훈겸은 거실 테이블로 걸어가 테이블 위에 두었던 강희석의 일기장을 집어 들었다. 지난번에 나예가 화가 나 뛰쳐나가면서 일기장을 두고 갔었던 걸 돌려주려고 갖고 있었던 거였다.

"아버지가 돌아가신 후에 난 계속 강희석 씨를 찾아왔어. 행방불명 상태라 쉽지 않지만 지금도 계속 찾고 있고. 이 일기장은 네가 갖고 있어야 할 것 같아서 가져왔다. 그리고 지금 네가 일하고 있는 가게, 그것도 강희석 씨가 그곳에서 빵집을 하다가 사채 때문에 넘어갔다는 말을 듣고 내가 사 두었던 거야. 다시 돌려드리려고. 그래서 그 자리에 세입자를 받지 않았던 거고."

"그럼 내가 아빠의 딸이라서 내게 세를 준 거였어요?"

"그래. 그 건물도 네 거야. 네가 이상하게 생각할 것 같아서 월세를 받았던 거고. 네가 준 돈은 다시 돌려줄게. 그리고 명의 이전도 해 줄게. 그 건물 말고도 아버지가 강남에 사 둔 부동산이 꽤 많이 있어. 다 네 거야."

나예는 잠시 말이 없었다. 모든 걸 다 주겠다는 말을 어떻게 받아들이는 것인지 모르겠지만 훈겸은 일단 그녀에게 해 줄 말을 다 해 주었다. 지난번엔 나예가 그의 말을 다 듣기도 전에

가 버려서 미처 말할 수 없었던 것들이었다. 나예는 잠시 생각에 잠겨 있다가 고개를 들었다.

"내게 모든 걸 돌려준다는 건 좀 아닌 것 같아요. 난 받을 수 없어요."

"말했잖아. 원래 네 것이었다고."

"아뇨. 당신이 사과를 하고 보상을 해 줘야 할 사람은 내가 아니에요. 우리 아빠지. 먼저 우리 아빠부터 찾아요. 그리고 사과는 아빠에게 하세요. 재산을 받을지 말지는 아빠가 결정하실 거예요."

하나도 쉬운 게 없는 여자였다. 훈겸은 한숨을 쉬었다.

"이사는, 올 거지? 네가 조금이라도 편하게 지냈으면 좋겠다. 영미 씨도 그렇고, 영우도 생각해."

"알겠어요. 생각해 줘서 고마워요. 할 말 다 했으면, 이제 저가 봐도 되죠?"

그와는 더 이상 같은 공간 안에 있고 싶지 않다는 듯 나예는 미련 없이 등을 돌렸다. 훈겸은 나예를 뒤쫓아가 손을 잡았다. 나예는 차가운 얼굴로 그를 바라보았다.

"하나 더. 나한테 화난 건 알겠지만 대회는 제대로 준비해야지."

"알고 있어요."

"지난번처럼 대화조차 하지 않으려 한다면 우린 함께 연습을 할 수가 없어. 훈련 기간만큼은 내가 밉더라도 좀 봐주라. 나, 너와의 관계도 중요하지만 이번 대회 역시 포기할 수 없어.

너도 그럴 거라 생각해. 지금까지 우리 대표팀이 한 번도 순위 안에 입상을 한 적이 없어. 그런데 너하고 함께라면 할 수 있을 것 같아. 나, 자신 있어. 그러니까 도와줘, 제발."

나예는 한참을 말없이 그의 눈만 바라보았다. 심장이 조여들어 숨쉬기조차 힘들었다. 훈겸은 나예를 간절히 쳐다보았다. 그녀의 협조 없이는 대회 준비를 할 수 없었다. 한참이 지난 후, 그녀는 천천히 고개를 끄덕였다.

"알겠어요."

나예는 천천히 그에게서 손을 뺐다. 그리고 밖으로 나갔다. 훈겸은 긴 한숨을 내쉬었다.

26장

"꺄아! 이게 꿈이니 생시니? 믿을 수가 없어!"

"누나, 이게 정말 우리 집이야?"

이사는 얼마 걸리지 않았다. 짐이라고 해 봐야 옷가지 몇 개가 전부였고, 가구나 필요한 집기는 모두 갖춰져 있었기 때문에 정리하는 것도 금방이었다. 나예는 집을 둘러보고 옷을 옷장에 넣었다. 영미는 집 안 곳곳을 살펴보며 탄성을 터뜨렸다. 영우도 신이 나는지 넓은 집 안을 뛰어다니며 즐거워했다.

"이거 정말 아무 조건 없이 준 거야? 훈겸 씨가?"

영미가 나예의 방으로 들어와 침대에 걸터앉으며 물었다. 나예는 옷을 정리하며 대답했다.

"응. 그렇지만 그냥 받을 순 없지. 갚을 거야."

"갚으래?"

"아니."

"너도 참. 화해는 한 거니?"

"아니."

"답답하다 정말. 웬만큼 해라. 벌써 두 달째다. 훈겸 씨가 그
렇게 너 쫓아다니면서 싹싹 비는데 그냥 좀 넘어가면 안 되니?
나 같으면 진작 딴 여자 찾아봤겠다."

영미는 입술을 뾰족하게 만들며 핀잔을 주었다. 나예는 영미
가 뭐라고 하든 말든 옷 정리하는 데만 집중했다. 얼마 전에 훈
겸을 만나 이 집을 보러 왔을 때 나예는 무척 혼란스러웠다. 그
에 대한 원망의 마음도, 그의 아버지의 잘못에 대한 분노도 채
가라앉지 않아 그의 얼굴을 마주하고 있는 것도 힘이 들었다.
그런데 그가 가지고 있는 재산이 원래 나예의 것이었다며 준다
고 하니 더욱 혼란스러웠다.

아무리 정도훈 회장이 잘못을 했다고 하더라도 킹 과자점을
키우고 재산을 관리한 것은 정도훈 회장이었다. 그것이 원래
나예의 것이라는 건 말도 안 되는 소리였다. 훈겸이 왜 그렇게
말을 했는지는 이해했다. 정도훈 회장이 아버지의 레시피를 훔
쳐 킹 과자점을 키웠다는 것이 그에게는 용납할 수 없는 일임
에 틀림없었다. 그것은 명백한 도둑질이며 그로 인해 얻은 것
은 강희석과 정도훈이 함께 가져야 옳다고 생각한 것 같았다.

하지만 나예는 그 재산에 대해 욕심이 없었다. 돈 때문에 힘
들기도 했고 몸까지 팔아야 했지만 나예는 자신의 것이 아닌
것을 갖고 싶진 않았다. 이사를 온 것도 그녀 때문에 힘들었던

영미를 위해서였다. 그 큰 집을 그냥 받는다는 건 나예의 자존심상 용납할 수가 없었다. 어쨌든 돈을 벌면 일부라도 천천히 갚겠다는 생각이었다.

"언니가 조언 좀 해 줘. 딴 여자 빨리 좀 찾아보라고."

"허! 어이가 없다, 진짜. 나예야, 너 솔직히 말해 봐. 훈겸 씨 싫어?"

"싫어."

"너 분명히 몇 달 전까지만 해도 훈겸 씨 좋아했어. 네가 말은 안 했지만 딱 보였다고. 좋아하는 거. 그런데 갑자기 왜 그러는 거야? 둘이 싸웠어? 대회 끝나고부터 대체 왜 그래? 훈겸 씨가 자기가 누구인지 밝히지 않았던 것 때문에 아직도 꽁해 있는 거야? 뭔가 사정이 있었다며. 그 사정 설명해 주지 않았어, 요전번에? 도대체 왜 아직도 너한테서는 시베리아 바람이 부는 건데?"

나예는 한숨을 쉬었다. 영미는 이해할 수 없겠지만 나예는 마냥 좋아할 수 없는 상황이었다. 영미의 말대로 사람의 마음이 동전 뒤집듯 한순간에 바뀌진 않는다. 나예는 훈겸이 좋았다. 괜찮은 남자라 생각했고 함께 있으면 설렜다. 그렇지만 이번 일을 겪으면서 그를 어디까지 믿어야 할지 확신이 서질 않았다. 나예는 그가 거짓말을 했다는 게 무섭고 싫었다. 그는 모든 것을 알고 있으면서 그녀를 갖기 위해 거짓말을 했다. 솔직하게 말했다면 아마 그녀는 그에게 더 빠지기 전에 마음을 정리했을 게 분명했다. 그는 그걸 충분히 예상하고 그랬던 거였다. 하지만 그럼에도 불구하고 나예는 훈겸이 그때 거짓말을 하지 말았어야 한다고 생각했다. 그에 대한 분노와 불신, 그리고 행방을 알 수 없는 아버지의 억울함에 대한 분노 때문에 나예는 훈겸을 모질게 대할 수밖에 없었다.

그를 좋아한다고 해도 그 마음, 접어야 한다고 생각했다. 엄밀히 말하면 훈겸의 잘못은 아니었지만 그의 아버지였고 그녀의 아버지였다. 두 분 사이의 일은 두 분이 해결해야 할 것이지만 그렇다고 그녀가 훈겸을 마냥 아무 생각 없이 좋아할 수만은 없었다. 행방조차 알 수 없는 아버지를 두고 그를 사랑한다고 사랑놀음을 할 순 없었다.

"언니, 그 사람이 갖고 있는 모든 게…… 원래 내 것이었다면 어떨 것 같아?"

"글쎄, 그 어마어마한 재산이 다 네 것이었다고?"

"아니. 난 그렇게 생각하진 않아. 하지만 어떻게 보면 그런 식으로도 생각할 수 있을 것 같아서. 아빠가 정도훈 회장님을 그렇게 싫어하셨던 건, 그분이 아빠의 모든 것을 빼앗아 갔기 때문이었어."

"뭐? 설마."

"아빠가 사랑했던 여자, 아빠의 레시피, 아빠의 발효일지, 그리고 아빠가 대회에서 받았어야 할 최우수상과 대기업의 투자 유치 기회까지. 아빠에게서 빼앗아 간 것들로 킹 과자점은 대기업이 되었고, 아빠에겐 아무것도 남지 않았어. 나와 영우 밖에는. 그런데 내가 훈겸 씨를 사랑하면 아빠는 나까지 뺏기는 거잖아. 난 그렇게 못 해."

"그, 그게 다 무슨 소리야? 설마…… 진짜 정도훈 회장이 그랬다는 거야? 네 아버지의 것들을 훔쳤다고?"

옷 정리를 마친 나예는 한숨을 쉬며 영미의 옆에 털썩 앉았다. 영미는 믿을 수 없다는 듯한 표정이었다.

"나도 모르겠어. 진실은 아빠가 알고 계시겠지. 그래서 나, 지금은 훈겸 씨에게 내 마음 줄 수가 없어. 그 사람 보는 것도 힘들어. 자꾸 화가 나. 내게 모두 돌려주겠다고 하는데 그게 진심으로 받아들여지지도 않고."

"그걸 다 훈겸 씨가 말해 준 거야?"

"응."

"털어놓기 힘들었을 텐데. 널 정말 사랑하는 거 아냐? 그러니까 다 말했겠지. 네가 모르고 있었던 것들은 얼마든지 계속 속일 수 있었잖아."

"모르겠어. 그 사람 마음은, 믿을 수가 없어. 언니, 나 가게 갔다 올게. 영우 좀 재워 줘. 연습 좀 하려고."

"알겠어. 걱정 마. 그런데 오늘은 좀 쉬지 그러니? 요새 잠도 제대로 못 자면서 연습하고 있잖아, 너. 손 좀 봐. 데어서 엉망이야."

영미가 나예의 손을 잡아서 들어 보이며 말했다. 뜨거운 설탕을 잡고 늘이고 주무르느라 손이 말이 아니었다. 하지만 연습을 쉴 수는 없었다.

"괜찮아. 하루 이틀도 아니고. 연습할 때는 늘 그러잖아. 다녀올게."

나예는 손에 장갑을 끼고 외투를 입었다. 거실로 나오는데 벨이 울렸다. 거실에서 놀던 영우가 쏜살같이 달려 나가 문을 열었다.

"형! 우리 집 진짜 좋아요!"

영우가 신이 나서 떠드는 소리가 들려왔다. 만나고 싶지 않은 사람이 찾아온 듯했다. 훈겸이 손에 작은 화분을 들고 들어왔다.

"우와, 예쁘네요."

영미가 감탄사를 터뜨렸다. 훈겸이 들고 있던 화분을 영미에게 건네주었다.

"불편한 거 있으면 연락하세요. 저 바로 옆에 있으니까요. 1702호."

"네? 정말요? 훈겸 씨도 이사 왔어요?"

"네."

나예는 깜짝 놀랐다. 그는 집이 필요 없다고 했었다. 몇 년 동안이나 호텔에서 살았던 사람이 집을 구했다는 것은 무슨 의미일까? 그것도 그녀의 집 바로 옆집으로.

"어디 가는 거야?"

나예는 훈겸이 말을 걸자 화들짝 놀라 고개를 들었다.

"네? 연습 좀 하려고요."

"이 시간에?"

밤 11시가 넘어가고 있었다. 나예는 어깨를 으쓱하곤 밖으로 나갔다. 그가 따라오며 자꾸 말을 걸었다.

"밤이라 위험해. 그리고 이사하느라 힘들었을 텐데 좀 쉬어. 어차피 내일 훈련할 거잖아."

"신경 쓰지 마세요."

"그럼 데려다줄게."

"됐어요."

엘리베이터를 타는데 훈겸이 한숨을 쉬며 따라 탔다. 나예는 고개를 돌리곤 1층을 눌렀다.

"진짜 신경 쓰이게 한다, 너."

"상관 말아요."

"말도 어찌나 예쁘게 하는지."

그는 엘리베이터에서 내린 뒤에도 계속 그녀를 따라왔다. 새로 이사한 아파트에서 빵집까지는 5분 정도만 걸어가면 충분했다. 나예는 그가 따라오든 말든 발길을 재촉했다.

"집은 마음에 들어?"

"네. 금방은 힘들겠지만 차차 갚을게요."

"그럴 필요 없다고 했잖아."

"이유 없이 비싼 물건 안 받아요."

"이유 없는 친절 아니야."

"세상에 공짜는 없어요. 돈이 아니라 다른 걸 원한다면 그렇게 해요."

말 나오는 대로 내뱉다가 나예는 그의 손에 잡혀 섰다. 그는 굳은 표정으로 나예를 바라보았다. 화가 난 것 같았다. 하지만 나예는 고집스럽게 입을 다물고 그를 마주 노려보았다.

"무슨 뜻이야?"

"알잖아요."

그는 화가 치밀어 오르는 듯 인상을 굳히고 있다가 작게 욕설을 중얼거렸다.

"왜 매번 이런 식이야? 너 일부러 날 화나게 하려고 그러는 거야? 나도 미치겠다고! 이 상황이 나도 싫어. 할 수 있다면 너하고 첫 만남부터 다시 하고 싶어. 이런 식으로 꼬이고 싶진 않다고!"

"이게 어때서요? 그쪽이랑 나는 처음부터 만나서는 안 될 사람들이었잖아요. 당신한테 나는, 그저 돈으로 산 술집 여자, 그이상도 그 이하도 아니었다고요. 지금은 뭐 다른 줄 알아요? 그때랑 똑같아요."

그가 헛웃음을 쳤다. 그리고 나예의 어깨를 강하게 잡았다.

"아니, 네 말은 틀려. 그때도 난 널 돈 주고 샀다고 생각하지 않았어. 굳이 돈을 주고 사지 않아도 원한다면 여자들을 가질 수 있었어. 난 그때도 네가 좋아서 도와주고 싶었던 거야. 지금도 그래. 난 너를 사랑하고 있고, 그래서 너한테 뭐든 해 주고 싶어. 돈 같은 건 하나도 중요하지 않아. 네가 갖고 싶으면 다 가져. 네가 원하는 건 다 해 주고 싶다고."

"거짓말."

"믿으라고, 좀! 내가 말했잖아. 이게 갖고 싶은 게 아니라, 이속에 있는 게 갖고 싶다고. 네 마음 말야. 나 좀 믿어 달라고."

그가 답답하다는 듯 소리쳤다. 그러면서 나예의 가슴에 손을 뻗었다. 심장이 철렁 내려앉았다. 그는 나예의 가슴을 손으로 눌렀다. 그의 말이 무슨 뜻인지 알았다. 하지만 순간 나예는 가슴에 와 닿는 그의 손에 미칠 듯한 흥분감을 느꼈다. 이성으로는 그를 멀리해야 한다고, 그의 마음을 믿어서는 안 된다고 생각하고 있었지만 그의 손이 닿자마자 온몸의 피가 끓어올랐다. 두려웠다. 그에 대한 갈망 때문에 이러다 그에게 애원하지 않을까 두려워졌다. 이성이고 뭐고 상관없이 그에게 달려갈까 봐 미치도록 두려웠다.

"손 치워요."

그의 얼굴이 일그러졌다. 나예는 떨리는 손을 외투 주머니 속에 넣고 돌아섰다. 그의 옆에 더 있다간 안아 달라고 말할 것 같았다. 나예는 도망치듯 가게로 들어가 제빵실 문을 잠갔다. 혹시라도 그가 쫓아오면 밀폐된 공간 속에서 그를 밀어낼 용기가 없었다. 그가 들어오는 순간 항복하게 될 것을 알고 있었다.

나예는 떨리는 손으로 외투를 벗고 옷을 갈아입었다. 그리고 장갑을 끼고 설탕을 끓이기 시작했다. 달콤한 열기가 제빵실 가득 차자 그제야 떨리던 몸이 진정되었다.

"강나예, 난 네가 제일 무서워."

나예는 나지막이 중얼거렸다. 훈겸에게 감정을 갖지 않으려 무진 애를 쓰고 있었지만 자꾸만 무너져 내렸다. 그를 보면 욕망이 끓어올랐다. 스스로 미쳤다는 생각이 들 정도로. 지난번에 그와 키스했을 때 나예는 그대로 침대로 뛰어들 생각이었다. 그가 조금이라도 여지를 줬다면 바로 옷을 벗어 던졌을 게 분명했다. 온몸을 아프도록 조여 오는 욕망에 정신을 잃을 것만 같았다. 아버지를 생각하면 그를 바라보는 것 자체가 죄스럽고 수치스러웠지만 의식은 자꾸만 그에게로 날아갔다. 그가 사랑한다고 소리쳤을 때, 나예는 그 말을 믿고 싶었다. 그리고 그의 손 아래 몸을 던지고 싶었다. 나예는 정신을 차리려 애를 쓰며 설탕 반죽을 만들었다. 뜨거운 설탕이 손에 닿자 장갑을 뚫고 들어오는 열기에 나예는 저도 모르게 비명을 질렀다.

"아얏!"

눈물이 흘러내렸다. 바보처럼 넋 놓고 있었던 게 한심해 나예는 스스로를 탓했다. 장갑을 벗고 차가운 물에 손을 담갔다. 쓰라렸다. 설탕 공예는 뜨거운 설탕을 가지고 반죽을 하고 작품을 만들어야 하기 때문에 조금만 부주의해도 데이기 일쑤였다. 하지만 손을 데었다고 해서 작품을 중단할 수는 없었다. 그래서 데인 손으로 또 뜨거운 설탕을 만지고, 또 데이고……. 그걸 반복하다 보면 손에 진물이 나고 엉망이 되어 버리기 일쑤였다. 그래서 매일 연습을 심하게 할 경우엔 다친 손 때문에 아무것도 못 할 때도 많았다.

"약해지면 안 돼."

나예는 스스로를 채찍질하며 깊이 심호흡을 했다. 엉망이 되어 버린 손을 다시 닦고, 장갑을 끼고, 반죽을 만졌다. 대표 팀 연습은 나예 때문에 조금 늦게 시작했다. 몇 번 훈련 일정을 잡았지만 번번이 나예가 빠지거나, 만나도 훈겸과 마주치기만 하면 어색해지는 분위기 때문에 제대로 주제조차 정하기가 힘들었다.

나예는 그것 때문에 마음에 부담을 갖고 있었다. 훈겸과의 관계는 개인적인 일인데 대표팀의 연습에 차질이 생기자 미안한 마음 때문에 더 연습에 매달리게 되었다. 그래서 최근 두어 달 동안 매일 연습을 하다 보니 손이 엉망이 되어 버렸다. 하지만 나예는 진물이 흐르는 손의 쓰라림도 참으며 연습을 계속했다.

"아, 벌써 4시네."

얼마나 작업에 집중했는지 시간 가는 줄도 몰랐다. 나예는 시간을 확인하고 새벽 4시가 된 걸 알자 한숨을 쉬었다. 매장에서 팔 빵을 구워야 할 시간이었다. 나예는 작업대를 치우고 여느 때처럼 재료상에게 받아 온 부재료와 야채를 다듬었다. 손에서 진물이 흐르자 나예는 인상을 찌푸리며 손을 씻었다. 아무래도 반죽할 때 장갑을 끼고 해야 할 것 같았다.

나예는 장갑을 끼고 반죽을 해 빵을 만들었다. 반죽을 치댈 때마다 손바닥이 찢어지는 것 같았다. 하지만 나예는 이를 악물고 작업을 했다. 연습은 연습대로 매일 하고, 빵집은 평소처럼 운영을 하다 보니 나예는 체력적으로 몹시 지쳐 있었다. 하지만 대회에 나간다고 해서 빵집 문을 닫을 수는 없었기 때문에 나예는 무리를 해서라도 작업량을 소화하곤 했다.

"나예야, 너 여기서 밤새웠니?"

아침이 되자 영미가 출근했다. 나예는 새벽에 구운 빵을 매장으로 날라 놓았다. 핏발이 선 나예의 눈을 보며 영미가 걱정스럽게 물었다.

"연습하다 보니 시간 가는 줄 몰랐어. 언니, 나 오늘 훈련하러 오전부터 가야 해. 가게 좀 부탁해."

"너 이러다 쓰러지겠다. 사람을 더 구하는 게 어때? 대회 연습에 집중하는 것도 시간이 부족할 텐데 빵집 일까지 같이 하려니까 힘든 거 아냐."

"생각해 볼게. 하지만 아무리 사람을 구한다고 해도 내가 할 일은 해야 해. 언니, 그럼 나 다녀올게!"

나예는 옷을 갈아입고 서둘러 훈련장이 있는 킹 과자점 본사로 갔다. 훈련을 할 때만이라도 집중을 해야 할 것 같아서 나예는 훈겸을 어색하지 않게 대하려고 애를 썼다. 그래서 지난번 훈련 때 겨우 주제를 정했다.

"오늘도 열심히 해야 할 텐데. 제발 다른 생각 하지 말고."

나예는 킹 과자점 건물 앞에서 심호흡을 했다. 그곳에 있는 사람들 때문에 조금 두렵기도 했지만 나예는 대회만 생각하기로 했다. 훈겸을 보고 설레거나 다른 생각을 하지 않기를 간절히 바랐다.

"나예 씨, 왔어? 오늘은 좀 피곤해 보이네. 연습 너무 열심히 하는 거 아냐? 아직 대회까지는 한참 남았는데 벌써 지쳐 버리면 곤란해."

3층에 들어서자마자 혁준과 마주쳤다. 혁준은 회의실에 앉아 커피를 마시고 있었다. 훈겸 역시 와 있었는데 그는 회의실

테이블에 잔뜩 놓인 책들을 뒤적이고 있었다.

'아, 어떡해.'

자연스럽게 흩어진 머리카락과 책장을 넘기는 긴 손가락을 보자 심장이 미친 듯이 뛰기 시작했다. 나예는 최대한 자연스럽게 보이려 애쓰면서 외투를 벗어 옷걸이에 걸었다.

"이리 와. 커피 한잔 할래?"

혁준이 웃으며 나예에게 커피를 권했다. 나예는 훈겸이 앉아 있는 테이블 근처로 쭈뼛쭈뼛 다가갔다. 진정 그의 옆에 다가가는 게 두려웠다. 그가 고개를 들고 나예를 바라보더니 눈살을 찌푸렸다.

"어제 연습 늦게까지 한 거야? 피곤해 보인다."

나예는 혁준의 옆에 앉았다. 혁준이 커피를 내밀었다.

"역시 젊은피가 좋긴 하단 말야. 예전에 우리 2001년 대회 나갈 때 기억나? 너 그때 기능올림픽도 같이 준비하느라 하루 걸러 밤 새우면서 연습했잖아. 내가 그때 진짜 깨달았지. 네 놈은 진정 신이라는 걸."

"신이 아니고 체력이 좋은 거였지."

"아냐. 체력도 체력이지만 네놈이 아주 미친놈이라 가능했던 거지. 대회 때만 그러는 게 아니라 평소에도 그러니까. 최근에는 한 시간이나 자냐? 나예 씨 쫓아다니느라 바쁘잖아, 너. 부족한 연습량 채우려면 밤을 새워도 모자랄 텐데."

나예는 얼굴이 뜨거워졌다. 혁준이 아무렇지도 않게 농담처럼 던진 말에 훈겸의 볼이 조금 붉어졌다.

"쓸데없는 소리 그만하고, 이거나 봐. 괜찮은 거 있는지."

그가 책을 혁준에게 던져 주었다. 혁준은 낄낄거리며 책장을 넘겼다.

"뭐예요?"

"음, 디자인 좀 보려고. 미술 관련 서적도 보고, 주제가 에로스Eros면 에로스에 대해서도 좀 찾아봐야 되잖아. 캬! 주제 한번 기가 막히네."

"에로스와 프시케Psyche 이야기는 어때? 에로스와 프시케를 주제로 한 미술 작품이나 조각도 많아."

"좋지. 나예 씨는 어때? 좋은 생각 없어?"

"네? 아, 네."

나예는 혁준의 질문에 잠시 당황했다. 훈겸에게 신경 쓰느라 혁준의 말을 제대로 듣지 못한 탓이었다. 나예는 메모를 위한 화이트보드에 혁준이 커다랗게 써 놓은 에로스와 프시케라는 글자를 보고 얼른 생각했다.

"그리스 로마 신화에 보면, 프시케는 그리스어로 나비라는 뜻이래요. 영혼이라는 뜻으로도 쓰이는데, 프시케는 인간의 영혼이어서 괴로움과 불행을 통해 정화된 뒤에야 기쁨을 느낄 수 있다는 의미이기도 하대요. 그러니까 애벌레 생활을 해야만 날아오를 수 있는 나비처럼 인간의 괴로운 삶을 이겨 내고 얻을 수 있는 행복을 추상화해서 표현하면 어떨까 싶어요."

"좋은 생각이야. 같은 주제를 가지고도 여러 가지로 생각할 수 있고, 추상적인 표현으로 승화시킨다면 더 의미가 있을 수 있지."

혁준이 고개를 끄덕였다. 나예는 테이블 위의 서적들을 살펴보았다. 신화 속의 여러 신들의 모습을 보다가 에로스와 프시케의 사랑을 어떻게 표현할 수 있을까 곰곰이 생각했다.

"오늘은 각자 생각한 에로스와 프시케의 이미지를 가지고 작품을 만들어 볼까? 지금부터 시작하면 오후 6시쯤이면 완성할 수 있을 것 같은데. 완성된 작품을 보고 다시 이야기해 보자."

훈겸이 책을 덮으며 말했다. 혁준은 휘파람을 불었다.

"음, 일단 감이 잘 안 잡히니 한번 만들어 보는 것도 좋겠지. 본격적으로 디자인 잡기 전에 생각 정리도 좀 해 보고, 자료 조사하러 전시회나 조각전도 좀 가 보자. 그리고 다음 달에 해외 연수 일정 잡아야 되는데 가 보고 싶은 곳 있는지 생각도 해 보자고."

할 일이 많았다. 나예는 바짝 긴장한 얼굴로 혁준의 말을 귀 담아 들었다. 그들이 주제로 정한 에로스와 프시케는 그리스 로마 신화에서도 사랑의 신으로 유명한 에로스와 아름다운 여인 프시케의 사랑 이야기로 유명했다. 일반적으로 잘 알려져 있는 사랑 이야기를 기초로 하고, 얼마든지 재해석이나 의미 부여 및 상징이 가능하기 때문에 괜찮은 주제라고 여겨졌다. 나예는 옷을 갈아입고 모자를 썼다. 준비를 하고 나서 작업실로 들어서니 훈겸과 혁준 역시 준비를 마치고 들어와 있었다.

어떤 식으로 해야 좋을지 생각에 잠긴 나예는 조각 사진에서 본 프시케와 에로스의 모습을 떠올렸다. 일단 그 둘의 모습을 형상화시켜서 만들어도 괜찮을 것 같았다. 나예는 장갑을 끼고 설탕 반죽을 만들기 위해 설탕을 끓였다. 훈겸은 초콜릿 템퍼링을 하기 위해 초콜릿을 중탕하고 있었다. 가슴이 두근두 근 뛰었다. 나예는 온몸으로 존재감을 드러내고 있는 훈겸 쪽을 의식하지 않으려 애쓰면서 작업에 집중했다. 세 사람의 작업실은 서로 의견 교환을 할 수 있도록 뚫려 있었고, 또한 개인 공간이라 작업에 필요한 물품을 놓고 편리하게 쓸 수 있도록 부스 식으로 설계되어 있었다. 그래서 고개만 돌리면 상대방이 작업하는 것을 볼 수 있었다.

'작품에만 집중해. 강나예, 제발.'

나예는 설탕을 뚫어지게 바라보며 속으로 되뇌었다. 훈겸은 그녀의 존재를 아예 잊고 있는 것처럼 작업에 완벽하게 집중하고 있었다. 대회 때도 놀랐던 점이지만 훈겸의 집중력은 대단했다. 옆에서 무슨 일이 벌어지건 놀랍게 작품에 집중을 했다. 나예는 설탕 용액의 온도를 맞추며 심호흡을 했다. 하루 종일 그와 나란히 서서 작품을 만든다는 것을 생각만 해도 짜릿했다. 하지만 유혹을 참기 위해 나예는 무진 애를 써야만 했다.

"그 계집애를 여기까지 끌어들였단 말이야? 정말 어이가 없네."

"지금은 훈련 중이라 들어가시면 안 됩니다. 나중에 이사님 오시면······."

"왜 안 돼? 내가 그 계집애한테 할 말이 있는데!"

"하지만······."

무진 애를 쓰며 작업에 집중하려는데 밖에서 소란스러운 소리가 들렸다. 나예는 그 목소리가 은빛의 목소리라는 걸 알아차렸다. 그녀가 왜 찾아왔는지 대충 짐작은 갔다. 나예는 훈겸과 혁준이 작업하는 데 방해가 될 것 같아서 얼른 밖으로 나가려 했다. 은빛의 볼일은 그녀에게 있을 테니까. 하지만 나예가 미처 밖으로 나가기도 전에 성난 발걸음을 또각이며 은빛이 안으로 들어왔다. 은빛은 시퍼렇게 화가 난 얼굴로 들어와 나예를 보더니 다짜고짜 나예의 머리채를 휘어잡았다. 나예는 갑작스런 은빛의 행동에 깜짝 놀라 당황했다. 힘으로 그녀에게 절대 밀리지 않지만 은빛이 머리채를 잡아당기는 바람에 저절로 비명을 지르고 말았다.

"무슨 짓이야!"

정신없이 은빛의 손에 휘둘려지다가 또 갑작스럽게 풀려났다. 나예는 비틀거리다가 겨우 균형을 잡고 섰다. 성이 나 씩씩대는 은빛의 손목을 훈겸이 단단히 잡고 있었다. 은빛은 얼굴이 새빨개져서 손을 빼려고 애를 썼지만 남자의 힘을 당해낼 수는 없었다.

"이거 놔요! 저 계집애하고 할 말이 있다고!"

은빛이 악을 쓰며 손목을 뒤챘다. 그녀의 눈빛은 제정신이 아닌 것 같았다. 나예는 섬뜩한 은빛의 표정을 보고 한 발짝 뒤로 물러섰다.

"지금 훈련 중인 거 안 보여? 할 말이 있으면 나중에 와."

훈겸이 굳은 표정으로 말했다. 은빛은 표독스럽게 눈초리를 치켜뜨며 조금도 누그러지지 않은 어조로 소리쳤다.

"훈련이고 뭐고 필요 없어! 난 지금 이야기해야겠다고요!"

나예는 한숨을 쉬었다. 은빛은 아마 그녀에게 화풀이를 하기 전에는 절대 돌아가지 않을 게 뻔했다.

"봐요. 내가 나갈 테니까."

나예는 훈겸에게 눈짓을 하며 말했다. 그는 은빛을 놓아주면 당장에라도 그녀에게 덤벼들지 않을까 의심하는 듯한 눈빛이었다. 갑작스럽게 머리채를 잡힌 건 어쩔 수 없이 당한 것이었지만 이제 괜찮았다. 나예는 놀란 얼굴의 혁준에게 미안하다고 작게 속삭이곤 복도로 나갔다. 은빛이 씨근덕거리며 따라 나왔고 훈겸 역시 걱정이 되는 듯 따라 나와 한쪽에 서서 지켜보고 있었다.

"할 말 있다면서요."

나예가 은빛을 보고 담담한 어조로 말했다. 은빛이 할 말이야 뻔히 알고 있었지만 나예는 일단 그녀의 말을 들어나 보자는 생각이었다. 은빛과 매번 인재 때문에 부딪치게 되는 게 짜증스러웠지만 어쩔 수가 없었다. 킹 과자점에서 훈련장을 제공해 준 것도 나예가 원한 게 아니었다. 그리고 나예가 거절할 입장도 아니었다. 공식적인 이유는 킹 과자점 출신의 혁준과 킹 과자점 전 회장의 아들인 훈겸 때문이었으니까.

"당장 나가. 네가 여기서 얼쩡대는 게 싫어. 인재 오빠한테 또 무슨 짓을 하려고 그래?"

"나도 여기서 하고 싶지 않지만 어쩔 수가 없어요. 훈련장이 여기인데 어떻게 나가요. 그리고 매일 오는 것도 아니니까 신경 쓰지 않아도 돼요."

"그렇게 아닌 척 고상 떨지 마! 네가 인재 오빠한테 그랬다며! 결혼하자고. 너 분명히 나한테는 인재 오빠한테 어떤 액션도 취하지 않겠다고 했어. 그런데 뒤로 호박씨를 까?"

"그런 말 안 했어요."

"널 만나고 싶으면 결혼할 각오하고 오라고 했다며. 한번 놀고 끝내지 않겠다고 했다며!"

나예는 '끙' 소리를 냈다. 골치가 아팠다. 은빛이 어떻게 그걸 알았는지는 모르지만 그녀라면 사람을 붙였든 도촬을 했든 무슨 수를 써서라도 그녀와 인재의 뒷조사를 했을 것 같았다. 나예는 뭐라고 대답을 해야 은빛을 빨리 돌려보낼 수 있을까 머리를 굴렸다. 은빛은 그녀가 인재에게 관심이 없다고 해도, 만나지 않겠다고 해도 쉽사리 돌아갈 것 같지 않았다.

게다가 은빛이 분노해서 뱉어 내는 말 때문에 훈겸이 오해를 할지도 모른다는 생각이 들었다. 나예는 슬쩍 훈겸의 눈치를 살폈다. 그가 인상을 찡그리고 있는 것이 오해를 하고 있는 것인가 싶어 심장이 철렁했다.

'아, 오해를 하든 말든 내가 왜 그걸 신경 쓰는 거지?'

하지만 다음 순간, 나예는 스스로의 생각이 조금 어이가 없어졌다. 훈겸이 오해를 하는 건 그의 생각이니 어쩔 수 없다. 괜히 그녀가 신경 쓸 필요가 없는 것이다.

"너, 바보니? 그 말뜻은 날 만날 생각 하지 말라는 뜻이잖아.

정인재 이사님이 나하고 결혼할 생각이 있을 리 없잖아."

나예는 짜증이 나서 은빛을 노려보며 씹듯이 말을 뱉었다. 은빛은 얼굴이 푸르딩딩해져서 화를 낼까 말까 망설이는 듯했다. 나예는 한숨을 쉬곤 돌아섰다. 은빛과 불필요한 말다툼으로 더 이상 시간을 낭비할 필요 없었다.

"생각이 있는지 없는지는 아직 모르는 일이지."

언제 온 것인지 인재가 복도 한쪽에 서서 말했다. 나예는 깜짝 놀라 돌아보았다. 인재는 나예를 정면으로 바라보고 있었다. 그녀가 아는 인재라면 나예처럼 아무것도 없는 여자에게 인생을 거는 무모한 짓은 하지 않을 게 분명하다. 하지만 인재의 발언은 나예를 놀라게 하기에 충분했다.

'뭐야? 갑자기 나타나선.'

인재는 얼굴이 하얗게 질린 은빛을 보고 잠시 입을 다물었다. 그러다 나예에게 다시 시선을 돌렸다.

"나도 이해가 안 되지만 궁금해지거든. 너라는 여자. 뭘 믿고 그렇게 당당한 건지. 널 무너지게 만들 카드가 뭔지. 꼭……찾아내고 싶다고."

머릿속이 복잡해졌다. 정훈겸이라는 남자 하나만으로도 나예의 머리는 터질 것만 같았다. 그런데 정인재, 이 남자는 왜 자꾸 나타나서 분란을 일으키는지 골치가 아파 죽을 것만 같았다. 그 때문에 차성희 회장에 은빛까지 그녀를 달달 볶는데 미칠 지경이었다.

"그거, 아마 못 찾을걸."

인재가 나예에게 한 걸음 한 걸음 다가왔다. 나예가 정신을 차렸을 땐 인재가 그녀의 손을 잡을 수 있을 만큼 가까이 다가온 뒤였다. 실제로 그는 나예에게 손을 뻗었다. 하지만 그때 훈겸이 나예의 앞을 가로막으며 인재의 손을 밀어냈다. 인재는 인상을 찡그리며 훈겸을 노려보았다.

"뭐?"

"나예를 무너뜨릴 카드 따위, 없으니까. 저 여자, 천하무적이야. 아마 어떤 남자가 와도 무너지지 않을걸."

가벼운 어조로 말했지만 결코 가볍지 않은 말이었다. 나예는 살짝 몸을 떨었다.

'그 카드는, 당신이 쥐고 있잖아.'

나예는 떨리는 손을 감추었다. 그녀에게 탄탄한 등을 보이고 있는 남자를 떨리는 눈빛으로 바라보며 나예는 입술을 깨물었다. 겉으로는 아무렇지 않은 척하고 있었지만 나예는 계속 흔들리고 있었다. 정훈겸, 정인재. 둘 다 치명적으로 매력적인 남자들이었다. 나예는 차라리 두 사람 다 사라져 버렸으면 하는 생각이 들었다.

"그만두세요, 두 분 다. 이사님, 연습 방해되니까 다신 찾아오지 마시고요. 이은빛 씨, 아무리 날 괴롭혀도 당신이 원하는 거, 얻을 수 없어요. 당신이 설득해야 하는 상대는 내가 아니고 저쪽이라고요. 그럼 다신 뵙지 않았으면 합니다."

다행히 목소리는 떨리지 않았다. 나예는 또박또박 세 사람에게 할 말을 하곤 안으로 들어갔다. 인재와 은빛은 더 이상 나예를 괴롭히지 않고 간 것 같았다.

"휴우. 나예 씨, 정말 대단해. 저 두 정씨 남자들을 휘두르다니."

혁준이 싱글거리며 나예에게 엄지손가락을 치켜세워 주었다. 나예는 쓴웃음을 지으며 작업실로 들어갔다. 극도로 피곤해졌다. 어제부터 이사에, 이어지는 연습과 밤샘 작업에, 은빛과의 실랑이까지. 침대가 아닌 맨바닥에라도 뛰어들어 잠을 자고픈 마음이 들었다.

나예는 갑작스럽게 뛰어든 은빛 때문에 끓이다가 잊어버리고 그대로 둔 설탕에 생각이 미쳤다.

"아, 정말. 미치겠네."

나예는 냄비 속에서 펄펄 끓고 있는 설탕 용액을 보고 한숨을 쉬었다. 불을 끄고 설탕 용액을 보니 냄비 옆에 튄 설탕 결정을 제거하지 않아 다 눌어붙어 있었다. 나예는 냄비를 싱크대에 내려놓았다. 버리고 다시 처음부터 해야 할 것 같았다.

"앗, 뜨거워!"

피곤하기도 하고 짜증스럽기도 해 설탕 용액을 붓다가 손에 튀어 버렸다. 나예는 더욱 짜증이 났다. 훈겸이 그녀를 보더니 다가와 걱정스럽게 물었다.

"괜찮아? 피곤해 보이는데 좀 쉬었다가 할래?"

대답은 하지 않았다. 무슨 말이든 곱게 나오질 않을 것 같았기 때문이다. 나예는 훈겸의 말을 못 들은 척하고 처음부터 다시 설탕을 끓였다. 그는 나예가 대답하지 않고 고집스런 얼굴로 다시 시작하자 그녀를 놔두고 다시 작업을 시작했다.

나예는 반죽을 만들어 에로스와 프시케의 모습을 형상화하기 위한 기둥을 만들었다. 뜨거운 반죽을 늘이고 만지자 손에 난 상처가 쓰라렸다. 나예는 손의 아픔을 참으며 작업을 계속했다. 장갑 속의 손가락에서 진물이 나는 것인지 찐득거렸다.

'연고라도 바르고 올 걸 그랬네.'

아침에 바빠서 그냥 왔던 게 조금 후회되었다. 계속 뜨거운 반죽을 만지면 안 될 것 같았다. 하지만 작업을 계속하려면 참아야만 했다.

"강나예, 잠깐 쉬고 하자."

훈겸은 계속 그녀가 걱정되는지 결국 작업하던 걸 멈추고 나예에게 다가왔다. 마침 기둥을 늘이고 있던 나예는 뜨거운 열기 때문에 끝까지 손에 힘을 주지 못하고 인상을 찌푸렸다. 훈겸은 그녀의 손을 보더니 다짜고짜 손목을 잡았다.

"아야. 이, 이거 놔요."

"가만있어 봐!"

그가 손목을 아프게 잡곤 다른 손으로 장갑을 벗겨 냈다. 조심스럽게 벗겨 냈지만 손에 난 상처 때문에 쓰라렸다.

"아야!"

나예는 저도 모르게 비명을 질렀다. 눈물이 찔끔 나올 정도로 아팠다.

"너 미쳤어? 이 손으로 지금까지 작업을 계속했단 말야?"

훈겸이 소리를 버럭 질렀다. 나예는 그가 무섭게 화를 내자 순간 목이 콱 막힌 듯 목소리가 나질 않았다. 혁준도 훈겸의 노성에 놀랐는지 나예에게 다가왔다.

"왜 그래? 헉! 나예 씨, 손이 이 지경이 되도록 뭘한 거야?"

나예는 입술을 깨물었다. 계속 돌보지 못한 손은 처참할 지경이었다. 여기저기 데인 자국에 물집이 잡혀 있었고 피부가 벗겨져 진물과 피가 흐르고 있었다.

"형, 오늘 훈련 접어야겠다. 뒷정리 좀 부탁해."

"그래. 쯧쯧. 나예 씨 정말 지독하다. 손에 진물 흐르도록 연습하는 놈은 저놈밖에 없는 줄 알았더니 여기 또 하나 있었네. 둘이 아주 잘 어울린다. 잘 어울려."

혁준이 혀를 차며 말했다. 놀리는 것 같았지만 질렸다는 표정을 보니 아닌 것 같기도 했다. 나예는 아무 말도 못 하고 훈겸이 이끄는 대로 탈의실로 들어갔다.

"갈아입고 나와."

그는 단단히 화가 난 듯 굳은 얼굴로 나예에게 말했다. 괜히 서러웠다. 나예는 울지 않으려 애쓰면서 옷을 갈아입었다. 손에서 피가 묻어나 옷이 군데군데 붉게 얼룩지자 더욱 서러워졌다. 나예는 옷을 갈아입고 밖으로 나왔다. 훈겸은 그녀를 보곤 여전히 굳은 얼굴로 그녀의 팔을 잡아당겼다.

"어디로 가는 거예요?"

"집."

훈겸은 그녀를 차에 태워 아파트로 갔다. 무서운 그의 표정에 괜히 서러워진 나예는 저도 모르게 눈물을 흘렸다. 손도 아프고 피곤하기도 하고 짜증도 났다. 그는 차에서 내려 나예를 보더니 한숨을 쉬었다. 나예는 속이 상해 고개를 돌리곤 아무 말도 하지 않았다. 훈겸은 나예를 자신의 집으로 데리고 들어갔다.

"여기 가만히 앉아 있어."

그는 나예를 소파에 앉혀 두곤 어디론가 가 버렸다. 나예는 가만히 앉아 있다가 고개를 돌려 그의 집을 두리번거렸다. 그녀의 집과 같은 구조였다. 가구도 같았다. 아마 누군가가 두 집을 똑같이 꾸며 놓은 모양이었다.

잠시 후, 그가 현관문을 열고 들어왔다. 그는 약국에 다녀온 듯 약봉지를 들고 있었다. 그는 대야를 받치고 나예의 손을 식염수로 씻어 주었다.

"아야."

물이 닿자 상처가 쓰라렸다. 이번엔 아파서 눈물이 흘러내렸다. 그는 나예의 손에 묻은 물기를 살짝 닦아 내곤 소독을 했다.

"아파요."

진짜 엄청나게 아팠다. 나예는 눈물을 뚝뚝 흘렸다. 그는 나예가 앉은 소파 앞에 무릎을 꿇고 앉아 그녀를 치료해 주다가 고개를 들었다.

"아픈 거 잘 참지도 못하면서 어떻게 이 손으로 작업을 했어?"

할 말이 없었다. 나예는 어물거리다가 대답을 하지 못했다. 훈겸은 그녀의 손가락에서 나는 진물을 살살 닦아 내곤 연고를 꼼꼼하게 발라 주었다. 그는 이런 상처를 여러 번 치료해 본 것처럼 자연스럽게 치료를 했다. 손가락 하나하나 거즈를 대고 붕대를 감아 주는 솜씨가 한두 번 해 본 게 아닌 것 같았다.

"이런 상처, 많이 치료해 봤나 봐요?"

나예가 궁금함을 참지 못하고 물었다. 그는 나예를 흘끗 올려다보더니 아무렇지도 않게 말했다.

"당연하지. 설탕 공예 할 때는 이런 상처 늘 달고 살았어. 예전에 기능올림픽하고 월드페이스트리컵 대회를 한꺼번에 준비할 때가 있었거든. 그때 월드페이스트리컵 대회 때도 설탕 공예를 했었고, 기능올림픽은 설탕, 초콜릿 다 해야 하니까 그거 준비할 땐 손이 성할 날이 없었지. 손에서 진물이 흐르는데 뜨거운 설탕 반죽을 잡고 있으면 온몸에서 식은땀이 바짝 날 정도로 아파. 나도 그 고통은 참기 힘들었는데 넌 정말……."

그가 상처 치료를 끝내고 일어섰다. 약봉지를 옆으로 치운 뒤 방에 들어가더니 트레이닝복을 가지고 나왔다.

"일어나 봐."

나예는 그가 시키는 대로 자리에서 일어섰다. 그는 나예의 블라우스 단추를 서슴없이 풀었다. 나예는 깜짝 놀라 그의 손을 밀어냈다.

"뭐, 뭐하는 거예요?"

"옷에 피 묻었잖아. 아픈 사람 데리고 딴 맘 안 먹어. 가만있어."

그는 나예의 옷을 벗겼다. 나예는 블라우스가 벗겨지고 속

옷 차림으로 그 앞에 서자 고개를 들 수가 없었다. 두 손에 다 붕대가 감겨 있어 혼자서는 옷을 벗을 수조차 없는 상황에서 그가 옷을 갈아입혀 주는 게 너무 민망했다. 하지만 그는 정말 벗은 그녀의 모습을 보고도 아무렇지 않은 것인지 아니면 참고 있는 것인지, 알 수 없었지만 트레이닝복을 입혀 주고 지퍼를 채워 주었다. 볼이 화끈화끈 달아올랐다. 옷을 입혀 주며 그의 손가락이 맨살에 스치자 데인 것처럼 몸이 뜨거워졌다.

그는 나예의 청바지 버클에까지 손을 뻗었다. 나예는 소스라 치게 놀라 뒤로 물러섰다. 그의 얼굴도 붉게 달아올라 있었다.

"불편하니까 그냥 입어."

그도 아무렇지 않은 건 아니었다. 나예는 빨개진 얼굴로 고개를 돌렸다. 그가 나예의 청바지를 벗기고 트레이닝복 바지를 입혀 주었다. 옷을 다 갈아입히자 그가 참았던 듯 숨을 길게 내쉬었다.

"이리 와."

그는 나예를 데리고 침실로 들어갔다. 나예는 그가 가리키는 대로 그의 침대에 누웠다. 그는 이불을 덮어 주었다.

"어제 밤새 연습한 거지? 눈에 핏발 섰어. 지금부터 아무 생각 하지 말고 자. 저녁 먹을 때 깨울 테니까."

그가 나예를 보며 다정하게 말했다. 그의 말에 눈물이 또 날 것만 같았다. 그는 나예를 내려다보더니 천천히 침대 옆에 앉았다. 그리고 나예의 손을 잡았다. 붕대가 감긴 손을 두 손으로 살짝 잡더니 고개를 숙였다. 그가 뭘 하고 있는지 제대로 인식하기도 전에 그는 그녀의 손에 입을 맞추었다.

'아…….'

나예는 얼음처럼 굳었다. 그의 표정과, 손길이 너무도 따뜻해 가슴이 찡했다. 나예는 눈을 깜박이지도 않고 그를 바라보았다. 조각처럼 반듯한 그의 콧날이 아름다웠다. 따뜻한 입술의 온기가 붕대를 통해 느껴지는 것 같았다.

그가 고개를 들었다. 그의 눈빛이 나예의 눈에 들어왔다. 말없이 서로 바라보고 있었지만 나예는 그의 마음을 느낄 수 있었다. 순수하게 그녀를 걱정하는 마음, 아껴 주는 마음.

"데거나 상처 나면, 바로 치료하는 게 좋아. 참고 있지 말고. 알겠지? 네가 아픈 건, 정말 싫다. 다치면 말해. 내가 치료해 줄게."

그가 나직한 목소리로 말했다. 그에게서 빛이 나는 것 같았다. 나예는 멍하니 그를 바라보았다. 그가 천천히 고개를 숙여 그녀의 이마에 입 맞추었다. 소중하게 다뤄지는 느낌이었다. 심장이 두근거렸다.

"이제 자."

그가 속삭이듯 말하고 일어섰다. 나예는 착한 아이처럼 눈을 사르르 감았다. 수마가 금세 덮쳐 왔다. 현관문이 닫히는 소리가 멀리서 들려오는 것 같았다.

27장

나예는 평소보다 조금 더 일찍 일어났다. 어제 하루 종일 푹
자고, 밤에도 잠을 잘 잤기 때문인지 몸이 가뿐했다. 나예는 새
벽 3시를 가리키는 시계를 확인하고 자리에서 일어나 욕실로
들어갔다. 손가락에 감긴 붕대를 보고 조금 망설이다가 나예는
붕대를 살살 풀었다. 손은 어제보다 훨씬 나아져 있었다.

"이 정도면 괜찮겠지? 연습…… 해도 되려나?"

나예는 손가락을 살짝 구부렸다 펴며 중얼거렸다. 손을 씻
자 아직 많이 쓰라렸다. 나예는 아픔을 참고 세수를 했다. 욕
실에서 나온 나예는 손가락에 연고를 바르고 면장갑을 끼었다.
아팠지만 그럭저럭 참을 만했다.

조용히 옷을 입고 밖으로 나왔다. 손 때문에 반죽을 평소처
럼 할 수 없을 것 같아서 조금 넉넉하게 시간을 두고 할 작정이

었다.

"이럴 줄 알았어. 그 손으로 뭘 하려고?"

나예는 깜짝 놀랐다. 문밖에 훈겸이 서 있었다. 그는 벽에 기대어 서 있다가 나예를 보고 혀를 찼다.

"여기서 뭐하는 거예요?"

"뭐하는 걸로 보여?"

그는 나예의 손을 보더니 그녀의 손목을 잡아끌었다.

"왜 그래요? 일하러 가야 해요."

"그 꼴로 가려고?"

그는 문을 열고 집으로 들어갔다. 나예는 당황해 그가 이끄는 대로 그의 집으로 따라 들어갔다. 그는 어제 그랬던 것처럼 나예를 소파에 앉히고 장갑을 살살 벗겼다.

"덕분에 많이 나았어요."

"며칠 동안은 손에 물 묻히지 마. 반죽도 하지 말고."

그가 나예의 손을 소독하면서 말했다. 나예는 따가워서 인상을 찌푸렸다.

"어떻게 그래요? 할 일은 해야 되는데."

"하지 마. 그래야 빨리 나아."

하지만 그의 요구는 불가능한 것이었다. 나예는 더 이상 대답하지 않았다. 그는 나예의 손가락을 소독하고 나서 따갑지 않게 후후 불어 주었다. 기분이 이상해졌다. 나예는 홀린 듯 그의 얼굴을 바라보았다. 그는 지난밤에 나예를 깨워 저녁을 먹여 주었더랬다. 붕대 때문에 젓가락질을 제대로 못 하는 나예를 대신해 반찬을 숟가락에 올려 주고 먹여 주기까지 했던 것이다. 그의 다정한 손길에 기분이 이상해진 나예는 얼굴이 빨개져서 손을 물리치고 스스로 숟가락질을 했었다. 하지만 젓가락질은 할 수 없어 그가 올려 주는 반찬을 먹어야만 했다.

그는 조심스럽게 손가락에 연고를 펴 바르고 다시 붕대를 감아 주었다. 나예는 자꾸만 두근대는 심장을 원망했지만 어쩔 수가 없었다. 그와 가까이 앉아 있는 것만으로도 설레고 묘한 기분이 들어 어찌할 바를 몰랐다.

"다 됐다. 가자."

그는 나예의 손에 붕대를 다 감고 나서 일어났다. 나예는 얼떨떨한 기분으로 일어서서 밖으로 나왔다. 엘리베이터를 타는데 그가 같이 타길래 나예는 의아하게 그를 바라보았다.

"같이 가려고요?"

"응."

"일하러 안 가요?"

"지금 가잖아."

그는 알쏭달쏭한 말을 하고선 계속 그녀와 함께 걸었다. 그녀의 빵집으로 간다는 것 같아서 나예는 고개를 갸웃거렸다. 대회 때문에 모여서 훈련은 하지만 그도 호텔을 그만둔 건 아니라서 계속 일을 해야만 했다.

"호텔에 안 가도 돼요?"

가게에 도착하자 나예는 재차 그에게 물었다. 그는 고개를 끄덕이며 안으로 들어갔다.

"나 없어도 잘 돌아가. 파티시에 몇 명 더 있어."

"이러지 않아도 돼요. 나 혼자서도 할 수 있어요."

"바보야. 그러니까 아픈 거야. 다친 손으로 계속 일을 하니까 안 낫고 점점 더 심해지지. 그 손으로 반죽 못 해. 넌 가만히 있어."

그는 외투를 벗고 옷을 갈아입고 왔다. 제빵 가운도 가져온 모양이었다. 나예는 익숙하게 준비를 하고 있는 그를 보며 묘한 기분에 사로잡혔다. 그는 나예가 평소에 하는 것처럼 재료를 준비하고 있었다. 채소가 배달될 시간이 되자 그는 밖에 나가서 채소를 받아 왔다. 나예는 정리하는 거라도 도울 생각으로 그에게 다가갔지만 그는 나예에게 틈을 주지 않았다.

"가만있으라고."

"그렇지만 빵은 내가 만들어야 해요."

"며칠간은 참아."

"안 돼요."

"넌 그냥 입으로 해. 네가 알려 주는 배합비대로 할 테니까. 그러면 되잖아."

그가 채소를 재빨리 씻어서 다듬으며 말했다. 나예는 어쩔 수 없이 그에게 모든 것을 맡겨야만 했다.

"볼은 어디 있어?"

"아, 여기 있어요."

그가 반죽을 하기 위해 도구들이 어디 있는지 물었다. 나예는 그가 서 있는 작업대로 다가가 수납장을 열고 큰 볼을 꺼내 주었다. 제빵실은 나예 혼자 일하기 좋을 정도로 작았기 때문에 훈겸과 함께 서 있으니 좁아서 그와 몸이 부딪쳤다. 나예는 얼굴이 화끈거려 얼른 돌아서서 옆으로 물러났다. 그가 피식 웃는 게 느껴졌다.

"여기 마음에 드는데."

"네?"

"나중에 나 여기서 일하고 싶다. 파티시에 채용 계획 없어?"

나예는 그가 왜 갑자기 그런 말을 하나 싶어 의아하다는 얼굴로 그를 바라보았다. 그는 반죽을 하는 데 집중하고 있었다. 소매를 걷어붙인 팔뚝에 힘이 들어가자 탄탄한 근육이 불끈거렸다. 그의 팔을 보자 온몸이 뜨거워졌다. 나예는 갑자기 좁은 제빵실에 그와 단둘이 있다는 것을 의식했다. 심장이 미친 듯이 뛰고 몸이 떨렸다.

"왜요?"

"너하고 둘이 일하고 싶어서. 제빵실 크기가 딱…… 둘이 붙어서 일하기 좋게 생겼어."

나예는 흔들리는 눈빛을 감추려 고개를 돌렸다. 숨이 차올랐다. 그가 무슨 의미로 그런 말을 한 건지 알 것 같았다.

'아, 정말 미치겠어. 강나예, 정신 차려.'

이성을 찾으려 애를 썼지만 가슴이 더욱 뛰었다. 나예는 마른침을 꿀꺽 삼켰다. 그와 둘이 나란히 서서 반죽을 하고 있는 상상을 하니 온몸의 솜털까지 바짝 일어서는 기분이었다. 그가 반죽을 치댈 때마다 나란히 서 있는 그녀에게 팔이 닿을 게 분명했다. 그러다 서로 눈이 마주치고, 그러면…….

나예는 고개를 흔들었다. 정신을 차릴 수가 없었다. 그와 한 공간 안에서 숨을 쉬고 있는 것만으로도 흥분이 되어 미칠 것 같았다. 너무 오랫동안 남자를 만나지 않아 욕구불만이 생긴 것일지도 몰랐다. 이성으로 욕망을 조절할 수 있을 거라고 생각했는데 도무지 마음대로 되질 않았다. 아버지를 생각하면 잠시도 그와 마주할 수 없는데 현실은 그녀의 의지를 배반했다.

나예는 어느새 반죽을 하는 훈겸을 바라보고 있었다. 그녀가 알려 준 배합비대로 반죽을 하고 있었다. 어릴 때 보았던 마법의 손, 바로 앞에서 그 손이 반죽을 하고 있었다. 나예는 금세 그의 손놀림에 빠져들었다. 길고 모양 좋은 손가락이 재빠르게 움직이는 모습은 나예의 머릿속에 하나도 빠지지 않고 기억되어 있었다. 그 손이 나예의 눈앞에서 다시 마법을 일으키고 있었다.

'멋지다…….'

나예는 훈겸의 손을 멍하니 바라보며 생각했다. 사랑에 빠질 것만 같았던 그 손, 그리고 반죽. 심장이 고장이 난 것 같았다. 너무 빠르게 뛰어 다시 제 속도로 뛸 수 없을 정도로 정신없이 뛰기만 할 것 같았다. 나예는 반죽을 탕탕 내리치는 그의 팔에 힘줄이 솟는 걸 보고 얼굴이 붉어졌다. 평소 그녀도 반죽을 했지만 그녀가 하는 것과는 느낌부터 달랐다.

"꼬마, 그렇게 쳐다보니까 좀 으쓱해지는데?"

반죽을 마치고 발효기에 반죽을 넣고선 그가 나예를 보고

씩 웃었다. 나예는 눈을 크게 떴다. 그가 작업대를 사이에 두고 손을 뻗어 나예의 머리카락을 장난스럽게 흐트러뜨렸다. 나예는 정말 열네 살 아이가 된 기분이었다. 그때 작업대를 사이에 두고 그가 처음으로 건넸던 말이 똑같이 떠올랐다.

'꼬마, 손놀림이 제법인데.'

그가 기억하고 있는 게 분명했다. 얼굴이 빨개졌다. 그에게 첫사랑이었다고 말했던 게 떠올랐다. 창피했다. 그 앞에서 혼자 벌거벗겨지는 기분이었다.

"기억하고 있었어요?"

개미 소리만큼이나 작게 물었지만 조용한 제빵실 안에서 그녀의 목소리는 또렷하게 들렸다. 그가 싱긋 웃으며 고개를 끄덕였다.

"내가 그때까지 봤던 여자애들 중에서 네가 제일 예뻤거든."

심장이 끈 떨어진 연처럼 펄럭거렸다. 예쁘다는 말이 그렇게 달콤하게 들리는 건 처음이었다. 어릴 때부터 사람들이 예쁘다고 하면 기쁘기보다는 어머니를 닮은 것 같다는 말로 들려 별로 기분이 좋지 않았다. 남자들이 그녀에게 접근하며 예쁘다고 하면 어떻게 그녀를 꼬셔서 몸을 가져 볼까 하는 의도로 생각되어 매몰차게 대하곤 했다. 그런데 훈겸에게서 듣는 예쁘다는 말은 전혀 느낌이 달랐다. 처음으로 그녀가 예쁘게 생겼다는 게 기뻤다.

"그런데 그것보다도 더 기억에 남는 게 뭔지 알아?"

그가 다시 말을 꺼냈다. 나예는 고개를 들어 그의 눈을 바라보았다.

"뭔데요?"

"그 예쁜 여자애가 반죽을 보고 지었던 표정."

나예는 멍하니 그를 바라보았다. 그때 반죽을 보고 무슨 표정을 지었는지 기억이 나질 않았다. 그녀는 그저 반죽을 하는 길고 섬세한 손가락의 마법에 빠져 정신없이 보기만 했던 것 같았다.

"내가 어떤 표정을 지었는데요?"

나예가 묻자 그는 웃음을 지으며 말했다.

"음…… 사랑에 빠진 표정?"

얼굴이 뜨끈해졌다. 나예는 그때 그의 손가락을 보고 설렜다. 생애 처음으로 빵을 만드는 그를 보면서 멋있다고 생각했었다. 그런데 그가 나예의 기분을 정확히 알아챘을 줄은 몰랐다.

"서, 설마요."

"반죽을 그런 표정으로 쳐다보는 사람은 처음이었거든. 정말 빵을 좋아하는구나 생각했었어. 그래서 그 후로 오랫동안…… 네가 보고 싶었다. 이름이라도 물어볼걸, 어디 사는지라도 물어볼걸, 후회했었어."

나예는 그의 말에 깜짝 놀랐다. 그녀도 그를 마음에 품고 오랫동안 생각해 왔지만 그 역시 그랬을 줄은 몰랐다. 나예는 그의 눈을 바라보았다. 거짓으로 그녀를 유혹하려는 건 아닌가 의심이 들었기 때문이다. 하지만 그의 눈빛에 거짓을 말하는 기색은 없었다.

'정말일까? 나처럼…… 계속 생각했을까?'

자꾸만 빠져들었다. 그의 매력에 빠져들면 안 된다고 계속 주문을 걸듯 마음속으로 되뇌었지만 어느새 나예의 눈은 그를 따라가고 있었다. 그녀의 손을 정성껏 치료해 주던 다정한 손길, 아파하는 그녀를 더 아픈 눈으로 보던 그 시선을 떠올리면 아버지의 일은 잊고 그에게 마음을 주고 싶다는 유혹이 들었다. 나예는 정신을 차리려 고개를 저었다.

"그건 그냥 아주 오래전 일이에요."

아무렇지도 않게 말하려 애썼다. 오래된 옛일에 의미를 부여하는 건 쓸데없는 일이었다. 하지만 그는 한결같은 시선으로 그녀의 눈을 응시하고 있었다.

"오래전 일이지만 그 꼬마는 아직 여기 있는 것 같은데. 바로 여기."

그가 웃으며 나예의 머리카락을 또 흐트러뜨렸다. 나예는 인상을 찌푸리며 그의 손을 밀어냈다.

"이렇게 큰 꼬마가 어디 있어요?"

입술을 삐죽이며 말하자 그가 귀엽다는 듯 나예의 볼을 살짝 꼬집었다.

"좀 전에도 그렇게 쳐다봤잖아. 내가 반죽 칠 때."

속이 뜨끔했다. 그의 손놀림에 취해 또 정신없이 쳐다보았던 걸 들켰나 보다. 나예는 그의 시선을 피했다. 그가 천천히 작업대를 돌아 나예에게 다가왔다.

"내, 내가 언제요?"

나예는 그가 가까이 오자 한 걸음 뒤로 물러섰다. 하지만 좁은 제빵실 안에서는 피할 곳이 없었다. 등에 벽이 닿자 불안해졌다. 그가 몸이 닿을 정도로 가까이 다가오자 숨을 제대로 쉴 수가 없이 가슴이 뛰었다.

"방금. 넌 그때나 지금이나 반죽하고 사랑에 빠진 것 같아. 그래서 이렇게 계속 빵을 만들고 있는 거겠지? 그런 시선으로 날 봐 주면 얼마나 좋을까?"

그가 손가락으로 그녀의 턱을 들어 올렸다. 나예는 그의 눈을 보곤 눈을 질끈 감았다. 흔들리는 그녀의 눈빛을 보면 그가 알아 버릴 것 같았다. 나예가 반죽을 보았던 게 아니라 그의 손가락을 보고 있었던 것을. 그의 길고 아름다운 손가락이 반죽을 힘 있게 쥐는 것을 보며 그와 함께 보냈던 밤에 그의 손가락이 그녀의 가슴을 쥐고 매만졌던 걸 떠올리고 있었다는 것을. 나예는 떨리는 한숨을 뱉어 냈다. 반죽을 내리칠 때 그의 팔뚝에 불끈거리는 근육을 보며 군살 없는 그의 탄탄한 몸을 되새기고 있었던 그녀의 불순한 마음을 들키고 싶지 않았다.

"나, 반죽한테 질투를 느낀 건 처음이야. 강나예, 너 때문에 점점 정신이 나가는 것 같아."

그가 나직한 목소리로 속삭였다. 나예의 온몸이 떨렸다. 도저히 눈을 뜰 수가 없었다. 입술에 뜨겁고 부드러운 것이 와 닿았다. 그가 키스했다는 걸 나예는 온몸으로 느꼈다. 힘이 빠졌다. 나예는 입술을 열었다. 한없이 부드럽게 그의 입술이 나예의 입술을 비볐다. 등에 느껴지는 벽의 차가움과 입술에 느껴지는 그의 부드럽고 뜨거운 기운이 나예를 마비시켰다. 이성도 사라지고 아버지에 대한 생각도 잊혀졌다. 그냥 이 남자가 주는 달콤함에 늪처럼 빠져들었다. 그와 보냈던 뜨거웠던 밤이 떠올랐다. 부드러운 손길로 그녀의 온몸을 뜨겁게 달구었던 그 기억이 나예를 불쏘시개처럼 들쑤셨다. 다리 사이가 젖어 들었다. 볼을 타고 눈물이 흘러내렸다. 그들이 서 있는 곳이 제빵실이라는 것도 잊을 정도로 나예는 그의 입술에 빠져들었다. 손에 붕대가 감겨 있지 않았다면 이미 그의 옷 단추를 풀었을지도 모른다.

나예는 한숨을 쉬며 고개를 들었다. 그가 천천히 나예의 티셔츠 아래로 손을 넣었다. 거북이보다도 느린 그의 손에 나예는 조급증이 났다. 그가 온몸을 어루만져 주길 바랐다. 뜨거운 그의 혀가 나예의 입 안을 구석구석 쓸었다. 나예는 고개를 살짝 기울였다. 그의 몸이 그녀에게 밀착되었다. 벽과 그 사이에 끼어 움직일 수도 없었지만 그가 더 세게 밀었으면 좋겠다는 생각을 했다. 나예는 천천히 팔을 들어 그의 목덜미를 끌어안았다. 나예의 반응에 그가 더 깊숙이 키스했다. 그의 손이 그녀의 가슴을 쥐자 나예는 신음 소리를 냈다. 당장 그와 침대에 뛰어들고 싶었다. 다리 사이가 욱신거렸다. 그의 딱딱한 몸을 느끼자 나예는 본능적으로 그에게 바짝 붙었다.

그의 손이 마법을 또 일으켰다. 뜨거운 몸을 더욱 뜨겁게 불살랐다. 그의 입술이 잠깐 떨어지자 나예는 숨을 몰아쉬었다. 그녀의 온몸을 파도처럼 휩쓸고 있는 감정 때문에 두려워 도저히 눈을 뜰 수가 없었다. 그가 다시 입을 맞춰 왔다. 나예는 그의 손에 몸을 맡겼다. 이미 밀어내야 한다는 생각 따위는 할 수조차 없었다. 나예는 정신을 잃고 그에게 매달렸다. 그의 손과 입술이 주는 쾌락에 취해 버렸다.

'정말 미쳤구나.'

그가 옷을 벗겼다면 벗었을 게 분명했다. 제빵실이라는 것도 잊고 그가 이끄는 대로 관계를 가졌을지도 모른다. 하지만 이성을 잃은 그녀와 달리 그는 제정신이었다.

그가 입술을 떼고 나예의 옷매무새를 바로잡아 주고 있었을 때도 나예는 꿈속인 듯 몽롱한 기분이었다. 그는 나예의 옷을 제대로 입혀 주곤 그녀를 꼭 끌어안아 주었다. 그의 품에 안겨 있는 기분이 너무도 짜릿해 절대 떨어지고 싶지가 않았다. 하지만 그가 나예를 천천히 놓아주었을 때 비로소 정신이 든 나예는 정말 창피해 죽고 싶을 지경이었다. 키스 한 번에 모든 걸 다 줄 것처럼 허락해 버린 자신이 못 견디게 미웠다. 얼마나 헤퍼 보였을지 창피해 죽을 것만 같았다.

그동안 그래도 감정을 잘 숨겨 왔다고 생각했는데 그에 대한 마음을 고스란히 들켜 버린 것 같아서 나예는 고개를 들 수가 없었다. 게다가 그는 끝까지 이성을 잃지 않고 그녀를 놓아주었다. 발효가 다 된 시간까지 체크하고 있었다. 그가 발효기에서 반죽을 꺼내는 걸 곁눈질로 본 나예는 정말 울고 싶었다.

'다 알아 버렸을 거야. 아빠 때문에 억지로 아닌 척하고 있던 것까지 고스란히 다 알아 버렸을 거야.'

눈앞이 뿌옇게 흐려졌다. 나예는 입술을 잘근잘근 깨물었다.

"나예야, 잠깐 좀 나가 있어. 10분만."

반죽을 떼어 내던 그가 손을 멈추고 나예에게 나가 달라고 했다. 나예는 놀라 고개를 들었다. 고여 있던 눈물이 떨어지자 그의 모습이 선명하게 보였다. 그는 조금 굳은 얼굴로 나예를 보고 있었다.

"왜, 왜요?"

그녀는 자신이 뭔가 잘못을 한 것인가 생각했지만 별다른 건 없었다. 어색해서 그런 건가 생각했지만 그는 별로 어색해 하는 표정이 아니었다. 별별 생각을 속으로 다 하고 있는데 그가 한숨을 쉬며 말했다.

"너 보니까 손이 떨려서 못 하겠어. 잠깐만 좀 나가 있어."

얼굴이 뜨거워졌다. 나예는 그를 쳐다보지도 못하고 도망치듯 제빵실 밖으로 나왔다. 그도 아무렇지 않았던 건 아닌 모양이었다.

'그나마 위로가 되네.'

나예는 한숨을 쉬며 매장으로 갔다. 영미가 막 나온 듯 매장 청소를 하고 있었다.

"나예야, 너 괜찮아? 손도 아픈데 오늘은 좀 쉬지 그랬어. 평소보다 더 일찍 나가 버려서 내가 미처 붙잡질 못했네."

"괜찮아, 언니."

"괜찮지 않은 것 같은데? 너 얼굴이 왜 이렇게 빨개? 많이 아프니? 그러니까 무리하지 말아야 되는데 너 요새 너무 힘들게 일했어."

영미는 나예의 얼굴이 붉어진 이유를 잘못 생각하고 있었다. 나예는 쑥스러워 헛기침을 하며 고개를 돌렸다.

"어휴, 붕대 그렇게 감고 반죽을 어떻게 한다니? 오늘만 내가 좀 할까? 네가 가르쳐 주면 되잖아. 나도 예전에 여러 번 해봐서 반죽은 곧잘 해."

영미가 부산스럽게 청소 도구를 내려놓고 제빵실에 들어가려 했다. 화들짝 놀란 나예는 영미를 가로막고 더듬거리며 말했다.

"아, 아냐, 언니. 안 해도 돼."

"왜? 그 손으로 반죽을 어떻게 하려고 그래? 보나마나 상처 덧날 거야. 내가 할게."

영미는 한사코 자신이 반죽을 하겠다며 나예를 밀어내고 제빵실 문손잡이를 잡았다. 다급해진 나예는 영미의 앞을 다시 가로막았다.

"해, 했어, 언니. 훈겸 씨가…… 하고 있어."

나예는 얼굴이 빨개진 채로 말했다. 영미는 놀란 눈으로 나예를 바라보더니 눈을 가늘게 뜨고 의심스러운 듯 그녀를 요리조리 뜯어보았다.

"훈겸 씨가? 지금?"

"으응."

"호텔 안 가고 여길 왔다고? 너 때문에?"

"며칠 정도는 안 가도 된대."

"그런데 너 얼굴은 왜 이렇게 빨개? 아깐 아파서 그런 줄 알았는데 그게 아닌 것 같네. 입술도 부었어, 너."

"아, 아무것도 아냐."

나예는 영미의 눈을 피해 돌아섰다. 하지만 영미는 생글거리며 그녀의 팔을 잡아당겼다.

"내 눈을 속이려고? 뭐 어떠니, 청춘 남녀끼리. 좋으면 그럴 수도 있지. 너, 훈겸 씨 마음 받아 주기로 한 거야?"

"아냐. 별로…… 의미 둘 만한 일 아니었어."

"칫. 입술이 부르트도록 키스하고 나서 의미 없는 거였다고? 참 재밌다, 얘."

"언니!"

"알았어. 농담이야. 어쨌든 난 둘이 잘됐으면 좋겠다. 두 사람, 잘 어울려. 나예 넌 아버지 때문에 마음에 걸리겠지만 사실 훈겸 씨가 잘못을 한 건 아니잖아. 그리고 정도훈 회장님은 이미 돌아가셨고. 마지막에라도 아저씨한테 사과하고 싶다고 한 거잖아. 아저씨 찾으면 다 말씀드리고 전해 드려. 아저씨도 아마 용서하실 거야. 평생 누구한테 미움 주면서 살지 않으셨던 분이야. 용서하실 거야."

영미가 나예의 등을 두드리며 말했다. 나예는 한숨을 쉬었다. 아버지를 찾으면 과연 아버지가 용서해 줄지는 모르겠지만 이렇게 마음이 무겁진 않을 것 같았다.

그 뒤 며칠간 훈겸은 나예의 빵집에서 살다시피 했다. 그는 나예의 손이 나을 때까지 손에 물 한 방울 못 묻히게 했다. 그리고 아침, 오후, 저녁으로 나예를 대신해 빵을 굽고, 젓가락질을 잘 못하는 나예를 위해 식사 시중까지 들어 주었다.

'머리도 감겨 줄까? 샤워할 때도 손에 물 안 묻게 해야 해.'

머리까지 감겨 준다는 말에 나예는 얼굴이 빨개져 화를 내고 말았다. 어쨌든 그 덕분에 나예의 손은 빨리 회복되었다. 그리고 며칠간 그와 함께 있으면서 그에 대한 감정도 미묘하게 바뀌었다.

"나예 씨, 이제 손 괜찮은 거야?"

"네. 다 나았어요."

손이 다 나을 때까지 연습도 하지 못하게 한 훈겸 때문에 나예는 꽤 오랜만에 훈련장을 찾았다. 그동안 훈겸과 혁준은 연습을 계속했다고 들었기 때문에 나예는 마음이 급했다. 연습을 못한 대신 나예는 작품 구상을 위해 훈겸과 함께 박물관과 전시회장을 돌아보고 그리스 로마 신화에 대한 자료 조사도 했다.

'마음 급하게 가질 거 없어. 아직 시간은 많이 남아 있고, 작품은 너 혼자 하는 게 아니야.'

훈겸이 여러 가지 조언을 해 준 덕분에 나예는 그럭저럭 마음을 추스르고 작품 구상을 할 수 있었다.

"우리 오늘은 각자 구상해 온 디자인을 한번 맞춰 볼까?"

훈겸이 회의실에 앉아 디자인 스케치한 것을 테이블에 올려놓았다. 그동안 몇 번 디자인을 잡고 작품을 만들었는데 일단 수정 보완한 것으로 다시 디자인을 잡았다. 나예도 디자인한 종이를 테이블에 몇 장 펼쳤다.

"음, 역시 여자의 손길이 필요하긴 해. 섬세하잖아. 그치?"

혁준이 나예의 스케치를 보고 감탄하며 말했다. 나예는 조각상의 모습을 기초로 해서 에로스와 프시케의 사랑을 추상적으로 형상화한 모양을 스케치해 왔다.

"이런 식으로 만들면 크기가 좀 작을 것 같은데. 작품 제작에 걸리는 시간도 생각을 해 봐야 해. 네가 디자인한 거, 아직 만들어 보진 않았지?"

"네."

"손이 많이 갈 것 같은데. 시간 안에 할 수 있을지 오늘 해 보자. 그리고 형, 이거 톱으로 조각 가능한 디자인이야?"

혁준의 스케치를 본 훈겸이 고개를 갸웃거리며 말했다. 혁준은 싱글거리며 손가락을 딱 울렸다.

"당연하지. 이 형님의 실력을 뭘로 보고."

"그런데 이건 몬스터 같아. 이게 정말 에로스가 맞아?"

"뭐야? 몬스터라니! 야, 우리 이참에 주제를 확 바꿔 버릴까? 몬스터로. 엄청 강렬하지 않아? 프랑스에서 사람들을 깜짝 놀라게 해 주자고!"

혁준이 낄낄거리며 웃었다. 나예는 피식 웃고는 훈겸의 디자인을 보았다. 그의 디자인은, 뭐랄까, 굉장히 아름다웠다. 초콜릿으로 그런 모양이 가능할까 의심스러운 복잡 미묘한 디자인이었다.

"하나씩 뜯어보면 나쁘지 않은데 합쳐 놓으면 뭔가 조화롭지가 않아. 각자 개성이 강하니까 그런 것 같은데. 일단 한번 만들어 보자. 그리고 디자인 수정해야 할 것 같아.”

나예는 일단 스케치해 온 디자인 중에서 가장 마음에 드는 것을 골랐다. 그리고 작업을 시작했다. 혁준이 잔잔한 음악을 틀어 주었다.

“음악 괜찮지?”

“네, 전 상관없어요. 그런데 작업할 때 음악 틀어도 괜찮아요? 어떤 분들은 집중 안 된다고 싫어하던데.”

혁준이 묻자 나예는 웃으며 대답했다. 어차피 작업을 할 때 늘 조용한 환경은 아니었기 때문에 음악 소리 정도는 별로 방해가 되질 않았다. 하지만 훈겸도 그런지 몰라서 조심스럽게 대답했다.

“각자 달라. 난 음악 듣는 걸 좋아하고, 훈겸이는 상관없고. 저 자식은 집중력이 좋아서 주변에서 무슨 일이 벌어져도 까딱 않고 작품을 만들 수 있으니까. 나예 씨만 괜찮으면 들어 보자고. 우리 주제에 맞춰서 러브송만 골라 왔으니까.”

나예는 혁준의 말에 피식 웃었다. 혁준이 들어 보이는 시디 케이스에 정말 제목이 ‘러브송’이라고 적혀 있었다.

작업은 순조롭게 진행되었다. 러브송에, 달달한 향기까지. 나예는 작업에 집중하고 있는 훈겸을 흘깃 보고 정말 사랑에 빠질 것 같다는 생각을 했다.

‘뭐야, 이런 분위기. 사랑 안 하는 사람도 사랑에 빠지겠네.’

나예는 설탕 반죽을 조심스럽게 둥글게 만들어 펌프로 바람을 넣었다. 얼굴이 비칠 정도로 광택을 내고는 다른 반죽을 둥글게 굴려 또 바람을 넣었다. 나예는 작품에 붙일 부속품들을 차분하게 만들었다.

"이상하네. 당기는 게 영 모양이 안 나."

곡선을 만들려던 나예는 반죽을 잘못 당겨 쭉 늘어나 버린 걸 내려놓고 다시 반죽을 당겼다. 오랜만에 잡아서 그런지 반죽이 예쁘게 당겨지질 않았다. 몇 번 하다가 투덜거리자 훈겸이 나예를 보곤 다가왔다.

"왜? 잘 안 돼?"

"이거, 힘 조절이 잘 안되는지 모양이 안 잡혀요."

"어떤 모양으로 할 건데?"

"이렇게요. 둥글게 말렸다가 물결 모양으로."

나예는 종이에 그려 놓은 모양을 보여 주며 설명했다. 훈겸은 디자인을 보곤 고개를 끄덕였다.

"어렵잖아. 한 번에 안 될 것 같은데. 잘 안 되면 두 부분으로 나눠서 만든 것을 붙여."

그는 일단 반죽을 잡고 조심스럽게 잡아당겼다. 둥글게 말리는 모양이 예쁘게 잡혔다. 그리고 조금 더 잡아당겨 물결 모양을 만들었다. 나예는 정교한 손기술에 감탄했다. 그가 설탕 공예, 초콜릿 공예, 아이스 카빙 등 세 가지 종목에 모두 능하다는 것은 알고 있었지만 부럽기도 하고 질투도 났다. 나예는 경외감 섞인 눈으로 그의 손을 바라보았다.

"신기해요. 어떻게 그렇게 한 거예요?"

"너도 잘할 수 있잖아. 그런데 당기기는 연습하기 나름이야.

반죽을 당겼을 때 네가 원하는 모양이 나올 수 있도록 하는 건 연습밖에 없어. 어느 정도의 힘으로 당겼을 때 어떤 모양이 나오는지는 계속 당겨 봐야 알거든. 잠깐 이거 잡아 봐."

그가 반죽을 나예의 손에 들려 주곤 등 뒤에서 그녀의 손을 잡고 천천히 당겼다. 반죽이 부드럽게 늘어났다. 그는 당기면서 모양을 둥글게 말았다. 그녀가 충분히 느낄 수 있도록 천천히.

등에 닿은 그의 몸에서 열기가 전해졌다. 다소 빠르게 뛰고 있는 그의 심장을 등으로 느끼면서 나예는 설탕 반죽이 예쁜 곡선을 만들며 구부러지는 걸 보았다. 소라 모양으로 곡선을 계속 만드는 걸 보니 너무도 신기했다. 보통 반죽을 당겨 곡선을 만들 수는 있지만 이렇게 길게 이어서 곡선을 계속 만드는 건 어려운 일이었다. 그가 정교하게 손가락으로 반죽을 구부렸다. 귓가에 그의 숨결이 느껴졌다. 집중력이 흩어졌다. 이미 그가 나예의 옆으로 다가왔을 때부터 나예의 집중력은 산산이 흩어진 뒤였다. 귓가에 닿는 그의 숨결에 온몸이 흥분으로 들떴다. 정말 이런 상황은 곤란했다. 나예는 심호흡을 하며 마음을 가라앉히려 애썼다. 그와 연습을 하면서 이렇게 흥분하면 제대로 연습을 할 수 없었다. 게다가 그녀가 흔들리는 걸 그가 알아챌 것 같아서 더욱 싫었다. 이미 바닥까지 속이 들여다보였다고 생각은 했지만 아닌 척하고 있었다. 그는 나예의 빵집에서 일을 도와주었던 며칠 동안에도 매너 있게 모른 척해 주었다.

'유혹에 넘어가선 안 돼. 안 된다고.'

나예는 눈을 부릅뜨고 욕망을 참으려 애썼다. 그가 가까이

다가오기만 해도 온몸이 따끔거리며 욕망을 참을 수가 없었다. 신체의 변화를 절대 그가 모르길 바라고 또 바랐지만 어쩌면 이미 알고 있는지도 몰랐다.

"다른 모양도 해 봐. 어떤 게 어울릴지는 붙여 봐야 아는 거니까."

그의 목소리가 귓가에 울렸다. 반죽을 손에 쥐여 주고 그녀의 손을 잡고 같이 잡아당겨 주는 그는 정말 다정했다. 덤벼들고 싶을 정도로. 나예는 참지 못하고 신음 소리를 작게 냈다. 그의 손이 잠깐 멈췄다.

'아아 미쳤어. 미쳤어.'

나예는 쥐구멍에라도 들어가고 싶은 심정이었다. 그는 순수하게 도와주는 것뿐인데 흥분해서 신음 소리를 내다니. 손만 닿아도 흥분하는 여자라고 생각할까 봐 울음이 나올 것 같았다.

그는 조심스럽게 나예의 손을 놓아 주었다. 그리고 한 걸음 물러섰다. 훈련하는 도중에 흥분한 것을 들키다니 창피해 죽을 것 같았다. 나예는 고개를 들지 못했다.

그가 그녀의 손을 잡았다. 나예는 놀라 손을 비틀었다. 하지만 그는 강하게 그녀의 손을 잡아당겼다. 나예는 그에게 끌려 갔다. 놀란 눈을 들어 그를 보는데 그는 그녀의 손바닥을 펴 자신의 가슴에 갖다 댔다. 그녀의 심장처럼 거세게 뛰는 그의 심장이 손 아래 느껴졌다.

"너만 보면…… 이래. 내가 아주 죽겠어."

혁준에게는 들리지 않을 정도로 작게 그가 말했다. 그의 눈빛이 뜨거웠다. 나예는 아무 말도 하지 못했다. 부끄럽기도 하고 놀랍기도 했다.

"나 좀 살려 줘."

그가 고개를 숙였다. 나예는 그의 빛나는 눈동자에서 눈을 뗄 수가 없었다. 그의 입술이 입술에 와 닿자 나예는 사르르 눈을 감았다. 피할 수도 거부할 수도 없었다. 그녀가 원하던 것이었으니까. 손바닥 아래서 그의 심장이 점점 거세게 뛰었다. 온몸의 힘이 빠져 나예는 비틀거렸다. 그가 나예의 허리를 붙잡아 주었다. 나예는 그에게 안겨 몸을 떨었다. 그의 입술이 부드럽게 나예의 입술을 물었다. 나예는 고개를 기울여 그가 키스하기 쉽게 했다. 그의 혀가 입술을 가르고 들어오자 나예는 그에게 키스를 되돌렸다. 심장이 터질 것처럼 급하게 뛰었다. 귓가에 거친 그의 숨소리가 들려왔다. 온몸의 감각이 뾰족한 송곳처럼 곤두섰다.

그의 가슴에 닿아 있는 손가락이 저절로 움직였다. 단추 사이로 손을 밀어 넣었다. 툭 하며 단추 하나가 떨어졌지만 나예의 귀에는 들리지 않았다. 제빵 가운 아래로 그의 뜨거운 살갗이 손에 와 닿았다. 그가 몸을 떨었다. 나예는 그들이 훈련 중이었다는 걸 또 잊어버렸다. 머릿속이 온통 욕망으로 가득 찼다. 나예를 안고 있는 그의 손에 힘이 들어갔다.

"훈겸아, 이거 어떤가 좀 봐……. 아, 씨. 아주 난 투명인간이구나."

혁준이 뭐라고 하는 소리가 멀리서 들렸다. 나예는 정신을 차리질 못했다. 그의 몸이 주는 느낌에 너무 집중한 나머지 다른 사람들이 볼 수도 있다는 생각을 하질 못했다. 그가 나예의 등을 어루만지며 깊게 키스했다. 달달한 향기와 달달한 음악이 나예를 깊이 취하게 했다. 꿈속에서 그와 단둘이 있는 것 같은 기분이 들었다. 나예는 그의 옷 속에 집어넣은 손을 미끄러뜨렸다. 그의 단단한 가슴이 나예가 만지는 곳마다 불끈 힘이 들어갔다.

"이봐. 여긴 침대도 없다고. 급하면 호텔이라도 다녀오든지."

혁준이 퉁명스러운 어조로 말했다. 그제야 나예는 정신을 차렸다. 혁준이 조각하고 있는 전기톱 소리가 드르륵 들렸다. 화들짝 놀라 훈겸의 옷 속에 들어간 손을 꺼냈다. 나예는 얼굴이 새빨개진 채로 돌아섰다. 혁준이 다 봤다고 생각하니 창피해 죽을 지경이었다.

훈겸은 헛기침을 하더니 작업실로 돌아갔다. 혁준이 드드륵거리며 톱질을 몇 번 더 하더니 톱을 바닥에 탕 소리가 나게 내려놓았다.

"팀장님, 정신 차렸으면 이것 좀 봐 주시죠."

혁준이 이죽거렸다. 나예는 붉어진 얼굴의 열기를 식히려 손으로 부채질을 했지만 빨개진 얼굴은 좀처럼 제 색깔로 돌아오지 않았다.

"흠. 알았어."

훈겸이 혁준의 작업실로 가는 듯했다. 혁준이 낄낄거리는 소리가 들려왔다. 혁준은 배꼽이 빠져라 웃어 댔다. 무엇 때문인지는 몰라도 나예는 모르는 척하고 장갑을 끼었다.

"강나예! 이리 와 봐!"

혁준이 작업실이 떠나가라 소리를 쳤다. 나예는 화들짝 놀라서 쭈뼛쭈뼛 혁준에게로 갔다. 혁준은 웃느라 얼굴이 붉어져 있었고, 훈겸은 쑥스러운 듯 고개를 돌리고 다른 곳을 보고 있었다. 혁준이 훈겸의 제빵 가운을 손가락으로 가리키며 키득거렸다.

"빨리 단추 찾아다 달아 줘라. 네가 뜯은 거 맞지?"

"네?"

훈겸의 가운은 가운데가 벌어져 있었다. 나예는 자신이 아까 흥분해 그의 옷 속에 손을 넣었던 걸 기억해 냈다. 나예는 얼굴을 새빨갛게 물들이며 돌아섰다. 혁준이 배꼽이 빠져라 웃어댔다.

"형, 그만해. 옷 갈아입으면 돼."

"안 되지. 하늘 같은 팀장님 단추까지 뜯어 먹었는데 가만두면 안 되는 거 아냐, 응? 강나예! 빨리 단추 찾아와라! 여기서 바로 달아 줘야지."

혁준이 짓궂게 놀려 댔다. 나예는 허둥지둥 작업실로 돌아와 바닥을 두리번거렸다. 단추가 바닥에 떨어져 있었다. 나예는 얼른 단추를 주워 들었다. 창피해서 견딜 수가 없었지만 어쨌든 단추를 들고 혁준의 작업실로 돌아갔다. 혁준은 웃느라 헉헉거리며 숨을 몰아쉬고 있었다.

"진짜로 단추 찾아왔냐? 하하하!"

나예는 원망스런 눈초리로 혁준을 흘겨보았지만 혁준은 웃느라 정신이 없었다.

"형, 그만 좀 해라. 잘못한 거 아니까."

훈겸이 퉁명스러운 어조로 말했다. 혁준은 눈가에 눈물까지 찔끔거리며 웃었다.

"그렇게 좋냐? 전기톱 소리도 안 들릴 만큼?"

"당연한 걸 왜 물어?"

"허! 나예 씨, 진짜 대단한 거 알아? 이놈 머릿속에서 빵을 몰아냈다고!"

나예는 몸 둘 바를 몰랐다. 그녀가 앞에 없는 것처럼 노골적으로 대화를 나누는 두 사람에게 뭐라 해야 할지 몰랐다. 혁준은 훈겸과 나예를 번갈아 바라보더니 씨익 웃었다.

"아무튼 훈련할 때는 조심할게. 미안."

"난 상관없는데, 조심하긴 조심해야겠다. 불똥이 어디로 튈지 모르니. 아까 정인재 이사 다녀갔어."

"뭐? 정인재가 왜?"

"모르지. 너희 그러고 있는 거 보더니 인상 구기고 나가던데. 너도 알겠지만 정인재 이사, 나예 좋아하잖아."

산 넘어 산이었다. 나예는 인재가 그들을 봤다면 가만있지 않을 거라고 생각했다. 자존심이 강한 남자니 자신을 무시했다고 생각할 수도 있었다. 그리고 나예의 마음이 훈겸에게 기울어 있다는 걸 알았을 테니 훈겸에게 화풀이를 할 수도 있었다. 나예는 입술을 자근자근 깨물었다.

"나예 너는?"

인재가 앞으로 어떤 행동을 할지 걱정하고 있는데 갑자기 훈겸이 질문을 던졌다. 나예는 고개를 들고 눈을 크게 떴다.

"뭐가요?"

"정인재 어떻게 생각하냐고."

"그걸 꼭 대답해야 해요?"

"응."

"싫은데. 내가 누굴 좋아하든 상관할 필요 없잖아요."

혁준이 또 웃기 시작했다. 나예는 훈겸이 인상을 찌그리자 얼른 돌아서서 작업실로 돌아왔다. 아마 훈겸은 나예의 마음을 어느 정도 알고 있을 게 분명했다. 하지만 나예는 그걸 입으로 다시 확인시켜 주고 싶지 않았다. 그녀에게도 자존심이란 게 있었다. 그리고 그녀 입으로 훈겸을 좋아한다고 고백할 수도 없는 상황이었다.

"그만 좀 웃으라고. 그리고 형, 이거 진짜 에로스가 아니라 몬스터 같아. 다시 해."

"뭐? 이 자식이. 지금 엉뚱한 데다 화풀이하는 거냐?"

"그런 거 아니거든."

훈겸은 퉁명스럽게 쏘아붙이곤 나가 버렸다. 그가 옷을 갈아입고 왔다는 것을 나예는 한참 뒤에야 알았다. 나예는 작업에 집중했다. 그가 요령을 알려 준 덕분에 당기기가 훨씬 잘되었다. 나예는 당기는 느낌을 알기 위해 필요한 모양보다 몇 배는 더 많은 모양을 만들었다. 그리고 원래 생각했던 모양이 아닌 다른 모양도 만들어 보았다. 역시 여러 가지로 만들어 본 게 도움이 되었다. 나예는 배고픔도 잊고 작업에 계속 집중했다. 세 사람 모두 작품을 거의 완성했을 때는 저녁이 다 되어 가는 시간이었다.

"와, 배고프다. 오늘 밥도 안 먹고 계속했어."

"다 했어?"

"응. 훈겸이 너는? 와우, 멋진데. 역시 네 작품은 볼 때마다 놀랍다."

훈겸과 혁준이 서로 작품을 보며 이야기를 했다. 나예는 작품 마무리를 하는 중이었다.

"저녁 먹으러 가기 전에 작품 분석 좀 하자. 강나예, 다 했어?"

"네. 거의요."

나예는 훈겸의 질문에 대답하며 마지막 공을 붙였다. 혁준이 휘파람을 불었다.

"나예 씨 것도 좋은데. 아픈 만큼 성숙한다고, 한번 아프고 나니까 실력이 확 늘었어. 아, 난 잠시 내려갔다 올게. 배고파 죽겠어."

혁준이 나예의 작품을 보고 손뼉을 치며 말했다. 그러더니 또 금방 밖으로 나가 버렸다. 나예는 주변 정리를 했다. 작품은 어느 정도 계획한 대로 나왔지만 완벽하진 않았다. 훈겸은 나예가 정리하는 것을 도와주었다.

"말 안 해 줄 거야?"

"뭘요?"

정리를 거의 마치고 나자 훈겸이 가슴 앞으로 팔짱을 끼며 나예를 바라보았다. 그의 불만스러워하는 표정이 무슨 의미인지 모르지 않았지만 나예는 짐짓 모르는 척했다.

"정인재, 마음 있어?"

"왜요? 신경 쓰여요?"

"아니. 네가 정인재하고 어떤 관계였든, 그리고 지금 어떤 마음을 갖고 있든 신경 안 써. 앞으로 넌 나하고 어떤 관계든 맺게 될 거고, 나한테 마음을 갖게 될 거니까."

"그건 또 무슨 자신감일까."

나예는 어이없다는 듯 중얼거렸다. 이렇게 나오는 걸 보니 그는 그녀가 숨기고 있는 마음을 짐작하고 있는 게 틀림없었다. 낭패였다. 나예는 한숨을 쉬며 더 정리할 것도 없는 작업대를 정리했다.

"배고프니까 먹으면서 하자."

그때 혁준이 들어오며 큰 목소리로 소리쳤다. 그는 1층 킹 과자점에서 가져왔는지 빵 봉지를 들고 있었다. 일단 세 사람이 만든 작품을 한군데에 모아 보았다. 훈겸과 혁준이 작품을 들고 옮겼다. 아이스 카빙 작품 옆에 나머지 두 작품을 나란히 진열했다. 훈겸이 몬스터라고 했지만 혁준의 작품은 매우 인상적이고 강렬했다.

"이건…… 프시케 같은데?"

혁준이 크루아상을 씹으며 말했다. 훈겸의 작품을 본 나예는 여성의 몸을 추상적으로 표현한 것 같은 작품에 감탄했다. 초콜릿으로 표현하기 힘들 것 같은 디자인이었는데 만들어 낸 걸 보니 대단했다.

"맞아. 형 작품은 에로스와 프시케가 함께 있는 것 같은데. 무척 강렬하지만 거친 느낌이야. 세부 디자인을 좀 바꾸면 좋겠다."

"야, 방금 생각난 건데, 너희 둘 작품을 연결해 보는 건 어때?"

"연결하다니?"

"진짜 붙이자는 건 아니고, 넌 프시케, 나예 씨는 에로스. 하나씩 만들어 내서 함께 놓으면 하나의 작품이 되는. 에로스와 프시케의 사랑이 주제잖아. 두 작품이 사랑을 상징하는 추상적 모형을 만드는 거야. 그리고 난 둘을 합친 디자인으로."

"괜찮은데?"

"그래. 둘이 한번 작품 만들어 보라고. 아마 잘 나올 것 같아."

그들은 작품에 대해서 더 이야기를 나누다가 일어섰다. 빵을 조금 먹기는 했지만 몹시 배가 고팠다.

"밥 먹으러 가자. 고기 먹고 싶어."

혁준은 또 고기 타령이었다. 그들은 근처 고깃집으로 가기 위해 1층으로 내려왔다. 엘리베이터에서 막 내렸을 때, 바로 옆의 엘리베이터도 열렸다. 그 안에서 차성희 회장과 인재가 함께 내렸다. 나예는 그들을 보고 우뚝 멈춰 섰다. 차성희 회장은 여전히 차가웠으며, 자신감에 가득 차 있었다. 나예는 그녀

를 보고 조금 불편한 마음에 표정을 굳혔다. 조심스럽게 차성
희 회장에게 목례를 했다. 차성희 회장은 그들을 보곤 가까이
다가왔다.

"오늘 훈련이 있었나 보네. 잘되어 가고 있어요?"

"네. 덕분에 열심히 훈련하고 있습니다."

혁준을 보며 말을 한 차성희 회장은 그의 대답에 흡족한 듯
고개를 끄덕였다. 훈겸은 별다른 감정을 드러내지 않고 있었지
만 인재를 보는 눈길이 별로 곱지 않았다. 나예는 조마조마해
졌다. 차성희 회장까지 있는 자리에서 설마 두 남자가 싸우거
나 눈치 없이 굴진 않겠지만 워낙 예측을 할 수 없는 사람들이
라 안심할 순 없었다.

"열심히 해서 좋은 결과 있었으면 좋겠네. 그리고 우리 킹
과자점도 이렇게 젊은 제과인들이 이끌어 가야 새로운 기운이
일어날 텐데. 훈겸이, 지난번에 인재한테 이야기 들었겠지만
신제품개발팀으로 들어오는 거 생각해 보렴. 대회 끝나고 나
면, 어차피 너도 라파예르호텔에서만 계속 일할 순 없잖니?"

나예는 놀란 눈으로 훈겸과 차성희 회장을 바라보았다. 두
사람 사이가 별로 좋지 않다는 것을 알고 있었는데 그런 식으
로 훈겸을 회사로 불러들이는 것은 큰 위험부담을 감수하는 일
이었다.

"형에게도 말했지만 전 생각 없습니다."

"왜? 이 회사는 네 아버지의 회사이기도 했잖니? 잘되면 네
게도 의미가 있을 텐데."

차성희 회장의 말은 과거형이었다. 지금은 아니라는 뜻. 나예는 차갑지만 세련된 여인을 보고 섬뜩함을 느꼈다. 차성희 회장에게서는 그 누구도 범접할 수 없는 자신감과 힘이 느껴졌다. 어쩌면 정도훈 회장도 그녀에게 이용당한 건지 모르겠다는 생각이 문득 들었다.

"무슨 의미요? 제 이름과 유명세를 빌려 주고 제가 무슨 의미를 찾을 수 있다는 겁니까? 제가 분명히 말씀드렸는데 잊어버리셨나 봅니다. 절 회사로 부를 때는, 이걸 생각하셨어야죠. 제가 마음만 먹으면 킹 과자점, 먹을 수 있다는 거요."

담담한 어조로 말했지만 훈겸의 말은 차성희 회장을 움찔하게 만들 만큼 무서웠다. 나예는 처음 보는 훈겸의 차가운 표정에 놀랐다. 그녀에게는 단 한 번도 보여 주지 않았던 무서운 얼굴. 나예는 마른침을 삼키고 슬그머니 한 발짝 뒤로 물러섰다. 훈겸의 그런 모습은 낯설었다.

"그래. 잠시 잊었구나."

차성희 회장은 억지웃음을 띠었다. 하지만 웃음은 1초도 가질 않았다. 차성희 회장은 훈겸에게서 시선을 돌려 정면을 바라보고 발걸음을 떼었다. 하지만 나예를 발견하곤 다시 걸음을 멈추었다.

"강나예 양, 혹시 지금 시간 괜찮으면 잠깐 나 좀 볼까? 인재랑 저녁 식사 하러 갈 건데, 같이 가지 않겠어?"

나예는 갑자기 그녀를 초대한 차성희 회장의 의도가 뭔지 몰라 멈칫했다. 차성희 회장은 분명 그녀에게 인재를 포기시키라고 했었다. 그런데 갑자기 함께 식사를 하자는 걸 보면 심경의 변화가 있었든지 아니면 인재가 또 무슨 말을 했던지 뭔가 변수가 생긴 것이 분명했다. 나예는 인재를 바라보았다. 그는 가면을 쓴 것처럼 알 수 없는 표정이었다. 어쩌면 훈겸과 그녀가 키스하는 걸 보고 화가 나서 그런 것일 수도 있었다. 하지만 나예가 대답을 하기도 전에 그녀는 훈겸의 손에 이끌려 뒤로 물러나야 했다.

"죄송하지만 나예는 저희랑 선약이 있어서요. 셋이 같이 저녁 먹기로 했거든요."

차성희 회장의 눈빛이 반짝 빛났다. 의외라는 눈빛. 훈겸이 끼어든 것이 의외라는 눈빛은 그녀가 아직 훈겸과 나예의 관계를 모르고 있다는 뜻이었다.

"그래? 다들 식사 전이면 다 같이 갈까? 우리 킹 과자점에서 훈련 시작한 지도 꽤 됐는데 내가 식사라도 한 끼 대접해야지. 어때요, 다들?"

뭔가 이상하게 일이 돌아갔다. 나예는 불안했지만 딱히 거절할 핑계가 없어 따라갈 수밖에 없었다. 그들은 회사 근처 양식당으로 들어가 자리를 잡았다. 나예는 자리가 몹시 불편했다. 될 수 있으면 눈에 띄지 않는 구석 자리에 앉아 얼른 먹고 자리를 떠야겠다고 생각하며 자리에 앉았다. 그런데 앉다 보니 왼쪽엔 훈겸, 오른쪽엔 인재를 두고 가운데 앉게 되었다. 나예는 연신 물컵을 들었다. 차성희 회장은 생각을 알 수 없는 눈으로 나예를 찬찬히 훑어보고 있었다.

"이것도 참, 묘한 인연이네. 예전에 네 아버지를 만났을 때 말이다."

차성희 회장이 입가에 미소를 띠고 말문을 열었다.

"그때 어쩌면 나예 양 아버지와 인연을 갖게 되었을지도 모르는 일이었는데. 나예 양은 알고 있나?"

나예는 차성희 회장의 말이 무슨 말인가 잠시 생각하다가 훈겸이 해 주었던 말이 떠올랐다. 대회에서 정도훈 회장이 부정한 방법으로 우승을 하고 아버지가 억울하게 순위에도 들지 못했을 때, 유명 기업에서 투자를 받았다는 것을. 그래서 킹 과자점이 지금처럼 큰 회사가 될 수 있었다는 것을. 나예는 그 일을 떠올리자 기분이 좋지 않았다. 그런데 왜 차성희 회장이 그 일을 입에 올리는지 그게 이상했다.

"네. 알고 있습니다."

"그래. 만약 그랬다면 아마 나예 양과 인재는 파트너가 되었을지도 모르겠네. 그렇지?"

"네?"

"나예 양 아버지, 강희석 씨에게 내가 투자를 했더라면, 아마 지금의 킹 과자점은 상호가 클로버 빵집이 될 수도 있었을 거라고. 그랬다면 지금처럼 나예 양이 힘든 상황은 겪지 않았겠지. 강희석 씨는, 사채업자에게 쫓겨 행방불명 상태라지?"

"네."

나예는 표정을 굳혔다. 굳이 그 이야기를 꺼낼 필요가 없었다. 나예의 분노를 불러일으키려는 의도라면 제대로 했다. 예전 일을 떠올리자 정확하게 분노가 활활 타오르고 있었다. 차성희 회장은 정말 대단한 사람이었다.

"인생이라는 게 그래. 선택은 한순간이지만 그 선택에 대한 책임은 오래도록 스스로를 괴롭히지. 그때 도훈 씨가 했던 선택은 현명했어. 그래서 나도 선택을 한 것이었고. 하지만 그 선택은 강희석 씨에게는 불행을 가져다주었지. 나예 양이 그걸 기억한다면 아마 올바른 선택을 할 수 있을 거야."

나예의 손이 부들부들 떨렸다. 차성희 회장의 말은 나예로 하여금 다시 분노를 느끼게 했다. 올바른 선택을 종용하고 있지만 그 선택이라는 것이, 정인재를 놔두라는 의미인 것 같았다. 정도훈 회장에 대한 분노를 기억하도록 해서 그와 관련된 모든 사람들과 단절되라는 의미.

"나예 양이 선택에 대한 결과를 감당할 수 있는지 잘 생각해 봐. 나예 양이 킹 과자점과 관련된 그 어떤 것도 참아 낼 수 있을지를."

"어머니!"

인재가 두 사람 사이에 끼어들었다. 그는 화가 난 듯 딱딱한 표정이었다.

"왜? 틀린 말은 아니잖니!"

"제 일은 저한테 따로 말씀하세요. 나예한테 하지 말고."

"너한테 말해도 소용없으니까 나예 양한테 하는 거 아니니. 예전에도 한번 말했지만 제대로 못 알아들은 것 같아서 다시 말하는 거야."

차성희 회장이 말은 냉정했다. 아늘 앞에서도 가차 없었다. 나예는 테이블 아래에서 두 손을 맞잡았다. 모욕감에 온몸이 떨렸다. 차성희 회장이 나예에게 찾아와 인재를 포기시키라고 했을 때, 나예는 그렇게 하겠다고 순순히 말했었다. 그런데 그 뒤로도 인재가 나예를 포기하지 않자 차성희 회장은 뭔가 더 큰 게 필요하다고 생각한 모양이었다. 인재는 나예를 돌아보더니 차성희 회장을 보고 화를 냈다.

"어머니, 나예한테 전에도 뭐라고 하신 거예요? 제가 말씀드렸죠. 제 여자 문제까지 간섭하지 마시라고. 어머니가 그러시면 제 마음이 바뀐다고 했잖아요! 이 여자한테 없었던 마음이 자꾸 생긴다고요!"

나예는 입술을 깨물었다. 인재의 분노가 어디로 튈지 몰라 불안했다. 차성희 회장도 마음에 걸렸지만 나예는 인재가 두려웠다. 차성희 회장이 말했듯이 킹 과자점의 모든 것이 다 싫고 두려웠다. 그녀의 옆에 앉은 두 남자까지도.

"그만하시죠. 개인적으로 하실 말씀인 것 같은데."

상황을 보다 못한 훈겸이 인재와 차성희 회장을 보고 말했다. 인재는 이글이글 분노로 타오르는 눈을 하고 훈겸을 노려보았다. 나예는 인재의 눈빛에 놀랐다.

"너야말로 그만해. 나예한테 왜 접근하는지는 모르겠지만 네 머릿속에 빵과 일밖에 없는 건 내가 잘 알아. 나예한테 빼앗아 갈 만한 연구 성과라도 있는 거야?"

인재의 분노에 찬 말에 나예의 온몸이 차디차게 식었다. 의심하지 않았다면 거짓이겠지만 그동안 애써 외면하려 했었다. 정도훈 회장이 아버지에게서 레시피를 훔쳐 갔듯이 훈겸 또한 그녀에게 뭔가를 원하는 거 아닐까 하는 의심이 마음 한구석에 있었던 게 사실이었다.

'남자한테 미쳐서 생각을 못 했어.'

차가워진 손이 땀으로 끈적였다. 나예는 맞잡은 손에 힘을 주었다. 그저 그의 몸이 주는 쾌락에만 빠져서 아버지도 잊고 그녀의 상황도 잊고 있었다. 나예는 스스로에게 깊은 실망을 느꼈다. 그녀에게는 킹 과자점도, 정훈겸도, 정인재도 모두 멀리해야 할 것들이었다.

"형 감정을 내가 어떻게 하라고 할 생각은 없지만 나예를 좋아한다면 페어플레이 하라고. 형 말대로 나, 평생 빵에 미쳐서 살았지만 지금은 달라. 일과 강나예, 둘 중에 하나 선택하라고 한다면 이 여자 선택해. 그러니까 내 생각을 아는 것처럼 말하지 말라고."

그에게 선택받았다는 사실은 큰 의미였다. 하지만 훈겸이 그렇게 그녀를 사랑하고 있다는 걸 마냥 기뻐할 수가 없었다. 그가 인재의 말처럼 그녀에게서 뭔가를 얻기 위해 거짓말을 하고 있는 것일지도 모르니까. 나예는 자리에서 일어났다. 더 이상 두 남자와 이 불편한 자리를 함께하고 싶지 않았다.

"두 분 다 제 생각은 중요하지 않다고 생각하는 것 같네요. 회장님. 저, 회장님 걱정하시는 거 처음부터 충분히 잘 알아들었습니다. 그리고 정인재 이사님께도 제 생각을 말씀드렸고요.

더 이상 이런 일로 뵙지 않았으면 합니다. 그럼, 먼저 가 보겠습니다."

나예는 차성희 회장에게 고개 숙여 인사를 하곤 돌아섰다. 인재가 일어나 나예의 어깨를 잡았다. 훈겸 역시 일어나 나예의 손을 잡았다. 나예는 몸서리를 치며 두 사람의 손을 떼어 냈다. 정말 화가 치밀었다. 이런 상황이.

나예는 돌아서서 두 남자를 노려보았다.

"그만 좀 해요! 왜 자꾸 날 괴롭혀요? 둘 다 끔찍하게 싫다고요!"

나예는 화를 내곤 돌아서서 밖으로 나왔다. 머릿속이 어질거렸다. 그녀가 화가 많이 났다고 판단한 건지 두 남자 모두 따라오진 않았다. 나예는 눈물을 글썽이며 버스 정류장을 향해 걸었다. 모든 게 그녀가 감당하기엔 너무 버거웠다. 나예는 한숨을 쉬며 걸어갔다.

"강나예, 여러모로 사람 놀라게 한다. 찔러도 피 한 방울 안나올 냉혈한 정인재에다, 평생 빵밖에 모르는 돌부처 같은 정훈겸까지……. 손가락 하나 까딱하면 둘 다 납죽 엎드리겠던데."

갑자기 옆에서 들려오는 목소리에 나예는 깜짝 놀라 고개를 들었다. 혁준이 옆에 서 있었다. 눈에 고여 있던 눈물이 뺨으로 툭 떨어졌다.

"선배님……."

눈물이 흘러내렸다. 걷잡을 수 없이. 나예는 혁준에게 기대 울음을 터뜨렸다. 혁준이 따뜻한 손으로 그녀의 어깨를 토닥여 주었다.

"배고프지? 오늘은 내가 맛있는 거 사 줄 테니깐 가자."

나예는 흐느끼며 혁준에게 기댔다. 늘 유쾌한 곰 같은 커다란 덩치의 혁준이 그렇게 든든할 수가 없었다.

"선배님, 저 술 사 주세요."

어느 정도 진정이 되자 나예는 손으로 눈물을 닦으며 말했다. 혁준은 피식 웃더니 나예의 어깨에 팔을 두르곤 걷기 시작했다. 가까운 포장마차에 들어가 혁준은 소주 두 병과 안주 몇 가지를 시켰다.

"속 버리니까 뭐 좀 먹고 마셔. 오늘 하루 종일 먹은 것도 없으니."

따라 준 술을 바로 마시려는 나예의 손을 제지하며 혁준이 말했다. 나예는 술잔을 내려놓았다.

"인마, 그렇게 시무룩하게 있지 말고 얼른 먹어. 네가 잘못한 것도 없잖아."

혁준은 젓가락을 나예의 손에 쥐여 주며 말했다. 나예는 힘없이 웃으며 젓가락을 들었다. 음식 냄새를 맡자 배가 고프다는 게 느껴졌다. 혁준은 고맙게도 아무 말 하지 않고 나예가 음식을 먹을 수 있게 해 주었다. 나예는 혁준과 마주 앉아 있는 시간이 아까의 불편한 저녁 자리에 비해 훨씬 편하게 느껴졌다.

"선배님, 왜 아무것도 안 물어봐요?"

허기를 채우고 나자 나예는 거푸 술을 몇 잔 마셨다. 쓴 술이 넘어가자 뱃속이 뜨끈해졌다. 혁준은 나예가 술을 마시자 잔을 채워 줬지만 여전히 아무것도 묻질 않았다. 아마 훈겸에게 들어서 다 알고 있는 것이거나 아니면 나예를 생각해서 묻지 않는 것이리라.

"뭐, 물어봐야 아냐."

"훈겸 씨가 얘기해 줬어요?"

"대충. 정도훈 회장님이 큰 잘못을 해서 원수 사이가 되었다던데. 아까 차성희 회장 말 들어보니 엄청 큰 잘못이 맞긴 한 것 같네."

나예는 쓴웃음을 지으며 술을 마셨다. 알코올이 들어가니 온몸을 칼처럼 찌르고 있던 긴장감이 조금씩 사라졌다.

"선배님, 전 잘 모르겠어요. 믿어지지도 않고……. 모든 책임을 다 정도훈 회장님한테 돌리는 것도 아닌 것 같긴 해요. 아빠는 그 일에 대해 아무 말씀도 안 하셨거든요."

"그래. 당사자가 아닌 이상 올바로 판단하긴 어렵지. 네 상황이 참 힘들긴 하다. 아버지를 빨리 찾아야 할 텐데."

나예는 힘없이 미소 지었다. 혁준이 그녀의 마음을 이해해 주는 것 같아 고마웠다.

"선배님, 저…… 사실은 아주 어렸을 때부터 훈겸 씨 좋아했어요."

나예는 또 말을 꺼냈다. 답답한 마음을 누구에게라도 풀어 놓아야 할 것 같았다. 혁준은 좀 놀란 듯했다.

"놀라운데. 이 엄청난 뉴스를 훈겸이는 알고 있나?"

"알아요. 제가 말했거든요. 훈겸 씨가 누구인지 몰랐을 때, 3년 전에 잠깐 만났을 때도 전 훈겸 씨를 좋아했어요. 지금도 그렇고요. 그 사람이 누군지 알고 있으면서도, 나한테 거짓말을 하고 지금도 날 속이고 있는지도 모르지만 말이에요. 그런데도 마음이 멋대로 가 버려요. 그래서 너무 괴로워요. 아빠는 어디 계신지도 모르는데 난 아빠를 찾지도 못하고 그 사람만 생각하고 있어요."

눈물이 흘렀다. 답답하기 이를 데 없었다. 나예는 생사를 알 수 없는 아버지를 두고 아버지를 불행하게 만든 사람의 아들을 사랑하고 있었다. 그 사실이 그녀에게 죄책감을 느끼게 했다. 혁준은 이해한다는 듯 고개를 끄덕였다.

"이해해. 나예 씨가 아버지에게 미안한 마음을 갖고 있는 것도. 그런데 사람 마음이라는 게 뜻대로 되지 않을 때가 많지. 더구나 사랑하는 감정을 억지로 없앨 수도 없는 거 아냐. 일단 시간을 갖고 생각해 봐. 나예 씨가 정말 원하는 게 뭔지. 근데 내가 하나 말해 줄 수 있는 건, 훈겸이 녀석, 나예 씨를 속이거나 거짓으로 연기하는 건 아니라는 거야. 내가 그 녀석 어릴 때부터 거의 평생을 알아 왔는데, 내가 아는 녀석은 사랑하는 사람한테 거짓말할 놈 아니야."

혁준의 말이 맞았으면 했다. 나예가 의심하는 일들이 사실이 아니었으면 했다. 나예는 술잔을 들었다. 목으로 넘어가는 술은, 무척이나 썼다.

28장

2004년 8월.

나예는 평소보다 두 시간이나 일찍 일어났다. 두 달에 한 번씩 하는 시식 행사가 있는 날이라 준비할 것들이 많았기 때문이다. 이번 시식 행사에서는 나예가 새로 개발한 크랜베리식빵과 호두타르트 등 신제품 두 가지와 여러 가지 빵들을 내놓을 예정이었다.

나예는 대회 준비와 빵집 운영에 한창 정신이 없었다. 빵집은 이제 겨우 자리를 잡아 가고 있었으며 이제 대회도 6개월여밖에 남지 않기 때문에 훈련에 더욱 집중하고 있었다.

나예는 가게에 도착해 재료 체크를 하고 반죽부터 시작했다. 시식 행사를 하는 날은 평소보다 두 배 이상의 분량을 미리 준비해 두고 행사를 치렀다. 시식용 빵도 많이 필요했지만 손님들이 시식을 하고 나서 사 가는 양이 훨씬 많았기 때문이다.

"나예야! 준비 잘되고 있어?"

7시쯤 되자 영미가 제빵실 문을 열고 인사를 했다. 나예는 웃으며 영미에게 손을 흔들어 보였다. 영미는 평소보다 빨리 나와서 청소를 하고 나예를 돕기 위해 팔을 걷어붙이고 제빵실로 들어왔다.

"내가 도와줄 건?"

"응, 샌드위치에 넣을 야채 좀 다듬어 줘."

"오케이."

영미가 야채를 씻어 다듬는 동안 나예는 빵을 굽기 시작했다. 오븐이 예열되고 빵이 익어 가는 고소한 냄새가 솔솔 풍겨 났다. 나예는 빵을 넣어 두고 다시 반죽을 꺼내 성형을 하기 시작했다. 한여름이라 오전부터 더웠다. 오븐의 열기에 더운 날씨까지 겹쳐 제빵실 안은 찜통이 따로 없었다.

"아우, 덥다. 오늘 하루도 엄청 찌겠네. 올림픽 열기가 뜨겁다는데 올림픽이고 뭐고 제빵실 열기가 더 뜨거워."

영미가 투덜대며 양배추를 썰었다. 나예는 피식 웃었다.

"훈겸 씨가 뭐 도와줄 거 없냐고 하던데."

영미는 올림픽 얘기를 조금 더 하더니 나예를 흘끔거리며 슬며시 훈겸의 이야기를 꺼냈다. 나예는 꽈배기를 만들며 영미의 말을 들었다.

"바쁜 사람 손을 뭐하러 빌려."

"네 일이라면 자다가도 뛰어나오는 사람인데 바빠도 부르기

만 하면 올걸? 너 오늘 엄청 힘들 텐데 오전에라도 잠깐 도와
달라고 하지 그러니?"

　시식 행사가 있었던 두 달 전에는 유난히 손님이 많아 나예
가 하루 종일 빵을 굽느라 몸살이 날 정도였다. 그래서 영미가
다음엔 파티시에를 한 명 더 쓰는 게 좋겠다고 했다. 하지만 나
예는 고개를 저었다. 훈겸에게 아무 때나 도움을 받으려 손을
벌리는 건 그녀로서는 자존심 이상의 문제였다. 연초에 차성희
회장과 그런 일이 있고 나서 몇 달간 나예는 살얼음판을 걷는
듯 조심스럽게 행동했다. 킹 과자점에 훈련을 하러 갈 때도 인
재와 마주치지 않기 위해 애를 썼고, 훈겸과는 하루 종일 함께
있어야 했기 때문에 더욱 조심스러웠다. 다행히 두 사람 모두
나예를 괴롭히거나 귀찮게 하지는 않았다.

　일단 그녀의 앞에 산적해 있는 문제들을 해결하는 게 우선
이었다. 나예는 빵집 운영에 더욱 신경을 썼고, 대회에 모든 것
을 걸었다. 훈겸은 나예가 일에 몰두하는 것을 존중해 주었고
힘들 때 도와주려 애썼다. 그런 그가 고맙기도 했지만 나예는
그 마음조차도 표현하지 않았다.

　"부담스러워. 그리고 나 혼자서도 할 수 있어."

　"할 수야 있겠지. 그리고 내일 몸져누우면 되겠지."

　"언니! 말을 해도."

　"네가 답답하게 구니까 그렇지. 훈겸 씨가 얼마나 네 눈치를
보는데. 이제 잘 좀 대해 줘. 옆에서 보고 있자니 나도 답답해."

　"언니는 내가 아주 못된 계집애인 것처럼 이야기하네. 눈치

보라고 한 적 없어. 내 주위에 머물러 달라고 한 적도 없고."

"널 좋아하니까 네 옆에 있는 거잖아. 아무리 아저씨 행방을 아직 모른다고 해도 그렇지. 이제 그 정도 했으면 됐어. 경찰에선 아직 연락 없니?"

나예는 한숨을 쉬며 허리를 폈다. 실종 신고를 해 놓은 것도 이제 몇 년째였다. 백방으로 알아보고는 있지만 아버지를 봤다는 사람은 없었다. 훈겸도 역시 사람을 사서 찾아보고 있다고 했지만 별로 성과는 없었다.

"없어."

"참. 어제 너 재료 준비한다고 나갔을 때, 정인재 이사 찾아왔었어. 네가 전화를 안 받는다고 하던데."

"그래?"

"정인재 이사님도 참 대단해. 어떻게 포기를 모르고 끝까지 밀어붙이는지. 나 같으면 자존심이 상해서라도 더 이상 안 볼 것 같은데 오히려 오기가 나나 봐. 너 들어오면 꼭 전해 달래. 제발 전화 좀 받으라고."

나예는 성형을 마친 반죽들을 오븐 속으로 넣었다. 그리고 오븐에서 꺼낸 빵들을 식힘망에 옮겨 두었다. 바쁘게 움직인 덕에 일단 오전에 내놓을 빵들은 거의 완성이 되었다.

"나도 제발 정신 좀 차리라고 말해 주고 싶다. 그렇게 싫다고 했으면 그만둘 만도 한데."

나예는 한숨을 쉬며 다시 반죽을 시작했다. 팔이 아팠지만 오전에 소진될 빵의 양을 대략 짐작하고 있었기 때문에 여분을 만들어 두어야 했다.

"그런데 나예야, 나 좀 이상한 말을 들었어."

"무슨 말?"

"며칠 전에 요 앞 부동산 김 사장님 말야. 빵 사러 오셨다가 하시는 말씀이, 길 건너편에 새로 지은 상가 있지? 거기 1층에 킹 과자점이 입점한다는 거야. 그것도 1층 전체에."

"뭐? 그게 정말이야?"

"나도 몰라. 사장님 말이 입점할 계획이기는 한데 아직은 확실하지 않대. 그런데 정말 거기 킹 과자점이 입점하면 우린 어떻게 되는 거니?"

나예는 반죽을 하던 손을 멈추고 영미를 돌아보았다. 마른 하늘에 날벼락이었다. 나예의 빵집이 있는 건물 근처로 주변에 다른 빵집은 없었다. 프랜차이즈도 마찬가지였고 두 블록 위쪽으로 나예의 빵집과 같은 윈도우 베이커리가 하나 있을 뿐이었다. 그나마 주변에 경쟁점이 없어서 조건이 좋은 편이었는데 바로 맞은편 상가에 킹 과자점이 입점한다면 상황은 달라진다.

"우린…… 죽지."

이제 겨우 자리를 잡아 가고 있었다. 단골도 조금씩 생기고 있었고 매출은 매달 비슷했지만 아주 조금씩 높아지고 있었다. 그런데 바로 앞에, 나예의 빵집의 세 배는 되는 넓은 매장이 생긴다면. 그것도 프랜차이즈로 명성이 높은 킹 과자점이라면 나예의 빵집이 받는 타격은 엄청날 게 분명했다. 겨우 만들어 놓은 단골도 다 뺏길 것이 분명했고 장사가 되지 않아 망하는 건 순식간일 터였다. 게다가 상가 자리도 킹 과자점이 입점한다는 길 건너편 자리가 훨씬 좋았다. 유동 인구도 많았고 주변 상가 여건도 좋았다.

"정말인지 확인해 봐야겠어."

"확인? 정인재 이사님한테?"

영미의 물음에 나예는 고개를 끄덕였다. 인재에게 연락을 하는 것은 별로 내키지 않았지만 킹 과자점이 입점할지도 모르는데 이것저것 따질 상황이 아니었다.

"확인한 뒤엔? 정말 입점한다고 하면 어떡하니? 어휴, 정말 왜 우리한테 이런 일이 생기는지⋯⋯. 정인재 이사님도 정말 너무해. 나예 너한테 어떻게 이럴 수가 있어?"

"아니기를 바라야지. 아니었으면 좋겠다."

나예는 입술을 잘근 깨물며 중얼거리듯 말했다. 반죽을 치대는 손에 힘이 들어갔다. 영미는 불안한 듯 이맛살을 찌푸리며 생각에 잠겨 있었다.

"애, 일부러 그러는 거 아닐까? 너한테 앙갚음하려고? 그렇잖아. 이때까지 정인재 이사가 너한테 들인 공이 얼마니. 그런데 네가 쳐다보지도 않으니까 앙갚음하려고 그러는 거 아니냐고."

"설마."

"설마가 사람 잡는다지? 나예야, 훈겸 씨한테 도와 달라고 하면 어때? 사실 확인도 해 보고, 만에 하나 정말 킹 과자점이 입점한다면 우리 힘으론 막을 수 없잖아. 훈겸 씨가 킹 과자점

대주주니까…… 어떻게 잘 부탁하면 막아 줄 수 있지 않을까? 네 일이라면 만사 제치고 도와주는 사람이잖아."

영미가 좋은 생각이 났다는 듯 손가락을 딱 울리며 눈을 빛냈다. 나예는 반죽에 집중하며 입술을 더욱 앙다물었다. 영미의 생각은 별로 좋은 생각이 아니었다. 훈겸에게 더 이상 그녀의 일로 부탁을 하긴 죽어도 싫었다.

처음 만날 때부터 지금까지 나예는 계속 훈겸에게 신세를 지고 도움을 받아 왔다. 영우 때문에 그에게 1억 원을 받고 몸을 팔았던 일은 꼬리표처럼 계속 나예를 따라다니며 그녀를 괴롭히고 있었다. 그 일을 생각할 때마다 빚 때문에 어쩔 수 없이 레드플라워에서 일했던 기억이 떠올랐고, 스스로에 대한 자괴감 때문에 힘들었다. 그와 함께했던 하룻밤은 아름다운 추억이 될 수 없었고 바닥까지 떨어졌던 그녀의 상황을 반증하는 아픈 기억이었다.

그에게 반하고, 그를 사랑하게 되었으면서도 돈을 받고 그녀 스스로를 팔았다는 사실 때문에 나예는 그 앞에서 당당하지 못했다. 심지어 그를 사랑하는 마음도 늘 스스로 의심했고 확신을 가질 수 없게 되었다. 더구나 아버지와 그의 아버지와의 사이에서 있었던 과거의 일마저 그녀의 발목에 채워진 족쇄처럼 그녀를 옴짝달싹 못 하게 만들었다. 그녀와는 아무 관계가 없는 부모님들 간의 일로 나예는 훈겸을 향한 마음을 표현할 수도 없었고, 그의 사랑을 받아들일 수도 없는 난처한 입장이었다.

그런데 또 가게 일로 그에게 도움을 받고 싶다고 부탁할 자신이 없었다. 그럴 면목도 없고 그러고 싶지도 않았다. 킹 과자점의 입점을 그에게 막아 달라고 한다 해도 훈겸이 인재의 뜻을 꺾을 수 있을지 확신도 서지 않았고, 설사 그게 가능하다고 해도 차마 그렇게 해 달라고 할 수가 없었다.

'이번엔 또 뭘 내놓아야 해. 이제 더 이상 줄 것도 없는데.'

나예는 한숨을 쉬었다. 훈겸이 입점을 막는 조건으로 뭔가를 요구하진 않겠지만 그녀의 입장에선 그에게 아무런 보상도 하지 않고 도와 달라고만 할 수는 없었다.

"언니도 참. 아무리 대주주라고 해도 정인재 이사님을 이길 수 있겠어? 정인재 이사는 킹 과자점의 실세라고. 언니 입으로 나한테 말해 줬잖아. 훈겸 씨, 킹 과자점에서 거의 쫓겨나다시피 했다고. 정도훈 회장님이 돌아가셨을 때 이미 집을 나와서 훈겸 씨는 킹 과자점하고 인연 끊었다고 했었잖아. 가맹점이야 어디다 내든 그게 중요한 게 아니라 정인재 이사가 작정하고 하겠다 하면 그걸 누가 막겠냐고."

영미의 이마에 내 천 자가 새겨졌다.

"하긴, 네 말이 맞다. 어쩌지?"

영미는 나예의 말에 수긍하는 빛을 보였다. 나예는 속으로 한숨을 쉬었다. 정말 연을 끊었다 해도 훈겸의 성격상 나예가 부탁하면 어떻게든 해 볼 게 분명했다. 하지만 더 이상은 그에게 물질적인 빚이든 마음의 빚이든 질 수가 없었다. 그와 동등하지 않은 입장에 서 있는 것이 나예에겐 못 견디게 괴롭고 힘든 일이었다.

시식 행사는 성황리에 끝났다. 손님도 많았고 매출도 좋았다. 나예는 몇 번이나 빵을 구워 냈고 저녁때가 되자 아주 기진맥진해졌다. 하지만 하루 종일 마음속을 짓누르는 사실을 확인하기 전까지는 불안한 마음을 가라앉힐 수가 없었다. 나예는 가게 정리를 해 놓고 영미에게 뒷정리를 부탁한 후 밖으로 나왔다. 그리고 처음으로 인재에게 먼저 전화를 걸었다. 인재는 신호음이 몇 번 가기도 전에 전화를 받았다. 나예는 머뭇거리다 입을 열었다.

"저예요. 강나예."

— 알아. 웬일이야, 나한테 전화를 다 하고?

"물어볼 게 있어요. 지금 잠깐 볼 수 있어요?"

— 그래? 지금 행사 참석 중이라 나갈 순 없는데. 네가 이쪽으로 올래?

"네. 어디로 가면 되죠?"

나예는 인재가 가르쳐 준 그랜드호텔로 택시를 타고 달려갔다. 무슨 행사인지도 모르면서 일단 연회장에 있다고 해서 연회장 쪽으로 갔다. 열려 있는 문으로 안쪽이 들여다보였다. 많은 사람들이 다들 정장 차림으로 삼삼오오 모여 이야기를 나누고 있었다. 은은한 음악이 흐르는 사이로 사람들이 우아한 모습으로 샴페인잔을 들고 돌아다니고 있었다. 평범한 청바지 차림인 자신의 옷차림을 내려다보곤 나예는 잠깐 망설였다. 하지만 이내 심호흡을 크게 하고 안으로 들어섰다. 옷차림이야 어찌 되었건 일단 인재를 만나는 게 중요했다.

연회장 안으로 들어가 둘러보니 몇몇 눈에 익은 사람들도 보였다. 제과협회 회장인 길형우 회장을 보니 제과 관련 세미나이거나 아니면 관련된 파티인 듯했다.

"나예 씨? 여긴 어떻게 왔어? 오늘 시식 행사 때문에 바쁘다고 하지 않았나?"

사람들 사이에서 인재를 어떻게 찾나 잠시 고민하던 나예는 익숙한 목소리에 깜짝 놀라 뒤를 돌아보았다. 혁준이 양복 차림으로 서 있었다. 그가 양복을 입은 모습은 처음 보았기 때문에 낯설었다.

"아, 저. 그렇게 됐어요. 세미나가 있었나 보죠?"

"응. 1년에 한 번씩 제과협회에서 주최하는 세미나야. 안 그래도 나예 씨 초대하려 했는데 오늘 시식 행사 잡혀 있다고 해서 초대 못 했지. 어쨌든 잘 왔어. 우리나라에서 한다하는 제과인들이 다 모이는 자리라 나예 씨한테도 인맥 넓히는 데 좋을 거야. 나예 씨는 세미나를 더 좋아했겠지만. 후후."

"네, 아무래도……."

나예는 눈동자를 굴리며 대답을 얼버무렸다. 연회장 안을 둘러보며 인재의 모습을 찾았지만 워낙 사람이 많아 어디에 있는지 알 수가 없었다.

"아? 강나예 씨 맞죠? 오랜만입니다."

이든베이커리 정현성 실장이 다가와 말을 걸었다. 나예는 웃으며 그에게 인사를 건넸다.

"오랜만이에요. 잘 지내셨죠?"

"아, 예. 저야 뭐, 계속 새로운 도전 중이죠. 오늘도 세미나에서 여러 가지 배웠습니다. 특히 정훈겸 셰프의 발표는 인상적이었죠. 그런데 아까 세미나 때는 못 뵌 것 같은데 언제 오신거죠?"

"방금 왔어요. 일이 있어서."

"훈련은 잘되고 있습니까? 정말 부럽습니다. 그 자리, 모든 제과인들이 꿈꾸는 자리입니다. 모든 사람들의 꿈을 함께 갖고 간다는 생각으로 해 주세요."

"네. 열심히 하고 있어요. 최선을 다할게요."

현성과 이야기를 나누고 있는데 연회장 저쪽에서 인재가 보였다. 인재는 나예를 보고 바로 그녀에게 다가왔다.

"생각보다 빨리 왔네."

인재가 다가와 말을 걸자 나예는 어색한 미소를 지었다. 나예는 혁준과 현성에게 눈짓으로 인사를 하고 인재의 옆으로 갔다.

"물어보고 싶은 게 있어서 왔어요."

"알아. 그쪽에 킹 과자점 입점하는지 물어보러 온 거겠지?"

"네. 그게 사실인가요?"

"그 얘기는 이따 하자. 너한테 소개해 줄 분들이 많이 있어."

"이사님!"

나예는 정색을 했다. 인재가 말을 돌리는 것이 그녀를 놀리는 것처럼 느껴져 기분이 별로 좋지 않았다. 지금 그녀에게 중요한 것은 인맥을 넓히는 게 아니라 인재와 킹 과자점에 대해서 대화를 하는 것이었다.

"뭐가 그렇게 급해? 입점은 하기로 했어. 궁금한 게 그거라면. 하지만 그 뒤에 해야 할 이야기는 길잖아."

나예는 얼음처럼 멈춰 섰다. 인재는 여유로운 표정이었다. 사실을 확인하고 나니 눈앞이 캄캄했다. 어떻게 해서든지 막아야 했다. 하지만 인재는 나예와 그 이야기를 바로 하고 싶지 않은 모양이었다.

"이사님, 다른 데 가서…… 얘기 좀 해요."

인재가 미소를 지었다. 차갑지만 샤프한 인상이 부드럽게 풀리자 여자들이 여기저기에서 선망의 눈초리를 보내왔다. 하지만 나예의 눈에는 아무것도 보이질 않았다.

"진작 이럴 걸 그랬군. 내 전화도 안 받던 네가, 제 발로 찾아와서 이야기 좀 하자고 매달리다니."

"이사님!"

"입점 포기해 달라는 거겠지? 하지만 그건 생각을 좀 해 봐야 해. 일단 나한테는 이 연회가 중요하니까 따라와. 너한테도 나쁘지 않을 거야."

인재는 다른 사람들이 듣지 못할 정도로 낮은 목소리로 말했다. 그리고 지나가는 웨이터의 쟁반에서 샴페인잔을 들었다. 한 손은 나예의 허리에 살짝 댄 채였다. 나예는 너무 기가 막히고 놀라 입을 벙긋거렸다.

"안녕하셨습니까? 오늘 어려운 걸음 해 주셔서 감사합니다."

그의 손을 막 밀어내려 하는데 인재가 나예의 허리를 잡고 몸을 돌려세웠다.

"자네는……."

"예. 킹 과자점 정인재입니다. 지난번에 한번 뵀었죠."

나예는 머리가 하얗게 센 남자 앞에서 인재가 정중하게 허리 숙여 인사를 하자 그의 손을 밀어낼 기회를 놓치고 말았다. 그리고 그녀를 빤히 바라보고 있는 노장의 기운에 흠칫 놀라 시선을 돌렸다. 그는 나이가 많아 보였지만 건장했고 힘이 넘쳐 보였다.

"이쪽은 이번 2005프랑스월드페이스트리컵 대회 설탕 공예 국가 대표로 선발된 강나예라고 합니다. 나예야, 이분은 명장 협회 회장님이신 김인웅 명장님이셔. 인사드려."

"아…… 저, 저는 강나예라고 합니다."

나예는 조금 얼떨떨한 기분으로 인사를 했다. 제과 명장들이 모인 명장협회의 회장님을 만난 것은 처음이었다. 나예는 잠시 그녀가 처한 상황을 잊고 찌를 듯한 눈빛의 명장에게 시선을 빼앗겼다.

"강나예."

경황이 없어 몰랐는데 김인웅 명장의 옆에서 이야기를 나누고 있던 사람을 그제야 발견했다. 나예는 화들짝 놀라 굳어 버렸다. 훈겸이 놀란 눈으로 나예를 바라보고 있었다. 김인웅 명장은 훈겸과 나예를 번갈아 보았다.

"국가 대표 선수라면 훈겸이와 함께 대회에 나가겠군. 맞나?"

"예, 스승님."

"이번에 대표 선수가 젊은 친구들로 구성되었다고 하더니, 젊은 친구들이 아니라 어린 친구들이었군. 허허. 어쨌든 좋은 일이야. 젊은 제과인들이 이렇게 능력 있고 열심히 해 준다면 우리나라 제과업계의 미래도 밝을 거 아닌가."

나예는 인재에게 킹 과자점에 대한 이야기를 하러 왔다가 훈겸을 만나자 순간 어찌할 바를 몰랐다. 훈겸이 그 일을 알게 된다면 분명 가만있지 않을 터. 나예는 훈겸에게 무슨 핑계를 대고 인재와 따로 나갈 수 있을까 고민하며 입술을 잘근 깨물었다. 손바닥에 땀이 났다.

"스승님, 강희석 씨 딸입니다."

훈겸이 김인웅 명장에게 스승님이라 부르는 걸 보니 그는 이미 김인웅 명장을 잘 아는 것 같았다. 그가 김인웅 명장에게 아버지의 이름을 말하자 김인웅 명장은 깜짝 놀란 얼굴로 나예를 바라보았다.

'아빠를 알고 계신 건가?'

나예는 고개를 갸웃거리다 생각을 해냈다. 훈겸이 주었던 아버지의 일기장. 그곳에 쓰여 있던 녹원당과 김인웅. 그분이 바로 아버지의 스승이었다.

"네가…… 희석이 딸이라고?"

김인웅 명장은 놀란 얼굴로 나예를 보다가 그녀에게 다가와 손을 잡았다. 나예는 어찌할 바를 몰랐다.

"예. 몰라뵀습니다. 저희 아버지 스승님이시죠?"

"그래. 무심한 녀석이 연락 한 번을 안 하더니…… 딸을 잘 키웠구나. 언제 한번 녹원당에 찾아오너라. 희석이 녀석도 함께."

"네……. 그런데 아버지는 지금…… 어디 계신지 잘 모릅니다. 꼭 찾아서 아버지와 함께 찾아뵐게요."

목소리가 살짝 떨렸다. 나예는 눈에 고인 눈물을 떨궈 버리고는 미소를 지었다. 김인웅 명장의 눈에도 살짝 눈물이 맺혀 있었다.

"이제 가 볼까?"

김인웅 명장과 인사를 나누고 나서 인재는 훈겸의 앞에서 보란 듯이 나예를 데리고 돌아섰다. 나예는 허리에 얹어진 인재의 손을 매몰차게 떨구어 냈다. 하지만 인재는 입술 한쪽을 치켜세우며 다시 나예의 허리를 잡았다.

"그 손 좀 치우지?"

훈겸이 이글이글거리는 눈빛으로 그들을 따라와 앞을 막아섰다. 인재는 훈겸을 보곤 피식 웃었다. 나예는 당황스러웠지만 평정심을 유지하려고 애썼다. 이 상황에 대해 훈겸에게 어떻게 설명해야 할지 머리 아프게 생각하며 조마조마한 마음으로 그들을 바라보았다. 설마 사람들이 많은 파티장에서 소란을 일으키지는 않겠지만, 혹시라도 다투는 모습을 보이면 사람들의 이목이 집중될 게 뻔했다.

"네가 왜 간섭이야? 나예가 허락한 일인데."

훈겸이 믿을 수 없다는 눈빛으로 나예를 돌아보았다. 나예 역시 기가 막혀 인재를 쏘아보았지만 인재는 마치 나예가 그의 손길을 허락했다는 식으로 멋대로 말하고 있었다. 어쨌든 지금 은 사람들이 많아 상황이 좋지 않았다.

"강나예, 말해 봐. 이 자식이 왜 네게 손을 대게 놔두는 거야?"

"오늘은 정인재 이사님과 볼일이 있어요. 다음에 이야기해 요."

나예의 차분한 대답에 훈겸은 믿을 수 없다는 표정을 지었 다. 인재는 웃음을 지으며 나예의 허리를 다시 잡았다. 화가 치 밀어 인재의 손을 뿌리치려 했지만 훈겸의 손이 조금 더 빨랐 다. 그가 인재를 밀어내고 나예의 팔을 붙잡았다. 나예는 한숨 을 쉬곤 훈겸의 손을 뿌리쳤다. 그의 얼굴이 일그러졌다.

"이게 대체 무슨 의미지?"

"보다시피. 굳이 말로 확인시켜 줘야 하나?"

인재가 여유 있게 말하며 나예의 어깨에 손을 얹었다. 주변 사람들만 아니면 인재에게 손 치우라고 버럭 화를 냈을 테지만 나예는 부글거리는 속을 진정시키려 애쓰며 옆으로 물러나 인 재의 손길에서 벗어났다. 하지만 훈겸은 인재의 행동에 분노했 다. 그의 주먹이 부들부들 떨렸다.

'설마, 이 연회장에서 주먹다짐을 하진 않을 거야. 설마……'

하지만 나예의 짐작은 틀렸다. 다음 순간 훈겸이 인재의 얼 굴을 주먹으로 세게 쳤다. 인재는 바닥에 쓰러졌고, 연회장이 아수라장이 되었다. 나예는 두 손으로 입을 가렸다. 여자들의 비명 소리가 곳곳에서 들렸다. 주변에 있던 혁준이 달려와 훈겸을 붙잡았다. 훈겸은 분이 풀리지 않는지 인재에게 몇 번 더 주먹질을 했지만 혁준이 억지로 뜯어말려 손을 멈추었다. 인재는 천천히 자리에서 일어났다. 입가에 피가 흘렀지만 인재는 웃고 있었다.

'정말 최악이야.'

나예는 속이 상했다. 두 사람 모두 못 말릴 남자들이었다. 훈겸은 아직도 인재를 죽일 듯 노려보고 있었다.

"제발 그만 좀 해요. 다음에 이야기하자고 했잖아요."

나예는 훈겸에게 화를 냈다. 그가 기가 막히다는 표정으로 나예를 바라보았지만 어쩔 수 없었다. 연회장에서 소란을 일으킨 훈겸에게도 화가 났고 이런 상황을 만든 인재에게도 화가 났다. 나예는 훈겸에게 등을 돌리고 연회장 밖으로 나왔다. 창피해서 더 이상 그곳에 머무를 수가 없었다.

"아, 정말. 이게 뭐야."

나예는 연회장 밖에서 발을 굴렀다. 인재가 그녀를 따라 밖으로 나왔다.

"이제 원하는 대로 다 된 건가요?"

나예는 인재를 노려보며 신랄하게 비아냥거렸다. 인재는 피식 웃으며 입가에 흐르는 피를 닦았다.

"그 자식이 펄펄 뛰는 모습을 보는 게 꽤나 재밌었어."

"그럼 이제 저하고도 이야기할 수 있는 거죠?"

나예는 인재를 흘겨보곤 성난 발걸음으로 걸어갔다. 인재는 그녀를 빈 회의실로 데려갔다. 나예는 회의실의 문을 닫고는 인재에게 돌아섰다.

"정말이에요? 우리 빵집 건너편 상가에 킹 과자점이 입점한 다는 게?"

"사실이야."

인재는 회의실 탁자를 사이에 두고 나예와 마주 보고 앉았 다. 인재의 말에 입술이 바싹 말랐다. 나예는 어떻게 해야 하나 순간 갈등했다.

"대체 왜죠? 왜 하필이면 그곳인 거예요?"

머릿속으로 오만가지 생각이 스쳐 갔다. 입점을 포기해 달 라고 부탁해야 하나? 아니면 억지를 써서라도 안 된다고 우겨 야 하나? 마음속은 갈팡질팡 고민하고 있었지만 그 순간 입에 서 새어 나온 말이 따지듯 차갑게 울려 퍼졌다.

"하필이면? 지금 나한테 따지는 건가? 허, 이런 상황에서도 여전히 뻣뻣한 그 태도, 정말 기가 막히는군. 죽자 사자 매달려 애원을 해도 모자랄 판에……."

인재가 헛웃음을 쳤다. 나예는 입술을 잘근 깨물었다. 실수 한 것일지도 모른다. 하지만 죽어도 혀끝에서 애원하는 말은 튀어나오지 않았다.

"그래. 물어보니 대답해 주지. 지금 킹 과자점을 입점시키려 는 상가는 입지 조건이 좋아. 유동 인구가 많고 주변에 베이커 리가 거의 없지. 근처엔 오피스 건물들이 밀집해 있고. 난 그곳 에 커피와 빵을 함께 즐길 수 있는 베이커리 카페를 만들 거야.

1층은 베이커리, 2층은 카페. 사업가로서의 내 계산은 그곳에 킹 과자점을 입점시키면 수지 타산이 맞아. 그래서 거기에 입점하는 거야."

나예가 입술을 깨문 채 노려보기만 하자 인재는 다시 이야기를 했다. 마치 나예의 빵집은 없는 곳인 양. 나예는 심호흡을 하고 주먹을 꽉 쥐었다. 용기를 끌어모으려 애를 썼다.

"킹 과자점은 큰 회사잖아요. 꼭 그 상가가 아니더라도 다른 곳에 얼마든지 입점 가능해요. 하지만 저희 빵집은 그냥 평범한 윈도우 베이커리예요. 킹 과자점이 그곳에 들어서면 아마 모든 사람들이 그쪽으로 가겠죠. 그래도 같은 제과업에 종사하는데, 공생의 길을 찾아야지 한쪽을 죽이고 그 대가로 사업을 키우지는 말아야 하는 거 아닌가요? 대기업이면 작은 동네 빵집 하나 죽이는 것쯤 아무렇지 않게 할 수 있는 건가요? 그게 기업 윤리예요?"

나예는 인재의 눈동자를 정면으로 바라보며 또박또박 말했다. 인재는 나예가 그런 식으로 나올 줄 몰랐는지 인상을 찌푸렸다.

"기업 윤리라……. 역시 강나예, 만만한 여자가 아니야. 하지만 네가 아무리 따져도 내 마음은 바뀌지 않아. 난 이미 그 건물의 1층과 2층을 임대했고, 조만간 인테리어 공사를 시작하게 될 거야. 백번 양보해서 입점을 포기한다 치면, 지금까지 투자한 돈은 누가 보상해 주지?"

인재의 입에서 '입점 포기'라는 말이 나오자 나예의 마음이 흔들렸다. 정인재라는 남자, 자신이 의도한 일을 그렇게 쉽게 포기할 것 같지는 않았지만 어떻게든 설득하면 입점하지 않을지도 모른다는 가느다란 희망이 보이는 듯했다. 나예는 얼른 대답했다.

"지금까지 들어간 돈은 제가 어떻게든 마련해 볼게요. 손해 보지 않도록요."

"그걸로 될까? 계산은 그렇게 하는 게 아니야. 지금까지 입점 준비를 하면서 들어간 비용은 당연한 거고, 입점포기로 인해 생기게 될 손해까지 계산을 해야지. 그렇게 따지자면 돈으로 보상을 하려면 네가 가진 걸로는 턱도 없지. 지금 갖고 있는 빵집을 팔아도 부족할 거야."

나예는 이를 앙다물었다. 인재를 노려보았지만 그는 얄밉게 입꼬리를 치켜 올리고 있었다. 혹시나 했지만 역시나였다. 그는 나예가 어떤 말을 해도 입점을 포기할 것 같지 않았다.

눈앞이 캄캄했다. 물론 빵집은 다른 곳에다 낼 수도 있었다. 킹 과자점이 입점해 손님을 모두 빼앗긴다면, 다른 목 좋은 곳에 다시 빵집을 열면 되었다. 지금까지 모아 둔 돈과 대출을 이용해서 조그만 빵집을 할 수는 있겠지만 다른 곳은 의미가 없었다. 아버지와 약속한 것은 빵집을 되찾고 아버지와 그녀의 꿈을 이루는 것이었다. 그리고 혹시라도 아버지가 그녀를 찾으러 돌아온다면, 예전 클로버 빵집으로 돌아올 게 분명했다. 나예는 아버지를 찾을 때까지만이라도 그 자리를 지키고 싶었다. 인재에게 사정하는 것은 죽는 것보다 싫었지만 어쩔 수가 없었다. 나예는 숨을 크게 들이쉬었다.

'목숨보다도 소중한 곳이야. 아빠와의 약속을 꼭 지켜야 해. 그곳이 아니면…… 내겐 아무 의미 없잖아. 부탁해야 해.'

머릿속으로는 끊임없이 생각했지만 도저히 입이 떨어지지 않았다. 나예는 마음속으로 치열하게 갈등했다. 어떻게든 인재를 설득해야 했지만 납작 엎드려 빌기를 바라는 듯한 인재의 표정을 보고 나니 목이 꽉 막혀 버린 듯 소리가 나오질 않았다.

'못 하겠어. 아니, 안 해. 정인재가 원하는 거, 해 줄 수 없어. 죽어도.'

나예는 입을 꾹 다물었다. 저도 모르게 볼을 타고 눈물이 한 줄기 흘렀다. 인재는 조금 놀란 듯했다. 그는 나예를 찬찬히 바라보았다. 나예는 떨리는 입술을 깨물었다. 눈물이 흐를지언정 인재에게 굴복하고 싶진 않았다. 공룡처럼 거대한 킹 과자점이 나예의 목을 졸라 숨이 막힐 지경이었지만 나예는 견뎌야 한다고 생각했다.

'입점 포기시킬 방법이 없다면 내가 지켜야 해. 아빠와의 소중한 추억이 있는 그곳을, 내 손으로…… 내 손으로 지켜 내야만 해.'

마음이 정리되었다. 나예는 눈물을 슥 닦아 내곤 자리에서 일어섰다. 인재가 의아하다는 얼굴로 나예를 바라보았다.

"알겠습니다. 그럼."

나예는 담담하게 한마디 던지곤 인재에게 등을 돌렸다. 미련 없이 그를 두고 돌아서는 그녀를 보고 놀란 건지 뒤에서 숨을 훅 들이쉬는 소리가 들렸다. 그리고 자리에서 일어서는지 드르륵 의자 끌리는 소리가 들렸다. 나예가 문손잡이를 잡으려는 찰나, 인재가 그녀에게 성큼성큼 다가와 그녀를 돌려세웠다. 인재의 얼굴은 성이 나 붉어져 있었다.

"뭐야, 너? 이게 끝이야? 알겠다고? 뭘?"

인재가 아프게 그녀의 손목을 잡고 있었기 때문에 나예는 눈살을 찌푸리며 그의 손을 뿌리쳤다. 인재는 아마 나예가 입점을 포기해 달라고 부탁할 거라 생각한 모양이었다.

"입점 포기할 생각 없잖아요. 그러니 알겠다고요."

나예는 차분하게 대답했다. 인재가 어떻게 나오든 더 이상 상관없다고 생각했다. 입점을 하지 못하게 싹싹 빌든, 바짓가랑이를 붙들고 늘어지든 그가 원하는 대로 부탁하고 애원할 생각은 없으니 더 이상 그와 볼일이 없었다. 하지만 인재는 아닌 모양이었다. 그녀가 미련 없이 돌아서 버리자 몹시 당황한 것 같았다.

"어쩌려는 거지? 설마 킹 과자점이 입점하는데 그 앞에서 미련하게 버티겠다는 건 아니겠지?"

나예는 인재의 말에 대답하지 않았다. 대답할 필요도 느끼지 못했다. 킹 과자점이 생기든 말든, 버텨 보겠다는 결심이 서자 나예는 더 이상 흔들리지 않았다. 하지만 인재는 나예의 마음을 떠보려는 듯한 질문을 던지며 그녀의 표정을 살폈다. 나예는 말없이 인재를 똑바로 바라보았다. 그의 얼굴에 약간 초조한 빛이 떠올랐다.

"네가 조금이라도 머리가 있다면 길 건너편에 킹 과자점이 입점한다는 걸 알고도 그대로 버티진 않겠지. 사람들은 냉정해. 거대한 프랜차이즈가 들어선다는 사실만으로도 사람들은 네게 등을 돌릴 거다. 네 조그만 빵집은 적자에 허덕이다가 결국 문을 닫게 되겠지. 굳이 머리가 없어도 충분히 예상할 수 있는 시나리오야. 하지만 뭐, 방법이 아주 없는 건 아니야. 네가 생각을 바꾼다면, 얼마든지 네 빵집을 살릴 수 있어."

인재가 빠른 말투로 말했다. 나예는 가만히 그를 바라보았다. 그가 말한 '방법'이라는 게 어떤 것일지는 대충 짐작이 갔다. 나예가 가만히 생각에 잠겨 있자, 인재는 그녀가 솔깃해한다고 생각했는지 입가에 웃음을 띠었다.

"몇 가지 방법이 있는데, 그중 첫 번째는 네가 킹 과자점으로 들어오는 거야."

"제가 왜요?"

"내가 그곳에 킹 과자점을 입점시키고 넌 킹 과자점 지점의 책임자가 되는 거지. 지금 네가 버는 돈과는 비교도 안 될 만큼 많은 돈을 벌 수 있어. 그리고 넌 계속 빵을 만들 수 있을 거고. 빵집 자리가 꼭 필요하다면 네 빵집을 확장할 수도 있어. 어쨌든 넌 킹 과자점 소속의 파티시엘이 되는 거야."

인재의 말에 헛웃음이 났다. 그건 말도 안 되는 소리였다. 나예는 인재의 밑에 들어가 일을 할 생각이 없었다. 그녀의 이름을 건 '파티시엘 강나예'를 만들면서 나예는 결심했다. 자신의 이름을 걸고 좋은 빵을 만들겠다고. 그것은 그녀의 꿈이었다. 아버지의 꿈이기도 했다. 그 꿈을 포기할 수는 없었다. 하지만 그녀의 이름을 버리고 킹 과자점에 들어간다면 꿈을 포기하는 것과 다르지 않았다.

"싫어요. 전 킹 과자점의 파티시엘이 아니에요!"

"그럼 다른 방법도 있어. 돈으로 보상하기엔 금액을 감당할 수 없을 테니 돈 말고 내가 원하는 다른 것을 내놓으면 되지."

인재가 원하는 것이라면……. 나예는 온몸을 스치는 한기 때문에 몸을 떨었다.

"다른…… 것?"

"너도 잘 알잖아."

인재의 눈이 노골적으로 나예의 몸을 훑어 내렸다. 나예는 인재가 원하는 게 뭔지 정확하게 알고 있었다.

"……."

모욕감에 온몸이 떨렸다. 나예는 입술을 깨물고 인재를 노려보았다.

"왜? 아직도 자존심이 남았어? 쓸데없는 자존심 따윈 버려. 난 네가 내 앞에서 무릎 꿇고 애원하기를 바라니까. 내게 사랑해 달라고 애원해. 난 네 몸과 마음을 다 갖기를 원해."

나예는 온몸을 바들바들 떨었다. 인재가 원하는 것은 나예가 그동안 완강하게 거부해 왔던 것이었다. 게다가 인재는 그녀의 몸뿐만이 아니라 마음까지 원하고 있었다. 나예는 대답을 할 수가 없었다. 그는 나예를 찬찬히 바라보다가 그녀에게 한 걸음씩 다가왔다. 나예는 천천히 뒷걸음질 쳤다.

"싫어요."

"싫다고? 왜? 어려운가? 소중한 걸 위해선 자존심 따위, 버릴 수도 있잖아. 그리고 난 네게 네가 포기한 것보다 훨씬 많은 걸 줄 수 있어. 네가 마음만 먹으면 네가 원하는 걸 얻을 수 있다고. 입점 계획 철회뿐만이 아니라 '파티시엘 강나예'를 서울에서 가장 큰 빵집으로 키워 줄 수도 있어. 그것뿐인 줄 알아? 네가 날 사랑한다면, 그때는 나와 결혼을 할 수도 있다고. 그러면 킹 과자점도 네가 가질 수 있어. 모든 걸 다 얻고 싶다면, 방법은 간단해. 날 거부하지 마. 날 받아들여. 그리고 사랑해. 그러면 가질 수 있어."

등에 차가운 벽이 느껴졌다. 나예는 아무 말도 할 수 없었다. 인재가 그녀의 코앞까지 다가왔다. 그는 천천히 손을 뻗어 나예의 볼을 쓸었다. 차가운 표정이었지만 눈동자는 뜨겁게 타오르고 있었다.

그것은 고백이었다. 정인재라는 남자가 할 수 있는 최고의 고백. 그는 나예를 갖기 위해 자신의 가치관을 포기했다. 그가 결혼마저 사업으로 생각하고 있다는 건 나예도 잘 알고 있었다. 그리고 나예처럼 가진 것 하나 없는 여자와의 결혼은 얼토당토않다고 생각한다는 것도. 그런데 인재는 나예와 결혼까지 할 생각을 하고 있었다. 그녀에게 조건을 걸고 협박하다시피 했지만 나예는 인재의 뜨거운 눈빛이 무엇을 담고 있는지 느꼈다.

'이 차가운 남자가 지금 나한테…… 고백을 하고 있는 거지?'

인재의 마음이 진심인지 아닌지 확신할 수는 없었지만, 인재는 그의 방식대로 그녀를 사랑하고 있는지도 몰랐다. 그 자존심 강한 남자가, 진심이든 아니든 사랑한다는 걸 인정하고 말로 표현하기는 죽기보다 더 어려운 일이었을 것이라고 생각했다.

인재가 원하는 대로 받아들이기만 한다면, 가만히 있기만 한다면 그는 나예의 발밑에 세상을 가져다 줄 수도 있는 남자였다.

"미안해요."

나예는 그를 밀어내고 천천히 옆으로 물러났다. 인재는 그녀의 행동을 믿을 수 없는 듯 한참을 아무 말도 못 했다.

'싫어요.' 대신 '미안해요.'라고 대답한 것은, 그의 어려운 고백에 대한 예의였다. 그녀가 지금까지 판단해 온 정인재라는 남자는 여자에게 사랑 고백을 할 수 있는 남자가 아니었다. 평생을 함께할 여자를 선택하는 것마저도 철저하게 계산하고 실리를 따져서 선택하는, 뼛속까지 철저한 사업가였다. 그런 남자가 그녀에게 결혼하자는 말을 한 것만으로도 놀라운 일이 아닐 수 없었다.

"이게 지금 무슨 의미인지 알고 하는 행동인가?"

그가 이를 갈며 말했다. 나예는 담담한 표정으로 고개를 끄덕였다.

"네. 정확히요."

인재의 얼굴이 벌겋게 달아올랐다.

"네가 방금 뭘 차 버린 건지 알고 있어? 내가…… 내가 너한테 줄 수 있는 모든 것을 거부했다고. 내가…… 쥐뿔 아무것도 없는 너 같은 여자한테 내 모든 것을 다 주겠다고 했는데…… 어떻게 그걸 마다해? 네가 그렇게 잘났어? 내가 무슨 생각으로 너한테 이 모든 걸 주겠다고 했는지 몰라?"

인재는 무섭게 분노했다. 그가 왜 분노하는지 나예는 이해할 수 있었다. 그의 고백이 어떤 의미인지 잘 알고 있었기 때문이다. 나예는 그의 분노에 두려움을 느꼈다. 하지만 그렇다고 그녀의 감정을 속일 순 없었다.

"알아요. 그래서 미안하게 생각하고 있어요. 예전에도 말씀 드렸듯이 저는…… 좋아하는 사람이 있어요. 어쩌면 오늘, 이사님을 놓친 걸 후회할지도 모르지만 제 감정을 속이고 다른 선택을 할 수는 없다고 생각해요."

"훈겸이 때문인가? 네가 좋아한다는 사람?"

"네."

잠시의 망설임도 없이 대답했다. 인재는 기가 막히다는 듯 헛웃음을 쳤다.

"네가 그렇게 소중하게 생각하는 빵집을 잃을 수 있는데도?"

나예는 숨을 크게 들이쉬었다. 이미 마음속에 굳은 결심이 서 있었다. 킹 과자점이라는 거대 기업을 상대로 꿋꿋하게 싸워 볼 결심이.

"아뇨. 잃지 않을 거예요. 입점 계획, 이제 신경 쓰지 않겠어요. 마음대로 하세요. 전 그냥 제가 만들던 빵을 계속 만들 거예요. 그게 제 꿈이니까요. 아빠도 제가 그러길 바라실 거예요."

　나예는 인재와 시선을 마주하고 고집스럽게 입을 다물었다. 그의 눈동자가 겨울 바다처럼 차가워졌다.

29장

"최 변호사님, 잘 지내셨어요?"

"네. 뵙기가 힘드네요. 요새 많이 바쁘신가 봅니다."

훈겸은 웃으며 최인규 변호사에게 자리를 권했다. 최 변호사는 훈겸이 좀처럼 시간을 내지 못하자 집까지 찾아온 참이었다. 그것도 훈련이 있는 날이라 호텔에 나가지 않기 때문에 아침 시간에 잠깐 시간이 나서 그 시간에 맞춰서 온 것이다.

"이제 대회가 6개월도 채 남지 않아서요."

더운 여름의 열기가 한창이라 아침 시간이었지만 최 변호사는 이마에 맺힌 땀을 닦으며 자리에 앉았다.

"정도훈 회장님의 유산은 잘 관리되고 있습니다. 지난 분기 관리 내역서입니다. 한번 보시고……."

"잘 알아서 해 주시고 있는데요, 뭘. 이렇게 보고 안 하셔도 돼요."

"아닙니다. 이게 제가 해야 할 일이니까요. 그리고 말씀하신 서초동 건물 명의 이전 건입니다."

최 변호사가 봉투에 담긴 서류를 내밀었다. 훈겸은 서류를 확인하고 내려놓았다. 나예에게 빵집이 있는 건물을 주기 위해서 명의 이전을 부탁했던 것이 잘 처리되어 있었다.

"감사합니다. 강희석 씨는 소식 있습니까?"

"계속 찾고는 있습니다만, 보고드릴 만한 건 없습니다. 아, 지난번에 말씀해 주신 김영주 씨에 대해서도 알아봤습니다. 강희석 씨가 사라졌던 그 시기를 전후로 해서 김영주 씨 역시 사라진 것 같습니다. 집에서 나온 뒤로 강남의 룸살롱을 전전하고 있었다는데, 강희석 씨가 사라지고 난 몇 달 뒤쯤 그만두고 떠났다고 하더군요."

"아, 그래요? 어디로 갔는지는 알 수 있었습니까?"

"그걸 잘 모르겠어요. 경찰 쪽에서도 실종 신고는 접수해 놓고 있는 상태이지만 소재 파악은 안 된다고 합니다. 제가 알아본 바로도 서울 안에서는 찾을 수 없었고요. 아무래도 사채업자 때문에 지방으로 쫓겨 간 게 아닌가 싶습니다. 김영주 씨가 사채를 몇 군데서 더 쓴 것 같더라고요. 그전까지 썼던 삐삐는 사라진 시기에 해지를 해 버렸고요. 사채업자에게 쫓겨서 지방으로 도망을 간 거라면 의도적으로 신분을 숨기거나 주소지 신고도 하지 않고 숨어 있을 가능성이 큽니다. 좀 더 알아보겠습니다."

훈겸은 최 변호사를 배웅하고 나갈 준비를 했다. 강희석 씨를 찾는 일은 지지부진했다. 혹시나 하고 나예의 어머니에 대해서도 물어보아 찾으려 했는데 그것 역시 오리무중.

훈겸은 옷을 갈아입고 밖으로 나왔다. 나예의 집 문을 한번 보곤 한숨을 쉬었다. 얼마 전, 세미나 연회장에서 그녀를 만난 뒤로 계속 그녀를 만나지 못했다. 훈련을 하는 날이라 그녀를 만날 수 있겠지만 훈겸은 그녀를 빨리 보고 싶어 그녀의 집 문을 보며 벨을 누를까 말까 망설이고 있었다. 그때 다행히 문이 열리고 그녀가 나왔다. 나예는 짧은 반바지에 티셔츠를 입고 있었다. 길게 뻗은 다리가 시원해 보였다. 하지만 훈겸은 그녀를 보자마자 화가 불끈 솟았다.

"옷이 그게 뭐야?"

나예는 그를 보고 인사를 하려다가 퉁명스런 그의 말에 자신이 입은 옷을 내려다보았다.

"옷이 왜요?"

"너무 짧잖아."

훈겸은 나예에게 다가갔다. 그녀에게 묻고 싶은 게 많았는데 옷 때문에 몽땅 잊어버리고 말았다. 그녀는 기가 막힌다는 듯 헛웃음을 쳤다. 그녀에게 다가가자 달콤한 향기가 났다. 꽤 많이 파인 그녀의 옷 사이로 봉긋한 가슴 계곡이 내려다보였다.

"봐. 위에서 보면 속이 다 보인다고. 이게 뭐야? 대체 누구한테 보여 주려고 이렇게 입고 나온 거야?"

그녀를 보면 제대로 된 이성적인 생각을 하기가 힘들었다.

훈겸은 그녀의 옷차림을 보자마자 흥분되면서도 화가 치밀어 견딜 수가 없었다. 그녀의 사랑스러운 모습을 누군가 다른 사람이 본다는 생각만 해도 화가 났다.

"당신은 누구한테 보여 주려고 옷을 입어요? 왜 아침부터 트집이에요? 날 들볶으려고 기다린 거예요?"

나예가 짜증 섞인 말투로 톡 쏘아붙이곤 엘리베이터에 탔다. 훈겸은 그녀를 따라 타면서 입고 있던 얇은 재킷을 벗어 그녀의 허리춤에 감아서 묶었다.

"뭐하는 거예요?"

"가리는 중이잖아."

"덥다고요!"

"위쪽도 가려야겠어."

나예는 짜증을 내며 그의 재킷을 풀어서 그에게 던지듯 건네주었다. 그리고 엘리베이터에서 내려 빠른 걸음으로 나가 버렸다. 훈겸은 뛰듯이 그녀에게 다가가 그녀의 손을 잡았다.

"놔요!"

"내 차 타고 가. 어차피 같은 방향이잖아."

나예는 다행히 고집 부리지 않고 차에 올라탔다. 훈겸은 옆에 앉은 그녀를 보곤 재킷을 건네주었다. 그녀가 물음 섞인 시선을 보내자 훈겸은 훤히 드러난 그녀의 허벅지를 눈짓으로 가리켰다.

"난 부처도 아니고 도인도 아니고…… 그냥 널 미치게 사랑하는 평범한 남자야. 그리고 가면서 나보고 계속 참으라는 건 아니겠지?"

그녀가 볼을 붉게 물들이며 재킷으로 다리를 가렸다. 훈겸은 심호흡을 하며 운전을 했다. 이미 그녀의 다리를 본 뒤라 흥분을 가라앉히기가 몹시 힘들었지만 그냥 꾹 참았다.

"얼마 전 세미나 때는 왜 그런 거야?"

마음속으로 몇 번이나 참을 인 자를 되새기며 운전을 하다가 훈겸은 문득 그녀에게 물어보려고 했던 게 떠올랐다. 나예는 딴청을 부리며 모른 척했다.

"그날 시식 행사 때문에 바쁘다고 했었잖아. 세미나엔 어떻게 온 거고, 정인재하고…… 무슨 일이었어?"

재차 물었지만 나예는 조개처럼 입을 다물고만 있었다. 훈겸은 답답했지만 그녀가 말을 하지 않으니 뭔가 심각한 일인 것 같아서 더욱 궁금증이 일었다. 그녀는 킹 과자점 본사에 도착할 때까지도 입을 열지 않고 있었다. 훈겸은 주차장에 차를 주차하곤 그녀에게 돌아앉았다.

"말해 봐. 무슨 일 있는 거지?"

"별일 아니에요."

"무슨 일인데?"

"그냥…… 그날은 정인재 이사님한테 볼일이 있어서 간 거예요."

"그러니까 그게 무슨 일이냐고! 네가 정인재한테 볼일이 뭐가 있냐고!"

그녀에게 화를 내지 않으려 애를 썼지만 더 이상 참을 수가 없었다. 그날 훈겸은 머리끝까지 화가 났다. 인재가 나예의 허리에 손을 얹고 있는 걸 보자 자기 여자라고 과시하는 것 같아서 화가 났다. 김인웅 명장이 옆에 있었기 때문에 억지로 참았지 아니었으면 인재가 나예의 허리에 손을 대고 있는 걸 보자마자 주먹을 날렸을지도 모른다. 그런데 나예는 무조건 나중에 얘기하자며 오히려 화를 냈다. 대체 인재와 무슨 일이 있었는지 꼭 알아야만 했다.

"정인재 이사님한테 볼일이 있으면 안 돼요? 내 일인데 왜 훈겸 씨가 화를 내요? 왜 상관하냐고요!"

"상관 안 하게 됐어? 넌 그 자식을 만나러 거기까지 찾아왔고, 그 자식이 네 몸을 만지는데 화가 안 나겠냐고!"

생각할수록 화가 났다. 나예가 다른 남자와 함께 있었다는 사실 자체가. 옷차림이나 다른 것들은 부수적인 것이었다. 나예가 다른 남자, 인재와 함께 있었다는 게 불같이 화가 났다. 사실 나예가 그에게 연인이라는 확신을 줄 만한 말이나 행동을 하진 않았다. 그저 훈겸 혼자서 일방통행을 하고 있는 중이라 그녀에게 다른 남자를 만났다고 화를 낼 권리 따윈 없었다. 그렇지만 훈겸은 나예가 그 아닌 다른 남자를 만나는 걸 용납할 수가 없었다. 정말 그때는 인재가 죽이고 싶도록 미웠다.

"정인재 이사님과의 일은 우리 두 사람의 일이에요. 당신이 상관할 일은 아니죠. 사랑한다고 해서 그런 것까지 관여할 권리가 있는 건 아니잖아요. 더구나 내가 당신의 아내도 아니고, 애인도 아닌데 말이죠."

얄밉게도 또박또박 옳은 말만 골라서 했다. 훈겸은 말문이 콱 막혀 버렸다. 그녀는 스스로의 의지로 세미나에 왔고, 인재와 함께 다녔다. 그렇다면 인재가 몸을 만지게 내버려둔 것은 무엇을 의미하는가. 훈겸은 의심을 품었다. 지금까지 그녀의 말과 행동으로 미루어 보아 그녀는 인재에게 적당한 선을 긋고 대했던 것 같았다. 정확한 정황이야 모르지만 그녀의 성격으로 보아 인재에게 돈이나 다른 무언가를 바라고 그에게 굴복하진 않았을 게 분명했다. 그런데 세미나 때 그가 본 것은 조금 달랐다. 갑자기 심경의 변화가 생겼을 리는 없고, 인재와의 사이에 뭔가 다른 변수가 생긴 게 틀림없었다.

"네 말이 맞지만 난 네 몸에 나 아닌 다른 남자가 손대는 게 싫어. 세상 남자들 붙잡고 물어봐. 백이면 백, 다 싫어할 거야. 네가 날 어떻게 생각하는지는 모르겠지만 내 머릿속엔 온통 너밖에 없으니까."

나예가 그를 보다가 고개를 돌렸다. 하지만 훈겸은 그녀가 고개를 돌리기 전, 혼란스러워하는 듯한 눈빛을 놓치지 않았다.

"그러니까 말해 줘. 무슨 일인지. 그날 대체 무슨 일이 있었던 거야? 왜 넌 정인재한테 끌려다녔던 건데?"

"말하고 싶지 않아요."

그녀는 고집스러웠다. 훈겸은 한숨을 쉬었다. 그녀의 태도로 보아 아무리 물어본들 대답할 것 같지가 않았다. 그는 더 이상의 질문을 그만두었다. 그리고 차에서 내렸다. 훈련장으로 올라가는 엘리베이터에서 훈겸은 다시 한 번 재킷으로 그녀의 허리를 둘러 묶었다.

"진짜 고집불통인 거 알아요? 덥다고 했잖아요!"

나예가 어이가 없다는 듯 그를 바라보다가 버럭 화를 냈다. 훈겸은 꿋꿋하게 버텼다.

"난 가리고 싶다고."

나예는 다시 재킷을 풀었다. 그리고 훈겸에게 재킷을 안겨 주곤 눈을 하얗게 치뜨며 그를 흘겨보았다. 붉은 입술을 삐죽이며 투덜거리는 모습이 너무 예뻐서 키스하고 싶다는 생각이 불쑥 들었다. 그녀는 엘리베이터에서 내려 훈련장 안으로 들어갔다. 혁준은 아직 1층 공장에 있는 듯 훈련장에는 아무도 없었다.

"그럼 제빵 가운이라도 빨리 갈아입어."

"여긴 볼 사람도 없잖아요."

"혁준이 형 곧 올 거야."

"어휴, 진짜 짜증 나. 오늘 몇 도인지나 알아요? 설탕 끓이기 시작하면 여기 한증막이에요."

나예는 더운 날씨 탓인지 유난히 짜증을 냈다. 하지만 훈겸은 꿋꿋하게 그녀에게 제빵 가운을 내밀었다. 나예는 또다시 하얗게 눈을 치뜨곤 그의 손에서 제빵 가운을 확 잡아챘다. 그리고 탈의실로 가다가 문턱에 걸려 비틀거렸다.

"아……."

훈겸이 재빨리 잡아 줬기에 넘어지지는 않았지만 나예는 그에게 안기다시피 했다. 달콤한 향기가 코끝에 훅 끼쳐 왔다. 훈겸은 두 손으로 꽉 잡은 그녀의 부드러운 살갗에 순간 얼음처럼 굳어 버렸다. 나예가 놀란 눈으로 그를 올려다보았다. 안기다시피 한 그녀의 몸을 내려다보는데 부풀어 있는 가슴이 고스란히 보였다. 그 순간 훈겸은 머릿속으로 온갖 종류의 신을 다 떠올려 봤지만 어떤 신도 그의 뜨거운 가슴을 진정시켜 줄 수 없었다.

"불가항력이라는 말 알지?"

"네?"

"이게 바로 불가항력이라는 거야."

훈겸은 포기했다. 멍한 표정으로 그를 올려다보는 나예에게 고개를 숙였다. 어떻게든 참아 보려고 애를 썼지만 그의 몸에 안겨 온 부드러운 여체를 거부한다는 것은 불가능한 일이었다. 그녀는 무슨 일이 벌어지는지 모르는 듯 멍하니 있다가 그가 입을 맞추자 화들짝 놀라 몸을 뒤챘다. 하지만 이제 놓아줄 수 없었다. 훈겸은 새처럼 파닥이는 그녀의 몸을 꽉 끌어안았다. 그녀는 커다랗게 눈을 뜨고 있다가 곧바로 눈을 감았다. 그와 키스를 하면 항상 그랬듯이 나예는 나긋나긋한 몸을 그에게 기대 왔다. 그녀의 이런 신호가 훈겸은 늘 혼란스러웠다. 그녀가 그의 키스나 스킨십을 좋아하는 것 같긴 했다. 한 번도 반항하거나 밀어내지 않았기 때문이다. 그가 입술을 그녀의 입술에 대면 사랑스럽게 한숨을 쉬거나 입술을 열어 주었다. 키스를 더욱 깊숙이 할 수 있게 고개를 돌려 주기도 했다. 그녀의 몸을 더듬으면 놀라 바르르 떨면서도 밀어내지 않았다.

처음엔 이런 그녀의 신호들이 명백한 호감을 나타낸다고 생각했다. 그의 마음과 똑같지는 않아도 그녀도 그를 어느 정도는 좋아하고 있다고 생각했다. 그런데 키스를 하고 나서 보면 알쏭달쏭했다. 침대로 데려가도 따라올 것처럼 뜨거운 반응을 보이다가도 키스가 끝나면 다시 그를 경계했다. 그를 믿지 못하는 것 같기도 했다. 심지어 차성희 회장과 함께 만났던 날은, 끔찍하게 싫다고도 했다.

그래서 훈겸은 늘 그녀에게 다가가는 게 조심스러웠다. 어쩌면 그녀가 그를 육체적인 욕망을 해소하는 도구쯤으로 생각할지도 모른다는 의심도 들었다. 그녀가 원한다면 뭐든 주고 싶은 게 진심이었지만 그녀가 마음 없이 그의 몸만 원한다면 곤란하다고 생각했다.

"으음……."

하지만 그녀의 달콤한 신음 소리를 들으면 온몸의 피가 한군데로 몰리는 것 같았다. 훈겸은 미친 듯이 그녀의 허리를 옥죄었다. 그녀는 연체동물처럼 허리를 휘었다. 이러다 부러지는 게 아닐까 싶을 정도로 세게 끌어안았지만 그녀는 아무렇지도 않았다. 얇은 티셔츠 아래로 가슴이 부풀어 있는 게 느껴졌다. 그녀가 몹시 흥분하고 있었다. 훈겸은 그녀의 입술을 빨며 티셔츠 아래로 손을 집어넣었다. 그녀가 팔을 들어 그의 목덜미를 끌어안았다. 훈겸은 머릿속이 텅 빈 것 같았다. 그녀의 부드러운 가슴을 손에 쥐자, 그녀가 흐느끼듯 신음 소리를 냈다. 커다란 가슴은 한 손에 쥐어지지 않을 정도로 풍만했다. 훈겸

은 그녀를 갖고 싶었다. 당장 욕망을 풀지 않으면 죽을 것 같았
다. 그녀가 훈겸의 머리카락을 헤집고 있었다. 촉촉한 혀를 빨
아 당기자 그녀가 키스를 되돌리며 그의 혀를 빨았다. 심장이
터질 것 같았다.

"아침부터 아주 영화를 찍어라, 응! 호텔 가라니까! 맨날 여
기서 지랄이야."

혁준이 들어온 것도 모르고 있었다. 훈겸은 그녀의 티셔츠
속에서 손을 빼냈다. 그녀를 놓아주었으나 나예는 비틀거렸다.
훈겸은 얼른 그녀를 다시 잡아 주고 재킷을 걸쳐 주었다. 나예
는 혁준을 보고 온몸이 빨개진 채 고개를 들지 못했다. 혁준은
휘파람을 불며 태연하게 연습할 준비를 했다. 나예는 제빵 가
운을 생명줄처럼 꼭 쥐고 탈의실로 숨어 버렸다.

"좀 나가 있지 기어코 들어와서 나예 창피하게 하면 기분이
좋냐?"

훈겸은 혁준에게 통명스럽게 말했다. 혁준은 훈겸을 노려보
았다.

"근데 이 자식이. 지난번에 네 입으로 조심하겠다고 말했어,
안 했어? 나예 씨 창피하게 한 건 네놈이야. 내가 아니라."

"에이, 씨. 어쩔 수 없었다고. 나도 죽겠어."

훈겸은 자리에 털썩 앉아 머리를 감싸 쥐었다. 풀리지 않는
욕망 때문에 그 역시 몸이 아파 죽을 것 같았다. 혁준은 훈겸을
보곤 낄낄거리며 웃었다.

"너 이러는 거 보니까 아주 인간적으로 보인다. 평소에는 네

놈이 인간처럼 보이질 않았는데."

"뭐야. 내가 사람이 아니면 뭔데?"

"연습 기계? 뭐, 요새는 그래도 네 나이 또래의 젊은이 같아 보여서 좋긴 하다만."

"허!"

훈련을 시작한 건, 그 후로도 30여 분이 지나서부터였다. 나예는 창피해서인지 탈의실에서 나오질 못했고, 혁준은 눈치 없이 그와 나예를 놀리느라 시간 가는 줄 몰랐고, 훈겸은 흥분이 가라앉질 않아서 집중을 할 수가 없었다.

"강나예! 너 왜 바지는 안 입어!"

"설탕 끓이면 덥다고요! 그리고 바지 입었거든요!"

"그게 바지야? 상의에 가려서 안 입은 것 같잖아!"

"내 옷차림 가지고 뭐라고 하지 말아요! 진짜 별꼴이야!"

그리고 나예의 옷 때문에 다투느라 10여 분이 더 흘렀다. 나예는 훈겸이 질색을 하는데도 불구하고 기어이 긴 바지를 입지 않았고, 오히려 상관 말라며 큰 소리를 쳤다.

"너 작업 제대로 안 해? 반죽 아무렇게나 당기지?"

"내 작품이에요. 상관 말아요!"

"내가 팀장인데 상관해야 맞지!"

작업 도중에도 훈겸은 나예와 계속 티격태격 다투었다. 결국 혁준이 나서서 버럭 화를 내고 나서야 작업을 제대로 할 수 있었다.

어쨌든 오후에는 작업이 순조롭게 이루어졌으며 저녁때쯤

되자 작품을 완성했다.

"오늘 너희들 왜 그러냐? 더위 먹었어? 아님 최근에 싸웠어?"

"아냐."

훈겸이 아무렇지 않게 말했지만 혁준은 혀를 끌끌 찼다.

"봐 봐, 강나예. 너 선배님 대접 안 하지, 응? 훈련할 때는 선배님이고 팀장님이야. 너 선배님을 너무 편하게 대하는 경향이 있어."

혁준이 따끔하게 말하자 나예의 표정이 살짝 굳었다.

"죄송합니다."

"그리고 정훈겸, 너는 나예 씨 옷차림에 왜 그렇게 관심이 많아? 바지를 입든 치마를 입든 나예 씨 마음이지."

"바지가 너무 짧잖아. 다리가 다 보인다고."

"와, 이 자식 보게. 너 조선 시대에서 왔냐? 네 여자 딴 놈들이 보는 게 싫다는 거냐? 나이도 어린 놈이 되게 보수적이네."

"그만해. 작품 분석이나 하자고, 형. 아이스 카빙 작품은 아무래도 좀 화려하게 가는 게 좋을 것 같아. 여기, 에로스 날개 부분을 넣고, 머리 위에 넣는 천사 말이야. 조금 더 정교하게 할 수 없어?"

훈겸은 혁준의 관심을 돌리려 작품 분석을 시작했다. 미리 스케치해 둔 작품을 보면서 연필로 추가하자 혁준이 고개를 끄덕였다.

"야, 그런데 더 이상 깎는 거는 좀 어렵다. 하다가 얼음이 부서진다고."

"왜 부서져. 이렇게 하면 되잖아. 끌 좀 줘 봐."

훈겸은 혁준에게서 끌을 건네받고 얼음 앞에 섰다. 혁준이 조각해 놓은 얼음을 손끝으로 살짝 만져 보았다. 그리고 천사의 둥근 얼굴에 끌을 갖다 대었다. 몇 번 찍어 깎아 냈다. 혁준이 보고 있다가 휘익 휘파람을 불어 댔다. 훈겸은 에로스의 등 부분에 날개를 작게 조각해 넣었다.

"여긴 이미 얼음이 다 깎여서 안 되겠다. 잠깐만."

훈겸은 새 얼음을 가져다가 날개 부분만 깎아 내었다. 톱질을 시작하자 얼음 가루가 날리면서 새로운 모양이 드러났다. 혁준은 옆에서 보다가 한숨을 쉬었다.

"야, 내일 다시 좀 봐 줘라. 넌 정말 지독한 놈이다. 너는 기능올림픽에 나가야 해. 혼자서 다 해먹어야 한다고. 대표 선수는 난데, 어째 네가 더 잘하냐."

"됐어. 내일 호텔로 와."

"네, 팀장님."

훈겸은 나예의 설탕 공예 작품으로 시선을 돌렸다. 그의 작품과 나예의 작품은 나란히 이어 놓으면 하나의 작품이 되도록 만들었다. 그런데 작품의 높이가 조금 달랐다.

"설탕하고 초콜릿은 높이가 같아야 해. 강나예, 설탕 작품 높이를 좀 더 높여 봐."

"더 높이면 설탕이 부서지기 쉬운데."

"안 부서지게 만들어야지."

나예는 훈겸의 말에 불만스러운 듯 입술을 삐죽였다. 순간 그녀의 입술이 주었던 쾌락이 떠올랐다. 훈겸은 헛기침을 하고 작품으로 시선을 돌렸다.

"근데 오늘 훈겸이 작품은 어디서 본 것 같은데. 안 그래, 나예 씨?"

혁준이 싱글거리며 말을 꺼냈다. 나예는 작품을 보며 고개를 갸웃거렸다.

"잘 모르겠는데요?"

"왜, 거울에서 맨날 보잖아."

"네?"

"오늘 훈겸이 머릿속에 뭐가 있었는지 내가 다 알겠다고. 여기 작품에 그대로 나왔잖아. 강.나.예. 강.나.예. 온통 다 쓰여 있는데 뭐."

나예의 얼굴이 빨개졌다. 훈겸은 생각이 들켜서 조금 쑥스럽긴 했지만 창피하진 않았다.

"정확하게 맞혔어, 형. 오늘은 기분이 좀 그러네. 다음번엔 프시케를 생각하면서 만들게."

훈겸은 디자인 스케치를 보고 어디를 고쳐야 할까 생각에 잠겼다. 혁준은 다 끝났다며 기지개를 켜고 스트레칭을 하다가 문득 나예를 보고 말을 꺼냈다.

"생각해 보니까 나예 씨, 괜찮아?"

"네? 뭐가요?"

"나도 오늘 들었는데, 나예 씨 매장 근처에 킹 과자점 입점한다면서? 위치가 가까운가?"

나예가 곤란하다는 표정으로 입을 다물었다. 훈겸은 깜짝 놀라 나예를 빤히 쳐다보았다. 맞춰지지 않는 퍼즐의 한 조각이 맞춰진 기분. 그거였다. 나예가 평소와 달라 보였던 이유.

"글쎄요. 저도 잘 모르겠어요."

"그래? 이상하네. 내가 잘못 들었나? 분명 서초동이랬는데."

"오늘은 그만 마무리하자, 형. 우린 일이 있어서 먼저 가 봐야겠어. 미안."

훈겸은 자리에서 벌떡 일어났다. 그녀와 따로 이야기를 해야 할 것 같았다. 혁준은 서두르는 훈겸을 보고 눈을 동그렇게 떴다.

"왜? 같이 저녁 먹고 가지?"

"아냐. 다음에."

훈겸은 나예에게 빨리 옷을 갈아입고 오라고 한 뒤 작업실을 정리했다. 혁준이 뭔가 묻고 싶어 하는 듯했지만 천천히 이야기할 여유가 없었다.

"가자."

훈겸은 옷을 갈아입고 나온 나예의 손을 잡고 바쁘게 나갔다. 그녀는 잰걸음으로 따라오며 투덜거렸다.

"맨날 멋대로야. 이것 좀 놓고 가요!"

"알았어."

그녀가 뾰족하게 굴었다. 훈겸은 나예의 손을 놓고 주차장으로 갔다. 그녀를 태우고 나오면서 조용한 곳으로 가서 이야기를 해야겠다고 생각했다.

"어디 가는 거예요?"

나예가 궁금한 듯 물었지만 훈겸은 그냥 '밥 먹으러.'라고 단답형의 대답만 한 채 운전에 집중했다. 훈겸이 나예를 데리고 간 곳은 근처 레스토랑이었다. 그녀와 조용히 얘기하기 위해 룸으로 자리를 잡고 앉았다. 나예는 기분이 별로 좋지 않은 듯 뽀로통해 있었다.

"자, 이제 이야기해 봐."

주문을 하고 나서 훈겸이 다짜고짜 묻자 나예는 그를 흘겨보았다.

"뭘 얘기하라는 거예요?"

"아까 혁준이 형이 이야기했던 거. 너, 그것 때문에 그랬던 거지?"

핵심을 바로 치고 들어갔더니 나예가 당황한 표정으로 시선을 돌렸다. 훈겸은 자신의 생각이 옳았음을 확신했다.

"무슨 말인지 모르겠어요."

"네가 이렇게 이상하게 구는 이유. 세미나 때 정인재한테 끌려다녔던 이유."

나예는 입을 꼭 다물었다. 시선을 피하는 그녀를 보고 훈겸은 한숨을 쉬었다.

"어디야? 킹 과자점이 입점한다는 곳이?"

"그런 거 아니에요."

"아니긴 뭘 아냐! 빨리 말해. 전화 한 통이면 어떻게 된 일인지 다 아니까 네 입으로 말해."

나예는 잠시 망설이다가 고개를 들었다. 그녀의 눈빛이 흔들렸다. 훈겸은 말없이 그녀를 쳐다보았다.

"길 건너편 상가예요."

길 건너편이라면 새로 짓고 있는 상가가 분명했다. 훈겸은 눈살을 찌푸렸다.

"새로 짓는 곳? 다 지었던가?"

"네."

"거기 1층?"

"1층과 2층요. 1층은 매장이고 2층은 연결된 카페래요."

새로 짓고 있는 상가는 면적이 꽤 넓은 곳이었다. 한 개 층도 나예의 매장 크기의 세 배는 되는데 두 개 층을 다 사용한다는 것은 나예에게는 큰 타격이 아닐 수 없었다. 대놓고 주변 윈도우 베이커리들을 다 죽이겠다는 심산이었다. 인재가 왜 그곳에 킹 과자점을 입점시키려는지 이유를 알 것 같았다.

"그래서. 너 어떻게 하기로 한 거야?"

"뭐가요?"

"정인재한테 뭐라고 했냐고! 세미나 때 그 얘기 하러 온 거였잖아. 그렇지?"

나예가 또 시선을 피했다. 훈겸이 뭐라고 더 물어보려는데 마침 문이 열리고 주문한 음식들이 나왔다. 훈겸은 일단 목구멍까지 올라온 질문을 눌러 참았다.

"먹어. 배고플 텐데, 먹고 얘기하자."

그녀는 음식을 깨작거렸다. 식사나 하고 나서 물어볼 걸 후회했지만 이미 떨어져 버린 식욕은 어쩔 수가 없었다.

"강나예, 밥은 먹어야지. 내가 불편하게 한 것 같아서 미안한데, 어쨌든 밥은 먹어."

"입맛이 없어요."

"너 그렇게 먹고 훈련 계속할 수 있겠어? 안 그래도 여름이라 기력 떨어지는데 억지로라도 먹으라고."

나예는 몇 번 더 먹더니 포크를 놓아 버렸다. 결국 접시는 반도 비워지지 않고 치워 버렸다. 괜히 미안해졌다. 훈겸은 나예를 바라보며 복잡한 심사를 어찌할 수 없어 한숨을 쉬었다. 그녀가 어떤 기분일지 너무도 잘 알 것 같았다. 그녀에게 그 빵집이 어떤 의미인지 잘 알고 있었기 때문이다. 빵집이 잘되고 안되고를 떠나서 그곳은 나예에게 아버지의 존재만큼이나 소중한 곳이었다. 그런 곳을 빼앗는다는 건 그녀의 전부를 빼앗는 것이나 마찬가지였다. 훈겸은 그런 일을 아무렇지도 않게 하고 있는 인재에게 분노를 느꼈다.

"걱정해 주시는 건 고맙지만 제 일이에요. 그냥 모른 척해 주세요."

나예는 커피잔을 만지작거리며 말했다. 그녀의 생각은 이해했지만 훈겸은 모른 척하고 있을 수가 없었다.

"내가 모른 척할 수 있을 거라고 생각해? 네 일은 내 일이나 마찬가지야. 얘기해 봐. 그때 정인재한테 입점 포기해 달라고 말하러 온 거였지?"

나예는 대답하지 않았다. 하지만 그녀의 침묵이 긍정의 의미라는 걸 훈겸은 짐작할 수 있었다.

"그래서 형이 포기하겠대? 아니지? 너한테 뭘 요구했어?"

"왜 자꾸 물어요? 다 알면서."

"그래. 대충은 알겠어. 그곳이 너한테 가장 소중한 곳이라는 걸 알았다면 원하는 걸 요구했겠지. 돈으로도 널 움직일 수 없고, 킹 과자점도, 무엇도 다 안 먹혔다면 다른 방법을 찾았을 거야. 그게 이거였겠지. 정인재는 널 갖고 싶다고 했겠지?"

나예의 표정을 보니 그가 정확하게 짐작했다는 걸 알 수 있었다. 훈겸은 당장에라도 인재에게 달려가 죽여 놓고 싶은 심정이었다. 어떻게 그런 약점을 잡아 협박을 할 수 있는 건지 이해가 되질 않았다. 킹 과자점 정도의 회사라면 꼭 거기가 아니더라도 다른 곳에 얼마든지 가맹점을 낼 수 있었다.

"너, 그 말도 안 되는 요구…… 거절했지?"

그가 아는 강나예라면 그런 겁박에 항복하지 않았을 거라 생각했다. 하지만 나예는 그의 질문에 대답을 하지 않았다. 나예는 천천히 커피잔을 들어 한 모금 마셨다. 침묵이 길어지자 불안한 마음이 들었다. 훈겸은 테이블 위로 나예의 손을 잡았다. 나예는 고개를 들고 그를 바라보았다. 까맣고 맑은 눈동자가 슬퍼 보였다.

'설마…….'

훈겸은 갑자기 두려움이 밀려와 말을 할 수가 없었다. 나예는 그럴 리가 없다. 그에게 사랑한다고 말한 적도 없긴 했지만 나예가 인재에게 마음이 있는 것 같지도 않았으니까.

"말해 봐. 거절했지?"

"내가 어떤 선택을 했던 훈겸 씨가 상관할 일은 아니에요."

"강나예! 너 미쳤어? 그런 요구를 받아들인 거야? 지금 정인 재가 널 사랑해서 그런 요구를 한 거라고 순진하게 믿는 건 아 니지? 그 자식 속셈은 뻔해. 널 몇 번 갖고 놀다가 버릴 거야."

정말 눈앞이 캄캄했다. 나예가 인재의 요구를 받아들였을 지도 모른다는 생각을 하자 미칠 것만 같았다. 훈겸은 나예를 뚫어질 듯 노려보았다. 그녀는 입술을 깨물며 그의 손을 뿌리 쳤다.

"난 제정신이에요. 솔직히 그 제안을 거절하는 게 더 이상한 거 아니에요? 정인재 이사님이 나쁘다고 욕할 수 있어요? 당신 도 날 돈 주고 샀잖아요! 그거랑 이거랑 다른 것 같아요? 왜 내 가 그 사람을 거절해야 하죠? 그 사람이 내게 모든 걸 다 주겠 다고 했는데!"

훈겸은 멍하니 나예를 바라보았다. 그녀가 그렇게 말할 줄 은 몰랐다.

"모든 걸…… 다 주겠다고? 정인재가 그랬다고?"

믿을 수 없었다. 사랑 따위에 목숨 거는 짓 하지 않는다던 차가운 냉혈한 정인재가, 그렇게까지 말했다면 진심임에 틀림 없었다. 어떤 여자도 그 제안을 거절할 순 없었을 거라는 생각 이 들었다.

"그래서 넌…… 정인재 사랑해?"

나예는 대답하지 않았다. 답답했다. 훈겸은 주먹을 꽉 쥐었다. 몸이 부들부들 떨렸다. 그녀의 침묵이 길어질수록 분노는 더 커졌다. 눈이 따끔거렸다. 눈에서 뜨거운 게 흘러내렸다. 훈겸은 그게 눈물이라는 것도 인식하지 못했다.

"내가…… 이렇게 널 사랑하는데…… 넌 가겠다고?"

입술이 떨렸다. 나예가 멍하니 그에게 시선을 주었다. 훈겸은 다시 나예의 손을 잡았다. 그녀는 얼음 인형처럼 가만히 그를 바라보고만 있었다.

"왜 해 보지도 않고 먼저 포기해? 킹 과자점이 입점하면 어때서? 싸워 보지도 않고 항복할 거야? 네가 못 하겠으면 내가 할게. 널 위해서 내가 싸울게."

훈겸은 자리에서 일어났다. 테이블을 돌아 나예에게 다가갔다. 그리고 그녀의 앞에 무릎을 꿇었다. 한낱 매장 하나, 접어 버려도 그만이었다. 킹 과자점이 입점한다면 내버려두고 다른 곳에 매장을 마련하면 되는 거였다. 강남에 그가 가진 점포와 빌딩, 땅만 해도 엄청나게 많았다. 그중에 제과점을 할 만한 더 좋은 장소도 얼마든지 있었다. 인재가 준다는 모든 것들, 그 역시 나예에게 줄 수 있었다. 하지만 그게 다가 아니었다. 나예가 원하는 것은 아버지가 돌아왔을 때 되돌려줄 아버지의 빵집이었다. 훈겸은 그걸 너무도 잘 알고 있었다.

"내가…… 널 아주 많이 사랑해. 널 위해서라면 뭐든지 할 수 있어. 네 아버지가 돌아오실 때까지, 그 빵집 내가 지킬게. 그러니까…… 가지 마. 너만 내 옆에 있으면 할 수 있어."

훈겸은 간절히 말했다. 그녀의 눈동자는 맑은 눈물을 가득 담고 있었다. 훈겸은 나예의 손을 잡았다.

"정면 승부를…… 하자고요?"

나예의 입술이 열렸다. 훈겸은 고개를 끄덕였다. 다윗과 골리앗의 싸움이 되겠지만, 그녀와 함께라면 할 수 있을 것 같았다.

30장

"난······ 정말 미쳤나 봐, 언니."

점심을 먹고 나서 잠깐 쉬면서 나예는 길 건너편 상가를 멍하니 바라보았다. 한창 인테리어 공사를 하고 있는 그곳은 인부들의 바쁜 손길로 북적였다. 나예는 손에 들고 있던 컵을 살짝 흔들었다. 얼음 조각이 사그락 소리를 냈다. 영미는 커피잔을 들고 나예의 옆으로 와서 나란히 섰다.

"밑도 끝도 없이 무슨 소리야?"

영미는 눈을 가늘게 뜨고 상가를 뚫어지게 바라보며 건성으로 물었다.

"휴우······. 언니, 나 잘했다고 세 번만 말해 줘, 응?"

나예는 한숨을 길게 내쉬었다.

"뭘 잘못했길래 그런 소리를 해?"

"언니! 그냥 좀 잘했다고 해 주면 안 돼?"

"안 돼. 보니까 뭔가 잘못했구먼 뭘 잘했다고 해 달래!"

나예는 입술을 부루퉁하게 내밀고 다시 고개를 돌렸다. 길 건너 상가를 바라보는데 영미가 다시 입을 열었다.

"얘, 그 소문이 진짜인가 봐. 저 상가 말야. 킹 과자점 입점 한다던데 지금 인테리어 공사 중이잖아. 엊그제 정인재 이사 봤거든. 직접 와서 공사 상태 점검하던데?"

"그래?"

"인테리어 마치면 개점이야 금방 할 거 아니니. 저기 킹 과자점 들어오면 우린 어떻게 되는 거야?"

"언니가 생각하고 있는 대로 되겠지."

"야! 그럼 큰일이잖아. 너, 생각을 해 봐. 이쪽하고 저쪽은 상권 자체가 달라. 저쪽이 오피스 밀집 지역이고 위치도 훨씬 좋아. 게다가 매장 크기 봐 봐. 한 층만 해도 우리 매장 크기의 세 배야. 보니까 2층까지 공사하는 것 같던데, 그러면 우리랑은 비교도 안 돼!"

"그러게."

나예는 우울하게 대답했다. 그녀의 선택은 미친 짓이었다. 킹 과자점 입점 소식을 들었던 바로 그날, 세미나까지 쫓아가서 나예가 내린 선택은 미친 짓이라고밖에는 할 수 없는 선택이었다.

나예는 복잡한 머리를 흔들며 커피를 마셨다. 그 뒤로 인재는 다시 연락하지 않았다. 그리고 킹 과자점은 입점 계획 그대로 공사를 시작했고. 스스로의 선택이 옳은 것이라 생각했지만 순조롭게 진행되고 있는 공사 현장을 보고 있노라면 마음속은 심란하기 이를 데 없었다. 결과가 뻔히 보이는 싸움이었다. 불구덩이 속으로 기름 탱크를 짊어지고 뛰어드는 기분이었다. 나예는 한숨을 푹 쉬었다.

"안녕하세요."

무거운 머리로 커피를 마시는데 문이 열리고 훈겸이 안으로 들어왔다. 영미가 밝은 표정으로 그를 맞았다.

"어서 와요. 이 시간에 웬일이에요?"

"저 오늘 잘렸거든요. 지금 일자리 구하러 다니는 중인데."

그가 싱글거리며 말했다. 직장에서 쫓겨난 사람이라고는 볼 수 없을 정도로 태평한 모습으로. 나예는 놀란 얼굴로 그를 돌아보았다.

"파티시에 채용 계획 없어?"

그가 말갛게 웃으며 묻는 말에 나예는 잠시 말문이 막혔다. 그가 왜 호텔을 그만두었다는 것인지 모르겠지만 그녀에게 와서 일자리를 달라니 말도 안 되는 소리였다.

"없어요. 대체 호텔은 왜 그만둔 거예요? 진짜 그만두었어요?"

"응. 여기서 일하려고 그만둔 건데. 네가 안 받아 주면 나 갈 데 없어."

어이가 없었다. 한국 최고의 파티시에였다. 특급 호텔에서도 서로 모셔 가려고 혈안이 되어 있었고, 킹 과자점을 비롯한 대기업에서도 그의 이름을 빌리기 위해 러브콜을 빗발치게 하는 중이었다. 그의 이름을 건 브랜드를 만들어도 하나 이상할 것이 없는, 명실공히 최고의 실력자가 왜 그녀의 작은 빵집에서 일을 하겠다는 것인지.

"정말 왜 그렇게 대책이 없어요? 내가 지금 누굴 고용할 입장이 아니라는 건 훈겸 씨가 더 잘 알잖아요. 그리고 내가 이런 식으로 도움을 받는다고 해서 기뻐할 것 같아요?"

나예는 화를 버럭 냈다. 영미가 흠칫 놀라 마시던 커피에 사레들려 기침을 해 댔다.

"너 혼자 저 괴물과 싸우도록 두지 않아. 내가 말했잖아. 너 대신 내가 싸우겠다고."

그가 눈물을 흘리며 그녀에게 고백했던 걸 떠올리자 가슴이 뜨거워졌다. 그전에도 훈겸이 사랑한다는 말을 했었지만 나예는 솔직히 반신반의했었다. 다른 남자들처럼 그녀의 몸을 갖기 위해 입에 발린 소리를 하는 것일지도 모른다고 생각했었다. 남자라는 동물은 다들 비슷하니까. 어쩌면 그녀에게 뭔가 의도를 갖고 접근했을지도 모른다고도 생각했다. 그의 아버지 정도 훈처럼 뭔가 의도를 가지고 있었을지도 모른다고. 하지만 이제 알 것 같았다. 그의 진심을.

나예는 그가 사랑한다며 눈물을 흘렸을 때 그가 진짜 다른 이유 없이 순수하게 그녀를 사랑하고 있다고 느꼈다. 그리고 그녀에게 대신 싸우겠다고, 그녀를 위해서 그가 대신 나서주겠다고 했을 때 감동했다. 물론 이미 선택은 그녀가 먼저 했었지만 그의 말이 큰 힘이 된 것은 사실이었다.

"됐어요. 싸워도 내가 싸우고 깨져도 내가 깨져요. 내가 알아서 할 테니까 호텔로 돌아가요."

나예는 더 말할 것도 없다는 듯 잘라 말했다. 훈겸은 나예의 단호한 태도에 한숨을 쉬더니 그녀의 손을 잡았다.

"그래 놓고 정인재 그 자식한테 가려고?"

"그렇게 스스로에 대해서 자신이 없어요?"

"응. 네가 가 버릴까 봐 불안해. 넌 그만큼 대단하고…… 괜찮은 여자니까."

그녀를 꼬시기 위해 하는 소리 같았지만 듣기 좋았다. 나예는 피식 웃었다. 옆에서 영미가 헛기침을 흠흠 했다.

"난 안 보이나 봐, 둘 다. 훈겸 씨, 그렇게 낯간지러운 소리 잘하는 줄 몰랐네."

영미가 놀리듯 말했다. 나예는 그제야 영미가 다 듣고 있었다는 걸 깨닫고 얼굴을 붉혔다. 하지만 훈겸은 아무렇지도 않은 듯 싱긋 웃으며 말했다.

"나예한테 고백했는데 대답을 못 들었어요. 대답 들을 때까지 듣기 좋은 말로 꼬시려고요."

영미가 웃음을 터뜨렸다.

"대답 안 한다고 몰라요? 아마 나예도 훈겸 씨 좋아할걸요. 아니면 진작 쫓겨났을 텐데 아직도 가만있는 걸 보면 분명 좋아하는 거예요."

"언니!"

영미는 깔깔거렸다. 나예는 얼굴을 붉힌 채 영미와 훈겸을 흘겨보았다. 그는 나예를 보고 진지한 얼굴로 다시 말을 꺼냈다.

"여기서 일하게 해 줘. 너 혼자 모든 일을 감당하게 하지 않을 거야. 우리 둘이 한번 해 보자. 같이 프랜차이즈를 물리쳐 보자고."

나예는 망설였다. 그가 도와준다면 분명 큰 힘이 될 것이다. 하지만 부담스러운 것 또한 사실이었다.

"세상에. 그러니까 훈겸 씨, 저기 길 건너 상가에 킹 과자점 입점하는 것 때문에 호텔 그만두고 온 거예요? 나예 도와주려고?"

영미가 놀란 듯 물었다.

"네."

"그렇지만…… 킹 과자점은 훈겸 씨가 대주주로 있는 회사잖아요. 훈겸 씨 아버지 회사이기도 하고. 그런데도 나예를 돕겠다고요?"

"네. 그 모든 이유에도 불구하고 나예를 사랑하니까요."

정말 놀라운 남자였다. 사랑 때문에 모든 걸 다 포기하겠다는 말로 들렸다. 그는 너무도 현실을 아무렇지 않게 무시했다. 나예는 마냥 그의 결정을 환영할 수만은 없었다.

"이유야 어찌 되었든 난 지금 파티시에를 고용할 만한 상황이 아니에요. 빵집 운영하는 것도 수지 타산이 맞아야죠. 지금 매출로는 재료비에 월세 내는 것도 빠듯해요."

"월세 낼 필요 없다고 했잖아."

"이유 없는 친절은 안 받는다고 했죠."

"이건 네 거라니까. 건물 명의 이전도 다 했어."

"어떻게?"

그녀 본인의 동의도 없이 어떻게 했다는 것인지 의심스러워 무슨 말이냐는 눈으로 그를 바라보았다. 그는 별 일 아니라는 듯 어깨를 으쓱했다.

"아…… 훈겸 씨가 네 도장이 필요하다고 하기에……. 그런데 진짜예요? 이 건물을 통째로 나예한테 줬다고요?"

영미가 미안한 표정으로 말하다가 훈겸에게 질문을 던졌다.

"네. 어차피 여긴 나예 아버님 가게였으니까요."

"하지만 그냥 받을 수 없어요. 아빠가 건물을 소유했던 것도 아니고 점포를 갖고 있었을 뿐인데요."

나예는 단호하게 고개를 저었다. 영미가 옆에서 옆구리를 쿡쿡 찌르며 눈치를 줬지만 나예는 꿋꿋했다.

"제발 한 번이라도 좀 쉽게 갈 수는 없어? 이미 내가 다 설명했잖아. 이건 강희석 씨가 받아야 하는 게 마땅하고, 킹 과자점이 그만큼 큰 회사가 될 수 있었던 것은 아버지 혼자만의 힘이 아니었다고. 강희석 씨도 그 보상을 함께 받아야 한다고 말했잖아. 건물 여기만 있는 게 아니고, 한두 개도 아닌데 하나 줄 때마다 이렇게 고집 피우면 곤란해."

그가 피곤하다는 듯 관자놀이를 꾹꾹 누르며 말했다. 영미는 나예의 옆구리를 또 쿡쿡 찔러 댔다.

"얘, 훈겸 씨 속 썩이지 말고 그냥 받아. 너한테 줄 건물이 한두 개가 아니라잖니."

"언니!"

영미는 대체 왜 그러냐는 듯 눈을 깜박거리다 헛기침을 했다.

"봐. 킹 과자점이 문을 열면 당분간은 수지 타산이 전혀 맞지 않을 거야. 안 봐도 뻔한 싸움이야. 몇 달 안에 손님 다 뺏길 거고, 여긴 운영 자체가 힘들 거라고. 돈 생각하면 지금 당장 치워 버려야 해. 내 생각 같아선 다른 곳으로, 더 자리 좋은 곳으로 옮겨 주고 싶어. 네가 원하기만 한다면 당장 가능해. 물론 전에 얘기했듯이 내가 갖고 있는 재산들, 다 너한테 줄 수 있어. 그중에서 네가 마음에 드는 곳으로 옮기면 돼. 그런데 너, 그거 원하는 게 아니잖아. 아무리 좋은 다른 장소가 있어도, 네가 원하는 곳은 바로 이 자리잖아."

그의 말이 맞았다. 나예는 고개를 끄덕였다.

"그러면 여기서 계속 버텨야 해. 킹 과자점을 상대로 싸우려면 보통 각오로는 안 된다고. 네 입장에서는 이용할 수 있는 건 다 이용해야 돼. 인건비, 재료비, 매출, 이런 거 다 생각하면 몇 개월 안에 망하는 게 뻔한 거고, 몇 달 동안은 매출이 거의 없을 테니까. 그러니까 내가 도와준다고. 넌 그냥 돈 걱정하지 말고 만들고 싶은 빵을 만들어. 그리고 킹 과자점을 상대로 같이 싸워 보자고. 아무리 다른 조건이 영향을 미친다고 해도, 빵집의 빵이 잘 팔리려면 빵이 맛있으면 돼. 킹 과자점의 빵보다 더 맛있는 빵을 만들면 되는 거야. 그걸 내가 도와주겠다고."

나예는 그의 말에 망치로 맞은 것 같은 충격을 받았다. 그녀 역시 빵을 계속 만들겠다고 생각은 하고 있었지만 그의 말과 같은 간단한 진리를 잊고 있었다.

"영미 씨, 오늘 나예 좀 데리고 가도 될까요? 가 볼 데가 있어서요."

"네. 가게는 어차피 제가 보니까요."

훈겸은 나예에게 손을 내밀었다.

"가자. 옷 갈아입고 나와."

"어딜 가려고요?"

"일단 나와."

그가 자세한 이야기는 해 주지 않았지만 일단 옷을 갈아입었다. 그는 밖에서 기다리다가 나예가 나오자 차 문을 열어 주었다. 하지만 그녀가 다가가자 또 못마땅한 표정을 지으며 그녀를 위아래로 훑어보았다.

"이게 뭐야? 치마가 너무 짧잖아."

"안 짧아요. 날씨가 덥다고요."

"이제 10월이 다 되어 간다고. 한여름도 아닌데 이렇게 짧은 치마를 왜 입어? 티셔츠도 어깨가 다 드러나잖아."

"어휴, 또 시작이야."

나예는 투덜거리며 차에 올라탔다. 그는 지나치게 그녀의 옷차림에 간섭했다. 초가을이지만 유난히 더운 날씨 탓에 얇은 옷을 입을 수밖에 없는데 그녀가 큰 잘못이라도 한 듯 화를 냈다. 그는 운전석에 올라 못마땅하다는 눈으로 그녀를 다시 바라보았다.

"그렇게 못마땅해요?"

"그러니까 몸을 좀 가리라고! 남자들이 이런 걸 보면 가만히 있을 것 같아?"

"가만있지 않으면요? 누가 건드리게 놔둔대요?"

"허!"

"그리고 여기 있는 남자라곤 당신밖에 없잖아요."

그 말이 그를 자극한다는 걸 미처 깨닫지 못하고 별생각 없이 했던 나예는 금방 후회했다. 그가 삼킬 듯한 시선으로 그녀를 바라보았기 때문이다. 나예는 슬그머니 가방으로 허벅지를 가렸다.

"내가 보는 건 상관없나 보네. 그런데 왜 가려?"

그가 나예 쪽으로 돌아앉았다. 나예는 주위를 둘러보았다. 차 유리가 선팅이 되어 있긴 했지만 대로변이라 사람들의 눈에 띄기 쉬운 곳이었다.

"빨리 가요. 어디 가는 건지 몰라도 출발 안 하면 난 그냥 내릴 테니까."

"알았어."

그가 피식 웃으며 시동을 걸었다. 나예는 헛기침을 하며 창밖을 내다보았다. 그와 함께 있으면 언제나 긴장이 되었다.

"그런데 어떻게 날 도와주겠다는 거예요?"

나예는 문득 그가 했던 말이 궁금해져 물었다. 그는 운전을 하다가 그녀 쪽을 흘깃 보곤 대답했다.

"맛있는 빵 만드는 거."

"훈겸 씨가 만들어 주면 그건 훈겸 씨 빵이잖아요. 사람들이

라파예르호텔 베이커리가 옮겨 왔다고 생각할지도 몰라요.”

“더 맛있게 만들면 되지.”

나예는 한숨을 쉬었다. 그는 너무도 긍정적이었다. 모든 일을 너무 쉽게 생각하는 것 같아서 답답했다.

“라파예르호텔에서 받았던 것만큼 월급 못 줄 거예요. 어쩌면 몇 달 동안은 아예 못 줄지도 몰라요.”

“기대도 안 해. 내가 새로운 방법을 생각해 봤는데, 월급 대신 너한테 꼭 받고 싶은 게 있어.”

“월급 대신 뭐요?”

그가 대답을 하지 않고 싱긋 웃었다. 그의 웃음에 나예는 설마 하는 생각으로 그를 의심스럽게 바라보았다.

“하루에 키스 한 번씩?”

“미쳤나 봐! 싫어요!”

그가 웃음을 터뜨렸다. 나예는 얼굴이 달아올라 손으로 부채질을 했다. 그가 짓궂은 표정을 지었을 때 그런 대답이 나올 줄 예상했어야 했다.

“나쁘지 않은 거래 같은데. 너, 내 연봉이 얼만지나 알아? 날 공짜로 부려먹을 수 있는 기회인데.”

“됐어요!”

나예는 뾰로통한 얼굴로 고개를 돌려 버렸다. 그리고 도착할 때까지 한마디도 하지 않았다. 그가 내리라고 한 곳은 서울 인근의 한 제과점 앞이었다.

“여긴…….”

"세미나 때 뵀던 김인웅 명장님 기억나지? 그분 빵집이야."

나예는 '녹원당'이라는 간판을 올려다보았다. 오래된 건물에 예스러운 간판. 건물이 오래된 것에 비해 깨끗해 보였다.

"연락도 안 하고 이렇게 불쑥 찾아봬도 되는 거예요?"

"아까 오전에 전화 드렸어. 오후에 계신다고 했으니까 들어가자."

훈겸은 그녀를 빵집과 연결된 안채 쪽으로 데려갔다. 그들이 들어가자 머리카락이 희끗희끗한 여인이 나와 그들을 맞아 주었다.

"안녕하셨어요?"

"어서 와. 안 그래도 그이가 희석이 딸을 만났다고 말씀하시던데. 아가씨가 나예 양인가?"

아마 김인웅 명장의 아내인 모양이었다. 나예는 고개 숙여 인사를 했다. 여인은 나예의 손을 잡으며 반갑게 인사를 받아 주었다.

"들어가자. 기다리고 계셔."

나예는 얼떨떨한 기분으로 안으로 들어갔다. 여인이 안내해 준 방으로 들어가자 김인웅 명장이 앉아 있다가 일어서서 그들을 맞아 주었다. 나예는 공손하게 인사를 했다.

"어서 오게. 기다리고 있었어."

김인웅 명장은 얼굴 가득 웃음을 띠고 나예와 훈겸을 바라보았다. 나예는 자리에 앉았다.

"그래, 언제부터 빵을 배웠나?"

김인웅 명장이 궁금한 듯 나예에게 물음을 던졌다. 나예는
공손하게 대답했다.

"열네 살 때부터 아버지께 배웠습니다. 제과학교를 다녔고
요."

"호오. 그랬군. 그럼 지금 나이가 몇 살이고?"

"스물다섯입니다."

"어린 나이인데 대단하군."

그들이 이야기를 나누고 있는데 사모님이 방문을 열고 들어
왔다. 간단한 다과와 빵을 가져다주곤 조용히 방에서 나갔다.

"이거 먹어 봐. 스승님이 만든 거야. 맞죠?"

훈겸이 빵을 하나 들고 나예에게 내밀었다. 훈겸의 물음에
김인웅 명장은 웃으며 고개를 끄덕였다. 나예는 빵을 받아 한
입 먹어 보았다.

"이건…… 제가 먹어 본 빵과는 맛이 좀 다른 것 같아요."

나예는 고개를 갸웃거렸다. 빵은 무척 맛있었다. 그런데 언
젠가 먹어 본 것 같기도 하고, 뭔가 특이하기도 한 맛이었다.

'어디서 이걸 먹어 봤더라…….'

나예는 곰곰이 생각에 잠겼다.

"그래? 맛은 괜찮고?"

"네. 맛있어요. 부드럽고……."

"이건 자연 발효빵이다."

"자연 발효빵이요?"

그제야 생각이 났다. 아버지가 마지막으로 만들어 주었던

빵. 나예가 클로버빵을 만들자고 아버지에게 말했을 때, 아버지가 만들어 주었던 빵과 맛이 비슷했다. 차이점은 그때 아버지가 만들었던 빵은 제대로 발효가 되지 않은 빵이었는데 김인웅 명장의 빵은 제대로 발효가 된 빵이었다. 나예는 깜짝 놀라 눈을 동그랗게 떴다.

"이건 희석이와 도훈이가 함께 연구하던 빵이었지."

나예는 훈겸을 바라보았다. 그는 김인웅 명장이 하는 말을 이미 알고 있는 것 같았다.

"아…… 연구를 하셨다는 건 들었어요. 하지만 완성은 못 하셨죠."

"그래. 두 녀석이 같이 계속 연구를 했다면 아마 완성했을 게다. 그런데 둘이 갈라서는 바람에 이 빵은 진작 세상에 나왔어야 할 것이 시기가 늦어져 버렸지."

"아빠는 예전 일에 대해서 한 번도 말씀하지 않으셨어요. 여기서…… 아빠는 어떻게 생활하셨나요?"

"희석이는 타고난 손을 가진 녀석이었다. 한번 본 것은 그대로 기억을 해서 빵을 만들었지. 빵을 좋아하고 빵 만드는 걸 늘 즐겨 했었다. 도훈이는 승부 근성이 강했어. 원하는 건 뭐든지 꼭 해내고야 마는 녀석이었지. 그래서 욕심도 많았고. 두 녀석이 친형제처럼 10년이 넘게 동고동락했었는데……. 사람의 욕심이란 게 그렇더구나. 갖지 말아야 할 것을 탐내고, 그래서 돌이킬 수 없는 일이 생겼지."

김인웅 명장은 옛일을 떠올리는 듯 아련한 표정이었다. 나

예는 아버지를 떠올리며 가슴 한구석이 찔리는 듯한 아픔을
느꼈다.

"세월이 흘렀어도 그 잘못에 대한 아픔은 쉬이 가시질 않는
모양이더구나. 도훈이가 일찍 가면서 희석이에게 용서를 빌지
못한 것이 못내 한이 되었다 들었다. 그런데 희석이는 지금 어
디에 있는지도 모르는 상황이니…… 안타깝구나."

"지금 계속 찾고 있으니 언젠가는 소식을 알 수 있겠죠. 아
버지가 못 하신 말씀은 제가 대신 전해 드리기로 했습니다."

훈겸의 말에 김인웅 명장은 고개를 끄덕였다. 나예는 가슴
이 울컥해 한동안 말을 하지 못했다.

"사람 인연이 묘한 게, 이렇게 희석이 딸과 도훈이 아들이 다
시 만나게 된 게 참 신기하구나. 그래, 둘이 결혼할 작정이냐?"

"네?"

나예는 김인웅 명장의 말에 깜짝 놀랐다. 그가 훈겸과 나예
의 관계를 짐작한 것은 아마도 세미나 때 훈겸이 소동을 일으
켰기 때문인 것 같았다.

"아, 하하. 스승님, 너무 앞서 나가셨습니다."

훈겸이 곤란한 듯 겸연쩍게 웃으며 말했다. 김인웅 명장은
나예와 훈겸을 번갈아 쳐다보더니 미소를 지었다.

"둘이 잘 어울리는데. 이렇게 인연이 된 것도 하늘의 뜻이니."

"네. 그러면 스승님 뜻을 따라야지요. 그렇지, 강나예?"

훈겸이 잘되었다는 듯 공손히 대답을 했다. 그가 웃으며 돌
아보자 나예는 어이가 없어 대답할 기회를 놓쳐 버렸다.

"스승님, 저희가 오늘 찾아뵌 건 발효빵에 대해서 여쭤 보고 싶어서입니다."

훈겸은 곧 화제를 바꾸어 빵에 대한 이야기를 꺼냈다. 나예는 그가 왜 이곳에 그녀를 데리고 왔는지 비로소 이유를 알았다. 그는 킹 과자점과 대항할 새로운 빵을 만들기 위해 나예에게 힌트를 주고자 했던 것이다.

"발효빵에 대해서?"

"예. 맛있는 빵을 만들려고 저도 평생 빵을 만들었지만 아무리 새로운 기술도, 화려한 모양도 맛을 따라갈 수는 없더라고요. 그래서 자연 발효를 통한 빵을 만들고 싶습니다. 아버지와 몇 년간 연구를 했었는데 적당한 발효종을 찾지 못해 실패했었습니다."

"흠. 그래. 나도 수십 년간 연구를 했지만 발효종을 찾는 것이 항상 힘들었다. 희석이가 연구를 하다가 내게 결과를 늘 보내 주었었는데 몇 년 전에 행방불명이 된 후로는 나 혼자 연구를 계속했지. 나도 이 발효종을 찾은 건 최근에 이르러서다. 일단 방법을 알고 나서는 다른 후배들에게 널리 알리고 싶었지만 이 빵은 아무나 만들지 못하더구나."

"왜 그렇습니까?"

"일단 시간이 오래 걸리기 때문이지. 이스트를 넣어서 발효기를 이용하면 한두 시간이면 될 반죽을 몇 시간 동안 해야 하기 때문이야. 게다가 발효종을 만드는 데는 적어도 일주일, 일주일 이상이 걸리기도 한다. 이 모든 것들을 다 정성을 다해 한다는 것이 쉬운 일이겠냐. 시간이 걸리고, 인건비가 몇 배로 들고, 그것에 비해 판매량이 미비하니 모두들 처음에는 의욕적으로 하다가도 금방 지치고 말더구나."

나예는 고개를 끄덕이며 김인웅 명장의 말을 들었다. 훈겸은 나예를 흘끗 보더니 자리에서 일어났다.

"스승님, 발효종을 좀 보고 싶습니다. 만드는 방법도 알려 주십시오."

"그래. 따라오너라."

김인웅 명장이 앞장서서 간 곳은 빵을 만드는 공장이었다. 그곳은 제빵실과 재료 창고로 구분되어 있었는데 재료 창고 옆에 따로 방이 하나 더 있었다.

"여기가 발효종을 보관하는 창고다."

나예는 창고 안을 둘러보았다. 항아리가 빼곡하게 선반 위에 들어차 있었다.

"이쪽은 아까 너희가 먹었던 빵에 넣었던 건포도 발효종이다. 그리고 이쪽은 호밀사워종. 아직 보관상의 문제로 두 가지 발효종을 주로 쓰고 있지."

나예는 항아리의 뚜껑을 열어 보았다. 시큼하고 누룩 냄새 비슷한 냄새가 훅 끼쳐 왔다. 항아리에는 호밀사워종이라고 쓰여 있었다.

"발효종은 이것들 말고도 찾으면 더 있을 게다. 연구하는 데 시간이 더디 걸려서 그렇지. 레시피는 적어 놓은 게 있는데 그걸 주마. 자연 발효는 새로운 기술이 아니라 아주 오래전부터 내려온 전통적인 방법이다. 너희들이 그걸 연구해서 발전시킨다면 우리나라 사람들 몸에 잘 맞는 건강하고 맛좋은 빵을 만들 수 있겠지."

나예는 돌아오는 길에 김인웅 명장이 건네준 레시피를 몇 번이고 읽어 보았다. 훈겸은 같이 저녁을 먹자며 나예를 집 근처 식당으로 데려갔다. 나예는 식당 앞에서 멈칫했다. 지난번에 그가 사랑 고백을 했던 바로 그 식당이었다.

"오늘은 좀 많이 먹어라. 불편하게 안 할 테니까."

그가 농담처럼 웃으며 한 말에 괜히 기분이 이상해졌다. 나예는 레시피를 훈겸에게 건네주었다.

"어때? 골리앗과 싸워 이길 수 있는 방법, 이제 알겠어?"

그가 싱긋 웃으며 말했다.

"어떻게 이런 생각을 한 거예요?"

"킹 과자점과 붙어서 이기려면, 킹 과자점의 빵에는 없는 새로운 제품을 개발해야 해. 거기 빵은 누구보다도 내가 잘 알아. 그리고 너도 잘 알지. 너희 아버지가 평생 만들었던 빵들이니까. 그 빵들을 프랜차이즈 특성에 맞게 변형시킨 것들이야. 기본적인 빵의 종류들은 다 있지. 똑같은 빵을 팔아서 사람들의 선택을 받으려면 방법은 하나밖에 없어. 맛이 더 좋아야 해. 그러려면 킹 과자점의 빵과는 차별성 있는 뭔가가 있어야 하는데, 그게 이거지. 자연 발효빵. 그리고 이거…… 내가 만들고 싶은 빵이기도 해."

"발효종 연구했었다고 했죠?"

"응. 다 실패했지만. 그래서 난 꼭 이게 하고 싶었어. 버터나 설탕, 이스트를 넣지 않아도 빵을 부드럽게 하고 소화도 잘되게 한다면 그게 바로 건강한 빵이잖아. 그게 좋은 빵이지. 아버지도 그런 빵을 만들고 싶어 하셨어. 아마 너희 아버지, 강희석 씨도 그런 생각을 하셨을 것 같아. 그거 연구 계속하셨잖아. 그렇지?"

"네."

주문한 음식이 나왔다. 훈겸은 그녀의 스테이크를 먹기 좋게 썰어 주었다. 나예는 음식을 맛있게 먹었다.

"하지만 연구하는 거, 만만치 않을 거야. 너 할 수 있겠어?"

"네. 훈겸 씨가 도와준다고 했잖아요."

"일단 발효종을 만들어서 빵을 만들어 보고 제품화하자. 한 번에 하나씩. 지금까지 해 왔던 것처럼 빵을 만들고, 조금씩 자연 발효빵을 늘려 가는 거야. 요새 트렌드가 웰빙이니까 사람들 입맛에 맞춘 빵을 만들 수만 있다면 승산이 있어."

나예는 고개를 끄덕였다. 낮까지만 해도 마음속이 심란하고 어지러웠는데 그가 방향을 보여 주어 이제는 마음이 안정되었다. 그와 함께한다는 생각을 하니 든든했다.

"대회도 얼마 안 남았는데 좀 걱정되긴 하네. 많이 먹어라. 체력이 있어야 버틸 수 있으니까."

"체력은 좋아요. 걱정 안 해도 돼요."

"글쎄, 이런 가느다란 팔뚝으로 뭘 할 수나 있을지 모르겠다. 난 네가 이 팔로 반죽을 한다는 것도 상상이 안 돼."

"무시하지 말아요. 웬만한 남자보다 힘세요."

"고집 센 건 알지."

"뭐예요!"

훈겸이 웃음을 터뜨렸다. 그의 얼굴을 보며 나예는 볼을 붉혔다.

31장

2005년 1월, 프랑스 리옹.

"긴장하지 말고. 오늘 잘할 수 있지?"

나예는 식은땀으로 젖은 손바닥을 옷에 문질렀다. 훈겸은 대회장이 익숙한지 너무도 태연한 모습이었다. 그도 그럴 것이, 이미 그에게는 월드페이스트리컵 대회 출전이 두 번째였고, 그동안 각종 국제 대회에 참가해 상을 받은 경력도 수없이 많았으니 태연할 수밖에 없었다. 하지만 나예는 첫 국제 대회 출전이라 심장이 뛰어나올 정도로 긴장이 되었다.

"나예 씨, 별거 아냐. 그냥 우리 하던 대로만 하면 돼."

혁준이 나예의 등을 탕탕 치며 웃었다. 혁준도 훈겸처럼 태연자약한 모습이었다. 심사 위원으로 참석한 대한제과협회 길형우 회장과 그 외 여러 한국 응원단, 트레이너로 1년간 그들을 도와주었던 프랑스 제과인 필립 등 함께 온 사람들 모두 전날, 한국 대표 선수들의 선전을 기원하며 격려를 해 주었다. 나예는 잘해 내야 한다는 부담감 때문에 잠을 설치고 새벽에 대회장에 나왔다.

"부스가 좀 작네. 작업할 때 조금 불편하겠다. 뭐, 난 작아도 좋긴 하지만."

훈겸이 부스에 작업 도구를 정리하며 농담처럼 말을 건넸다. 나예는 이 상황에서도 농담을 할 수 있는 그의 여유가 부러웠다. 혁준은 따로 마련된 아이스 카빙 경기장으로 갔고 훈겸과 나예는 부스에 자리를 잡았다. 첫날 경기에 참여할 9개 국의 작품들을 보고 나예는 놀람과 찬탄을 금치 못했다. 한국 대표팀이 참여하는 둘째 날 경기엔 전통 강호들인 유럽 국가들이 다수 참가를 해서 더욱 긴장이 되었다.

"저 사실은 너무 떨려요."

나예는 울상이 되어 버렸다. 경기 시작 시간인 6시 30분이 다가오고 있었다. 경기는 6시 30분부터 시작해 오후 5시 15분까지 계속되는 규정이었다. 심장이 아플 정도로 뛰고 있었다. 이대로라면 손이 떨려서 아무것도 못 할 것 같았다. 훈겸은 나예를 돌아보곤 그녀에게 가까이 다가왔다. 그리고 따뜻한 손으로 그녀의 손을 꼭 잡아 주었다.

"걱정하지 마. 우리가 연습했던 대로 하면 돼. 너 자신을 믿어 봐. 넌 실력 있는 파티시엘이고 날 사로잡은 대단한 여자라고."

그가 싱긋 웃으며 말했다. 나예는 그의 웃음을 보고 같이 웃을 수밖에 없었다.

"자, 시작해 볼까?"

그의 웃음을 보자 훨씬 마음이 놓였다. 나예는 고개를 끄덕이곤 작품 제작을 시작했다. 전시회 입장이 시작되는 9시 30분 이전까지는 비교적 조용한 분위기에서 작업이 이루어졌다. 나예는 설탕을 끓이고 반죽을 하며 주제인 에로스와 프시케를 표현하기 위한 세부 부속품들을 만들기 시작했다. 좁은 부스 안에서 작업을 하려니 불편하긴 했다. 움직일 때 훈겸과 부딪치지 않으려 조심했지만 바쁘게 움직이다 보니 자꾸 부딪쳤다. 하지만 그는 별로 개의치 않는 것 같았다.

"여기 부스가 좀 작아서 작품이 천장에 부딪칠지도 모르겠다. 설탕은 무너지기 쉬우니까 위쪽 조심해."

훈겸이 주의를 주었다. 그의 말처럼 부스가 작다 보니 작품이 부딪칠 염려도 있었다. 나예는 정교한 모양을 당겨서 표현했다. 냉동고 사용을 하는 것도 처음에는 헤맸다. 하지만 시간이 지날수록 안정감을 찾아 작업에 집중할 수 있었다. 이미 엄청난 집중력으로 작품 제작에 몰입한 훈겸의 모습을 보는 것도 그녀가 작업에 집중할 수 있었던 원동력이었다. 11시 20분, 초콜릿 앙트르메 제품을 선보여야 하는 나예는 공예 작품과 앙트르메를 동시에 만들었다. 1시 4분 아이스크림 케이크, 3시 4분 디저트 등 나머지 맛 심사를 위한 일반 제품들도 동시에 심사를 받아야 하기 때문에 함께 제작을 해야만 했다.

9시 30분이 되어 관람객 입장이 시작되자 각국의 응원단들이 입장해 열띤 응원을 하기 시작했다. 나예는 순식간에 대회장이 시끄러운 열기로 가득 차자 조금 당황했다.

"좀 시끄러운가? 신경 쓰지 말고 작품에만 집중해. 일반 제품 심사 관건은 '맛'이라는 거 잊지 말고."

나예가 관람석으로 시선을 보내자 훈겸이 주의를 환기시켜 주었다. 사람들의 소리가 신경 쓰였지만 나예는 금방 평상심을 되찾았다. 수없이 많은 작품 제작과 디자인 수정을 거쳐 완성된 작품은, 트레이너인 필립의 조언을 듣고 다시 수정을 해 결정되었다. 그리고 그 작품을 시간 안에 완성할 수 있도록 몇 날 며칠 동안 계속 연습을 했었다. 나예는 연습했던 대로 최선을 다해 작품을 제작했다. 그리고 초콜릿 앙트르메를 만들며 신중하게 장식을 했다. 단면이 층층이 개성 있는 맛을 내야 한다는 걸 알고 있었으나 맛을 내는 것은 정말 어려운 일이었다. 나예는 11시가 넘어가는 시간을 확인하고 손을 바삐 놀렸다.

진행을 돕는 프랑스의 MOF들이 시식 제품을 가져가 심사 위원들에게 전달했다. 떨렸지만 심사 위원들을 볼 새도 없이 나예는 다시 공예 작품에 매달려야 했다.

"나예야, 이쪽 좀 봐 줄래?"

나예는 훈겸의 초콜릿 작품을 보면서 작품을 만들고 있었다. 두 사람의 작품은 나란히 놓았을 때 하나의 주제를 나타내도록 디자인했다. 그래서 작품을 만들 때 서로 크기와 비율을 맞춰서 만들어야 했다. 나예는 훈겸의 부름에 고개를 들었다. 그는 에어브러시를 들고 있었다. 나예가 고개를 들자 그는 싱긋 웃으며 작품을 가리켰다.

"아, 꽃이 좀 작네요."

"조금만 더 크게. 오늘 작품 잘 나올 것 같은데?"

나예는 훈겸이 가리킨 꽃 부분을 조금 더 크게 수정했다. 그
는 기분이 무척 좋아 보였다. 대회라고 해서 특별히 떨거나 긴
장하는 모습도 없었다. 평소에 훈련하던 모습과 전혀 다를 것
이 없어 보이는 편안한 모습. 그는 대회 자체를 즐기고 있었다.

"너랑 같이 하니까 좋다."

그가 건넨 말에 나예의 볼이 붉어졌다. 정말 못 말릴 남자였
다. 평소 훈련할 때도 집중력은 좋았지만 하면서 꼭 나예를 쳐
다보거나, 그녀에게 농담을 건네거나, 아니면 다가와서 안아
주거나 뭔가 꼭 접촉을 하곤 했다. 그럴 때마다 당황스럽고 혁
준이 신경 쓰였지만 훈겸은 다른 사람의 시선을 전혀 신경 쓰
지 않았다.

'여기서 갑자기 달려들진 않겠지?'

나예는 대회장에 있는 수많은 사람들을 한번 둘러보곤 고개
를 저었다. 평소처럼 장난치는 일은 없을 거라 생각했다.

"강나예, 봐. 여기 연결되는 부분 말야."

작품을 만들다 그가 나예에게 다가왔다. 그가 가리킨 부분
은 그의 작품과 연결이 되는 손 부분이었다. 그가 잠시 생각을
하는 듯하더니 나예의 손을 들어 작품의 모양과 같이 만들곤
자신의 손을 마주 잡아 모양을 확인했다.

"이렇게 해야지? 생각해 보니까 연습할 때 우리가 모양을 잘

못 잡았던 것 같아. 고칠 수 있지?"

그의 말대로 손의 모양이 약간 미묘하게 달랐다. 나예는 다시 손의 모양을 만들었다. 시간이 금세 흘렀다. 훈겸은 디저트 접시를 준비 중이었다. 이제 대회는 막바지로 접어들었다. 나예의 작품도, 훈겸의 작품도 순조롭게 진행이 되었다.

"나예야, 천장 조심해."

그녀의 작품이 높이 올라가자 훈겸이 주의를 주었다. 나예는 의자를 놓고 올라가 부속품을 부착했다. 작품 머리에 붙일 부속품이 조금 무거울 것 같았지만 나예는 조심스럽게 붙여 보았다. 가장 핵심이 되고 눈길을 끄는 꽃 모양이었다. 평소 만들었던 것보다 조금 욕심을 내어 크게 만들어 보았다.

"아!"

설탕이 무너졌다. 심장이 철렁 내려앉았다. 나예는 입술을 깨물며 떨어진 설탕 조각을 잡았다. 꽃을 너무 크게 만들었던 모양이다. 커진 꽃이 천장에 닿아 떨어지고 만 것이다. 욕심을 내지 말았어야 했다. 훈겸이 나예의 옆으로 다가왔다.

"꽃이 좀 무거웠나 보다. 괜찮아. 아직 시간 있으니까 다시 하면 돼."

나예는 남은 시간을 체크해 보았다. 이제 남은 시간은 30분. 30분 안에 꽃을 다시 만들어서 달기는 어려울 것 같았다. 나예는 앞이 캄캄했다. 하지만 훈겸은 정말 아무렇지도 않은 표정이었다. 그녀 때문에 대표팀의 점수가 깎인다면 얼굴을 들 수 없을 것 같았다. 훈겸이 주의를 줬음에도 불구하고 그녀의 욕

심 때문에 설탕이 무너지고 만 것이다. 나예는 초조한 얼굴로
시계를 보았다.

"괜찮아. 시간 안에 할 수 있어. 천천히 해. 다행히 꽃 부분
만 떨어진 거니까 거기만 손보면 되겠다."

그는 침착했다. 나예는 겨우 진정하고 꽃을 다시 만들었다.
그의 말은 마법처럼 그녀를 움직이게 했다. 나예는 꽃을 다시
부착했다. 이번에는 실수 없이 제대로 달았다.

"잘했어."

훈겸이 나예를 보고 웃어 주었다. 나예는 5시 15분을 가리키
는 시계를 보고 안도의 한숨을 쉬었다. 작품이 마무리가 되고
옮겼다. 다행히 나예와 훈겸의 작품은 무사히 옮겨졌다. 이탈
리아의 설탕 공예 작품과 벨기에의 초콜릿 공예 작품이 옮기던
중에 망가지는 등 몇몇 사고도 있었다. 하지만 대부분의 작품
은 무사히 진열대로 옮겨졌고 심사를 받을 수 있었다.

"와우. 작품 잘 나왔는데."

혁준이 시상식장에 도착해 합류했다. 6시부터 시작될 시상
식을 앞두고 각국의 응원단, 대표팀, 그리고 각 나라의 기자 등
모든 사람들이 긴장한 채 기다리고 있었다.

"이번엔 기대 좀 해 봐도 되지 않을까? 아까 보니까 공예 작
품은 우리 것이 단연 돋보이더라고. 맛 심사에서 어느 정도 이
상 점수를 얻으면 이번엔 순위권 안에 들 수 있을 것 같아."

혁준이 흥분해서 속삭였다. 나예는 심장이 조여드는 것 같
아 아무 말도 할 수 없었다. 훈겸은 여유 있는 표정으로 앉아

있었다.

"글쎄. 작품은 잘 나온 것 같아. 그런데 항상 문제는 맛 심사였거든. 아무튼 이번엔 잘됐으면 좋겠는데."

시간이 되자 시상식이 시작되었다. 점수가 발표되자 각국의 희비가 엇갈렸다.

우승은 앙트르메와 디저트 1위, 작업 과정과 아이스크림 케이크 2위, 공예 부문 3위의 성적을 거둔 프랑스에게 돌아갔다. 그리고 공예 부문 1위를 차지한 네덜란드가 종합 2위, 작업 과정에서 1위를 차지한 미국이 종합 3위의 성적을 올렸다.

"아! 공예 부문 2위인데…… 순위에 들질 못했어."

한국 대표팀은 공예 부문에서 2위라는 놀라운 성적을 거두었지만 앙트르메와 디저트 등 일반 제품 맛 심사에서 10위권 밖의 성적을 거두어 결국 종합 6위를 하게 되었다. 혁준은 못내 아쉬운 듯 씁쓸한 표정이었다.

하지만 각국의 언론들은 한국 공예 작품에 큰 관심을 보였고 다른 나라의 선수들 역시 그들에게 축하 인사와 관심을 보여 주었다. 나예는 시상식이 끝나고 기자들의 몰려드는 질문 세례와 플래시 세례에 깜짝 놀랐다.

"갈라 디너 장소로 이동한대. 가자."

정신없이 인터뷰를 하고 있는데 훈겸이 나예의 팔을 잡아끌었다. 그들은 갈라 디너 장소로 모두 이동했다. 갈라 디너에서는 등위권 외의 국가들 중 각 부문별 최고점을 받은 작품에 수여하는 특별상 시상식이 있었다.

"초콜릿 공예 부문 특별상은 한국입니다!"

각 부문별 특별상 중 초콜릿 공예 부문에서 훈겸이 수상을 하게 되었다. 나예는 그의 수상을 축하해 주었다. 그녀가 보기에도 그의 초콜릿 공예 작품은 대단했다. 예전 2001년 대회에서도 훈겸이 설탕 공예로 특별상을 수상했었다고 들었다. 그의 작품에는 생명력이 있었다. 나예는 그가 상을 받기에 충분한 작품을 만들었다고 생각했다.

"선수들 모두 수고했습니다. 이번 대회에서 역대 성적 중 최고의 성적을 올렸으니 앞으로 기대가 큽니다."

길형우 제과협회 회장이 그들에게 격려를 해 주었다. 나예는 감사 인사를 했지만 속으로는 못내 속상하고 죄스러운 기분에 갈라 디너를 제대로 즐기지 못했다. 대회 전부터 역대 최고의 실력을 갖춘 대표팀이라는 사실에 많은 사람들이 기대를 하고 있었다. 그녀 역시 공예 부문의 점수가 2위라는 것을 알고 놀라기도 하고 기대도 했다. 그런데 그녀의 앙트르메 작품이 17위, 디저트가 10위, 아이스크림 케이크가 12위의 성적이라 공예 부문에서 2위를 하고도 순위가 6위에 머무르는 결과가 나온 것이다. 19개국 중에 17위라니 너무 속상했다. 세계의 벽이 그만큼 높은 것인가 싶기도 했다.

훈겸과 혁준의 선전에도 불구하고 그녀 때문에 종합 순위가 깎인 것 같아서 못내 미안하고 속상했다. 그래도 지금까지 역대 한국팀의 성적 중에서 6위가 가장 높다고는 했다. 하지만 나예의 머릿속은 계속 대회의 아쉬움이 남아 있었다.

"아직도 끝난 게 실감이 안 나네. 나예 씨, 뭐 좀 먹었어? 오늘 한 끼도 못 먹었잖아. 이제야 좀 먹을 수 있겠네. 많이 먹어."

혁준은 어느새 쾌활한 평소의 모습을 되찾은 뒤였다. 큰 소리로 웃고 떠들면서 나예에게 음식을 권했다. 나예는 억지로 웃음을 보였지만 음식이 목에 넘어가질 않았다.

"왜 또 새 모이만큼 깨작거려. 좀 먹으라고."

훈겸이 나예의 접시에 음식을 올려 주며 말했다. 그가 신경 써 주는 게 고마웠지만 나예는 음식을 넘길 수가 없었다. 그녀의 표정이 조금 굳어 있는 걸 알아챈 듯 훈겸이 나예의 손을 잡았다.

"왜 그래? 어디 아파?"

"아니에요."

나예가 아니라고 했지만 훈겸은 나예의 표정을 주의 깊게 살폈다. 그러더니 나예의 손을 잡고 연회장 밖으로 데리고 나왔다.

"피곤해? 갑자기 긴장이 풀리면 그럴 수도 있어. 숙소에 가서 쉬는 게 좋겠다."

그는 나예의 손을 잡고 숙소인 근처 호텔로 향했다. 나예는 그녀 때문에 그까지 갈라 디너를 다 즐기지 못하고 나온 게 미안해졌다.

"혼자 갈 수 있어요."

"그건 나도 알아."

훈겸은 말없이 나예의 손을 잡고 호텔로 들어갔다. 그녀의 방으로 배정된 객실로 들어가 그녀가 씻고 옷을 갈아입을 동안 훈겸은 돌아가지 않고 기다리고 있었다. 나예는 그가 소파에 기대어 앉아 있는 걸 보고 깜짝 놀랐다.

"안 갔어요?"

그녀가 나오자 훈겸은 자리에서 일어났다. 그는 몹시 피곤해 보였다. 그는 나예의 손을 잡고 소파에 앉히곤 그 옆에 자신도 앉았다.

"네가 괜찮은지 확인하고 가려고."

"보시다시피, 괜찮아요. 피곤할 텐데 쉬어요."

나예는 애써 웃으며 대답했다. 하지만 그는 속지 않았다.

"하나도 안 괜찮아 보여. 대체 왜 그러는 거야?"

"뭐가요?"

"너 거짓말하는 거 다 티 나거든. 빨리 말해. 왜 그러는 거야?"

그를 속일 수는 없었다. 나예는 빤히 바라보는 그의 눈빛에 억지웃음을 지웠다. 눈에 저절로 눈물이 가득 차올랐다. 뺨으로 눈물이 후드득 떨어지자 훈겸이 깜짝 놀란 표정을 지었다.

"왜 그래? 왜 울어?"

나예는 대답을 할 수가 없었다. 그에게 너무 미안해서. 고개를 숙이고 훌쩍이며 우는 그녀를 훈겸은 잠시 바라보다가 그냥 품에 안아 주었다. 나예는 그의 품에 얼굴을 묻고 계속 울었다.

"너 오늘 잘했어. 그런데 왜 그래?"

훈겸의 말에 더욱 울음이 터져 나왔다. 나예는 대답을 하지 못하고 계속 눈물을 흘렸다.

"이 울보야, 그만 좀 울어. 너 설마 오늘 성적이 마음에 들지 않아서 이러는 거야?"

훈겸이 나예의 얼굴을 두 손으로 받쳐 올리고 물었다. 나예는 뿌옇게 흐려진 눈을 깜박여 눈물을 떨구어 냈다. 그의 얼굴이 선명하게 보였다. 사려 깊은 눈동자가 그녀에게 고정되어 있었다.

"나 때문에…… 등위권에 들지 못했잖아요."

"그게 왜 너 때문이야? 넌 오늘 잘했다고."

"아니에요. 앙트르메 맛도 제대로 내지 못하고 설탕도 무너뜨렸잖아요. 나 때문이에요."

나예는 다시 눈물을 흘렸다. 훈겸은 말없이 나예를 안아 주었다. 그녀의 기분을 이해한다는 듯이 등을 토닥여 주었다. 나예는 그의 품에서 조금 더 울었다.

"초콜릿 제품은 맛 내기가 어려워. 우리나라에서 이 대회에 참여한 지 그리 오래되진 않았지만 이 정도의 성적을 낸 건 대단한 거야. 전통적으로 제과 강국인 프랑스나 일본이나 유럽 국가들을 따라가려면 아직 갈 길이 멀지. 그래도 공예 부문의 실력이 제과 강국과 비교해서 어깨를 나란히 할 정도가 되었다는 건 희망적이야. 이제 맛만 내면 되는 거라고."

나예가 울음을 그치자 그가 티슈로 그녀의 눈가를 닦아 주었다. 그리고 다정하게 위로해 주었다. 나예는 그가 위로해 준 게 고맙기도 했지만 자신의 실력이 모자랐다는 것이 못내 속상했다.

"미안해요."

"미안할 게 뭐 있어. 자꾸 못나게 이럴래? 너 정말 대단하다고. 꼬마 주제에 국제 대회까지 나왔잖아. 네 나이에 이만한 성취를 이룬 사람이 얼마나 된다고. 수십 년 빵을 만들면서 대회를 준비했던 많은 선배들을 제치고 네가 여기 프랑스에 온 거야. 그러니까 바보처럼 네 실력을 탓하지 말라고. 그리고 너, 이번 대회 한 번만 나오고 말 거야? 앞으로도 네 앞에 도전할 일은 많이 있어."

나예는 그의 말에 다시 눈물을 떨어뜨렸다. 그는 그녀가 미처 생각하지 못했던 것까지 다 생각하고 있었다. 그의 말이 맞았다. 나예는 이제 한 걸음을 내디뎠을 뿐이고, 그녀 앞에 남아있는 많은 기회들을 준비할 첫 번째 초석을 다졌을 뿐이었다.

그가 다시 나예의 눈물을 닦아 주곤 싱긋 웃었다. 자리에서 일어나려는 그의 소맷자락을 나예는 머뭇거리며 붙잡았다. 아직은 그와 헤어지고 싶지 않았다. 그가 묻는 듯한 시선으로 그녀를 보았다. 나예는 뭐라고 말을 해야 하나 망설이다가 조그맣게 말했다.

"한 번만 더 안아 주세요."

그가 피식 웃으며 나예를 끌어당겼다. 그의 몸은 뜨거웠다. 나예는 그의 가슴에 볼을 비비며 눈을 감았다. 마음이 안정되는 것 같았다. 그가 좋았다. 그에게 안겨 계속 위로받고 싶었다. 나예는 어리광 부리는 아이가 된 기분이었다.

"이제 기분 좀 나아졌어?"

그가 나예를 안은 채 물었다. 나예는 배시시 웃으며 고개를 끄덕였다.

"좋아요."

"그래. 그럼 이제 좀 쉬어. 오늘 하루 종일 힘들었을 텐데."

그가 나예를 떼어 놓으며 일어서려 했다. 나예는 그와 떨어지기 싫었다. 하지만 그를 붙잡을 핑계가 없었다. 나예는 아쉬운 눈으로 자리에서 일어나는 그를 바라보았다. 그는 나예를 돌아보고 웃으며 그녀의 머리카락을 흐트러뜨렸다. 나예는 그를 따라 일어났다. 그녀를 쉬게 해 주려는 그의 배려가 왜 못내 서운하게 느껴지는 건지 알 수가 없었다.

'같이 있고 싶은데⋯⋯.'

방을 나가려는 그를 따라가며 나예는 속으로 갈등했다. 그를 다시 한 번 붙잡고 싶었다. 하지만 그를 붙잡아 둘 구실이 없었다. 나예는 손을 뻗었다가 망설였다. 막 문을 열려는 그의 등을 보며 나예는 입술을 잘근 깨물었다. 나예는 눈을 질끈 감고 그의 옷자락을 잡았다. 뭐라고 해야 할지도 몰랐지만 그를 이대로 밖으로 내보내고 싶지 않았다.

조금 시간이 흐르고 나예는 천천히 눈을 떴다. 그가 의아하다는 눈으로 옷자락을 잡고 있는 그녀의 손을 보고 있었다. 나예는 당황했다.

"저⋯⋯ 그게⋯⋯."

뭔가 말을 해야 했다. 나예는 머리를 굴리며 무슨 말을 할까 미친 듯이 생각했다. 어색하지 않게, 그가 이상하게 생각하지 않게 하려면 무슨 말을 해야 할까? 그가 나예의 얼굴로 시선을 옮겼다. 그의 눈동자를 마주하자 아무 생각도 나질 않았다. 나예는 꿀 먹은 벙어리처럼 그저 그를 바라보기만 했다. 그의 눈빛이 미묘하게 변했다. 잠깐의 시간이었지만 영원처럼 길게 느껴졌다. 그가 옷자락을 붙잡고 있는 나예의 손을 잡았다. 뜨거운 손이 그녀에게 닿자 전기가 통하는 것처럼 찌릿거렸다.

"참고 있었는데…… 네가 그런 눈으로 쳐다보니 더 참을 수가 없잖아."

그가 중얼거렸다. 그리고 덮치듯 뜨거운 입술로 그녀에게 키스했다. 나예는 그의 힘에 밀쳐져 벽에 기댔다. 그가 고개를 기울여 그녀의 입술을 파고들었다. 뜨거운 입술에 나예는 신음소리를 내며 그를 받아들였다. 차가운 벽과 뜨거운 그의 입술이 묘한 흥분을 불러일으켰다. 나예는 팔을 들어 그를 끌어안았다. 자존심도 잊었다. 그에게 달려가는 마음을 막을 수가 없었다. 나예는 그의 뜨거운 입술과 몸 때문에 이성적인 판단을 할 수가 없었다.

그가 키스를 할 때처럼 갑자기 입술을 뗐다. 나예는 숨을 몰아쉬며 멍하니 그를 올려다보았다. 그의 눈빛은 흥분으로 빛이나고 있었다.

"그만하라고 말해. 지금은 멈출 수 있어."

그가 빠른 어조로 말했다. 나예는 혀가 굳은 듯 말을 할 수가 없었다. 그는 끝까지 나예에게 거부할 기회를 주었다. 어쩌면 그녀가 후회할지도 모른다고 생각하는 것 같았다.

'멈추는 거 싫은데.'

나예는 참고 싶지 않았다. 그의 마음을 알았을 때부터, 아니, 그보다 훨씬 더 오래전부터 나예는 그를 원했다. 육체적인 욕망에 휩싸여 그를 간절히 원했다. 그녀의 상황도, 아버지에 대해서도 다 잊을 정도로 나예는 훈겸에게 빠져 있었다.

그가 키스할 때마다 자존심이고 뭐고 다 잊고 그에게 몸을 던지고 싶었다. 그가 자제하지 않았다면 이미 3년 만에 그를 만났을 때 그와 밤을 보냈을 게 분명했다. 그가 너무도 배려심 있게 참고 또 참았기 때문에 지금까지 아슬아슬한 관계를 유지했던 것이다. 하지만 이제는 싫었다. 나예는 그를 갖고 싶었다. 그의 마음도 알고, 그녀의 마음도 확실히 알았다. 자신의 마음을 속이고 아닌 척하는 것은 더 이상 할 수 없었다.

"멈추지 말아요."

나예는 작게 말했다. 그와 밀착해 있는 상태였기 때문에 작은 목소리였지만 그가 들었을 거라고 확신했다. 그는 나예의 말을 들었는지 몸을 부르르 떨었다. 그의 숨결이 거칠어졌다.

"정말…… 괜찮겠어?"

그는 마지막까지 망설였다. 나예는 그를 똑바로 쳐다보았다. 그녀의 눈빛에 서린 단호함을 읽었는지 그는 다시 고개를 숙였다. 나예는 고개를 젖히고 그의 입술을 부드럽게 빨아들였다. 그가 나예를 끌어안더니 찢듯이 옷을 벗겨 냈다. 살갗에 다소 차가운 공기가 와 닿자 몸이 떨렸다. 하지만 그의 뜨거운 손이 살갗을 쓸어내리자 몸이 뜨거워졌다. 나예는 떨리는 손으로 그의 바지 버클을 풀었다. 바지는 차마 부끄러워 벗길 수가 없었다. 나예는 손을 올려 그의 셔츠 단추를 풀었다. 하지만 잘 풀리지 않아 헛손질을 했다. 그는 나예를 안아 들고 침대에 눕혔다. 그리고 셔츠를 대충 벗어 던지고 침대 위로 올라왔다.

그의 몸은 황홀할 정도로 멋있었다. 나예는 홀린 듯 그의 몸을 훑어보며 손을 뻗었다. 넓은 어깨와 탄탄한 가슴이 그녀의 시선을 빼앗았다. 군살 하나 없는 복부엔 근육이 아름답게 잡혀 있었다. 나예는 그의 몸을 어루만졌다. 그녀의 손이 지나가는 곳마다 긴장해 근육이 불끈 일어났다.

그가 나예의 옷을 다 벗겼다. 그의 뜨거운 시선이 나예의 온몸을 돌아다녔다. 나예는 부끄러웠지만 몸을 가리진 않았다. 그의 손이 가슴에 와 닿았다. 전기에 감전된 듯 짜릿한 느낌. 나예는 가늘게 신음 소리를 내며 몸을 비틀었다. 그가 두 손으로 나예의 가슴을 가득 쥐었다. 젖꼭지가 딱딱하게 굳었다. 그의 손가락이 젖꼭지를 매만졌다. 나예는 눈을 감았다. 그의 입술이 가슴을 빨았다. 온몸의 힘이 빠진 듯 손가락 하나 까딱할 수 없었다. 온몸에 밀려오는 흥분과 짜릿함이 나예를 정신 차릴 수 없게 만들었다. 그의 입술이 나예의 목덜미를 타고 미끄러졌다. 온몸의 솜털까지 바짝 일어났다. 나예는 고개를 돌렸다. 너무 느낌이 좋아서 심장이 터질 것 같았다.

"으음……."

온몸이 욱신거렸다. 그의 몸을 원했다. 그가 나예의 몸으로 들어오기를 바랐다. 그는 거칠게 숨을 몰아쉬며 나예의 몸을 애무했다. 그의 입술이 귓불을 간지럽혔다. 나예는 귓가에 스치는 그의 숨결에 신음했다. 짜릿했다. 다리 사이가 젖어 들었다. 그의 손이 뻗어 와 부드럽게 그녀의 여성을 만졌다. 나예는 저도 모르게 다리를 벌렸다. 그곳이 욱신거렸다. 그의 부드러운 손길에 감질이 났다. 좀 더 강한 자극을 원했다. 이미 젖어 있는 그곳은 그의 강한 힘을 원하고 있었다.

"빨리……."

눈물이 날 것 같았다. 나예는 그의 엉덩이를 잡고 끌어당겼다. 그는 나예의 온몸을 어루만지며 그녀를 흥분시켰다. 하지만 서두르지는 않았다. 그가 뜨거운 시선으로 나예를 바라보았다. 나예는 입술을 깨물었다. 죽어도 먼저 애원하고 싶진 않았지만 미칠 것 같았다. 너무 오랫동안 그를 원하던 몸은 나예의 이성을 한 조각도 남김없이 없애 버렸다.

"제발……."

해 달라는 말은 꿀꺽 삼켰다. 눈물이 났다. 나예는 더듬더듬 손을 뻗어 그의 단단해진 중심을 잡았다. 그가 신음 소리를 냈다. 얼굴이 붉어진 그를 보면서 나예는 그의 중심을 몸에 갖다 댔다. 그가 조심스럽게 몸을 그녀에게 기댔다. 그의 중심을 품으면서 나예는 눈물을 흘렸다. 너무 오랜만이라 그런지 몹시 아팠다. 나예는 움찔하며 숨을 몰아쉬었다.

"아야!"

"아파? 괜찮은 거야?"

그가 놀란 듯 물었다. 나예는 인상을 찌푸리다가 고개를 흔들었다. 아팠지만 아픔보다는 욕망이 더 컸다. 그의 몸을 끝까지 받아들이고 나예는 끙끙거렸다. 그가 나예에게 키스했다. 그의 혀가 입 안 가득히 들어찼다. 나예는 끙끙거리면서도 그의 키스를 받아들였다. 황홀했다. 몸이 천천히 적응이 되는지 아픔도 옅어졌다.

나예는 다리를 들어 그의 허리를 감았다. 그가 움직이자 기분이 좋아졌다. 그는 나예의 몸을 계속 어루만졌다. 그의 손길에 짜릿한 흥분감을 느꼈다. 나예는 다리를 좀 더 벌려 그를 깊숙이 받아들였다. 아랫배가 간질간질한 것 같았다.

"음…… 괜찮아?"

그는 얼굴이 붉어져 있었다. 그녀 때문에 흥분한 모습이 꽤나 마음에 들었다. 그가 아직도 참고 있다는 걸 나예는 알고 있었다. 그녀가 아플까 봐 조심스러워하는 것 같았다. 나예는 엉덩이를 움찔거렸다. 그가 신음 소리를 냈다. 그녀가 움직일 때마다 자극받는 것 같았다.

"괜찮아요. 진짜."

나예가 괜찮다고 하자 그는 조금 더 세차게 움직였다. 나예는 허리를 휘었다. 기분이 점점 좋아졌다. 그가 세게 몰아붙일수록 뜨거운 불길이 더욱 세게 일었다. 나예는 숨을 헐떡이며 그와 함께 움직였다. 머릿속이 하얗게 변했다. 아무 생각도 나질 않았다. 그냥 그의 손과 그의 입술, 그의 몸이 주는 느낌에 푹 빠졌다. 짜릿했다.

"아, 아……. 너무 좋아……."

입에서 무슨 말이 나오는지도 몰랐다. 나예는 정신없이 그를 끌어안았다. 그의 허리를 두 다리로 꽉 조였다. 그가 신음을 내뱉으며 빠르게 움직였다. 머릿속에서 불꽃이 터졌다. 심장이 터질 것 같았다. 나예는 온몸을 바르르 떨었다. 그의 중심을 미친 듯이 조이며 잔물결처럼 온몸에 퍼져 나가는 쾌감을 느꼈다.

"사랑해."

그가 귓가에 속삭였다. 미치게 달콤한 목소리. 나예는 그의 품을 파고들었다.

32장

간밤에 두 시간밖에 못 잤지만 훈겸은 조금도 피곤하지 않았다. 워낙 강철 체력이기도 했지만 나예와 함께 있을 수 있다는 사실은 그를 매 순간 흥분 상태로 만들었다. 그녀를 보고 싶어서 잠을 자는 두 시간이 아까울 지경이었다.

훈겸은 씻고 옷을 입은 뒤 밖에서 기다렸다. 그녀는 정확히 3시 30분이면 문을 나섰다. 원래 4시쯤 출근을 했지만 자연 발효법으로 빵을 만들기 시작하면서 빵 만드는 데 시간이 더 걸렸기 때문에 좀 더 일찍 나왔다.

"먼저 가 있지 뭐하러 기다려요."

그녀는 3시 30분에 밖으로 나와 훈겸을 발견하곤 탓하듯 말했다. 그들이 프랑스에서 돌아온 지도 이제 한 달. 그동안 정신없는 2월도 지나가고 3월의 봄바람이 불어오고 있었다. 훈겸은 씩 웃으며 나예의 손을 잡았다.

"보고 싶어서."

그녀는 볼을 붉히며 고개를 돌렸다. 그녀는 늘 애정 표현을 부끄러워했다. 원래 애교 따위와는 담을 쌓았는지 그녀는 연인들끼리 하는 달콤한 밀어마저도 해 주질 않았다. 훈겸은 그게 별로 서운하지는 않았다. 그녀가 부끄러워하고 아닌 척하긴 하지만 속은 어떤 여자 못지않게 뜨겁다는 것을 알고 있었기 때문이다.

"피곤하지 않아요? 요새 발효종 연구 때문에 매일 늦게까지 일하잖아요."

엘리베이터에서 내리며 나예가 조심스럽게 물었다. 지난 가을, 김인웅 명장에게 받아 온 레시피로 그들은 발효종을 만들었다. 처음에는 호밀사워종과 레이즌 발효액종 두 가지만 가지고 빵을 만들었다. 그리고 하나씩 하나씩 빵을 자연 발효빵으로 바꿔 나갔다. 그러다 다른 발효종도 만들어 보기 시작했는데, 수십 번의 실패를 거쳐서야 겨우 완성이 되곤 했다. 그래서 훈겸은 시간이 날 때마다 자연 발효법에 대해 공부를 하고 자연 발효빵을 만든다는 곳은 어디든 수소문해서 찾아다니며 배워 왔다. 밤에는 여러 가지 방법으로 발효종을 만들어 보느라 하루 24시간이 부족할 지경이었다.

"아니, 전혀. 나 원래 잠을 별로 안 자. 하고 싶은 일이 너무 많아서."

아직은 차가운 바람이 불어오는 바깥으로 나가자 나예는 몸을 살짝 움츠렸다. 훈겸은 걸치고 있던 외투를 벗어 나예에게 둘러 주었다. 그녀는 괜찮다며 밀어냈지만 훈겸은 기어코 그녀에게 옷을 걸쳐 주었다.

"전에도 들었는데 하루에 두 시간밖에 안 자고 연습만 한다고 혁준 선배가 그러더라고요. 사람이 아니라 기계 같다고."

"응. 나 어릴 때부터 공장에서 살았다고 했잖아. 빵 말고 다른 건 몰랐어. 그리고 그게 좋아서 계속한 것뿐이야. 좋아하는 일 할 때는 잠자는 시간도 아깝잖아."

5분 거리의 빵집이 그녀와 함께 걸으니 5초밖에 걸리지 않는 것 같았다. 훈겸은 가게 문을 열고 제빵실로 들어가 옷을 갈아입었다. 나예가 재료 준비를 하는 동안 훈겸은 제빵실과 재료 창고 청소를 했다. 그녀와 함께 일을 한 지도 벌써 6개월째에 접어들었다. 처음엔 좀 어색하기도 했지만 이제 서로 손발이 척척 맞았다. 훈겸은 청소를 마치고 나서 발효종을 확인했다.

"왜 그렇게 쳐다봐? 뭐 묻었어?"

반죽을 하려고 준비를 하다가 훈겸은 손을 멈추고 나예를 바라보았다. 나예는 뭔가 말을 하고 싶은 눈치로 그를 쳐다보고 있었다. 웃음기 어린 그의 말에 나예는 조금 망설이다 말을 꺼냈다.

"미안해서요. 나 때문에…… 훈겸 씨처럼 대단한 사람이 이런 데서 고생하고 있는 게. 당신 이름으로 브랜드를 만들어도 충분히 성공할 수 있을 텐데."

그녀가 왜 그런 표정으로 쳐다봤는지 알 것 같았다. 사실 라파예르호텔을 그만둔 후에도 국내 여러 특급 호텔에서 그에게 함께 일하고 싶다는 러브콜이 쇄도했었다. 프랑스에서 돌아온 후에도 여기저기서 그를 모셔 가려고 혈안이 되어 있었지만 훈겸은 모든 제안을 거절했다. 그의 이름으로 브랜드를 만들자는 제의도 수없이 들어왔었다.

사실 제과인이라면 누구라도 자신의 이름을 건 브랜드를 만드는 것을 평생의 소원으로 생각한다. 훈겸도 킹 과자점이 아닌 자신의 제과점을 차려 자신의 이름을 걸고 빵을 만들고 싶다는 꿈을 갖고 있었다. 하지만 나예와 함께 일하기 위해 훈겸은 모든 제안을 다 거절했다. 그녀의 이름을 건 '파티시엘 강나예'라는 브랜드를 위해 그는 자신의 빵이 아닌 나예의 빵을 만들고 있었다.

"미안하면 월급이나 좀 많이 주든지."

훈겸은 씩 웃으며 말했다. 그녀가 월급이라는 말에 눈을 동그랗게 떴다. 훈겸은 손가락으로 제 입술을 톡톡 쳤다. 그녀가 무슨 말인지 알아듣고 얼굴이 빨개졌다. 훈겸은 6개월 동안이나 나예의 빵집에서 무보수로 일하고 있었다. 지난해 11월에 길 건너 코앞에 문을 연 킹 과자점 때문에 나예는 그의 월급을 줄 형편이 못 되었다. 제과점 운영하는 것도 적자를 벗어나지 못하고 있었으니 직원 월급이야 말할 것도 없었다.

"생각난 김에 한번 할까? 엄청 힘이 솟을 것 같은데."

나예는 그의 농담에 얼굴을 빨갛게 물들이며 부끄러워했다. 훈겸은 발효종을 넣어 반죽을 시작했다. 어쨌든 그는 지금 나예와 함께 손바닥만 한 제빵실에서 서로 부딪치며 일하고 있는 게 너무도 행복했다.

"네가 모르는 게 하나 있는데."

훈겸은 반죽을 하다가 나예를 돌아보았다. 그녀는 훈겸의 옆에서 반죽을 하려고 준비를 하던 중이었다. 그녀는 동그란 눈을 더욱 크게 뜨고 있었다. 화장기 하나 없는 그녀의 얼굴이 투명하고 깨끗했다. 옆에 서 있는 그녀에게서 달콤한 향기가 풍겼다.

"뭔데요?"

훈겸은 나예를 내려다보며 그녀의 향기를 들이켰다. 정신이 산만해지는 그녀의 향. 밀가루를 손에 묻히면 늘 다른 생각은 할 수 없는 그에게 강나예라는 여자는 언제나 집중력을 흐트러 뜨리는 존재였다.

"내가 살면서 매 순간 빵을 만들 때가 가장 행복했는데, 킹과자점에서 일할 때도, 호텔에서 일할 때도, 대회 준비할 때도. 그런데 생각해 보면 모든 순간을 다 떠올려 봐도…… 여기서 일하고 있는 지금처럼 행복했던 때는 없었어."

나예가 깜짝 놀란 듯 눈을 동그랗게 떴다. 예쁜 표정이었다. 그녀를 꼭 끌어안고 입 맞추고 싶을 정도로. 그녀는 이해가 되지 않는다는 얼굴이었다. 보통 사람들이 생각했을 때, 훈겸의 말은 어폐가 있는 말이었다. 그녀 역시 그의 말을 이해하지 못했다.

"하지만…… 여긴 근무 조건이 좋은 곳도 아니고, 빵집은 적자투성이에다가, 당신은 월급도 못 받고 밤낮으로 일만 하잖아요. 그리고 그렇게 고생해서 만든 빵은…… 당신 이름을 내걸지도 못하잖아요."

훈겸은 나예의 이마에 알밤을 톡 주었다. 그녀가 입술을 삐죽이며 이마를 문질렀다.

"사람 말을 좀 믿어 봐. 난 너하고 같이 빵을 만드는 게 정말 행복하다고. 이 좁은 제빵실도 마음에 들어. 너하고 나란히 서서 빵을 만들 수 있으니까. 그리고 난 내가 만들고 싶은 빵을 만드는 게 좋은데 지금은 매일 내가 만들고 싶은 빵만 만들고 있어."

"예전에는 만들고 싶은 거 못 만들었어요?"

"킹 과자점에 있을 때는 제과점 주력 상품들만 주로 만들었지. 프랜차이즈니까. 새로운 시도를 하기는 힘들었어. 호텔에서 일할 때는 좀 더 내가 만들고 싶은 새로운 빵들을 만들 수 있었지만 거기서도 어느 정도 정해진 틀에 맞춰서 일을 해야 했고. 아버지와 발효종 연구 하면서 발효빵을 만들고 싶었는데 그건 사실 내가 오너가 아닌 상황에서 만들긴 어려운 거였지. 난 계속 누군가의 제과점에서 일을 해 왔으니까."

"지금도 그렇잖아요."

"응. 그렇지만 사장님이 나랑 마인드가 같으니 해 볼 만하잖아? 내 맘대로 하게 해 주고."

나예가 피식 웃음을 지었다. 훈겸은 다시 반죽을 잡았다. 그녀도 반죽을 시작했다. 그녀가 움직이자 간간이 팔이 맞닿았다. 그녀의 몸이 닿을 때마다 등골이 찌릿했다. 훈겸은 슬쩍 그녀를 훔쳐보았다. 가녀린 팔로 반죽이나 제대로 할 수 있을까 의심했던 것과 달리 그녀는 무척 강단 있는 여자였다. 반죽을 하는 손길이 야무지고 힘이 있었다. 훈겸은 잠시 손을 멈추고 그녀를 감상하듯 바라보았다. 가느다란 팔뚝이 부러지지나 않을까 걱정될 정도로 그녀는 세차게 반죽을 내리치고 있었다. 봉긋한 가슴이 흔들리는 모습이 매혹적이었다. 훈겸은 마른침을 꿀꺽 삼켰다.

"어쨌든 나한테 미안해할 필요는 없어. 난 너랑 같이 있는 것만으로도 충분히 만족한다고."

나예는 반죽을 계속하다가 반죽을 볼에 담고 랩으로 쌌다. 그가 하던 반죽도 가져가 볼에 담는 그녀의 손길은 신속하고 깔끔했다. 나예는 다른 반죽을 하기 위해 밀가루를 꺼내다가 그가 빤히 쳐다보고 있는 걸 보고 손을 멈췄다.

"왜요?"

"예뻐서."

1초도 안 걸려 튀어나오는 대답에 나예는 흠칫 놀라더니 볼을 붉혔다. 훈겸은 그녀를 보고 미소 지었다. 두 사람이 서면 꽉 차는 비좁은 제빵실이 그렇게나 마음에 들 수가 없었다. 그녀가 도망갈 공간도 없었다.

"월급 안 줘?"

"안 받는다면서요."

"너, 내 몸값이 얼만지나 알아?"

"그럼 그만두고…… 흡!"

그녀가 새초롬한 표정으로 말을 하는데 입술을 덮쳤다. 그녀의 입술은 달콤했다. 촉촉한 습기를 머금은 입 속으로 한 번에 혀를 넣었다. 그녀는 놀란 듯 가만히 있다가 이내 사르르 눈을 감고 그에게 기대 왔다. 알 수 없었던 그녀의 마음은 프랑스에서 함께 밤을 보낸 후로 조금은 알 수 있었다. 이제 나예는 그를 밀어내지 않았다.

그녀가 그동안 그에게 보였던 알쏭달쏭한 태도 때문에 여전히 어렵긴 했지만 이제 적어도 그를 의심하거나 거부하진 않는 것 같았다. 그녀가 처한 상황이나 아직까지 행방을 알지 못하는 그녀의 아버지 때문에 훈겸은 조심스러웠다. 프랑스에서도 그녀가 붙잡지 않았다면 그녀와 밤을 보내진 않았을 것이다. 순간의 욕망에 져 그녀를 잃고 싶진 않았기 때문에 그는 죽을 힘을 다해 참고 있었다. 마음속으로는 이미 수십 번이나 그녀를 가졌지만 실제로 손을 뻗는 것은 신중해야 할 일이었다.

하지만 나예가 한 걸음 그에게 다가와 주었기 때문에 그는 용기를 낼 수 있었다. 프랑스에서 돌아와서는 아직 그녀와 키스 이상의 스킨십을 하지 않았지만 언제든 그가 손을 내밀었을 때 나예가 거절하지 않으리라는 확신은 생겼다.

훈겸은 나예의 가느다란 허리를 끌어당겨 안았다. 그녀는 부드럽게 몸을 휘며 안겼다. 온몸의 피가 한군데로 몰리는 느낌이었다. 손이 저절로 그녀의 옷 속으로 들어갔다. 부드러운 살결과 향긋한 냄새는 그의 이성을 마비시켰다. 납작한 배를 지나 브래지어를 밀어내고 그녀의 보드라운 가슴을 손에 넣었다. 그녀가 신음 소리를 냈다. 듣기 좋은 소리였다. 나예는 사랑스럽게 허리를 꼬며 숨을 몰아쉬었다. 그녀는 무척 뜨거운 여자였다. 그가 손을 뻗었을 때 늘 살아 있는 반응을 보여 주었다. 욕망을 드러내며 그를 끌어당기는 손길이 좋았다.

훈겸은 그녀의 가슴을 어루만지며 더욱 깊숙이 키스했다. 나예는 그에게 키스를 되돌렸다. 보들보들한 살결이 손가락 아래 이지러졌다. 그녀가 신음했다. 훈겸은 천천히 입술을 떼고 그녀를 내려다보았다. 그녀의 눈빛이 욕망으로 가득 차 있었다. 그들이 있는 곳이 제빵실이라는 것을 순간 잊어버렸다. 그녀를 작업대 위에 눕히고 당장 갖고 싶다는 생각이 머릿속에 꽉 차 버렸다.

"나예야, 오늘 병원 봉사 가는 날인데 깜박하고⋯⋯. 어머나!"

그녀의 목덜미에 입술을 대고 핥았다. 그녀의 살갗에서는 좋은 냄새가 났으며 달콤한 맛이 났다. 평소보다 몇 시간 일찍 나온 영미가 제빵실 문을 벌컥 열었다가 다시 쾅 소리를 내며 닫았다. 문소리에 정신이 조금 들었다. 하지만 훈겸은 나예의 몸에서 손을 떼지 않았다. 잔뜩 흥분한 몸이 말을 듣질 않았다. 그녀도 상황을 깨닫지 못하는 듯 그의 목덜미를 끌어안은 팔에 힘을 주고 있었다. 그녀의 목덜미와 쇄골을 정신없이 핥다가 훈겸은 그곳이 제빵실이라는 것을 깨달았다.

그녀에게서 손을 떼는 것은 무척 힘든 일이었다. 훈겸은 거칠게 숨을 몰아쉬며 그녀의 가슴에서 겨우 손을 떼었다. 그녀는 작업대에 힘없이 기대 있었다. 그녀에게서 겨우 한 발짝 물러서 뒤돌아섰지만 좁은 제빵실 안에서 그녀의 존재감을 느끼지 않을 수가 없었다. 훈겸은 욱신거리며 아파 오는 몸에 조그맣게 욕설을 중얼거리곤 심호흡을 했다.

'아침부터 이 지경이면 오늘 하루 종일 힘들 텐데.'

조금 걱정이 됐다. 훈겸은 나예를 돌아보았다. 그녀도 그와 별로 다르지 않은 상태였다. 훈겸은 흐트러진 그녀의 옷매무새를 바로잡아 주었다. 그녀는 말없이 입술을 깨물고 가만히 있었다.

"집에 가고 싶다."

속삭이듯 내놓은 말에 그녀의 눈빛이 욕망으로 반들거렸다. 말은 하지 않았지만 그녀 역시 당장에라도 집어치우고 집으로 가고 싶은 마음이라는 걸 알 수 있었다.

"나 잠깐 나갔다 올게."

그녀와 1분만 더 마주하고 있다가는 정말 사고를 칠 것 같았다. 훈겸은 도망치듯 후다닥 제빵실에서 나왔다. 나오자마자 매장 청소를 하고 있던 영미와 눈이 마주쳤다. 영미는 그를 보고 얼굴이 새빨개졌다. 은밀한 상황을 들켜 민망하긴 했지만 부끄럽진 않았다. 훈겸은 영미에게 꾸벅 인사를 하곤 머리를 긁적였다.

"미안해요, 당황하게 해서. 다음엔 문 잠글게요."

영미가 놀란 듯 입을 딱 벌렸다. 그리고 다음 순간 미친 듯이 웃음을 터뜨렸다. 훈겸은 배꼽이 빠져라 웃는 영미를 놔두고 가게 밖으로 나왔다. 차가운 공기가 온몸에 부딪쳐 오자 그제야 정신이 좀 들었다. 훈겸은 다시 심호흡을 했다. 나예를 떠올리는 것만으로도 온몸이 흥분에 휩싸였다.

"아, 미치겠다! 아아!"

훈겸은 머리카락을 쥐어뜯었다. 숨을 헉헉 몰아쉬고 한참 동안이나 찬바람을 맞고서야 훈겸은 조금 진정이 되었다. 하지만 도저히 다시 제빵실로 들어갈 엄두가 나질 않아 가게 밖에서 한참을 더 머물렀다.

'일해야 되는데, 이 상태로 집중이 될까 모르겠다.'

훈겸은 한숨을 쉬며 바쁘게 움직이는 사람들에게 시선을 던졌다. 그러다 가게 앞에서 유리문 안쪽을 기웃거리는 한 여인을 발견했다.

'손님인가? 왜 안 들어가지?'

여인은 망설이는 듯한 태도로 안쪽을 바라보고 있었다. 혹시 돈이 없어서 그러나 생각하다가 여인의 옷차림이 수수하긴 했지만 그렇게 가난해 보이지는 않는다는 것을 깨닫고 훈겸은 여인의 시선을 따라 가게 안으로 시선을 돌렸다. 특별히 주목할 만한 점은 없었다. 여인은 40대 후반 정도로 보였지만 피부가 곱고 세련된 이미지여서 더 젊을 수도 있겠다는 생각이 들었다. 가게 간판을 한참 동안 올려다보더니 한숨을 쉬곤 다시 가게 안을 기웃거렸다.

"저, 손님, 안으로 들어가셔서 보세요. 아침에 금방 구운 크루아상도 있고 여러 가지 맛있는 빵 많이 있어요."

훈겸은 여인에게 성큼성큼 다가가 싹싹하게 말을 걸었다. 여인은 화들짝 놀란 얼굴로 훈겸을 돌아보았다. 놀랍게도 여인의 눈에 눈물이 맺혀 있었다. 훈겸은 잠깐 동안 말을 잇지 못했다.

'뭐지? 왠지 낯이 익어. 어디서 봤더라…….'

여인은 황급히 눈가를 훔치곤 돌아섰다. 총총걸음으로 사라지는 여인을 보며 훈겸은 고개를 갸웃거렸다. 분명 어디선가 만난 적이 있는 것 같았다. 하지만 좀처럼 생각이 떠오르질 않았다.

"아, 모르겠다."

훈겸은 고개를 흔들곤 가게 안으로 들어갔다. 하지만 한번 뜨거워진 몸은 좀처럼 식지 않았다. 제빵실로 들어가 나예의 얼굴을 보는 순간 찬바람 맞은 게 아무 소용없을 정도로 다시 흥분하고 말았다.

'아, 정말 미치겠네.'

나예는 아무렇지 않은 척하며 일을 하고 있었지만 그와 몸이 스칠 때마다 몸을 바르르 떨었다.

"오늘 중앙병원 소아병동에 봉사 가는 날인 거 깜박하고 있었대요. 아까 영미 언니가…… 아, 창피해. 언니가 다 본 거죠?"

나예는 말을 건네다가 울상이 되어 버렸다. 훈겸은 멋쩍은 미소를 띠고 고개를 끄덕였다. 나예는 한숨을 푹푹 쉬었다.

"미안. 내가 못 참아서. 그러게 누가 그렇게 예쁘래?"

"그걸 지금 농담이라고 하고 있어요?"

"미안하다고. 영미 씨도 이해할 거야."

"오늘 봉사 가야 해서 평소보다 더 많이 만들어야 하는데 어떡해요. 빨리 해야 되는데."

"알았어. 얼른 할게."

훈겸은 조심스럽게 나예의 옆으로 가서 1차 발효가 끝난 반죽을 반죽대 위에 치대 랩을 덮었다. 벤치 타임을 준 반죽은 성형을 해서 2차 발효를 하기 위해 다시 랩을 덮었다. 나예는 부재료를 다듬어 놓고 다시 반죽을 치기 시작했다. 힘차게 반죽을 내리치는 나예의 팔뚝을 보자 또 흥분이 되었다. 제빵 가운 아래로 흔들리는 가슴을 보니 금세 중심이 딱딱해져 버렸다. 훈겸은 애써 그녀에게서 시선을 돌렸다. 그의 손 아래에서 이지러지는 반죽을 보니 그녀의 가슴을 주무르는 기분이 들어 얼굴이 확 달아올랐다.

"아얏!"

나예가 호되게 팔을 꼬집었다. 훈겸은 아픈 팔을 부여잡고 인상을 찌푸렸다.

"그만하지 못해요?"

그녀가 눈을 세모꼴로 뜨고 있었다.

"뭘!"

"나쁜 생각 하고 있잖아요!"

귀신같이 그의 머릿속을 읽어 버린 나예는 입술을 삐죽이며 그를 흘겨보았다. 훈겸은 한숨을 내쉬었다.

"예쁜데 어쩌라고."

"그만하라고요!"

"알았어. 키스 한 번만 더 해 주면 안 돼?"

나예가 질색을 하며 그의 팔을 더 아프게 꼬집었다.

"아야! 알았어, 알았어. 잘못했어."

훈겸은 오븐에 반죽을 넣으며 울상을 지었다. 오전 내내 정신없이 빵을 만들어 소아병동에 봉사할 빵을 챙겨 두고 나자 어느새 점심시간이 지나 있었다.

"다 했어? 점심 먹어야지."

영미와 함께 늦은 점심을 먹고 잠시 쉴 틈이 생겼다. 훈겸은 나예가 내미는 커피를 받아 들고 매장 밖으로 시선을 돌렸다. 길 건너 킹 과자점은 점심시간에도 사람들로 북적였다. 그가 예상했던 그대로 킹 과자점이 문을 열자 대부분의 손님은 킹 과자점으로 가 버렸다. 넓은 매장과 고급스러운 인테리어, 오피스 인구를 겨냥한 카페는 제대로 된 전략이었다. 근처 테이크아웃 커피숍에서 커피를 사 가기도 했지만 사람들은 빵과 커피를 함께 살 수 있는 킹 과자점으로 몰렸다. 특히 브런치 메뉴를 개발해 할인 광고까지 떠들썩하게 한 뒤로, 오전 중의 킹 과자점은 그야말로 발 디딜 틈 없이 문전성시를 이루었다.

"진짜 힘 빠진다. 윈도우 베이커리가 이렇게 힘이 없니?"

영미가 힘없이 말했다. 훈겸은 나예의 표정을 살폈다. 그녀가 의기소침해하지 않았으면 했다. 아무래도 그녀 입장에선 그럴 수밖에 없겠지만.

"어쩌면 처음부터 승산이 없는 싸움이었던 건지도 몰라."

역시나 나예는 속상해했다. 아마 몇 달 동안 계속 노력해 온 것들이 아무 소용이 없자 힘이 빠질 대로 빠진 것이 분명했다. 훈겸은 킹 과자점으로 시선을 돌렸다. 그가 어릴 때부터 계속 살다시피 했던 킹 과자점. 그의 인생에서 킹 과자점을 빼고는 이야기가 되지 않을 정도로 그곳은 훈겸에게 특별한 곳이었다. 그가 가장 존경했던 아버지가 만든 제과점이었고, 그가 유소년 시절, 그리고 성년이 될 때까지 온 힘을 다해 빵을 만들었던 곳이었다. 하지만 이제는 나예의 제과점을 위협하는 거대한 공룡 같은 존재였다. 비단 나예뿐만 아니라 수많은 윈도우 베이커리들을 위협하는 프랜차이즈의 대명사였다.

"아니. 결과는 아직 알 수 없어."

훈겸은 나예에게 돌아섰다. 그녀는 그의 말을 믿는 것 같지 않았다. 하지만 훈겸은 자신이 있었다.

"훈겸 씨는 불안하지 않아요? 저렇게 사람들이 줄을 서서 빵을 사는데."

"이제 겨우 넉 달이야. 벌써 포기할 거야? 여기 자리 잡기까지 1년쯤 걸렸잖아. 그리고 우리 연구는 아직 진행 중이고, 신제품은 계속 나올 거야. 당장은 프랜차이즈의 화려한 빵에 사람들이 끌릴지라도 시간이 지나면 진짜 좋은 빵이 어떤 건지 알게 될 거라고."

나예는 그의 말에 곰곰이 생각에 잠긴 듯 입을 다물었다. 잠깐 침묵이 흐르는데 빵집 문이 열렸다.

"다 모여 있었네! 이렇게 시간 내서 찾아오지 않으면 통 볼 수가 없구먼."

혁준이 신선한 바람을 몰고 들어왔다. 훈겸은 언제나처럼
떠들썩한 혁준을 보고 피식 웃었다. 혁준이 왔으니 나예의 기
분도 조금 나아지지 않을까 하는 생각도 들었다.

"선배님! 잘 지내셨어요?"

역시나 나예는 혁준을 반기며 웃음을 지었다. 혁준은 들어오
자마자 그날 만든 빵들을 훑어보며 대뜸 호밀빵을 집어 들었다.

"어디, 둘이 만든 빵 맛 좀 보자. 얼마나 대단한 빵을 만들려
고 잘나가던 호텔도 그만두고 여길 들어왔나."

혁준은 호밀빵을 반으로 갈라 속을 뜯어 먹었다. 한참을 음
미하며 빵을 먹던 혁준이 놀란 시선을 돌렸다. 훈겸은 씩 웃었
다. 혁준이 그런 표정을 지을 줄 이미 알고 있었던 것이다.

"나예 씨! 대체 비결이 뭐야? 저 자식, 억대 연봉도 마다하고
창업도 마다하고 여기 들여앉힌 거. 월급이 엄청 센가? 연봉이
한 10억 돼?"

혁준은 감탄 어린 표정으로 빵을 먹으며 농담처럼 말을 던
졌다. 나예가 귀엽게 웃었다.

"월급은커녕 빵집 운영도 안 되는걸요. 지금 4개월째 완전
적자예요. 나야 어차피 그런다 치지만 훈겸 씨는 정말 불쌍
하다니까요. 월급 한 푼 못 받고 계속 밤낮으로 풀가동이에요."

영미가 옆에서 혀를 차며 말했다. 혁준은 다시 한 번 빵을
씹으며 놀란 표정을 지었다.

"이런 빵을 만드는데 월급도 안 줘? 이거 대체 뭘 어떻게 한

거야?"

"자연 발효로 만든 거야. 어때? 경쟁력 있겠어?"

훈겸이 대답하자 혁준은 잠깐 생각을 하더니 혀를 찼다.

"아냐, 아냐. 이건 턱도 없지. 봐, 자연 발효빵이라면 일단 이스트를 넣어 만든 빵보다 시간이 두 배 이상은 더 걸려. 손도 더 필요하지. 비용이 훨씬 더 많이 든단 말야. 그런데 빵 가격은 별로 차이가 없네. 이러면 수지 타산이 안 맞지. 그것뿐이야? 저놈 몸값이 얼만데! 저런 고급 인력을 써서 이 정도 가격에 팔려면 이 제과점이 미어터지도록 손님들이 장사진을 쳐야 어떻게 본전이라도 찾지."

훈겸은 혁준의 말에 웃음을 터뜨렸다. 역시 혁준이 재미있게 말을 하긴 했지만 사실 그의 말이 틀린 것은 아니었다. 훈겸은 혁준에게 다른 빵을 내밀었다.

"그럼 형, 좋은 생각 좀 내놔 봐. 우린 저 킹 과자점 때문에 파리 날릴 지경이야. 형이 그래도 킹 과자점 장단점은 다 알고 있으니 좋은 정보 좀 줘 봐."

혁준은 고개를 휘휘 젓더니 훈겸이 준 빵을 먹었다.

"얀마, 나보고 내 직장을 배신하라는 거냐? 하긴 이제 직장도 아니지만. 어쨌든 나 의리 있는 사나이야. 그런 거 묻지 마."

"뭐? 직장이 아니라니? 그만뒀어?"

"응. 이번 달에 그만뒀다."

"왜?"

"나도 이제 내 가게 가져야지. 그만두고 요새 가게 자리 보러 다니는 중이다."

훈겸은 고개를 끄덕였다. 혁준도 10년 넘게 킹 과자점에서 계속 일을 해 오면서 늘 자기 가게를 갖고 싶어 했다.

"잘했어. 이 근처 말고 딴 데서 해라."

"안 한다, 안 해. 이 근처야 킹 과자점 때문에 할 수나 있겠냐? 저 어마어마한 매장을 보고도 여기서 버티고 있는 너희들이 미친 거지."

"그러니까 좋은 생각 좀 해 보라고. 우린 절대 망하면 안 되거든. 나예 아버지 찾으면 면목이 없다고."

"허허, 참. 너희들 주력 상품이 뭐야? 전략이 뭐고?"

혁준의 말에 훈겸은 잠시 생각하다가 대답했다.

"웰빙 트렌드에 맞는 건강하고 맛있는 빵."

"흐음. 그래. 그럼 그걸 사람들에게 알려야지. 지금은 킹 과자점으로 손님이 다 몰릴 때라 여기서 웰빙빵을 파는지 어떤지 모를 거 아냐. 야, 강나예. 너 진짜 답답하다. 저놈을 네 밑에 두고 일을 시키고 있으면 그걸 알려야지! 저놈 이름 석 자면 사람들 이목 끌기에 충분할 텐데."

혁준이 혀를 차며 말했다. 나예는 눈을 동그랗게 뜨더니 고개를 갸웃거렸다. 한 번도 그런 생각은 해 보지 않은 것임에 틀림없었다.

"그렇지만 여긴 제 빵집인데요."

나예의 말에 훈겸은 또 웃음이 났다. 혁준이 어이없다는 듯 입을 딱 벌렸다.

"그래. 그렇긴 하지. 하지만 저런 놈을 두고 활용을 안 하면 그게 더 이상한 거지. 아, 그래. 일단 그건 냅두고. 그러니까 넌 순수하게 네 빵을 가지고만 킹 과자점과 경쟁하겠다는 거지?"

"아뇨. 경쟁은 별로 관심 없는데 어쨌든 빵집 운영은 되어야죠. 그리고 사람들이 제 빵을 먹었으면 좋겠어요."

나예의 대답에 혁준은 또 입을 딱 벌렸다. 훈겸은 웃음을 터뜨렸다. 나예다운 대답이었다. 그녀의 아버지, 강희석도 아마 나예처럼 우직한 사내였음에 틀림없었다. 그러니 평생 그렇게 당하고도 꿋꿋하게 빵을 만들었을 것이다.

"어쨌든 사람들이 네 빵을 먹게 하고 싶으면 알려야지, 뭐. 어떻게 해서라도. 시식 행사를 하든지. 무료로 빵을 나눠든지. 수지가 안 맞겠지만 어차피 적자라며."

"안 그래도 매일 남는 빵은 주변 고아원이나 양로원 같은 곳에 기증하고 있어요. 예전엔 기증하는 빵이 적었는데 요샌 아주 엄청나죠. 이런 추세면 아마 시에서 상도 줄 것 같아요. 자선가라고."

혁준의 말에 영미가 맞장구를 쳤다. 혁준은 혀를 쯧쯧 찼다.

"정말 자선가 맞네. 나예 씨, 그래도 저 녀석 돈 많은 게 다행이긴 하다. 적자는 저놈이 다 감당하겠구먼. 일단 뭐 상황이 상황이니 한 1년 고생한다 생각하고 천천히 해 봐. 내가 먹어보니까 일단 빵 맛을 보면 사람들 생각도 바뀔 것 같아. 그리고 판매는 아주 작은 것에도 영향을 받는 법이니까 맛은 맛대로 유지하고, 적당한 광고는 하라고. 웰빙 트렌드에 맞추는 거면

빵 이름도 바꾸고. 뭐 '웰빙호밀빵' 이런 식으로."

"네. 좋은 생각이네요. 고맙습니다."

"음. 그리고 네가 알아보라고 한 것 여기저기 물어봤는데, 지금 자연 발효빵을 만드는 매장은 손에 꼽을 정도야. 그중에서 몇 군데는 네가 이미 가 본 곳이고."

혁준이 훈겸에게 시선을 돌리며 말했다. 훈겸은 자연 발효빵을 만드는 매장마다 다 찾아다니며 빵을 먹어 보고 방법을 물어보며 공부를 하고 있었다. 그래서 몇 군데는 찾아가 봤는데 혁준이 발이 넓으니 좀 더 알아봐 달라고 부탁을 했던 것이다.

"서울에서 찾은 데는 여기, '자연으로'라는 빵집이고. 주소 적어 놨다. 그리고 서울 인근에는 파주에 '봄 베이커리'라는 곳이 있대. 여긴 최근에 주인이 바뀌었다는데, 자연 발효빵을 만든다고 하더라고. 두 군데 다 내가 아는 사람들은 아니라서 소개는 못 해 주겠고, 네가 가서 뚫어 봐라. 다른 지방도 한번 알아볼게. 부산이나 대전 쪽도 있다고 들었거든."

훈겸은 혁준이 건네준 메모를 받았다.

"고마워, 형. 조만간 가 봐야겠다."

혁준이 돌아간 뒤, 훈겸은 발효종들을 보관해 둔 창고에서 한참 동안 상태를 체크해 보고 새로운 과일 발효종을 만들 준비를 했다. 나예는 오후에 매장에 내놓을 빵을 만들고 그가 발효종을 만드는 것을 도와주었다.

"아까 혁준이 형이 알려 준 곳, 같이 갈래? 다음 주 정도에 두 군데 다 가 볼까 하는데."

사과 발효종 만들기 위해 사과를 세척하고 썰던 나예가 그를 돌아보았다.

"네, 좋아요. 가고 싶어요."

"사과 다 썰었어?"

"네. 여기."

훈겸이 유리병을 가져가자 나예가 썰어 놓은 사과를 유리병에 조심스럽게 담았다. 사과를 담다가 그녀의 손이 그의 손에 닿았다. 찌릿한 느낌이 들어 심장이 쿵 하고 급하게 뛰었다.

"사과로도 발효종을 만들 수 있어요?"

나예가 물과 설탕을 넣으며 물었다. 훈겸은 그녀의 가느다란 손목에 시선을 주며 대답했다.

"응. 과일로도 가능해. 사과나 무화과, 포도, 건포도 같은 것들. 그것 말고도 발효가 가능한 것들은 다 해 보려고."

긴 머리를 하나로 질끈 묶은 그녀는 무척 고혹적이었다. 드러난 목덜미가 하얗게 빛이 났다. 훈겸은 마른침을 꿀꺽 삼켰다. 가까이 있기만 하면 정신을 차릴 수가 없었다. 나예는 유리병의 뚜껑을 닫아 훈겸에게 내밀었다. 유리병을 받는데 또 그녀와 손이 닿았다. 숨쉬기가 힘들었다. 그녀도 기분이 이상한지 표정을 굳히곤 돌아서서 작업대를 정리했다. 훈겸은 유리병을 다른 유리병들과 함께 두곤 겉면에 날짜를 표시했다. 재료 창고에서 나오니 그녀는 오븐에서 구워진 빵을 꺼내고 있었다. 갓 구워진 빵의 고소한 향과 열기가 훅 끼쳤다.

"내가 할게."

훈겸은 그녀를 뒤로 물러서게 하고 오븐에서 빵을 꺼냈다. 하루 종일 그녀의 존재가 그를 불편하게 했다. 프랑스에서 돌아온 후에 더 견디기가 힘이 들었다. 그녀를 보기만 하면 그를 향해 하얀 팔을 벌리고 있는 그녀의 나신이 떠올라 참기가 힘들었다. 게다가 제빵실이든 어디든 그가 손을 내밀면 언제나 안겨 오는 그녀 때문에 더욱 자제를 할 수가 없었다.

훈겸은 빵을 다 꺼내고 바구니에 옮겨 담았다. 나예는 발효가 끝난 반죽으로 크루아상을 성형하고 있었다. 고개를 살짝 숙이고 작업에 집중하는 그녀의 모습은 너무도 아름다웠다. 훈겸은 멍하니 그녀를 바라보고 있다가 자석에 이끌리듯 가까이 다가갔다. 저도 모르게 그녀의 하얀 목덜미에 입을 맞추자 집중하고 있던 나예가 화들짝 놀라 고개를 들었다.

"미안. 나도 모르게 그만."

훈겸은 얼른 빵을 챙겨서 제빵실을 나왔다. 조금만 더 머물러 있었더라면 또 자제심을 잃고 그녀에게 덤벼들 뻔했다. 훈겸은 매장으로 가 영미에게 빵을 건네주곤 제빵실로 돌아왔다. 그녀는 다시 크루아상을 만드는 데 집중하고 있었다.

'인내심의 한계를 느끼게 하는군.'

훈겸은 그녀의 하얀 목덜미에서 눈을 떼지 못하며 생각했다. 그녀에게 다가가면 아마 더 이상 참지 못할 것 같았다.

훈겸은 재료 창고로 들어갔다. 그녀와 가까이 있으면 안 될 것 같았다. 훈겸은 저녁 내내 재료 창고에서 발효종을 들여다보고 연구한 내용을 기록했다. 발효종들마다 배양 방법이 다르고, 매일 뚜껑을 열어서 저어 놓고 공기가 닿도록 관리를 해 줘야 했기 때문에 무척 손이 많이 갔다. 다 만들어진 발효종은 다음 날 사용을 위해 체에 걸러 따로 담아서 보관했다.

"아직이에요? 도와줄까요?"

시간이 얼마나 흘렀는지 모르고 집중해 있었다. 훈겸은 나예가 등 뒤에서 묻는 말을 듣고서야 시계를 보았다. 벌써 10시를 넘긴 시간이었다.

"아, 벌써 10시네. 정리 다 끝났어?"

"네. 영미 언니는 먼저 갔어요. 이거 체에 거르면 돼요?"

나예는 좁은 재료 창고를 비집고 들어오며 훈겸이 손에 들고 있던 유리병을 빼앗았다. 겨우 그녀에 대한 생각을 잊고 일을 하고 있었는데 그녀가 다가오자 단 3초 만에 훈겸은 또 흥분하고 말았다.

'아아, 정말 미치겠다.'

그녀는 향긋한 냄새를 풍기며 그에게 등을 돌리고 발효종을 체에 걸러 냈다. 그러고는 오전에 담아 두었던 유리병을 꺼내 뚜껑을 열어 상태를 확인했다.

"시간이 좀 걸리네. 여기 온도가 낮아서 그런 것 같아요. 이거 아까 넣어 두었던 요구르트 발효종인데."

나예가 유리병을 내밀었다. 분해가 덜됐는지 아직 기포는 올라오지 않았다.

"좀 더 놔둬야겠다. 내일쯤 다시 보자. 요구르트는 지난번에도 실패했잖아."

"아무래도 발효력이 좀 약한가 봐요. 예전에 아빠도 요구르트 발효종을 써서 빵을 만들었는데, 뭔가 맛이 좀…… 그랬거든요."

"이스트를 조금 넣든가 발효 생지를 넣든가. 그러면 괜찮을 것 같아."

"아, 그러면 되겠다. 노트에 같이 적어 놔요. 나 이런 건 아빠 안 닮았나 봐요. 아빠는 뭐든지 다 꼼꼼하게 적어 놓으셨는데. 난 적는 게 귀찮아서."

그녀가 귀엽게 웃으며 말했다. 훈겸은 노트에 요구르트 발효종에 대한 메모를 해 두었다. 어차피 기록이야 한 사람이 해도 상관없었다. 연구는 둘이 같이 하는 거니까. 나예와 그는 둘 다 관심 있는 발효종을 따로 시도해 보고 있었고, 그 결과는 같이 공유했다.

"아까 혁준이 형이 한 말, 생각해 보니까 아무래도 사람들한테 알리는 것도 중요하다 싶어. 앞으로 발효종에 맞춰서 자연 발효로 방법을 바꾸는 빵들은 그때마다 시식을 하는 게 어떨까 싶은데. 예를 들면 레이즌브레드를 만든 첫날은 무조건 손님들에게 무료로 하나씩 주는 거지. 그리고 사람들 반응을 보고 배합비를 수정하는 거야. 소비자들 입맛은 정확하니까. 무료로 빵을 먹은 사람들 중에서 그 맛이 마음에 드는 사람들은 다시 올 거 아냐."

"아, 좋은 생각이에요. 저도 시식 행사를 하면 어떨까 생각했어요. 예전에도 시식 행사는 두 달에 한 번꼴로 했었거든요.

그리고 생각해 봤는데, 빵과 함께 마실 음료도 개발하면 좋을 것 같아요. 커피는 저쪽에서 팔고 있으니까 우리 빵에 어울리는 전통 음료 같은 거요."

훈겸은 나예와 몇 가지 의견을 더 주고받고 그것도 노트에 기록했다. 시간이 훌쩍 지나갔다. 기록을 끝내고 재료 창고 정리를 간단히 하고 나자 30분이 또 지나갔다.

"벌써 시간이 이렇게 됐네. 너 먼저 들어가. 난 이것 조금 더 보고 갈게."

훈겸은 나예가 피곤할 것 같아 먼저 들어가라고 했다. 지금 집에 가서 자도 3시 30분까지는 다섯 시간이 채 못 되게 잘 것 같았다. 나예는 조금 미적거렸다. 먼저 쉬는 게 미안한 모양이었다.

"같이 해요."

그녀가 옆에 있으면 집중이 안 되어 더 시간이 오래 걸릴 것 같았다. 훈겸은 망설였다. 그녀를 옆에 두고 더 이상 일을 못 할 것 같았다. 하지만 나예는 그의 마음속은 짐작도 못 하는지 좁은 재료 창고를 비집고 그의 옆을 지나 발효종들이 담긴 유리병을 향해 갔다. 그녀가 옆을 스치고 지나가자 훈겸은 더 이상 참지 못했다. 나예의 손목을 잡아당겨 끌어안았다.

"어머!"

그녀가 깜짝 놀라 비틀거렸다. 훈겸은 나예의 입술을 강하게 눌렀다. 들고 있던 노트가 바닥으로 툭 떨어졌다. 나예가 놀라 몸을 뒤챘다. 훈겸은 나예에게 키스하다가 숨을 헐떡이며 입술을 떼었다.

"안 되겠다. 같이는 못 하겠어. 너 먼저 들어가."

훈겸은 나예를 데리고 재료 창고를 나왔다. 그녀와 함께 있으면 더 이상 집중을 할 수 없었다. 나예는 붉어진 얼굴로 그를 바라보더니 시선을 바닥으로 떨군 채 조그맣게 중얼거렸다.

"혼자 가기 싫은데."

가슴에 불이 확 붙었다. 훈겸은 심호흡을 했지만 마음속이 전혀 진정되질 않았다. 새벽부터 그녀를 보고 흥분해 하루 종일 마음이 진정되질 않았다. 나예가 그를 도발하자 잴 것도 없이 바로 걸려들었다. 훈겸은 나예의 손을 잡았다.

"알았어. 가자."

가게 문을 잠그고 아파트로 돌아오면서 훈겸은 나예의 손을 놓지 않았다. 나예는 아무 말 하지 않았지만 그녀의 마음이 그의 마음과 같다는 것을 훈겸은 느낄 수 있었다.

"아……."

엘리베이터에 오르자마자 훈겸은 나예를 벽으로 밀어붙였다. 나예가 놀란 듯 감탄사를 내뱉었지만 이내 그가 키스했기 때문에 더 이상 아무 말도 할 수 없었다. 머릿속이 혼란스러웠다. 아무런 생각도 할 수 없었다. 17층에 도착해 엘리베이터 문이 열렸는데도 잠시 그대로 키스를 하고 있었다. 문이 닫히자 훈겸은 겨우 다시 열림 버튼을 누르고 그녀를 데리고 나왔다.

현관 비밀번호를 누르는 손이 부들부들 떨렸다. 문을 열고 안으로 들어가자마자 훈겸은 나예를 거칠게 끌어안았다. 그녀도 그에게 키스하며 셔츠 단추를 풀었다. 그들은 서로의 옷을 하나하나 찢듯이 벗겨 가며 안으로 들어갔다. 옷가지 몇 개는 찢어지기도 했다.

침대까지 가는 길이 너무도 멀었다. 방까지 도저히 가질 못하고 거실 소파에 그녀를 눕혔다. 이미 거의 벗어 던진 옷은 이제 속옷만 남아 있었다. 떨리는 손으로 그녀의 브래지어를 벗겨 바닥으로 떨어뜨렸다. 하얗고 커다란 가슴이 눈앞에 흔들렸다. 거칠게 그녀의 가슴을 잡고 키스했다. 나예가 자지러질 듯 신음 소리를 냈다. 그녀가 흥분해 있어 더욱 흥분되었다. 그녀가 놀라지 않게 천천히 부드럽게 애무하고 싶었지만 마음이 급해 뜻대로 되지 않았다. 이미 흥분할 대로 흥분해 버린 나예는 거친 손길로 그의 바지를 벗기고 딱딱하게 굳은 중심을 손으로 쥐었다. 숨이 탁 막혔다.

"빨리요. 지금."

그녀가 욕망으로 젖은 눈동자를 그에게 꽂았다. 그녀의 꽃잎은 이미 젖어 들어 흥건하게 물이 흐르고 있었다. 훈겸은 나예가 재촉하자 바로 그녀의 몸에 자신을 묻었다. 그녀는 그다지 아파하지 않았다. 흥분으로 아픔을 느끼지 못하는 것인지도 모른다. 그녀의 몸속으로 들어가자 꽉 조이는 힘에 미칠 것 같았다. 그녀는 정말 뜨겁고 촉촉했다. 그녀의 입술에 키스했다. 머릿속이 하얗게 비워졌다. 나예는 뜨겁게 반응했다. 그의 허리를 긴 다리로 감고 엉덩이를 흔들었다. 이대로 죽어도 좋을 것 같은 기분이었다. 그녀의 엉덩이를 잡고 세차게 몸을 움직였다. 나예가 비명을 지르듯 소리를 냈다. 그녀의 반응에 온몸이 짜릿해졌다. 숨이 가빠졌다. 나예는 다리를 벌리고 엉덩이를 들어 올렸다. 그를 더 깊이 받아들이려는 동작이었다. 그녀가 원하는 대로 깊이 찔렀다. 그녀가 엄청난 힘으로 그의 중심을 조였다. 훈겸은 더 깊이, 더 세차게 움직였다.

"아…… 좋아요. 더, 더 세게 해 줘요."

그녀가 흐느끼며 말했다. 아마 스스로 무슨 말을 하는지도 모르는 것 같았다. 평소 부끄럼 많은 그녀의 입에서 나올 만한 말은 아니었다. 극도의 흥분 상태에서 저도 모르게 나오는 말. 그녀가 못 견디게 사랑스러웠다. 훈겸은 더 빠르게 그녀의 몸을 정복해 갔다. 그가 밀어붙이는 힘에 그녀의 가슴이 흔들렸다. 그 모습을 황홀하게 바라보았다.

훈겸은 저도 모르게 손을 뻗어 나예의 가슴을 꽉 쥐었다. 그녀가 신음 소리를 냈다. 그의 손 아래에서 이지러지는 하얀 가슴이 미치게 흥분감을 주었다. 나예가 고개를 뒤로 젖히며 신음 소리를 흘렸다. 그녀가 절정을 느끼는 모습은 너무도 아름다웠다. 그녀의 젖은 꽃잎이 그를 감싸고 전율했다.

"아아아…… 으음……."

듣기 좋은 신음 소리. 그녀가 만족감을 느끼는 듯 입술을 벌리고 두 눈을 꼭 감았다. 그녀가 황홀해하는 모습을 보며 그도 절정에 다다랐다. 온몸에 힘이 들어가 뻣뻣해진 훈겸을 그녀의 몸 깊이 그의 분신을 뿌렸다.

훈겸은 나예를 끌어안고 잠시 가만히 있었다. 그녀는 눈을 감은 채 여운을 즐기고 있었다. 그녀의 만족스러운 표정에 기분이 너무 좋았다. 훈겸은 가만히 그녀의 얼굴에 입을 맞췄다. 그녀의 입술에 키스하자 그녀가 눈을 떴다. 훈겸은 입술을 떼고 그녀의 눈동자에 시선을 맞췄다.

"사랑해."

그녀가 살짝 웃었다. 훈겸은 고개를 숙여 그녀의 입술에 다시 키스했다. 입술을 떼었을 때, 그녀가 속삭였다.

"저도요."

그녀의 달콤한 음성에 순간 이성을 또 잃을 뻔했다. 훈겸은 나예를 뚫어지게 바라보며 물었다.

"뭐라고?"

나예가 시선을 돌리며 새침한 표정을 지었다.

"못 들었음 말고."

훈겸은 나예의 턱을 잡아 다시 시선을 맞추었다.

"뭐라고? 다시 한 번 말해 봐."

"싫어요."

그녀가 웃음을 참으며 도리질 쳤다. 훈겸은 그녀가 꼼짝 못하도록 누른 채 그녀의 눈동자를 들여다보았다. 가슴이 터질 것 같았다.

"빨리 말해. 제대로. 말하지 않으면 계속 괴롭힐 거야."

"어떻게 괴롭힐 건데요?"

나예의 눈동자가 웃음을 머금고 빛났다. 훈겸은 홀린 듯 그녀의 얼굴을 바라보았다. 그녀의 붉은 입술을 보자 또다시 흥분되었다. 훈겸은 나예의 입술을 손끝으로 살짝 쓸었다. 부드러운 입술이 곡선을 그렸다. 천천히 그녀의 몸을 훑어 내려가다리 사이로 손을 넣자 그녀가 움찔했다.

"씻을래?"

보드라운 살결이 그의 흔적으로 젖어 있었다. 훈겸의 물음에 그녀가 고개를 끄덕였다. 그는 자리에서 일어나 나예를 안아 올렸다.

"우리 침대까지 가지도 못했어요."

그녀가 부끄러운 듯 그의 어깨에 얼굴을 묻고 웅얼거렸다.

"이 집은 침실까지 너무 멀어. 거실에 침대를 하나 놓을까?"

그의 농담에 나예가 키득거리며 웃었다. 욕실로 들어가 그녀를 샤워기 아래 세워 두고 물을 틀었다. 그녀의 몸은 아름다웠다. 따뜻한 물에 젖어 빛나는 피부를 보니 또 만져 보고 싶었다. 훈겸은 샤워 크림을 그녀의 몸에 꼼꼼하게 발라 주었다. 그녀는 그의 손길을 받으며 얌전히 서 있었다. 훈겸은 샤워기를 들고 그녀의 몸을 부드럽게 씻겨 주었다. 나예는 그의 손길이 기분 좋은 듯한 표정이었다. 그녀의 다리 사이를 씻어 주자 그녀가 고개를 살짝 돌렸다.

"다 됐다. 먼저 나가 있어."

훈겸은 그녀를 샤워 가운에 감싸 내보내고 자신도 씻었다. 피곤할 게 분명한 그녀를 일단 재워야겠다는 생각을 하면서 샤워 가운을 입고 방으로 갔다. 그녀는 침대에 이불을 덮고 누워 있었다. 훈겸은 그녀에게 다가가 이마에 키스해 주었다. 그녀가 방긋 웃었다.

"얼른 자. 피곤하겠다. 이따 깨워 줄게."

"훈겸 씨는 안 자요?"

"응? 응, 자야지. 잘 거야."

사실은 그녀와 한 침대에 눕는다면 잠이 올 것 같지가 않아 거실에서 잘까 생각 중이었다. 나예는 웃으며 그의 샤워 가운을 잡았다.

"잠이 와요?"

"응? 누워 있으면 잠이 오겠지."

"난 잠이 안 와요."

"눈 감고 열까지만 세어 봐. 바로 잠들걸."

훈겸이 웃으며 말했다. 나예는 샤워 가운을 잡고 있던 손에 힘을 주었다. 샤워 가운이 벗겨지자 훈겸은 화들짝 놀라 가운을 붙잡았다.

"야, 뭐해?"

"가운 벗기는 중인데."

"자, 자야지."

"그럼 누워요. 당신은 누워서 자면 되겠네. 난 하고 싶은 거 하고."

나예는 그의 팔을 잡아당겨 침대에 밀듯이 눕혔다. 그녀가 들썩이는 바람에 이불이 벗겨지고 그녀의 나신이 눈앞에 드러났다. 훈겸은 숨을 훅 들이쉬었다.

"옷 안 입고 있었어?"

"내 옷, 아까 당신이 찢었어요."

너무 흥분해 옷을 벗기다 잘 되질 않아 찢어 버렸던 게 생각
났다. 나예는 그를 눕혀 놓고 앉아 방긋 웃었다.

"아, 그, 그랬나? 넌 뭐하려고?"

"하고 싶은 거. 당신을 만져 보려고요."

"뭐?"

훈겸은 펄쩍 뛸 듯이 놀랐다. 나예는 천천히 손을 뻗어 그의
가슴을 만졌다.

"예전부터 만져 보고 싶었어요. 만져도 돼요?"

이미 만지고 있으면서 허락을 구하는 그녀의 태도에 훈겸은
할 말을 잃었다. 그녀의 손이 닿자 온몸이 아프게 긴장되었다.
훈겸은 숨을 몰아쉬며 그녀의 손목을 잡았다. 나예는 천천히
허리를 숙여 그에게 키스했다. 키스 한 번에 훈겸은 흥분해 버
렸다. 나예는 그의 어깨와 가슴, 복부로 손을 미끄러뜨리며 만
졌다. 딱딱하게 굳어서 서 있는 그의 중심을 보고 나예는 조금
놀란 표정을 짓다가 이내 손을 뻗어 살짝 만져 보았다. 훈겸은
그녀의 손길에 신음 소리를 냈다. 나예는 신기한 듯 손으로 매
만지다가 입 속으로 넣었다.

"헉!"

심장이 떨어질 듯 놀라 버렸다. 그녀가 고개를 숙이고 그의
중심을 입에 넣은 모습을 보니 금방이라도 몸이 터질 것 같았
다. 나예는 입 안 가득 그의 중심을 물고 혀로 휘감으며 빨았다.

"잠깐만. 나예야, 그만."

그가 숨이 넘어갈 듯 제지하자 나예는 의아하다는 얼굴로 고개를 들었다. 그녀의 입술이 붉게 젖어 있는 걸 보니 금방이라도 절정에 다다를 것 같았다.

"내가 할게. 넌 가만히 있어."

이러다 참지 못하고 그녀에게 분출해 버릴까 봐 훈겸은 나예를 눕히고 심호흡을 했다. 그녀는 어리둥절한 얼굴로 그를 바라보았다.

"왜요? 싫어요?"

"아니. 좋아서."

그녀가 다시 어리둥절한 표정을 지었다. 차마 그녀의 얼굴에 대고 사정할 것 같다는 말은 할 수가 없어서 그냥 입을 다물었다. 나예는 그가 눕히는 대로 침대에 누웠다.

"아깐 너무 급해서 내 욕구만 채웠던 것 같아. 이번엔 네가 원하는 거 해 줄게."

훈겸은 나예의 어깨를 손으로 감싸며 말했다. 하루 종일 그녀를 보고 흥분해 있어서 마음이 급했던 게 사실이었다. 그녀를 즐겁게 해 주지도 못하고 허겁지겁 욕망을 채운 것 같아서 좀 미안해졌다.

"괜찮아요."

나예가 볼을 붉히며 말했다. 부끄럼 많은 그녀가 원하는 걸 제대로 요구나 할 수 있을지 모르겠지만 훈겸은 그녀를 즐겁게 해 주고 싶었다. 그녀가 기분 좋아하면 그 역시 기분이 좋아졌으니까.

"원하는 거 얘기해 봐. 다 해 줄게."

나예는 또 얼굴을 붉혔다. 입술을 삐죽이며 고개를 돌린 그녀의 모습이 참을 수 없이 귀엽고 예뻤다. 훈겸은 천천히 그녀의 얼굴을 쓰다듬었다.

어두운 실내등만 켜 둔 상태였지만 그녀의 표정과 몸은 잘 보였다. 불을 켜 놓으면 그녀가 부끄러워했지만 어쨌든 훈겸은 나예의 몸을 보는 게 좋았다. 수도승도 유혹할 수 있을 정도로 나예는 아름다운 몸을 갖고 있었다. 남자는 시각에 자극받는 동물이라 보는 것도 좋았지만 훈겸은 촉감에 무척 민감했다. 늘 반죽을 만져 빵을 만들고 섬세한 공예 작품을 만들어서 그런지 손끝의 감각이 예민했다. 그래서 훈겸은 그녀와 사랑을 나눌 때 그녀의 온몸을 만지는 게 좋았다. 그녀의 피부는 빵 반죽보다도 보드랍고 미끄러웠다. 혀로 맛을 보면 초콜릿처럼 달콤했고 설탕처럼 광택이 났다. 강나예라는 여자는 신이 만든 최고의 공예 작품이었다.

훈겸은 그녀의 온몸을 다 만져 보고 싶었다. 그녀의 이마에 가볍게 입을 맞추었다. 그녀는 묘한 표정으로 가만히 누워 있었다. 그가 가만히 있으라고 해서 그런 것 같았다. 훈겸은 그녀의 눈꺼풀과 발그레한 볼, 붉은 입술에 차례차례 키스했다. 그녀가 작게 한숨을 쉬자 촉촉한 혀가 드러났다. 혀를 빨아들이자 그녀가 살포시 눈을 감았다. 온몸이 찌릿찌릿한 게 그녀와 키스만 해도 흥분이 되어 미칠 지경이었다. 훈겸은 고개를 들었다. 그녀가 천천히 눈을 떴다. 욕망으로 탁해진 눈동자가 그

를 향했다. 그녀의 그런 욕망을 보는 게 좋았다. 그녀는 요조숙
녀처럼 새침했지만 욕망에 사로잡히면 몹시 자극적이고 매혹
적이었다.

"어디 키스해 줄까?"

나예는 대답하지 않았다. 그와 몇 번의 밤을 보냈음에도 그
녀는 매번 부끄러워하는 것 같았다. 훈겸은 천천히 고개를 숙
여 나예의 귓불을 물었다. 그녀가 몸을 떨며 신음 소리를 냈다.
귓가에 숨결이 부딪쳐 자극당한 것 같았다. 길고 가느다란 그
녀의 목덜미에 입술을 미끄러뜨렸다. 그녀가 고개를 뒤로 젖혔
다. 목덜미가 잘 드러나게. 훈겸은 천천히 그녀의 목덜미를 핥
았다. 손끝으로 살살 목덜미를 만졌더니 그녀가 숨을 몰아쉬었
다. 그녀의 목에서 달콤한 향이 났다. 보들보들 말랑한 살갗을
깨물었더니 나예가 작게 비명을 질렀다.

살갗을 입 안으로 빨아들였다. 그녀의 하얀 목덜미에 작게
붉은 멍 자국이 생겼다. 그녀는 거칠게 숨을 몰아쉬고 있었다.
훈겸은 멍 자국을 핥았다. 목덜미와 턱이 연결되는 보드라운
부분을 핥았더니 그녀가 자지러질 듯 몸을 비틀었다.

훈겸은 그녀의 쇄골을 손가락으로 문질렀다. 매끈한 피부와
딱딱한 뼈가 손끝에 닿아 감각을 자극했다. 아름다웠다. 손끝
으로 천천히 쇄골을 훑고 동그란 어깨를 어루만졌다. 나예는
사랑스럽게 몸을 움츠렸다. 훈겸은 동그랗고 아름다운 어깨의
곡선을 취한 듯 바라보다가 살살 빨았다. 그녀의 어깨는 작고
여성스러웠다. 늘 반죽을 하는 파티시에의 어깨는 떡 벌어져

있게 마련인데 그녀의 어깨는 그렇지 않았다.

"아아…….."

그녀가 신음 소리를 냈다. 가느다란 그녀의 팔 안쪽을 그가 손으로 애무하고 있었기 때문이다. 다른 부분도 보드라웠지만 특히 겨드랑이 살과 맞닿은 팔 안쪽은 몹시 여린 살이었다. 훈겸은 그녀의 손목을 잡고 겨드랑이 안쪽 살을 훑었다. 나예가 간지러운지 몸을 배배 꼬았다. 훈겸은 그녀를 움직이지 못하게 눌렀다.

"가만히 있어 봐."

"간지러워요."

그녀가 끙끙 앓는 소리를 내며 말했다. 훈겸은 그녀의 팔을 들어 올리곤 겨드랑이를 훑었다. 그녀가 비명을 질렀다. 보드랍고 자극적이었다. 그녀가 몸을 꼬며 움직이니 가슴이 흔들렸다. 그 모습은 몹시 매혹적이었다. 훈겸은 손끝으로 그녀의 가슴을 쓸어내렸다. 누워 있었지만 그녀의 커다란 가슴은 봉긋 솟아 있었다. 그녀의 몸에서 가장 아름다운 부분 중 하나가 바로 가슴이었다. 훈겸은 그녀의 가슴이 좋았다. 손으로 쥐면 꽉 찬 한 손에 다 쥐어지지도 않았다. 엄마에 대한 막연한 그리움을 갖고 있어서 그런 것일지도 모른다. 그녀의 가슴에 얼굴을 묻고 있으면 엄마에게 안겨 있는 꼬마가 된 기분이었다.

훈겸은 두 손으로 나예의 가슴을 지그시 쥐었다. 하얀 언덕에 솟은 핑크빛 유두가 흥분한 듯 돌기를 세우고 있었다. 손끝으로 살살 유두를 문질러 주자 그녀가 자지러질 듯 허리를 휘었다.

"아…… 하지 마요."

나예는 울듯이 애원했다. 그녀의 입에서 나오는 말은 가끔 혼란스러웠는데, 가슴을 애무해 주는 걸 좋아하는 것 같은데도 하지 말라는 것은 아마도 너무 자극적이라 그런 것 같았다.

"진짜 하지 마? 그만해?"

훈겸은 손가락으로 그녀의 핑크빛 유두를 살살 자극해 주며 다시 물었다. 그녀는 고개를 흔들더니 입술을 깨물었다.

"아니……. 키스해 줘요."

훈겸은 고개를 숙였다. 그녀의 사랑스러운 가슴을 핥았다. 입 안에 유두를 넣고 아기처럼 빨았다. 그녀가 숨을 몰아쉬며 신음했다. 한 손으로 가슴을 꽉 쥐니 그녀가 비명을 질렀다. 훈겸은 두 손으로 그녀의 가슴을 쥐고 한쪽씩 빨았다. 그녀가 두 손으로 침대 시트를 꽉 쥐고 있었다. 가슴 위쪽을 빨아 자국을 만들었다. 그녀를 소유한 것 같은 기분이 들었다. 그녀에게 그의 것이라는 표시를 해 두는 것 같아 기분이 묘하면서도 좋았다.

훈겸은 천천히 잘록한 허리로 손을 미끄러뜨렸다. 가느다란 그녀의 허리는 한 줌도 안 되어 보였다. 허리에서 엉덩이로 내려오는 매혹적인 곡선에 반해 버렸다. 훈겸은 그녀의 배꼽에 입술을 묻고 키스했다. 나예가 허리를 휘자 잘록한 허리가 더 가늘게 보였다. 시트를 쥐고 있는 그녀의 손에 하얗게 힘이 들어갔다. 훈겸은 시트를 쥐고 있는 그녀의 한쪽 손을 살짝 쥐곤 입술로 가져갔다.

"아아……."

그녀가 억눌린 신음 소리를 냈다. 그녀의 손가락을 입 안에 넣고 빨았기 때문이다. 그녀의 손가락은 길고 가늘었다. 그처럼 늘 손끝의 감각을 유지하는 예민한 손이기 때문에 그녀가 자극받을 것 같다는 생각이 들었다. 훈겸은 천천히 그녀의 열 손가락을 하나하나 빨았다. 혀끝에 와 닿는 그녀의 손가락이 자극적이었다. 나예는 얼굴이 온통 붉어져 그에게서 손을 빼내려고 했다. 하지만 훈겸은 그녀의 손목을 꽉 잡고 있었다.

"나…… 기분이 너무 이상해요. 못 참겠어."

나예는 울상이 되어 애원했다. 그녀가 뭘 원하고 있는지 알았지만 훈겸은 아직 그녀의 몸을 다 만지지 못했다.

"아직 덜했는데. 조금만 참아 봐."

훈겸은 웃음기 어린 어조로 말하곤 그녀의 다리를 손으로 쓸었다. 나예는 숨을 쌔근거리며 그를 원망스런 눈빛으로 바라보았다. 훈겸은 그녀의 쭉 뻗은 다리를 천천히 손으로 느꼈다. 매끈하고 섹시한 다리를 보니 심장이 두방망이질 쳤다. 그녀의 다리를 매만지는데 나예가 얼굴을 가리고 신음 소리를 냈다. 훈겸은 고개를 숙이고 그녀의 발목에 입을 맞추었다. 귀여운 발가락에도 키스하고 무릎 안쪽을 손으로 만졌다. 그녀가 몸을 배배 꼬았다.

"제발요……. 몸이…… 너무 뜨거워."

그녀가 작은 목소리로 중얼거렸다. 훈겸은 다른 쪽 발목을 잡았다. 다리를 핥고 있는데 나예가 울기 시작했다. 그녀가 욕망으로 몸부림치는 모습이 사랑스러웠다. 금방이라도 그녀가 원하는 대로 그녀의 몸을 뚫고 싶었다. 그 역시 나예의 몸을 애무하면서 극도로 흥분된 상태였다.

"키스해 줘요. 제발. 빨리. 미칠 것 같아요."

나예가 다리를 벌렸다. 그녀의 사랑스러운 핑크빛 습지가 보였다. 그녀의 눈동자에 눈물이 글썽이고 있었다. 훈겸은 멍하니 그녀의 은밀한 부분을 바라보았다. 그에게 황홀한 천국을 가져다주었던 그녀의 몸. 그녀는 다리를 벌리고 그를 잡아당겼다. 훈겸은 그녀의 핑크빛 꽃잎을 엄지손가락으로 살짝 쓸었다. 그녀가 비명을 질렀다. 이미 질척하게 젖을 대로 젖은 그곳은 그의 손길을 기다리고 있었다. 훈겸은 고개를 숙였다. 혀를 내밀어 그녀의 사랑스러운 그곳을 핥았다. 그녀는 극도의 흥분 상태에 빠져 있었다. 그가 살살 혀를 움직여 애무하자 그의 머리카락을 손으로 헤집었다.

"아…… 좋아……. 만져 줘요."

그녀는 엉덩이를 들썩이며 요구했다. 훈겸은 그녀의 몸에 키스하며 손가락으로 살살 그곳을 문질렀다. 나예는 흐느끼며 그의 머리카락을 꽉 쥐었다. 그녀가 엉덩이를 치켜 올리며 그의 머리카락을 잡아당겨 얼굴에 은밀한 부분을 문질렀다. 부드러운 그녀의 습지가 얼굴에 닿는 기분은 표현할 수 없을 정도로 자극적이었다. 그녀가 절정을 느끼고 있다는 것을 알 수 있었다. 나예는 비명을 지르다시피 크게 신음 소리를 내고 있었다. 그녀의 엉덩이가 더 빠르게 들썩였다. 훈겸은 혀를 내밀어 그녀의 습지를 자극했다. 그녀는 절정에 다다른 건지 온몸을 바르르 떨었다.

그녀의 몸에서 힘이 풀렸다. 훈겸은 쾌락에 젖어 전율하는 그녀를 내려다보았다. 그녀의 몸이 잔물결을 일으키며 바르르 떨렸다. 아름다웠다. 벌려진 다리 사이의 분홍빛 살이 수축을 일으키며 그녀를 떨게 하고 있었다. 훈겸은 손을 내밀어 그녀의 꽃잎을 만졌다. 나예가 눈물이 흐른 얼굴을 손으로 가리고 있었다. 훈겸은 다시 고개를 숙여 그녀의 꽃잎에 키스했다. 그녀의 몸에서 흘러나온 물을 핥아 내곤 고개를 들었다.

"나한테 무슨 짓을 한 거예요?"

나예가 힘이 다 빠진 듯 가느다란 목소리로 투덜거렸다. 얼굴을 가리고 있는 것이, 창피한 모양이었다.

"널 즐겁게 해 주려고 했는데. 재미없었어?"

나예가 그를 흘겨보며 이불을 끌어다 몸을 가렸다. 훈겸은 사랑스러운 그녀를 끌어당겨 엎드리게 했다.

"뭐하는 거예요?"

"등에 키스해 주려고."

나예는 몸을 뒤챘다. 훈겸은 그녀가 움직이지 못하게 뒤에서 누르곤 그녀의 뒷목에 키스했다. 그녀가 몸을 살짝 떨었다. 그는 아직 욕구를 해결하지 못해 몸이 아플 지경이었다. 그녀의 하얀 목덜미에 입을 맞추니 향긋한 냄새가 났다. 훈겸은 그녀의 목덜미에 코를 박고 냄새를 맡았다.

"간지러워요."

나예가 목을 움츠리며 말했다. 훈겸은 그녀를 뒤에서 안았다. 손바닥에 그녀의 가슴이 가득 들어찼다. 나예는 몸을 비틀며 그에게서 벗어나려 했다.

"꺄! 그만하라고요!"

그녀의 가슴을 주무르자 비명을 지르며 몸을 비틀었다. 흥분으로 온몸에 땀이 바짝 났다. 훈겸은 그녀를 끌어안고 그녀의 엉덩이에 잔뜩 흥분한 중심을 문질렀다.

"가만히 좀 있어. 나 정말 죽겠다고."

그녀의 귀에 대고 속삭였다. 진짜 너무 흥분이 되어 죽을 것 같았다. 나예는 흠칫 놀라 몸부림치던 걸 멈췄다.

"아…… 참. 괜찮아요?"

그녀가 살짝 고개를 돌리고 물었다. 그의 상태를 잊고 있었던 모양이다. 훈겸은 고개를 돌린 나예의 볼에 입을 맞췄다.

"안 괜찮아."

훈겸은 손을 다시 움직여 나예의 가슴을 주물렀다. 그녀가 숨을 훅 들이쉬었다. 훈겸은 그녀의 어깨에 입을 맞추었다.

"내가…… 키스해 줄까요?"

나예가 조심스럽게 물었다. 그가 계속 가슴을 만져 목소리가 조금 불안정하게 들렸다. 훈겸은 그녀의 어깨에서 입술을 떼고 대답했다.

"아니. 내가 하고 싶어. 네 몸에. 한 군데도 빼지 않고 다."

그녀가 바르르 떨었다. 훈겸은 그녀의 등에 키스했다. 그의 숨결이 닿자 나예는 몸을 비틀었다. 그녀가 움직일 때마다 가슴이 출렁거렸다. 훈겸은 천천히 그녀의 가슴을 어루만졌다.

"아아…… 이 자세 마음에 안 들어요. 그냥 누워 있으면 안 돼요?"

나예가 숨을 헐떡이며 말했다. 훈겸은 못들은 척 그녀의 가슴을 계속 만지다가 그녀가 다시 끙끙대자 물어보았다.

"왜 마음에 안 들어? 난 좋은데."

"너무 흥분돼요. 기분이 이상해."

그녀는 또다시 흥분했는지 그가 키스할 때마다 신음 소리를 냈다. 그녀는 정말 감도가 좋은 여자였다. 훈겸은 그녀를 또 흥분시켰다는 게 기분 좋았다.

"흥분되면 좋은 거잖아."

"창피하단 말예요."

"난 네가 흥분하는 게 좋은데."

그녀의 엉덩이에 흥분한 몸을 문지르자 그녀가 숨을 헐떡였다. 훈겸은 나예의 등을 핥으며 손을 내려 그녀의 엉덩이를 잡았다. 나예는 신음 소리를 흘리며 엉덩이를 움찔거렸다. 귀여운 그녀의 엉덩이를 손으로 어루만졌다. 나예는 그의 손길에 눈을 질끈 감았다. 그녀의 상기된 볼이 예뻐 보였다. 만지기 쉽게 하려고 그녀의 엉덩이를 들어 올리자 그녀는 무릎을 꿇고 엎드린 자세가 되었다.

훈겸은 고개를 숙여 그녀의 엉덩이에 입을 맞췄다. 나예는 그의 입술에 민감하게 반응했다. 훈겸은 그녀의 엉덩이에도 붉은 자국을 남겼다. 그녀는 그의 혀가 살갗을 빨아들이자 몸을 떨면서 신음을 내질렀다. 그녀의 엉덩이를 치켜 올린 자세라 핑크빛의 은밀한 부분과 항문이 보였다. 혀를 내밀어 두 곳을 한꺼번에 핥았다. 찌릿했는지 나예가 소리를 질렀다. 은밀한 곳에서 미끌미끌한 물이 흘러내리고 있었다. 그는 그녀의 습지에 진하게 키스했다. 그녀는 숨을 몰아쉬며 그에게 엉덩이를 들이밀었다. 훈겸은 그녀의 엉덩이에 얼굴을 묻고 한참 동안이나 핥고 빨았다.

"음…… 너무해요. 아……."

그녀가 흐느끼듯 칭얼거렸다. 더 이상 참기가 힘들었다. 나예는 그의 눈앞에서 엉덩이를 흔들고 있었다. 빨리 그녀의 몸속에 중심을 묻어 달라는 듯이. 훈겸은 나예의 엉덩이를 손으로 잡고 한 번에 그녀의 몸속으로 들어갔다. 그녀가 엎드린 자세는 몹시 자극적이었다. 그녀의 둥글고 예쁜 엉덩이가 한눈에 보였고 그의 중심이 그녀의 몸속으로 들어갔다 나왔다 하는 모습이 그대로 보여 정말 그녀를 갖는 것 같다는 느낌이 강하게 들었다.

훈겸은 힘을 주어 그녀의 몸속으로 파고들었다. 살갗이 부딪치는 적나라한 소리가 들렸다. 숨이 넘어갈 것 같았다. 나예는 침대 시트에 얼굴을 묻고 흐느끼고 있었다. 훈겸은 더 빠르게 허리를 움직였다. 감각의 파도가 온몸을 휩쓸었다. 그녀에게 몸을 숙이고 가슴을 손에 쥐었다. 그가 허리를 움직일 때마다 가녀린 그녀의 몸이 흔들렸다. 그녀의 가슴도 흔들리고 있었다.

"제발⋯⋯. 아, 죽을 것 같아요. 흐읍⋯⋯."

나예가 흐느끼며 애원했다. 그녀의 촉촉하고 좁은 굴이 그를 꽉 조이고 있었다. 나예는 그가 움직이는 것에 맞춰서 엉덩이를 흔들고 있었다. 본능적인 움직임이었지만 그녀의 몸짓은 너무도 아름다웠다. 흥분감이 절정으로 치솟았다. 훈겸은 온몸에 힘을 주고 그녀를 밀어붙였다. 나예는 비명을 질렀다.

머릿속이 하얗게 비워졌다. 아무 생각도 들지 않고 감각과 욕망만이 가득했다. 그녀의 좁은 습지가 수축을 반복하며 그를 꽉 조여 댔다. 훈겸은 절정을 느끼며 그녀의 몸에 중심을 깊이 박아 넣었다.

"으윽!"

그녀의 몸속에 모든 걸 분출하고 나자 정신이 아득해졌다. 훈겸은 나예를 안고 옆으로 누웠다. 그녀의 몸이 축 늘어졌다. 그녀를 꼭 끌어안고 목덜미에 입을 맞췄다.

"사랑한다, 나예야."

그녀의 귓가에 속삭였다. 그녀가 아주 작은 목소리로 '나도 사랑해요.' 하고 속삭였다. 가슴이 터질 듯 꽉 찬 느낌이었다.

33장

나예는 기지개를 켜며 침대에서 꿈틀거렸다. 따스한 햇살이 얼굴을 간지럽혔다. 나예는 기분 좋은 욱신거림을 느끼며 눈을 떴다. 침대에는 그녀 혼자 누워 있었다.

"아, 지금 몇 시야?"

중얼거리던 나예는 벌떡 일어났다. 정신이 들자 밝은 햇살이 눈에 들어왔던 것이다. 아침 9시를 가리키는 시계가 보였다.

"꺄! 미쳤어! 어떡해!"

나예는 후다닥 일어나 훈겸을 찾았다. 그는 집 안 어디에도 보이질 않았다. 나예는 정신없이 욕실로 들어가 샤워기를 틀었다. 거울 속에 비친 그녀의 모습에 또 한 번 비명을 질러야만 했다. 목덜미와 가슴에 얼룩덜룩 간밤의 흔적이 남아 있었다. 훈겸이 그녀의 온몸을 애무하면서 생긴 자국이었다. 나예는 빨개진 얼굴로 얼른 샤워를 하고 머리를 감았다. 그와 밤새 사랑을 나누다가 새벽녘에나 잠이 든 것 같았다.

간밤의 일을 떠올리니 금세 몸이 뜨거워졌다. 나예는 씻고 수건으로 몸을 감쌌다.

"아, 어떡해. 늦잠을 자 버리다니. 아…… 못 살겠네."

옷을 찾아 들고 보니 군데군데 찢어져 있어 또 얼굴이 붉어졌다. 나예는 옷을 쓰레기통에 넣고 훈겸의 옷장을 뒤져 그의 셔츠와 바지를 대충 입었다. 살금살금 밖으로 나와 집으로 들어가서야 나예는 한숨을 쉬었다. 영미는 출근했고, 동생들도 모두 학교에 간 시간이라 집에는 아무도 없었다. 나예는 방으로 후다닥 달려 들어가 옷을 갈아입고 뛰어나왔다. 빵집까지 숨이 턱에 닿도록 달려가니 이미 영미가 가게 문을 열고 영업 준비를 하고 있었다.

"언니! 헉헉……."

나예는 숨이 차 제대로 말도 하지 못했다. 영미는 나예를 보더니 그녀의 팔목을 붙잡고 한쪽으로 데려갔다.

"얘, 너 피임이나 제대로 하고 있는 거니?"

영미가 다짜고짜 묻는 말에 나예는 말문이 막혀 버렸다. 아마 간밤에 그녀가 외박한 것을 알고 묻는 말인 것 같았다. 얼굴이 확 달아올라 아무 말도 못 하는데 영미가 낮은 목소리로 다시 말했다.

"훈겸 씨가 너한테 가벼운 마음으로 그럴 리는 없겠지만 그래도 조심해. 아직 결혼 생각은 없는 것 같던데 실수로라도 아

이 생기면 곤란해. 너도 아직 나이가 어리고 지금은 일에만 집
중하고 싶을 거 아냐. 너를 위해서도 그렇고……. 알겠어?"

"알았어."

나예는 붉어진 얼굴로 고개를 끄덕였다. 임신에 대해서는
한 번도 생각을 해 본 적이 없었다. 그와 밤을 보낸 몇 번은 가
임기가 아니었다.

'이번은?'

나예는 달력을 보며 날짜를 세어 보았다. 조금 알쏭달쏭했
다. 그와 밤을 보내면서 그 이후의 일에 대해서는 미처 생각을
하질 못했다. 결혼은 아직도 그녀에게 낯선 세계였고, 아직 나
예는 하고 싶은 일이 더 많았다.

"좋니?"

나예는 한참 생각을 하다가 웃음 띤 영미의 물음에 놀라 고
개를 들었다. 영미는 가슴 앞으로 팔짱을 낀 채 나예를 빤히 바
라보고 있었다.

"응? 뭐, 뭐가? 참, 준비해야 하는데 내가 너무 늦었지?"

"훈겸 씨가 하고 있어. 평소랑 똑같이 나와서 혼자 다 해 놓
은 것 같던데?"

창피해서 화제를 돌리는데 영미가 웃으며 말했다. 나예는
영미의 말에 깜짝 놀랐다. 그가 혼자 준비를 다 했다면 잠을 거
의 못 자고 나왔을 게 분명했다.

"아, 그래? 피, 피곤하겠네. 나도 얼른 해야겠다."

"내가 보기에 너, 남자 잘 골랐어."

"뭐?"

"그렇게 일하고, 밤새 힘쓰고, 또 잠도 거의 못 잤을 텐데 새벽부터 또 일하고 있잖아. 아까 봤더니 아주 멀쩡하던데? 슈퍼맨이 따로 없어. 그것도 잘하지?"

영미가 은근한 표정으로 묻자 나예는 헛기침을 하며 고개를 돌렸다. 창피하고 민망해 영미를 제대로 볼 수가 없었다.

"어쨌든 얘, 저 남자 꽉 잡아라. 진짜 괜찮은 남자니깐. 자, 이제 얼른 들어가서 일해."

영미가 나예의 등을 치며 밀어냈다. 나예는 제빵실 쪽을 보다가 걸음을 멈췄다. 어색하고 창피해 훈겸을 마주하기가 겁이 났다.

"어, 언니. 나 조금만 더 있다가 들어갈게."

나예는 붉어진 얼굴로 돌아섰다. 영미가 의아하다는 눈으로 바라보았다. 간밤에 그에게 만져 달라고 애원했던 게 떠올라 도저히 창피해서 그를 볼 수가 없을 것 같았다. 욕망 때문에 제정신이 아니었다. 이성을 잃고 동물적인 욕구 충족만 하느라 뒷일은 전혀 생각을 안 했던 거였다.

"왜 그래? 새삼 창피하니?"

"아…… 나 훈겸 씨 얼굴 못 보겠어."

나예는 울상이 되어 두 손으로 얼굴을 감쌌다. 볼이 화끈거렸다. 영미가 재미있다는 듯 피식 웃으며 나예의 등을 쳤다.

"계집애! 그렇게 좋았어? 얘, 너 좋다고 막 헤픈 여자처럼 군 건 아니지?"

나예는 머리카락을 쥐어뜯었다.

'아…… 언니 말대로 딱 그렇게 행동했다고.'

그의 눈앞에서 다리를 벌리고 키스해 달라고 요구했던 게 떠올라 미칠 것 같았다. 대체 왜 그랬는지 시간을 되돌리고 싶었다. 개처럼 엎드려 그에게 엉덩이를 흔들었던 것도 떠올랐다. 나예는 숨을 몰아쉬며 자리에 쪼그리고 앉았다. 절대 그를 다시 볼 수 없었다.

"너도 알겠지만 남자들은 자기들이 쫓아다니는 걸 좋아하지 여자가 사랑해 달라고 들이대는 건 별로 안 좋아해. 사랑해도 너무 다 주지는 마. 나중에 후회할지도 모르니까."

"아…… 언니……. 어떡해. 나 정말 미쳤나 봐……."

눈물이 나올 것만 같았다. 나예는 한숨을 푹 쉬며 머리카락을 쥐어뜯었다. 그때 제빵실 문이 열리며 훈겸이 빵을 들고 나왔다. 나예는 그를 보자 혼비백산해 벌떡 일어났다. 그가 나예를 보고 반갑게 웃음 지었다.

"왔어? 피곤할 텐데 더 자지 그랬어."

영미가 피식거리며 웃었다. 나예는 그의 얼굴을 바로 쳐다볼 수가 없어 고개를 푹 숙이고 말았다.

"왜 그래? 어디 아파?"

훈겸이 빵을 내려놓고 나예에게 다가와 걱정스럽게 물었다. 나예는 그가 다가오자 돌아섰다. 바닥이 갈라져 그녀를 삼켜주었으면 좋겠다고 생각하면서. 그가 나예의 어깨를 잡자 찌릿거리며 온몸이 떨렸다.

"아, 아뇨. 저 옷 좀 갈아입을게요."

나예는 그의 눈을 바로 보지 못하고 제빵실로 숨어들었다. 후끈 달아오르는 몸을 식히려 애쓰면서 나예는 상의를 벗었다.

"강나예, 오늘 왜 이렇게 이상하게 굴어? 어디 아픈 거 아냐?"

제빵실 문이 열리고 훈겸이 들어오자 나예는 얼음처럼 굳어 버렸다. 상의를 벗었다는 걸 깨달은 것은 그가 우뚝 서서 그녀를 빤히 쳐다봤기 때문이다. 나예는 벗은 옷을 가슴에 끌어안고 당황해 어찌할 바를 몰랐다. 그가 천천히 다가왔다. 숨이 거칠어졌다. 나예는 간밤의 뜨거웠던 그의 입술이 떠올라 몸을 떨었다. 그가 나예의 벗은 어깨에 손을 대었다. 뜨거웠다. 나예는 힘없이 들고 있던 옷을 떨어뜨렸다. 브래지어 위로 그가 손을 뻗어 가슴을 쥐었다. 숨이 턱 막혔다.

나예는 떨리는 시선으로 그를 바라보았다. 그의 눈동자가 욕망으로 젖어 들어 있었다. 그가 천천히 고개를 숙이자 나예는 눈을 감았다. 입술 위로 뜨거운 그의 입술이 맞닿았다. 나예는 고개를 들고 그의 입 속으로 혀를 넣었다. 본능처럼 그와 닿기만 하면 모든 걸 잊었다. 그가 뜨겁게 나예의 입술을 삼키고 가슴을 쓰다듬었다. 그의 손이 브래지어를 살짝 내리자 가슴이 쏟아져 나오듯 공기 중에 노출되었다. 나예는 비틀거렸다. 그가 나예의 등을 받쳐 쓰러지지 않도록 해 주었다. 그의 입술이 나예의 목을 타고 내려와 가슴을 빨았다. 나예는 신음 소리를 내며 그의 머리카락을 헤집었다. 너무 좋았다. 또 모든 걸 잊어 버리고 창피함도 다 잊을 만큼. 질척이는 소리가 귀를 자극했다. 그가 나예의 한쪽 가슴을 손으로 쥐고 다른 한쪽을 세게 빨았다. 간밤에 이미 그의 모든 걸 다 가졌지만 후끈 타오르는 몸은 또 그를 원하고 있었다.

나예는 숨을 헐떡였다. 그가 다시 사랑해 주길 바랐다. 다리 사이에서 물이 흘러내렸다. 나예는 끙끙거렸다. 그의 손을 붙잡고 치마 아래로 끌어당겼다. 그가 조금 망설이는 듯했지만 나예는 그의 손을 팬티 속으로 밀어 넣었다. 다리 사이의 습지로 그의 손이 들어왔다. 나예는 한쪽 다리를 들어 그가 만지기 좋게 했다. 젖은 꽃잎 사이로 그의 손가락이 파고들자 나예는 신음 소리를 냈다. 그가 나예의 입술에 키스해 신음 소리를 막았다. 나예는 미칠 것 같은 기분에 몸을 떨었다. 그의 손가락이 깊숙이 들어왔다. 나예는 본능적으로 그를 꽉 조였다. 그가 젖어서 매끈해진 그녀의 꽃잎을 손가락으로 매만졌다. 찌릿거리는 느낌에 나예는 비명을 질렀지만 그가 입술을 막고 있어 소리가 나오지는 않았다. 기절할 것 같았다. 그의 손가락이 나예의 몸 깊숙한 곳으로 들어왔다 나갔다를 반복했다. 간밤에 몇 번씩이나 느꼈던 전율이 나예의 온몸을 휩쓸었다. 나예는 엉덩이를 움직였다. 단지 손으로 자극해 주는 것일 뿐인데 그의 손이 주는 쾌락이 너무도 강렬했다. 볼을 타고 눈물이 흘렀다. 나예는 신음 소리를 계속 냈다. 그의 혀가 나예의 입 안을 구석구석 쓸고 핥아 내렸다.

'아, 어떡해.'

쾌락의 파도가 휩쓸고 지나가자 나예는 서서히 정신이 들었다. 거칠었던 숨이 가라앉자 나예는 진짜 죽고 싶을 정도로 창피했다. 간밤의 일이 잊히지도 않았는데 또다시 그를 보자마자 흥분해서 이성을 잃고 말았다. 그가 어떻게 생각할지 생각만 해도 암담했다. 나예는 아무 말도 할 수가 없었다.

그는 나예의 입술에서 천천히 입술을 떼고 그녀를 내려다보며 싱긋 웃었다. 그녀의 욕망은 풀렸지만 그는 아직 아닐 텐데도 그는 말없이 티슈를 가져다 그녀의 몸을 닦아 주었다. 너무도 창피했다. 하지만 몸에 힘이 하나도 없어 그가 하는 걸 바라보고만 있었다.

그는 티슈로 나예의 다리 사이를 닦아 주곤 옷을 입혀 주었다. 속옷도 제대로 입혀 주고 제빵 가운도 입혀 주었다. 단추를 다 채우고는 웃으며 그녀의 이마에 다시 키스해 주었다. 너무도 다정한 그의 행동에 나예는 울컥했다. 그리고 너무 창피해서 눈물이 났다.

"왜 울어? 왜? 아팠어?"

그가 놀란 눈으로 물었다. 나예는 그에게 등을 돌리고 울었다. 그가 헤픈 여자라고 생각할 것 같았다. 나예가 대답을 하지 않고 울기만 하자 그가 등 뒤에서 나예를 끌어당겨 안아 주었다.

"내가 뭘 잘못한 거야?"

그의 목소리가 귓가에서 울렸다. 나예는 훌쩍이며 눈물을 닦았다. 그가 잘못한 일은 없었다. 욕망에 굴복한 그녀의 잘못이었다.

"아니에요. 내가…… 너무…… 당신에게 안기면 아무 생각이 안 나요. 창피한데 도저히 못 참겠어."

나예는 띄엄띄엄 말했다. 생각이 정리가 되질 않아 횡설수설하는 기분이었다.

'아, 또 무슨 말을 한 거야. 바보.'

나예는 입술을 깨물었다. 바보 같은 말을 해 버렸다. 하지만 그는 웃지 않았다. 그녀를 안고 있는 그의 가슴이 빠르게 뛰고 있었다.

"나도 그래. 너만 보면, 생각을 할 수가 없어."

그의 음성에 귀가 간질거렸다. 나예는 허리를 감싸고 있는 그의 팔을 손으로 잡았다. 흥분해 있는 그의 몸이 엉덩이께에 느껴졌다. 심장이 두근거렸다.

"난 네가 감정을 표현하는 게 좋아. 부끄러워하지 마."

그가 나예의 어깨를 잡고 돌려세웠다. 그의 눈동자를 올려다보았다. 그는 나예를 내려다보며 미소 지었다.

"네가 행복해야 나도 행복해. 알겠어?"

그제야 기분이 나아졌다. 나예가 생각했던 것처럼 그게 창피한 일이 아니라는 걸 그가 확인시켜 주자 조금 마음이 놓였다. 나예는 고개를 끄덕였다. 그가 나예의 볼을 톡톡 치더니 몸을 돌려 다시 일을 하기 시작했다. 나예는 빵을 만들면서 그의 모습을 흘끗거렸다. 일에 집중하는 그의 모습은 언제나 반할 만큼 매혹적이었다. 그의 손이 빠르게 반죽을 매만지는 걸 멍하니 보고 있자 그가 웃으며 한마디 던졌다.

"이봐, 꼬마. 빵 반죽한테 질투가 나는데. 그렇게 좋아?"

나예는 화들짝 놀라 헛기침을 하곤 오븐을 열었다. 뜨거운 열기가 훅 밀려왔다. 나예는 빵에 스팀을 주기 위해 쟁반에 조약돌을 깔고 오븐에 넣었다. 오븐을 닫고 돌아서니 그가 스크래퍼로 반죽을 커팅하고 있었다.

"사실은, 반죽을 본 게 아니라 훈겸 씨 손을 보고 있었어요."

나예의 말에 그가 잠깐 손을 멈추었다.

"내 손?"

"응. 그때 말예요. 어렸을 때. 지금도 기억이 생생해요. 이렇게…… 반죽 치던 당신 손이요. 손 보고 반했거든요."

나예는 허공에 손을 들어 그가 반죽을 하던 손 모양을 따라 하며 말했다. 훈겸은 정말 놀란 듯한 표정이었다.

"정말이야?"

나예는 고개를 끄덕였다. 볼이 뜨끈해졌다. 그는 놀라워하며 나예를 뚫어지게 바라보았다.

"내가 전에 말했었잖아요. 당신, 내 첫사랑이었다고."

"진짜…… 놀라운데."

나예는 웃으며 그에게 등을 돌리곤 다시 오븐을 열었다. 반죽을 넣고 조약돌에 물을 부어 스팀이 오르게 했다. 오븐을 닫는데 그가 어느새 뒤로 다가와 있었다.

"깜짝이야. 왜 그래요?"

뒤로 돌아서다가 그와 부딪친 나예가 놀라자 그는 웃으며 나예를 끌어안았다.

"좋아서."

"치. 저리 가요. 일하는 중이잖아."

"나예야, 우리…… 결혼하자."

그를 밀어내다가 나예는 우뚝 멈췄다. 그가 환한 얼굴로 그녀를 내려다보고 있었다.

'결혼?'

나예는 멍하니 그를 올려다보았다. 그의 눈빛에 사랑이 가득 차 있었다. 아직은 결혼에 대해 생각해 보지 않았지만 그와 함께라면 평생 좋을 것 같았다. 나예는 가만히 그의 눈동자를 응시했다. 그의 맑은 눈동자에 빨려 들 것만 같았다. 그에게 '예스'라고 답을 하고 싶었다.

'그렇지만…… 벌써?'

마음은 이미 결혼식장에 가 있었지만 현실은 아니었다. 갑자기 머릿속이 복잡해졌다. '파티시엘 강나예'라는 이름을 걸고 빵을 만들어 많은 사람들에게 즐거움을 주고 싶다는 꿈도 아직 이루지 못했다. 파티시엘로서 더 연구해서 만들고 싶은 빵이 무궁무진했다. 그녀의 한계를 시험해 보고 싶은 국제 대회에도 다시 나가 보고 싶었다. 그런데 결혼이라는 현실은 그녀의 날개를 묶어 버릴지도 모른다. 나예는 망설이다가 그의 눈을 똑바로 바라보았다.

"미쳤어요? 난 아직 스물다섯밖에 안 되었다고요. 그리고 이, 이렇게 프러포즈도 형편없이 하는데 어떻게 결혼을 해요?"

그녀가 쏘아붙이자 훈겸은 씩 웃었다. 그녀가 그런 식으로 말할 줄 알았다는 듯이.

"프러포즈 다시 하면 받아 줄 거야? 다시 제대로 할게."

"몰라요."

나예는 그를 밀어내고 구운 빵을 들고 제빵실을 나왔다. 매장에 빵을 내려놓는데 손이 후들후들 떨렸다.

"아, 떨려."

혼잣말로 중얼거리는데 영미가 다가와 이상하다는 듯 쳐다보았다.

"뭘 그렇게 중얼거려?"

"응? 아, 아니."

심장이 두근거려 견딜 수가 없었다. 나예는 오전 내내 반쯤은 정신이 나가 있었다. 훈겸은 그녀를 보고 평소처럼 웃으며 농담을 던지고 일을 했지만 그녀는 그 말에 대꾸조차 제대로할 수가 없었다.

"어? 저분, 오늘도 오셨네."

오후가 되어 잠시 한숨 돌리며 매장에서 커피를 마시는데 밖을 내다보고 있던 훈겸이 혼잣말처럼 중얼거렸다. 밖을 내다보면 손님이 들끓는 킹 과자점이 바로 보이기 때문에 의기소침해질까 봐 나예는 될 수 있으면 매장 밖을 보지 않았다.

"누가요?"

영미가 매장 정리를 하다 고개를 들었다. 훈겸은 나예와 영미를 돌아보며 손가락으로 바깥쪽을 가리켰다.

"저기 여자분. 요전번에도 밖에서 보고만 있기에 들어오시라고 했는데 그냥 가 버리더라고. 그런데 뭔가 사연이 있는 것 듯했어. 간판 보면서 우는 것 같던데…… 혹시 아는 분이야?"

기분이 이상했다. 훈겸이 가리키는 매장 밖으로 시선을 돌린 나예는 잠시 아무 말도 하지 못했다. 옷차림이나 분위기가 바뀌긴 했지만 분명 엄마였다. 매장을 하염없이 바라보며 눈물을 글썽이고 있는 여자는 그녀가 그렇게 찾던 엄마, 김영주가 분명했다.

"모셔 올까? 오늘도 울고 있는 것 같아. 잠시만."

나예가 얼음처럼 굳어 있는 사이 훈겸이 매장 밖으로 나갔다. 영미는 나예의 엄마를 알아보지 못했는지 고개를 갸웃거리며 밖을 내다보았다.

"나예야, 혹시…… 아줌마 아냐? 옷차림이 좀 다르긴 한데……."

영미가 고개를 갸웃거리며 물었다. 눈앞이 흐려졌다. 나예는 아무 말도 할 수 없었다. 그렇게 찾던 엄마인데 막상 눈앞에 엄마를 마주하고 나니 아무 생각도 나질 않았다.

"괜찮아요. 잠깐 들어오세요. 지난번에도 그냥 가셨잖아요."

훈겸이 나예의 엄마를 가게 안으로 밀어 넣으며 말했다. 그녀는 들어올 생각이 없었는지 안으로 들어오지 않으려다가 밀려들어오고 말았다. 나예의 볼에 눈물이 흘러내렸다.

"아줌마!"

영미가 소리쳤다. 나예는 눈도 깜박이지 않고 엄마를 바라보았다. 엄마 역시 나예를 보고 눈시울이 붉어졌다.

"나예야……."

잠시 망설이는 듯 머뭇거리던 엄마가 떨리는 목소리로 나예를 불렀다. 늘 화려한 옷을 입고 진한 화장을 한 엄마의 모습에 익숙했었는데 화장기 없는 얼굴에 수수한 옷차림을 한 엄마를 보니 진짜 엄마가 맞나 의심스러울 지경이었다. 나예는 입술을 깨물었다. 아픔이 느껴지는 걸 보니 꿈은 아닌 것 같았다.

그동안 애타게 부모님을 찾으면서 나예는 언젠가 두 분을 만나는 상상을 수없이 했었다. 아버지는 몰라도 엄마를 만난다면 어떤 얼굴로 마주하게 될지 상상이 되질 않았다. 원망을 고스란히 쏟아 내며 화를 낼지, 그래도 다시 만나게 되어 기뻐할지, 과연 엄마를 용서할 수는 있을지…….

"왜…… 왔어?"

눈물이 줄줄 흘러내리는 것도 느끼지 못했다. 몇 년 동안 쌓이고 또 쌓인 엄마에 대한 원망과 그리움이 마음속에서 터졌다. 처음엔 그녀를 비롯한 모든 가족을 절망의 구렁텅이에 빠뜨린 엄마가 원망스럽고 미칠 것처럼 화가 났었다. 아무 응답도 없는 삐삐 번호를 수도 없이 누르며 애타게 찾았지만 나예가 간절히 엄마를 필요로 했을 때 엄마는 나타나지 않았다. 다시는 만나고 싶지 않다고 죽을 때까지 찾지 말라고 모진 말을 녹음했을 때도 아무런 반응이 없었다.

"나예야……."

"내가 분명히 말했잖아. 다신 나 찾지 말라고. 죽을 때까지 찾지 말라고 했잖아. 이제 와서 왜 나타나?"

눈물이 한없이 흘렀다. 목소리가 떨렸지만 그보다 더 큰 분노에 휩싸였다. 죽을 만큼 힘들었던 때는 아무리 찾아도 연락 한번 없더니 이제 와서 뻔뻔스럽게 나타나다니 화가 났다. 엄마는 나예의 서슬에 아무 말도 하지 못하고 눈물만 흘렸다.

'왜 바보같이 울기만 해? 뭐라도 말을 하라고! 변명을 하란 말야!'

마음속으로 울부짖었다. 하지만 목소리가 되어 나오진 않았다. 엄마가 뭐라도 좋으니 그때 사정이 있어 연락하지 못했다고, 미안하다고 했으면 싶었다.

사실 그동안 시간이 지나며 서서히 화가 가라앉고 체념을 하고 나자 두 분 모두 어디서 뭘 하고 있는지, 무슨 일이 생긴 것은 아닌지 걱정이 되고 그저 어디선가 살아 있기만 해도 좋겠다는 생각을 했다. 결번인 엄마의 삐삐 번호를 몇 년 동안 누르면서도 나예는 엄마와 연결된 끈을 놓고 싶지 않았다. 그래야 할 것 같았다. 하지만 막상 엄마가 눈앞에 나타나자 마음과는 달리 모진 말이 나와 버렸다. 다 체념하고 그리움만 남은 줄 알았는데 아직은 아닌 모양이었다.

"미안하구나. 이렇게 나타나려 한 건 아니었는데……."

엄마는 떨리는 목소리로 울며 말했다. 붉어진 눈으로 고개를 숙인 그녀는 손으로 입을 막고 가게 밖으로 나가 버렸다. 나예는 가게 문이 닫히는 걸 보면서도 한 발짝도 움직일 수 없었다. 엄마를 붙잡아야 한다고 생각은 했지만 발이 떨어지질 않았다. 그렇게 모진 말을 또 내뱉어 버린 입을 원망할 틈도 없이 엄마는 그녀의 눈앞에서 사라져 버렸다.

"내가 가 볼게."

훈겸이 엄마를 따라 가게 문을 열고 사라지자 나예는 자리에 털썩 주저앉아 버렸다. 영미가 다가와 나예를 안아 주었다.

"괜찮아. 훈겸 씨가 따라갔으니까 아줌마 다시 찾아올 거야. 울지 마, 나예야."

영미는 나예의 마음을 이해한다는 듯 따뜻하게 안아 주었다. 나예는 영미의 품에서 흐느꼈다.

"나예야, 오늘은 좀 일찍 들어가. 내가 마무리하고 들어갈게."

얼마나 시간이 흘렀을까. 나예는 멍하니 제빵실에 앉아 있다가 영미의 목소리에 고개를 들었다. 저녁도 먹지 않았지만 허기가 느껴지지 않았다. 시계를 보니 저녁 8시가 다 되어 가고 있었다. 훈겸은 엄마를 따라 나가서 그때까지 전화 한 통 없었다. 아무래도 엄마와 함께 있을 것 같다는 생각에 나예 역시 전화를 해 보지 않았다. 그녀의 기분을 염려한 듯 영미가 등을 떠밀어 내보냈다. 나예는 옷을 갈아입고 가게를 나섰다. 정말 기운이 하나도 없고 아무 생각도 들지 않았다.

"아! 훈겸 씨, 이제 와요? 나예 데리고 집에 먼저 가세요."

영미가 이끄는 대로 가게 밖으로 나온 나예는 정신을 차리고 앞에 서 있는 훈겸을 바라보았다. 그는 영미의 말에 고개를 끄덕이며 나예에게 손을 내밀었다.

"가자. 오늘은 좀 쉬어."

나예는 그의 손을 잡았다. 따뜻했다. 그가 이끄는 대로 집으로 향했다. 엘리베이터를 타고 집 앞에 올 때까지 그는 아무 말도 하지 않았다. 나예는 집 앞에 서서 훈겸을 올려다보았다.

"오늘은 아무 생각 하지 말고 자. 내일 얘기하자."

그의 배려에 감사했지만 나예는 혼자 집에 들어가고 싶지 않았다. 그를 보며 고개를 저었다.

"혼자 있기 싫어요."

그가 잠시 망설이더니 나예를 데리고 자신의 집으로 들어갔다. 나예는 그의 손을 잡고 따라 들어갔다.

"커피? 아니면 따뜻한 거?"

그가 나예를 소파에 앉히곤 물었다. 나예는 힘없이 웃었다. 그는 알겠다는 듯 고개를 끄덕이곤 주방으로 들어가 따뜻한 물을 한 잔 갖다 주었다. 그가 소파 옆자리에 앉자 나예는 천천히 그에게 기댔다.

"지난번에 오셨을 때도 어디서 본 듯한 인상이었어. 오늘 보니까 너, 어머니 많이 닮았더라."

그가 말하자 기대어 있는 그의 몸에서 기분 좋은 울림이 느껴졌다. 나예는 천천히 고개를 끄덕였다. 그가 가져다 준 따뜻한 물을 마시자 기분이 좀 나아졌다.

"어렸을 땐 그게 싫었어요. 사람들이 예쁘다고 하면 그것도 기분 나빴죠. 사람들이 뒤에서 막 수군거렸거든요. 엄마가 술집 여자라고. 어린 마음에 그게 꽤 상처가 됐어요. 난 죽어도 엄마처럼 살진 않을 거라고 생각했었죠."

"많이 원망했었어?"

그가 말하는 게 엄마로 인한 여러 가지 일들이라는 것을 알았다. 나예는 물을 한 모금 더 마시고 고개를 끄덕였다.

"엄마가 나와 영우를 돌봐 주지 않고 자기 인생을 사는 것에만 몰두하는 것 같아서 원망스러웠어요. 지금은 어느 정도 이해는 하지만. 그리고 엄마의 사치스런 생활 때문에 사채를 쓰고, 우리 가족이 뿔뿔이 흩어지게 된 것은 용서하기 힘들었어요."

"그래. 그랬겠지. 아까 어머니 쫓아가서 이야기 들었어."

나예는 잔을 내려놓고 훈겸 쪽으로 돌아앉았다.

"엄마가 뭐래요? 왜 우릴 찾지 않은 거죠?"

엄마가 눈앞에 있었으면 따지고 싶었다. 헤어진 후 몇 년 동안 도대체 어디서 뭘 하고 지냈는지, 왜 영우와 그녀를 찾지 않은 건지. 의문점은 꼬리에 꼬리를 물고 생겨났다.

"그때 상황이 어려웠나 봐. 사채를…… 여러 군데서 쓰는 바람에 쫓기고 있었대."

힘이 쭉 빠지는 기분이었다.

"그러니까 빚이 더 있었다는 말이죠? 1억 빚으로도 모자라서 또 다른 사채를 썼다고요?"

레드플라워의 강 마담 말이 떠올랐다. 엄마가 사채를 쓰고 또 다른 사채로 돌려막기를 했었다는 말. 그랬다면 몇 군데에서 사채를 썼을 수도 있다.

"후회하고 계셨어. 처음엔 쫓기는 중이라 경황이 없었고, 나중엔 너무 죄스러워 나타날 수 없었대. 최근까지 지방에서 숨어 살다가 사채를 일부 갚고 경기도 쪽으로 올라왔다고 하셨어."

다시 눈물이 흘러내렸다. 나예는 훈겸이 건네준 티슈로 눈물을 닦았다.

"아빠…… 아빠는요?"

"함께 계신대. 파주에서 베이커리 운영하신다고……. 사실 얼마 전에 혁준이 형이 알려 줬던 제과점 중의 하나야. 봄 베이커리. 나도 이름 듣고 깜짝 놀랐어. 이번에 주인이 바뀌었다고 했잖아."

아버지가 무사하다는 말을 듣자 울음이 터졌다. 나예는 한참을 훈겸에게 안겨 흐느꼈다. 아버지를 당장 만나고 싶었다. 직접 두 눈으로 확인하고 싶었다.

"아빠한테 가고 싶어요."

훈겸은 나예를 안고 등을 토닥여 주었다.

"그래, 내일 가자."

나예는 잠시 울다가 눈물을 닦았다. 훈겸이 건네준 잔을 들고 물도 마셨다. 정신을 좀 차리고 나자 다시 의문점이 생겼다.

"그런데 왜 아빠는 우릴 찾지 않은 거죠? 내 소식 들었으면 당장 달려오셨을 텐데."

"나도 궁금해서 여쭤 봤는데, 그게…… 빚 때문에 어머니께서 아예 말씀을 안 하신 모양이야."

"빚 때문에?"

"사채 빚 1억 원을 갚은 걸 모르시던데? 나머지 빚은 다 갚았는데 1억이 남아 있다고 생각하고 계셔. 파주로 이사 온 뒤에 아버님은 베이커리 오픈하느라 어머니 혼자 너희 소식 알아 본다고 하셨나 봐. 아마 금방 찾으셨던 것 같아. 네가 예전 가게 자리에서 빵집을 하고 있으니까. 그런데 아버님께 알려서 서로 만나게 되면 혹시 사채업자들이 알고 찾아오지 않을까 걱정되었나 봐. 남은 빚을 네게 갚게 할 순 없다고…….”

바보같이 또 눈물이 흘렀다. 나예는 한참을 더 울어야만 했다. 그날 집으로 돌아와 잠자리에 들어서도 나예는 한참 동안 잠을 이루지 못했다. 부모님 두 분 다 건강하게 살아 계신 것만 으로도 감사할 일이었지만 막상 엄마를 만나고 보니 그동안 그녀의 마음속에 맺혀 있던 원망이 너무 커서 감당을 할 수가 없었다. 당장 아빠를 만나러 달려가고 싶었지만 엄마를 용서할 수 있을지 의문이었다.

결국 그 주일 내내 나예는 아버지를 만나러 갈 수 없었다. 아버지를 만나러 가려면 엄마와 어떤 형태로든 꼬여 있는 마음을 풀어야만 했다. 마음속으로는 엄마를 용서해야 한다고 생각하고 있었지만 쉽사리 결심할 수가 없었다. 엄마 역시 그녀를 볼 낯이 없다고 생각했는지 더 이상 빵집에 찾아오지 않았다.

“나예야, 이제 그만 아줌마 용서해.”

매장에서 제품을 디스플레이하고 있는데 영미가 툭 던지듯 말을 걸었다. 영미에게는 대략적인 이야기를 해 주었기 때문에 그간의 사정을 알고 있었다. 나예는 못 들은 척 다시 식힘망에 올려진 빵을 포장했다. 영미가 한숨을 쉬더니 나예의 손을 잡았다.

"아줌마도 그동안 많이 힘들었을 거야. 그때 여기 찾아왔을 때 아줌마 차림새 보니까 느껴지더라. 아줌마 이제 변했어. 물론 아줌마 때문에 네가 힘들었던 건 변하지 않는 사실이지만. 그래서 네 마음 이해는 해. 그렇지만 너 몇 년 동안 부모님 소식 기다려 왔잖아. 어디서든 살아 계시기만 하면 좋겠다고 했잖아."

"알아, 언니. 나도 이미 용서했다고 생각했었는데, 그게 아니었나 봐. 막상 마주하니까 내 마음이…… 움직이질 않아. 너무 힘들었던 기억이 다시 날 괴롭혀."

영미는 고개를 끄덕이며 나예의 손을 꼭 잡아 주었다.

"그래, 알아. 누구보다도 네가 가장 힘들겠지. 하지만 너랑 영우, 애타게 찾을 아저씨 마음도 생각해 봐. 아저씨가 널 얼마나 아꼈니."

아버지를 생각하자 가슴이 아팠다. 나예는 고개를 끄덕였다. 어떤 식으로든 엄마와 매듭을 풀어야겠다는 생각이 들었다.

며칠 후, 나예는 결심을 하고 훈겸에게 '봄 베이커리'에 다녀오겠다고 말했다. 나예는 혼자 다녀올 생각이었지만 훈겸은 마음이 놓이질 않는지 함께 가기를 원했다.

"정말 혼자 다녀와도 괜찮아요."

나예는 굳이 그가 따라가지 않아도 괜찮을 거라고 생각했지만 훈겸은 함께 가기를 고집했다.

'그래. 엄마한테 또 모진 말을 할지도 모르는데…… 훈겸 씨

가 옆에 있으면 아무래도 말려 주겠지.'

나예는 결국 훈겸과 함께 차를 탔다. 엄마에 대한 마음이 아직 풀리진 않았지만 언제까지 만나지 않을 순 없었다.

"강나예, 마음이 별로 좋진 않겠지만 다르게 생각해 보면 어때?"

그가 운전을 하다가 문득 말을 꺼냈다. 나예는 창밖을 보다가 그에게 시선을 돌렸다.

"뭘요?"

"믿고 있던 사람에게 배신당했던 기억은 아프겠지만…… 그래도 네가 화를 낼 수 있게…… 건강하게 살아 계시잖아."

훈겸의 말을 듣고 나예는 망치로 얻어맞은 것 같은 충격을 받았다. 그 역시 세계의 중심이었던 아버지의 치부를 알고 힘들어했지만 아버지가 돌아가시면서 더 큰 아픔을 느껴야 했다는 걸 그녀 역시 잘 알고 있었다.

'난 그래도…… 부모님 두 분 다 무사하시니까…….'

나예는 창밖을 내다보며 생각에 잠겼다.

'봄 베이커리'는 상업지역이 아닌 평범한 동네 안에 있었다. 한적한 동네 빵집이었다. 나예는 차에서 내려 베이커리 주변을 둘러보았다. 비교적 깔끔한 동네지만 조용한 곳이었다. 빵집은 그렇게 오래돼 보이진 않았다. 깔끔한 외관과 마찬가지로 베이커리 안도 정리가 잘되어 있었다.

"어서 오세요."

매장 직원인 듯한 젊은 아가씨가 붙임성 있게 인사했다. 나예는 매장 안을 천천히 둘러보았다. 코끝이 매웠다.

"이건……."

나예는 떨리는 손으로 빵을 집어 들었다. 클로버 모양처럼 네 군데에 움푹 파인 자국이 있는 빵이었다. 나예는 빵을 한입 베어 먹었다. 아빠가 만든 빵. 나예와 아빠 둘만이 알고 있는 클로버빵이었다.

"저, 제빵실에 좀 들어갈게요. 사장님을 좀 만나고 싶어요."

나예는 여직원에게 말했다. 아가씨는 조금 난감하다는 표정으로 대답했다.

"사장님이요? 지금 일하는 중이시라 만날 수 없어요. 제빵실 들어가시면 누가 방해하는 거 굉장히 싫어하시거든요."

"알아요. 그렇지만 오늘은 방해해도 싫어하지 않을 거예요. 우리…… 아빠거든요."

여직원은 깜짝 놀란 듯 눈을 둥그렇게 떴다. 나예는 제빵실로 향하는 문을 찾았다. 그러고는 제빵실 문을 천천히 열고 안으로 들어섰다. 제빵실 안은 향긋한 빵 냄새로 가득했다. 그리고 그 안에 밀가루 반죽을 하고 있는 아버지가 있었다.

"아빠!"

나예는 구르듯이 달려갔다. 사채업자에게 쫓겨 생이별했던 아버지가 눈앞에 서 있었다. 나예는 떨리는 손을 들어 아버지의 얼굴을 만졌다. 아버지는 갑작스레 나타난 나예를 보고 믿을 수 없다는 듯 입을 딱 벌렸다.

"아빠! 아빠……."

나예는 아버지를 끌어안고 울음을 터뜨렸다.

"나예야…… 우리 나예가 맞는 거냐?"

아버지는 나예를 꽉 안아 주었다. 아버지의 목소리도 떨렸다. 나예는 울며 고개를 끄덕였다. 그렇게 찾았어도 찾지 못했던 아버지를, 이제야 겨우 찾게 되었다.

"왜 이렇게 소란스러워? 그이 어디 나갔어? 왜 제빵실 문이 열려 있어?"

아버지를 끌어안고 하염없이 울고 있는데 바깥에서 여자 음성이 들려왔다.

"나예?"

나예는 제빵실 입구를 보았다. 엄마가 놀란 듯 눈을 크게 뜨고 얼음처럼 굳어 있었다.

"왔구나…… 나예…….."

엄마가 눈물을 흘리고 있었다. 나예는 어찌할 바를 몰랐다. 엄마에게 어떻게 대해야 할지 몰랐다. 마음속으로는 먼저 손을 내밀까 망설이면서도 입은 도저히 떨어지질 않았다. 엄마도 나예가 싫어할 거라 생각하는 건지 차마 다가오지도 못하고 고개를 숙이고 말았다. 나예는 입술을 깨물며 엄마에게 등을 돌리고는 아버지를 향해 시선을 돌렸다.

"그동안 어떻게 지내신 거예요? 아빠, 그때 많이 다쳤잖아요. 괜찮은 거예요?"

한참 부둥켜안고 울다가 정신을 차렸다. 나예가 울먹이며 아버지에게 물었다.

"여기서 이럴 게 아니라 집에 가자. 나예야, 집에 가서 얘기해."

아버지가 나예의 손을 잡고 끌어당겼다. 그들은 제빵실에서 나와 매장 안쪽으로 연결된 안채로 들어갔다. 허름한 양옥집이었다. 나예는 눈물을 그칠 수가 없었다. 아버지가 나예를 따라온 훈겸을 보더니 물었다.

"이 친구는 누구냐?"

나예는 경황이 없어 훈겸을 아버지에게 소개해야 한다는 것을 잊고 있었다. 그는 아버지의 물음에 고개 숙여 인사를 했다.

"안녕하세요. 정훈겸이라고 합니다."

나예는 아버지에게 그를 어떻게 소개해야 되나 잠시 머뭇거렸다. 엄마인 영주는 이미 훈겸을 만나 알고 있겠지만 아버지는 아니었다. 하지만 그녀가 고민할 필요도 없이 그가 얼른 덧붙였다.

"나예와 진지하게 만나고 있습니다."

나예는 깜짝 놀랐다. 처음 보는 그녀의 부모님 앞에서 망설이지도 않고 그렇게 대답하다니. 그의 말을 듣고 아버지는 놀란 얼굴이 되었다.

"그래. 이따가 자세하게 이야기하지."

아버지는 일단 나예와 쌓인 이야기를 하려는 듯 시선을 돌렸다. 엄마는 나예의 눈치를 보며 멀찍이 서 있다가 차라도 내오겠다며 밖으로 나가 버렸다. 엄마가 나가자 나예는 아버지를 보고 다시 눈물을 글썽였다.

"아빠, 어떻게 된 거예요? 몇 년 동안 아빠를 얼마나 찾았는지 몰라요. 그때 그렇게 헤어지고 아빠가 살아 계신지 돌아가셨는지도 모르고 얼마나 속을 끓였다고요."

"그랬구나. 영우는, 영우는 잘 있는 게냐?"

"네, 영우 잘 있어요. 학교도 잘 다니고 있고요."

"그래. 다행이다, 다행이야."

아버지의 눈에 눈물이 맺혔다. 나예는 아버지에게 다가가 손을 꼭 잡았다. 감정이 북받쳐 올랐다. 아버지는 떨리는 손으로 나예의 손을 꼭 맞잡아 주었다.

"아빠, 그때 사고로 심하게 다쳤잖아요. 아빠와 헤어진 뒤로 그날 일을 얼마나 후회했었는지 몰라요. 어떤 상황이었어도 아빠와 함께 갔었어야 했는데. 다친 아빠를 두고 도망갔던 게……."

나예가 말을 끝맺지 못하고 눈물을 흘렸다. 아버지는 떨리는 손으로 나예의 볼에 흐른 눈물을 닦아 주곤 고개를 저었다.

"아니다. 우리가 그때 함께 있었다면 그놈들에게 분명 잡혔을 거야. 난 그때 차에서 빠져나와 얼마 떨어지지 않은 곳에서 정신을 잃었었다. 깨어났는데 다행히 놈들은 가고 없더구나. 다쳐서 움직일 수조차 없었는데 그 동네 할머니 한 분이 날 발견하고 보살펴 주셨다. 그때 골절상을 입어 몇 달간 움직일 수가 없었지. 경기도에 있는 지인을 찾아가 몇 달간 신세를 졌어. 다행히 네 엄마와 연락이 닿아 만날 수 있었다."

그 말에 나예의 눈에 다시 눈물이 흘렀다. 아버지가 그동안 얼마나 고생을 하셨을지 짐작이 갔다.

"어떻게? 엄마도 도망 다니고 있었던 거 아니에요?"

"그랬지. 삐삐를 쳤더니 네 엄마가 연락을 했어. 다쳤다고
하니 내가 있는 곳으로 찾아왔다. 물론 그때도 사채업자에게
쫓겨 다니던 중이라 네 엄마는 지방으로 잠시 내려가 있다가
몇 달 뒤에 다시 만나게 됐지."

"아빠, 지금은 괜찮은 거예요?"

"그럼, 괜찮아. 겨우 거동이 가능해졌을 때 서울로 너희들을
찾으러 갔었는데…… 찾을 수가 없었어. 집도 가게도 다 넘어
가 버려 갈 데도 없었을 텐데……. 영우랑 둘이 어떻게 되었을
까 봐 얼마나 가슴을 쳤는지……."

아버지는 눈물을 흘리며 말을 잇지 못했다. 나예는 아버지
와 얼싸안고 한참을 울었다. 사채업자에게 빚을 갚고 나서 영
미와 함께 단칸방을 전전하며 어렵게 살았던 몇 년간이 떠올라
울음을 그칠 수가 없었다.

"영미 언니가 나랑 영우 돌봐 줬어요. 지금도 같이 살고 있
고요."

간신히 진정하고 울음을 그친 나예는 목소리가 잠긴 채로
말했다. 아버지는 나예의 손을 잡고 고개를 끄덕였다.

"아, 영미가 도와줬구나. 고맙게도……."

"영미 언니 없었으면 정말 어떻게 되었을지 생각하기도 싫
어요."

아버지의 이마에 깊이 주름이 패었다. 아버지는 길게 한숨

을 쉬었다.

"서울에 돌아갔을 때, 집도 가게도 가 보았지만 이미 너희들은 없었지. 영미가 살던 자취방에도 찾아가 봤지만 방세를 못 내서 이사 갔다는 말만 들었고⋯⋯."

"아, 영미 언니도 단칸방에서 동생 돌보며 살고 있었는데, 나랑 영우까지 얹혀살게 되어서 이사를 몇 번이나 했는지 몰라요. 방세 못 내서 쫓겨나기도 하고⋯⋯ 달동네 전전하면서 살았는데 그래서 못 찾았나 봐요."

"영우 다니던 유치원에서도 모르고, 제과학교에도 가 봤지만 널 본 적이 없다고 하더구나. 찾다 찾다 서울에 있는 시설들까지 다 찾아다녔다. 하지만 너희는 그 어디에도 없었지."

가슴이 먹먹해졌다. 아버지가 그녀와 영우를 찾으러 다니면서 어떤 심정이었을지 짐작조차 할 수 없었다. 나예 역시 아버지를 찾아보았지만 같은 서울 하늘 아래 있었으면서도 그렇게 엇갈렸던 게 못내 안타까웠다.

"엄마한테 저도 삐삐는 여러 번 했었는데. 엄마가 얘기 안 했어요?"

엄마와 만났다면 그녀가 연락했다는 말을 들었을 텐데 왜 엇갈렸는지 이상했다. 아버지는 다시 한숨을 쉬었다.

"나와 연락이 닿은 후로 다시 몇 달간 사채업자에게 쫓기면서 한 번 잡혔던 모양이야. 삐삐도 잃어버리고 그놈들한테 감시당하면서 식당 같은 곳에서 일하느라 두어 달 아예 나와도 연락이 끊어졌었어. 나중에 다시 도망 나와서 만날 수 있었다.

아마 음성을 남겼어도 듣지 못했을 거야."

"아……."

나예는 그제야 이해할 수 있었다. 그녀가 애타게 찾았을 때 엄마가 아무 소식이 없었던 이유를.

"사채업자들 눈을 피하려고 삐삐도 해지하고 부산에 내려가 숨어서 지냈어. 그놈들이 찾아낼까 봐 전입신고조차 할 수 없었어. 그나마 빚은 3000 정도였지만 그땐 수중에 아무것도 남아 있는 게 없어서 막막했지. 몇 년간 사채업자를 피해 다니며 안 해 본 일이 없었어. 너희들을 찾아야 했는데 그러지도 못하고……."

"아빠, 아빠는 엄마를 용서한 거예요?"

"용서라……. 네 엄마가 그렇게 된 건 내 잘못도 있지. 이유야 어찌 되었든 결혼 전엔 화려한 생활을 하다가 나와 결혼한 뒤로 넉넉지 않은 살림에 어렵게 살았으니. 사치스런 습관을 고치지 못한 건 잘못이지만, 뭐 어쩌겠니."

"아빠는 정말…… 바보 같아요. 이제는 더 없는 거예요? 빚말이에요."

나예는 한숨을 쉬었다.

"아마 더 이상은. 그때 여러 가지 일을 겪고 네 엄마도 이제 정신 차린 것 같아. 몇 년간 부산 쪽에서 지내다가 겨우 빚을 갚고 돈도 조금 모았지. 서울에서 떠나오기 전에 졌던 1억 빚이 남아 있긴 하지만. 지금 여기로 옮겨 온 지 몇 달 되지 않았다. 여기 사장님이 사정이 생겨 외국으로 가게 되어 빵집을 싸게 인수할 수 있었어. 여기 잡혀서 대출받고 어떻게든 남은 빚도 갚아야지. 그리고 너희들도 찾아야 하니까 지방에 계속 있을 수는 없었다."

아버지는 그런 사람이었다. 바보처럼 한결같고 우직한 사람. 그렇게 가족을 배신한 엄마를 용서하고 책임지려 몸이 부서지게 일했을 게 분명했다.

"그랬구나. 어쩐지……. 그렇게 꼭꼭 숨어 있었으니 찾을 수가 없었던 거예요. 나도 아빠를 찾을 수가 없어서 아빠가 서울에 없을지도 모른다고 생각했었어요. 그리고 아빠, 빚은 안 갚아도 돼요. 제가 다 갚았어요."

"뭐? 그 많은 돈을 어떻게 네가 갚았다는 거냐?"

나예는 사실을 말해야 하나 거짓말을 해야 하나 순간 망설였다. 훈겸을 쳐다보니 그가 고개를 저었다. 사실대로 말하지 말라는 의미였다. 그녀도 돈 때문에 몸을 팔았다는 말은 차마할 수 없었다. 아버지가 얼마나 괴로워하실지 안 봐도 뻔했다.

"그게…… 운이 좋았어요. 훈겸 씨가…… 사정이 딱하다고 돈을 빌려 줬어요."

둘러댄다고 했는데 아버지가 의심스러운 눈으로 그녀와 훈겸을 바라보았다. 나예는 속이 뜨끔해 그 시선을 피했다.

"1억을? 어떻게 그 큰돈을 빌려 줬다는 말이냐?"

아버지의 물음에 뭐라고 대답을 할 수가 없었다. 훈겸이 곤란해하는 나예를 보고 대신 대답했다.

"저한테…… 눈먼 돈이 있어서 도울 수 있었습니다. 그때 사채업자들이 영우를 데려가 팔아넘기겠다고 협박을 했거든요. 사정을 듣고 도와주지 않을 수 없었습니다. 사람 목숨이 달린 일이니까요."

"영우를…… 붙잡아 갔단 말이냐? 그놈들이?"

아버지의 눈에서 불이 일었다. 나예는 그때의 일을 떠올리자 가슴이 조여드는 듯했다.

"아빠, 영우는 무사해요. 돈도 갚았고, 영우도 무사히 찾았어요."

아버지는 침통한 표정이었다. 나예는 아버지를 괴롭게 만든 것 같아 마음이 무거웠다. 그때 엄마가 차를 가져왔다. 엄마가 들어오자 자연스럽게 대화가 끊겼다. 엄마는 여전히 나예에게 시선조차 돌리지 못하고 있었다. 나예는 한숨을 쉬었다.

'내가 남긴 음성을 듣지 못했다면 나와 영우가 어떤 상황이 었는지 몰랐겠지. 하지만 그렇다고 해도…….'

망설여졌다. 엄마에게 어떻게 대해야 할지 몰랐다. 아버지와 엄마가 무사하다는 것을 알게 되고 다시 만나게 된 것은 너무도 기쁜 일이었지만, 몇 년간 마음속에 응어리졌던 엄마에 대한 미움과 원망이 쉽사리 없어지진 않았다. 괴로워할 아버지 때문에 차마 그녀가 어떤 일까지 했었는지 말할 수는 없었지만 모진 말이라도 퍼부어 생채기를 내야 화가 풀릴 것 같았다.

"나예야……."

엄마가 조심스럽게 나예에게 시선을 돌렸다. 빨개진 눈가에서 눈물이 방울방울 흘러내렸다. 나예의 두 눈에서도 역시 눈물이 줄줄 흘러내렸다. 미움의 감정이 구름처럼 뭉게뭉게 부풀어 올라 나예의 온몸을 감쌌다.

'수천 번, 수만 번 생각했지만 답이 없어.'

답답했다. 힘들고 괴로울 때마다 그렇게 책임감 없는 행동을 한 엄마가 원망스럽고 미워서 나중에라도 만나면 절대 용서하지 않겠다고 생각하기도 했지만, 한편으론 그래도 낳아 주신 부모님인데 어떻게 계속 미워할 것인가 고민도 했었다. 아버지의 말처럼 엄마가 가엾게 느껴진 적도 없진 않았다.

그래서 더 힘들었다. 미워하고 싶어도 미워할 수 없었고, 미치도록 원망을 쏟아 붓고 싶다가도 어느 순간엔 어릴 적 따스하게 안아 주었던 엄마의 품이 생각나 울음이 왈칵 나오기도 했다.

"그때 상황은 아빠가 말씀해 주셨어. 그렇지만 엄마, 나 엄마…… 용서 못 하겠어."

꽉 주먹 쥔 손바닥에 손톱이 박히는 아픔이 느껴졌다. 나예는 입술을 깨물곤 고개를 돌려 버렸다. 엄마의 얼굴을 계속 마주하고 있을 수가 없었다. 그때의 상황이 어쩔 수 없었다는 것도, 엄마가 후회하고 있으며 잘못을 뉘우치고 있다는 것도 다 이해했고 알고 있었지만 도저히 용서하고 받아들이겠다는 말이 나오질 않았다.

"나예야, 미안하구나."

심장이 쾅 내려앉았다. 나예는 흠칫 떨었다. 언제 다가왔는지 엄마가 그녀 옆으로 다가앉아 그녀의 손을 붙잡았다. 엄마의 손은 따뜻했다. 나예는 그 손을 뿌리치곤 울음이 터져 나오려는 입을 손으로 막았다.

"뭐가요? 뭐가 미안한데?"

나예는 천천히 시선을 돌려 엄마를 바라보았다. 엄마는 그녀와 꼭 닮은 눈망울로 투명한 눈물을 방울방울 흘리고 있었다. 눈가에 잡힌 엷은 주름조차도 그 아름다움을 가리진 못했지만 이제 그녀는 예전의 화려한 모습을 벗고 진짜 엄마 같은 모습이었다.

"너희들을 잃고 나서야 내가 얼마나 큰 잘못을 했는지 깨닫게 되었어. 여기저기 돈을 빌려 내 허영심을 채우다가 문득 정신을 차려 보니 내 옆에 아무도 남지 않았더구나. 믿지 않을지도 모르겠지만 나 역시 나중에 영우와 너를 애타게 찾았어. 미안하다, 나예야. 너희들을 그렇게 버려두다니……. 엄마가 잘못했어."

나예는 울음을 터뜨렸다. 엄마는 나예를 꼭 안아 주었다. 엄마의 품은, 여전히 따뜻했다. 나예는 멈추지 않는 눈물을 흘리며 한동안 엄마에게 안겨 있었다.

아이러니하게도 미안하다며 흐느끼는 엄마의 목소리에 나예는 울분이 풀리는 듯한 기분이 들었다. 가족이기 때문에 용서할 수밖에 없지 않을까 생각했지만 그럼에도 불구하고 용서하지 않겠다고 다짐했던 딱딱한 벽이 엄마의 눈물 앞에 조금씩 부서지는 것 같았다.

엄마에 대한 원망과 미움이 완전히 풀리지는 않았지만, 최소한 엄마가 이제 예전과는 다른 생각을 갖게 되었고, 좀 더 나은 사람이 된 것 같다는 생각에 기분이 훨씬 나아졌다.

나예는 눈물을 닦고 욕실로 들어가 세수를 했다. 다시 방에 돌아와 앉았을 때는 이미 시간이 한참 흐른 뒤라, 차도 다 식어 버리고 말았다. 어차피 아무것도 입에 넣을 수 없을 것 같다는 생각이 들어 나예는 차를 밀어 두었다.

"나, 엄마를 이해하려고 많이 노력했어. 하지만 좀 힘들어. 당장은…… 나한테 너무 많은 걸 바라진 마요. 시간이 좀 더 흐르고 내가 엄마를 편하게 볼 수 있을 때까지는 엄마가 참고 기다렸으면 좋겠어. 아빠는 엄마를 그렇게 용서했는지 모르지만 난 자신 없어."

엄마 역시 울음을 그치고 앉아 있었다. 나예는 심호흡을 하고 엄마에게 또렷한 목소리로 말했다. 그리고 아버지를 향해 쓰게 미소 지었다.

"아빠, 죄송해요. 엄마에게 못되게 구는 게 속상할지도 모르지만 아빠가 이해해 주세요. 저, 지금은 아무렇지 않게 엄마 대할 자신이 없어요."

아버지는 나예를 바라보다가 천천히 고개를 끄덕였다.

"그래. 네가 많이 힘들었겠지."

아버지는 나예의 손을 따뜻하게 잡아 주었다. 나예는 아버지의 눈을 바라보며 미소 지었다. 한동안 말없이 나예와 시선을 마주하고 있던 아버지는 잠시 후, 훈겸에게 시선을 돌렸다.

"술상 좀 봐 오지."

아버지는 훈겸을 보더니 엄마에게 술상을 봐 오라고 말했다. 나예는 아버지가 훈겸에 대한 의심을 풀지 않았음을 느꼈다. 그가 많은 돈을 그녀에게 주었다는 것에 대해 이상하게 생각하고 있을 게 분명했다. 나예는 문득 두려웠다. 아버지가 훈겸이 그토록 싫어하던 정도훈의 아들이라는 걸 알게 되면 어떻게 될지.

"그래, 자네는 직업이 뭔가?"

엄마가 술상을 봐 오자 아버지는 훈겸에게 술을 한 잔 따라 주며 물었다. 훈겸은 고개를 옆으로 돌리고 술을 마셨다.

"예. 빵을 만들고 있습니다."

"그래? 어느 제과점에서 일하고 있나?"

파티시에라는 말에 아버지는 의외라는 표정이었다. 그래도 아버지가 호감을 가질 수 있지 않을까 하는 생각에 조금은 희망을 가졌다.

"'파티시엘 강나예'에서 일합니다."

"뭐?"

아버지는 제대로 알아듣지 못한 듯 되물었다.

"나예를 사장님으로 모시고 일하고 있는데요."

그가 웃으며 대답하자 아버지는 정말 놀란 듯했다. 나예는 아버지가 묻는 시선을 던지자 말했다.

"아빠, 저 작년에 빵집 차렸어요. 우리 클로버 빵집 있잖아요! 거길 다시 찾았어요."

"그게 정말이냐? 어떻게……."

아버지는 놀라움과 감격이 뒤섞인 어조로 감탄사를 내뱉었다. 나예는 눈물을 글썽이며 아버지의 손을 잡았다.

"그게…… 훈겸 씨가 거기서 빵집을 할 수 있게 도와줬어요."

"뭐?"

어디서부터 어떻게 설명을 해야 하나 나예는 쉽게 말을 꺼내지 못했다. 훈겸과 킹 과자점에 대해 이야기를 해야 하는데 그걸 말하면 아버지가 그의 존재를 받아들이지 않을 것 같았다. 나예는 말문이 막혀 아버지의 묻는 시선을 피했다. 머릿속으로 온갖 생각을 다 해 봤지만 피할 방법이 없었다.

"제가 그 건물을 갖고 있었습니다. 지금은 나예에게 건물을 넘겨주었고요."

결국 훈겸이 대답을 했다. 건물을 갖고 있었다는 말에 부모님이 모두 놀란 표정이 되었다.

"어떻게……. 그 건물, 상업지역이라 비쌀 텐데. 그 건물을 나예가 인수할 수 있었다는 건가?"

"그건…… 원래 아버님 것을 돌려드린 겁니다. 저희 아버지께서 돌려주라고 하셨습니다."

나예는 입술을 깨물었다. 결국 그는 아버지의 이야기를 할 모양이었다. 정해진 수순이긴 했지만 나예는 걱정이 되었다. 아버지가 그를 받아들여 줄지 몰랐으니까.

"자네 아버지가 누군데 내게 돌려주라고 했단 말인가?"

"킹 과자점, 정도훈 회장님이십니다."

잠시 침묵이 흘렀다. 나예는 조마조마한 마음으로 희석을 지켜보았다. 아버지는 처음에는 믿을 수 없다는 듯한 표정으로 훈겸을 바라보았다. 그러다 점점 침통한 표정으로 변하더니 두 눈에 분노를 활활 불태우며 훈겸을 노려보았다.

"내 집에서 당장 나가게."

아버지의 손에 하얗게 힘이 들어갔다. 나예는 두려움에 몸을 떨었다. 아버지가 그렇게 분노를 드러내는 모습을 보니 막막해졌다. 아버지는 주먹을 부들부들 떨며 이를 갈았다. 훈겸은 씁쓸한 표정으로 자리에서 일어섰다.

"죄송합니다. 다음에 다시 찾아뵙겠습니다."

"다시는 날 찾지 말게. 우리 나예도 찾지 말고."

아버지는 완고한 태도로 말했다. 눈앞이 캄캄했다. 아버지가 쉽게 허락할 거라고는 생각하지 않았지만 그렇게 단호하게 다시는 찾지도 말라고 할 줄은 몰랐다. 나예는 안절부절못했다. 아버지에게 대들 수도 없었고 훈겸의 편을 들 수도 없었다.

"죄송하지만 그건 안 되겠는데요. 전 나예를 사랑합니다."

"뭐! 이놈이!"

아버지가 벌떡 일어났다. 당장에라도 훈겸을 한 대 칠 기세인 아버지를 엄마가 기겁을 하며 붙들고 늘어졌다.

"오늘은 돌아가겠습니다. 기쁜 날인데 저 때문에 망쳐서 죄송합니다. 내일 다시 찾아뵙겠습니다."

훈겸은 나예에게 눈짓을 하곤 나갔다. 나예는 한숨을 푹 쉬었다. 아버지는 침통한 표정으로 자리에 앉아 연신 쓴 술을 마셨다.

"아빠, 천천히 드세요."

나예는 아버지의 손에서 술병을 빼앗아 대신 따랐다. 아버지는 가만히 나예를 쳐다보다가 한숨을 쉬었다.

"너, 그놈 아이라도 가진 게냐?"

"아빠, 아니에요!"

나예는 펄쩍 뛰었다. 그리고는 화끈거리는 얼굴을 두 손으로 감싸며 울상을 지었다. 아버지는 나예를 보더니 다시 한숨을 쉬었다.

"됐다. 아니라면 당장 헤어져라. 그리고 빵집도, 건물도 돌려줘라."

나예는 울컥했다. 아버지는 나예가 생각했던 최악의 시나리오대로 말하고 있었다. 눈물이 또 흘러내렸다. 아버지의 분노는 이해했지만 그녀는 훈겸을 사랑했다. 무슨 일이 있어도 그와 헤어질 순 없었다.

34장

"왜 그렇게 죽을상이야?"

새벽부터 내내 그녀는 수심이 가득한 얼굴을 하고 있었다. 훈겸은 그녀의 기분을 짐작하고 있었기 때문에 일부러 아무 말도 하지 않고 일을 하고 있었다. 혁준이 준 아이디어를 바탕으로 새롭게 생각해 낸 홍보 방법은 바로 신제품이 나오는 날마다 신제품을 손님들에게 하나씩 무료로 나눠 주는 것이었다. 그날은 새로운 발효빵이 나오는 날이었기 때문에 구워야 할 빵의 양이 많았다. 바쁘기도 했고 그녀가 속상해하는 이유도 알고 있어서 오전 내내 그녀를 내버려두었지만 그녀의 기분이 점점 나빠지는 것 같아서 슬쩍 한마디 던졌다.

"당신은 아무렇지도 않아요?"

그녀가 어제 일을 말한다는 걸 알고 훈겸은 싱긋 웃었다.

"당연히 좋지. 네가 그렇게 찾던 부모님을 찾았잖아. 다행히 건강하시고."

나예는 한숨을 쉬었다.

"어머니에 대한 마음은 어때? 전보다 많이 누그러진 것 같던데."

훈겸이 계속 말을 이었다. 나예는 훈겸을 보고 쓴웃음을 지었다.

"처음보다는요. 사실 얼굴 보는 것도 힘들었는데, 엄마가 우는 걸 보고 마음이 흔들렸어요. 금방 마음이 풀어질 것 같진 않지만 차차 나아지겠죠. 엄마랑 원수처럼 살 생각은 없어졌어요."

"다행이네."

"그것보다 우리 문제가 더 큰일이에요."

"우리 문제?"

훈겸은 태평하게 되물었다. 나예는 다시 한숨을 쉬었다. 물론 그녀의 아버지는 훈겸이 누구인지 알자마자 그를 내쫓았지만 그 정도는 충분히 예상했던 반응이었다.

"사람이 왜 그렇게 융통성이 없어요? 처음 만나는 날 바로 당신이 누군지 얘기해 버리면 아빠가 가만있겠어요? 좀 서로 알고 나서 당신이 좋은 사람이라는 걸 아빠가 안 다음에 얘기해도 늦지 않잖아요."

그녀가 불만스럽게 말했다. 그 역시도 나예가 한 생각을 하지 않은 건 아니었다. 하지만 처음이든 나중이든 그가 정도훈의 아들이라는 것은 변함없는 사실이고, 그 사실을 언제 알든 나예의 아버지 태도는 같았을 거라고 생각했다.

"내가 그랬다가 너한테 엄청 혼났잖아. 지금 알게 되든 나중에 알게 되든 결과는 같아. 오히려 속이면 더 노여워하실 거야."

"아빠는 한번 아니라고 하면 끝까지 아닌 분이세요. 정말 고집도 세고…… 꽉 막혔다고요."

"음. 그래. 꼭 너같이."

"뭐예요!"

"흉본 거 아냐. 난 좋다고. 자기 생각 확실하고, 끝까지 포기 안 하고 한 길로 가잖아."

훈겸은 시간을 체크하고 오븐에서 갓 구워진 빵을 꺼냈다.

"오늘 신제품, 전립분 발효종으로 만든 크루아상 나왔어. 네가 먼저 맛봐."

훈겸은 먹음직스럽게 구워져 나온 크루아상을 나예에게 하나 내밀었다. 그녀는 여전히 수심이 가득한 얼굴로 빵을 먹었다. 맛을 제대로 느끼지도 못하는 듯 나예는 먹다가 빵을 내려놓았다.

"맛없어?"

"모르겠어요. 아무것도 모르겠어. 아빠가 당장 훈겸 씨와 헤어지래요."

그녀는 우울한 얼굴로 말했다. 역시나 그럴 것 같았다. 그래서 나예의 얼굴이 그렇게 어두웠던 거였다. 훈겸은 크루아상을 하나 들고 맛을 보았다. 맛이 괜찮았다. 생각했던 맛이 제대로

나온 것 같아 훈겸은 크루아상을 놓고 오븐에서 초콜릿 크루아
상을 꺼냈다. 두 가지 종류로 만들어 손님들에게 몇 개씩 포장
해 나눠 줄 생각이었다. 나예는 훈겸이 빵을 꺼내는 걸 보더니
한숨을 쉬었다. 훈겸은 나예에게 다가가 그녀의 어깨를 잡고
시선을 맞추었다.

"그래서 헤어질 거야?"

"아뇨."

바로 튀어나오는 대답. 훈겸은 그녀의 대답에 만족했다. 나
예 아버지의 반대는 어차피 예상하고 있었다. 훈겸에게는 나예
의 생각이 더 중요했다.

"네 생각만 확실하면 돼. 난 자신 있거든."

"어쩌려고요?"

"설득해야지."

"휴우. 어쩜 그렇게 사람이 긍정적이에요? 훈겸 씨 보면, 걱
정이라곤 하나도 없는 사람 같아."

나예는 태평한 그가 이해되지 않는 듯 고개를 절레절레 흔
들었다. 훈겸은 싱긋 웃으며 빵을 또 꺼냈다. 아직 해야 할 일
이 많았다. 하루 종일 빵을 나눠 주려면 많은 양을 만들어 놔야
했다. 훈겸이 다시 반죽을 시작하려 준비하는데 제빵실 문이
열리고 영미가 조심스럽게 안을 들여다보았다.

"나예야, 잠깐만 나와 봐."

"응? 왜?"

"음, 저기. 네가 봐 줘야 할 게 있어."

영미는 훈겸의 눈치를 보더니 나예를 손짓해 불렀다. 나예가 나가고 나서 훈겸은 반죽을 하고 발효를 마친 식빵 반죽을 오븐에 넣었다. 나예는 뭘 하는지 좀처럼 제빵실로 돌아오질 않았다. 훈겸은 대수롭지 않게 생각하고 구워진 빵들을 챙겨서 매장으로 가지고 갔다. 영미는 훈겸을 보자 당황하며 안절부절 못했다.

"왜 그래요? 나한테 뭐 잘못한 거 있어요?"

훈겸이 농담을 던지자 영미는 화들짝 놀라며 어색하게 웃었다. 훈겸은 매장에 빵을 내려놓고 식혀 둔 빵의 상태를 확인했다.

"참! 영미 씨, 오늘 이벤트 홍보 말인데요. 고객분들 문자 보냈어요? 그리고 매장 앞에도 써서 붙여 두어야 하는데."

훈겸은 자연 발효빵을 무료로 나눠 주는 이벤트를 홍보해야 한다는 생각이 나서 영미에게 물었다. 영미는 더욱 놀라며 말을 더듬었다.

"그, 그럼요. 문자는 이미 보냈고, 매장 앞에도 써서 붙이려던 중이었어요."

당황해하는 영미를 보고 대체 왜 그러나 하고 고개를 갸웃거리던 훈겸은 매장 밖으로 시선을 던졌다. 바깥 어느 쪽에 붙이는 게 좋을지 확인하려던 생각이었다. 그때 훈겸은 매장 밖에 서 있는 나예와 인재를 발견했다. 두 사람은 뭔가 심각하게 얘기 중이었다. 그것 때문에 영미가 그의 눈치를 본 모양이었다. 훈겸은 두 사람을 보고 잠시 나가 볼까 고민했다. 인재가 어떤 말로 꾀어도 나예가 흔들릴 것 같진 않았지만 어쨌든 눈앞에 두 사람이 있는 걸 발견했으니 그냥 모른 척 들어가기도 싫었다. 훈겸은 천천히 매장 밖으로 나갔다.

"3개월 정도면 충분하다고 생각했는데 꽤 오랫동안 버티는군. 더 이상은 힘들 텐데, 왜 계속 고집을 부리고 있는 거지?"

"말씀드렸잖아요. 전 그냥 제가 만들던 빵을 계속 만들 거라고요. 킹 과자점의 빵이 아니라 제 빵을요."

"빵집 운영이 전혀 안 될 텐데, 그래도 계속 만들겠다고?"

"네. 할 수 있는 데까지 계속할 거예요."

"왜 쉬운 길이 있는데 돌아가려는 거야? 그래, 킹 과자점에 들어오지 않아도 돼. 그냥 너, 나한테 와. 그러면 다 해 준다고 했잖아. 네가 만들고 싶은 빵 실컷 만들어. 유학도 가고 싶으면 보내 줄게. 그러니까……."

"그건 안 되겠는데."

훈겸이 두 사람 사이에 끼어들며 말했다. 인재는 깜짝 놀라 훈겸을 노려보았다. 인재는 그가 왜 이곳에 있는지 이유를 모르겠다는 얼굴로 노려보다가 훈겸의 옷차림을 보고 또 한 번 놀라는 듯했다.

"네가 왜 여기서? 너, 설마…… 여기서 일해? 스카우트 제의 다 거절하고 사라졌다더니, 여기 있었어?"

인재가 말도 안 된다는 듯 소리쳤다. 훈겸은 씩 웃으며 고개를 끄덕였다.

"여기 취직했어. 이 빵집 조건이 제일 좋았거든."

"말도 안 돼. 여긴 운영도 제대로 안 되는 곳이라고. 너 미친 거 아냐? 네 눈엔 저 킹 과자점 매장이 안 보여? 저걸 보고도 여기서 일을 하겠다고?"

"저게 뭐? 난 신경 안 써. 난 그냥 내가 좋아하는 빵 마음대로 만들고 나예 옆에 있을 수 있으면 돼."

인재가 어이없다는 듯 입을 다물었다. 그리고 화가 치미는 듯 훈겸을 노려보았다.

"킹 과자점을 상대로 언제까지 버틸 수 있는지 보자. 네가 아무리 이름난 파티시에라도 이 싸움은 안 돼. 처음부터 이길 수 없는 싸움을 시작한 거야."

"그거야 해 봐야 알지. 우린 이제 시작인데."

인재가 이를 갈며 훈겸을 노려보았다. 주먹을 불끈 쥐었으나 휘두르지는 않았다. 인재는 곧 냉정한 태도를 찾고 나예에게 시선을 돌렸다.

"나중에 보자."

인재는 다시 찾아오겠다는 듯 나예에게 말을 건넸다. 그리고 등을 돌렸다. 훈겸은 나예의 손을 잡고 인재를 불러 세웠다.

"형, 잠깐만."

인재가 돌아보다가 훈겸이 나예의 손을 잡고 있는 걸 보고 또 그를 노려보았다. 훈겸은 싱긋 웃었다.

"우리 결혼할 거야. 다음 번엔 둘이 따로 만나지 말고 나하고 같이 만나. 아예 결혼식장에서 만나든지. 아무리 형이라도, 내 여자 따로 만나는 건 싫거든."

인재가 놀란 듯 입을 딱 벌렸다. 훈겸이 한 말을 이해했는지 부들부들 떨며 그를 죽일 듯 노려보았다.

"치, 누가 결혼해 준대요?"

인재가 돌아간 뒤, 나예는 새침한 얼굴로 그의 손을 놓고 안으로 들어가 버렸다. 훈겸은 제빵실로 그녀를 따라 들어갔다. 그녀는 작업대를 정리하고 있었다. 훈겸은 그녀의 뒤태를 바라보다가 가까이 다가가 그녀를 끌어안았다.

"나 오늘 좀 나갔다 올게. 손님들 반응 체크해 놔."

귓가에 대고 말했다. 그녀가 간지러운 듯 목을 움츠리며 그를 돌아보았다.

"어디 가는데요?"

"아버님 설득해야지. 교제 허락받을 때까지 찾아갈 거야."

"아빠는 일할 때는 방해받는 거 싫어하세요."

"걱정 마. 노여워하시지 않게 잘할게."

나예가 걱정스러워하는 건 잘 알았지만 그렇다고 해서 피할 수만은 없었다. 훈겸은 나예의 이마에 입을 맞추고 옷을 갈아입었다. 파주로 가면서 일단 집을 먼저 들러야겠다고 생각했다. 봄 베이커리 근처에 도착하자 훈겸은 동네의 집들을 쭉 훑어보았다. 베이커리 근처의 집들은 고만고만한 주택들이 많았다. 길 건너편은 새 아파트들이 있었으며 새로 짓고 있는 아파트들도 있었다.

"서울로 오시면 좋을 텐데."

훈겸은 혼잣말로 중얼거리며 차에서 내렸다. 어제 왔던 길

로 골목을 들어가 대문을 열고 들어서니 나예의 어머니 영주가
마당에서 빨래를 널고 있었다.

"안녕하세요?"

훈겸이 인사를 하자 영주는 반색을 하며 달려 나왔다.

"어머, 어서 와요. 이 시간에 여긴 어쩐 일로?"

"어머니 뵈러 왔어요. 저랑 데이트 한번 하시죠."

웃으며 건넨 말에 영주는 소녀처럼 볼을 붉히며 좋아했다.
나예의 언니라고 해도 믿을 만큼 그녀는 젊고 어려 보였다.

"잠깐 기다려요. 얼른 옷만 좀 갈아입고 올게."

영주가 방으로 들어간 사이 훈겸은 영주가 널던 빨래를 마
저 널었다. 영주는 얼마 지나지 않아 옷을 갈아입고 화장까지
다 하고 나왔다.

"어디로 가려고?"

차에 올라타자 영주가 기대 어린 목소리로 물었다. 훈겸은
웃으며 대답했다.

"비밀인데요."

영주가 듣기 좋은 목소리로 웃었다. 그러고 보니 웃는 모습
도 나예와 닮았다.

"나예가 왜 그렇게 예쁜가 했더니, 어머니를 꼭 닮았네요."

서울로 향하면서 훈겸이 말했다. 영주는 기분이 좋은 듯했다.

"나예가 날 많이 닮긴 했지. 외모는 날 닮고, 성격은 지 아버
질 꼭 빼닮았어."

"예, 그런 것 같아요."

이야기를 많이 나누진 않았지만 분위기는 편안했다. 영주와는 지난번 빵집에서 나예에게 모진 말을 듣고 쫓겨나다시피 했을 때 훈겸이 위로해 주며 많은 이야기를 했기 때문에 몇 번 만나지 않았지만 편하게 느껴졌다.

"나예…… 잘 지내?"

잠시 말을 아끼던 영주가 머뭇거리며 말을 꺼냈다. 훈겸은 바뀐 신호를 확인하고 사거리에 정차했다. 영주에게 시선을 돌리자 두 손을 맞잡고 어쩔 줄 몰라 하는 모습이 눈에 들어왔다. 아무래도 나예의 반응이 계속 신경 쓰였던 모양이다.

"잘 지내요. 어머니도 나예 찾고 나서 소식 알고 계셨겠지만, 좋아하는 일 하면서 능력도 인정받고 열심히 살고 있었어요. 전엔 상황이 좀 힘들었지만 그때도 나예는 잘 버텼어요."

"다 나 때문이었어. 내가 사채를 쓰는 바람에……."

"그건 다 지난 일이잖아요. 너무 속상해하지 마세요. 나예는 어떤 어려움도 잘 헤쳐 나가는 힘을 갖고 있어요. 무척 똑똑하고 슬기롭죠."

영주의 얼굴에 그늘이 져 있었다. 훈겸의 말에 영주는 애써 웃음을 지었다.

"나예가 날 계속 안 보겠다고 해도 할 말이 없어."

"마음을 편하게 갖고 좀 기다려 보세요. 나예한테도 어머니한테도 시간이 필요한 것 같아요. 그리고 몇 년 동안 떨어져서 따로 살았잖아요. 익숙해지는 데 시간이 걸릴 거예요."

훈겸은 다시 운전에 집중했다. 잠시 후, 청담동에 도착하자 훈겸은 차를 세우고 내려 조수석의 문을 열어 주었다. 영주는 내려서 주변을 둘러보곤 놀란 표정을 지었다.

"여긴……."

"어머니 옷 좀 사 드리고 싶어서요. 들어가세요."

숍 앞에서 영주는 난처한 표정을 지었다. 그리고 고개를 저었다.

"아냐. 내 철없는 행동 때문에 우리 가족들이 힘든 일을 겪었어. 이제 나 그런 일 다신 하지 않아."

"알아요. 어머님이 사 달라고 하신 거 아니잖아요. 제가 선물하고 싶어서 그래요. 어머니, 나예가 옷 사 준다고 해도 안 받으실 거예요?"

"아니, 그건 다르지."

"똑같아요. 저 나예랑 결혼하면 저도 어머니 자식이잖아요. 얼른 들어가세요."

훈겸은 영주를 숍 안으로 밀어 넣었다. 영주는 얼떨결에 안으로 들어가면서 놀란 얼굴로 물었다.

"나예하고 결혼할 생각이야?"

"예. 일단은 저 혼자 생각이긴 하지만요. 나예가 아직 승낙 안 했습니다."

"나예도 참."

영주는 뭔가 더 말을 하려다가 손으로 입을 막았다. 쑥스럽게 웃는 영주를 보고 훈겸은 싱긋 웃었다.

"나예가 아직 어리니까요. 결혼 생각은 아직 없는 것 같습니다. 아, 여기, 어머님께 어울릴 만한 옷 좀 보여 주세요."

훈겸은 매장 직원을 손짓해 불러 말했다. 단정한 차림의 숍마스터는 몇 가지 옷을 골라 왔다.

"스물여섯이면 충분히 결혼할 수 있는 나이지. 자네 나이는 몇 살이지?"

"서른두 살입니다. 저도 아직 급한 건 아니지만 제가 오랫동안 혼자 살다시피 해서요. 가정을 빨리 갖고 싶습니다. 지금까지 외롭다고 느끼진 않았는데 나예를 만나고 나서 부쩍 그런 기분이 들더라고요."

나예를 만나기 전까지는 별로 외롭다는 생각을 해 본 적이 없었다. 훈겸은 언제나 바빴고, 빵을 만드는 것만으로도 충분히 행복했다. 하지만 나예를 사랑하게 되면서 혼자 집에 들어가거나 침대에 누워 잠을 청할 때 부쩍 허전한 기분이 들었다. 나예와 함께 살면 좋겠다는 생각을 계속 하다 보니 빨리 결혼해야겠다는 생각이 들었던 것이다.

"이건 어떠세요? 평소에도 편하게 입으실 수 있고, 모임이나 외출 시에도 무리 없이 입으실 수 있는 디자인입니다."

숍마스터가 들고 온 몇 가지 원피스와 바지 등을 보고 영주는 몹시 마음에 들어 하는 눈치였다.

"어머니, 입어 보세요. 다 잘 어울릴 것 같은데요."

영주가 옷을 입어 보는 동안 훈겸은 혁준에게 전화를 했다. 혁준은 벨이 몇 번 울리지 않아 받았다.

ㅡ 왜?

"형, 오늘부터 당분간 좀 도와주라."

— 뭘 도와줘? 다짜고짜 전화해서 한다는 말이…….

"내가 당분간 좀 바쁠 것 같아. 나예가 혼자서도 잘하겠지만 그래도 형이 한 번씩 들여다봐 줘."

— 얀마. 나는 뭐 맨날 탱탱 노는 줄 아냐?

"형 지금 실업자잖아. 내가 파트타임으로 아르바이트비 줄 테니까 도와줘."

— 미친 새끼. 너 밑 빠진 독에 돈 붓기 하고 있는 거 알고나 있는 거냐?

"잘 알고 있어. 그리고 밑 빠진 독 아니거든. 곧 손님들 돌아올 거야. 어쨌든 도와주라고."

혁준이 뭐라고 욕을 해 댔지만 훈겸은 옷을 갈아입고 나온 영주를 보고 전화를 끊어 버렸다.

"잘 어울리네요. 마음에 드세요?"

"응. 그렇지만……."

"그럼 그대로 입고 가세요. 이거 입고 가도 되죠?"

훈겸은 웃으며 숍마스터에게 말했다. 숍마스터는 '물론이죠.' 하고 대답하곤 얼른 가격표를 떼어 냈다. 훈겸은 매장 계산대로 가 카드를 내밀며 숍마스터에게 낮은 목소리로 말했다.

"아까 보여 줬던 옷하고 두세 가지 더 어울릴 만한 걸로 골라서 포장해 주세요."

"아, 네."

숍마스터가 포장을 하는 동안 영주는 매장의 옷들을 구경하고 있었다. 세련된 블라우스와 바지가 무척 잘 어울렸다.

'나예가 진짜 어머님한테 감사해야 되겠는걸. 연예인을 해도 되겠어.'

새삼 영주의 미모가 감탄스러웠다.

"어머니, 옷에 어울리는 소품도 사 드릴게요. 잠깐 이리 와 보세요."

훈겸은 영주를 근처 다른 매장으로 이끌었다. 영주는 안 된다며 사양했지만 훈겸은 웃으며 영주의 손을 잡고 매장으로 들어갔다.

"가방 하나 골라 보세요. 어떤 거 좋아하세요?"

"여기 가방 비싸. 어차피 어디 들고 다닐 데도 없는걸."

"어머니가 들고 다니실 건데 가격이 뭐가 중요해요. 얼른 골라 보세요."

영주는 가방을 보고 사랑에 빠진 듯한 표정을 보냈다. 나예가 빵을 볼 때 짓는 표정과도 비슷한. 훈겸은 매장 직원에게 괜찮은 제품을 추천해 달라고 했다.

"요새 이 스타일을 많이 찾으세요."

직원이 추천해 준 가방도 다른 가방도, 모두 훈겸의 눈에는 똑같아 보였다. 하지만 영주는 명품에 대해서 잘 아는지 가방 몇 개를 훑어보더니 금방 마음에 드는 것을 골랐다. 훈겸은 영주가 고른 가방을 계산하고 몇 군데의 매장을 더 돌면서 구두와 액세서리를 샀다.

"이런 건 나예한테 선물하지 왜 나한테 이렇게 많이 사 줘?"

영주는 차 뒷좌석에 가득한 쇼핑백을 보고 미안한 표정을 지으며 말했다. 훈겸은 시동을 걸며 씩 웃었다.

"나예는 이런 거 별로 안 좋아하거든요. 나예는 빵을 더 좋아해요."

"나예는 어릴 때부터 그랬어. 여자애가 제 몸 꾸밀 줄도 모르고, 빵밖에는 관심이 없어. 그런 주변머리로 어떻게 남자나 만날 수 있을까 걱정을 했더니……."

"그래서 저랑 만났잖아요. 저도 빵밖엔 관심 없거든요. 어머니, 저녁 먹으러 갈까요? 뭐 좋아하세요?"

훈겸은 영주와 함께 근처 레스토랑에 갔다. 영주는 고급스러운 레스토랑의 분위기를 마음에 들어 했다. 음식을 주문하고 나자 영주는 새삼 신기한 듯 훈겸을 이리저리 뜯어보았다.

"나예 어떤 점이 좋아? 주변머리도 없고 재미도 없는 앤데. 어렸을 때부터 지 아버지하고 제빵실에서 거의 살다시피 했거든."

"그런 점이 좋습니다. 빵을 좋아하고, 따뜻하고 좋은 여자예요. 물론 어머니 닮아서 예쁘기도 하고요."

"나예는 어릴 때부터 날 별로 좋아하질 않았어. 그 애 눈에 내가 창피하고 한심하게 보였을 거야. 난 가정을 돌보는 것 보다 날 꾸미고 내가 즐겁게 사는 데 더 관심이 있었거든. 그래서 나예는 지가 날 닮았다는 걸 싫어했지. 남자도 절대 만나지 않았어. 그 애 외모를 보면 알겠지만 남자들이 졸졸 따라다녔거든. 그래서 난 평생 결혼도 못 하고 혼자 살려나 보다 했어."

"하지만 어머니가 낳아 주셨잖아요. 나예도 마음속으로는 어머니 많이 사랑할 겁니다."

"내가 사람들 상대하는 일을 해서 웬만한 사람들은 한 번 만나면 딱 알아. 난 자네 마음에 드는데. 우리 나예, 잘 부탁해. 못난 엄마지만 그래도 항상 나예가 행복하게 살길 바라고 있어. 그리고 우리 영우도."

"예. 참, 영우 보고 싶으시죠? 잠깐 저녁 같이 먹자고 영미 씨한테 부탁했는데. 곧 올 거예요."

"어머, 그래?"

영주는 영우 얘기에 눈물을 글썽거렸다. 영주를 만나러 나오기 전에 영미에게 저녁 시간 맞춰서 영우를 데리고 나와 달라고 부탁했었다. 훈겸은 영우와 영미가 도착하자 다 같이 저녁 식사를 하고 영우와 영미를 집까지 데려다주었다.

"어머니, 가끔 바람 쐬고 싶으실 때 연락하세요. 제가 모실게요. 그리고 영우도 그렇고 나예도 그렇고, 부모님과 함께 지내고 싶어 할 거예요. 서울로 이사 오는 거 생각해 보세요."

훈겸은 파주에 도착하자 영주의 짐을 내려 집 안으로 옮겨주었다. 영주는 다시 눈물이 글썽해졌다.

"그래. 고마워."

"아버님은 몇 시쯤 오세요?"

"아, 우리 그이 보고 가려고? 10시쯤 올 거야. 시간 좀 남았는데 여기서 기다려."

"아뇨. 베이커리에 가 볼게요."

훈겸은 영주에게 인사를 하고 집에서 나와 바로 옆에 있는 봄 베이커리로 들어갔다. 매장 직원이 문 닫을 준비를 하고 있었다.

"어서 오세요. 아, 어제 오셨던……."

직원이 훈겸을 알아보고 반갑게 인사를 했다.

"안녕하세요. 아버님 안에 계시죠?"

"예. 그런데 제빵실 들어가는 건 별로 안 좋아하실 텐데."

"알아요."

훈겸은 웃으며 알았다고 하곤 제빵실 문을 열었다. 나예의 아버지 희석은 제빵실 정리를 하고 있다가 훈겸이 들어서자 그를 보고 표정이 딱딱하게 굳었다.

"안녕하세요. 정리하고 계셨네요. 도와드릴게요."

희석은 훈겸이 다가가자 차가운 눈으로 그를 노려보았다. 훈겸은 뭔가 말을 하려 했지만 희석이 버럭 화를 내는 바람에 기회를 놓쳐 버렸다.

"다시는 여기 나타나지 말라고 하지 않았나! 당장 나가!"

제빵실이 쩌렁쩌렁 울렸다. 훈겸은 희석의 분노를 고스란히 느끼며 서 있었다. 어쨌든 이 정도야 이미 각오하고 온 터였다.

"오늘 쫓아내셔도 내일 또 올 건데요. 아버님께 드릴 말씀이 있습니다. 시간 좀 내주세요."

"당장 나가!"

"예. 죄송합니다. 내일 다시 오겠습니다."

계속 버티고 있을 수도 있었지만 훈겸은 꾸벅 인사를 하고 밖으로 나왔다. 그날부터 훈겸은 매일 저녁마다 희석을 찾았다. 희석은 생각보다 훨씬 완고하고 고집 있는 사내였다. 일주일 정도는 아예 빵집에 발도 못 붙이게 화를 냈으며 훈겸에게 물벼락을 주며 쫓아내기도 했다. 하지만 훈겸은 희석이 아무리 화를 내도 계속 봄 베이커리를 찾았다.

그리고 한 달쯤 되자 희석은 지쳤는지 훈겸을 아예 상대하지 않았다. 훈겸은 제빵실 청소를 하고 희석을 졸졸 따라다니며 말을 걸었다. 하지만 희석은 훈겸을 아예 투명인간 취급을 하며 무시했다. 훈겸은 포기하지 않고 계속 희석을 찾았다. 한 달쯤 제빵실 청소를 하고 나자 희석은 이해가 되질 않는다는 듯 훈겸에게 말을 걸었다.

"이렇게 끈질기게 날 찾아오는 이유가 뭔가?"

훈겸은 제빵실 청소를 하다가 얼른 일어섰다. 희석의 태도가 어느 날부터인가 조금씩 풀리고 있다는 걸 느끼고 있던 터였다.

"드릴 말씀도 있고…… 나예하고 교제하는 거 허락도 받으려고요."

"거기에 대한 대답은 이미 두 달 전에 했고. 할 말은 뭐지?"

"저희 아버지께서 전하라는 말씀이 있습니다."

"됐네. 그런 거라면 듣고 싶지 않아."

희석은 냉정하게 등을 돌려 버렸다. 그 뒤로 희석은 계속 훈겸을 투명인간 취급했지만 훈겸은 계속 희석을 찾아갔다. 또한 달여를 끈질기게 찾아가자 희석은 못마땅하다는 얼굴로 훈겸에게 핀잔을 주었다.

"난 태도를 확실히 한 것 같은데, 자네는 자존심도 없나? 내 공장 바닥이나 닦으려고 매일 오는 건가?"

"자존심은 이럴 때 세우는 게 아니니까요. 아버님 마음 돌릴 수 있다면 1년이고 2년이고 계속 바닥 닦을 수 있습니다. 저, 근성 있는 놈입니다. 아버님이 아무리 싫어하셔도 계속 설득할 겁니다."

희석은 표정을 알 수 없는 얼굴로 훈겸을 한참 동안이나 쳐다보았다. 훈겸은 희석의 시선을 피하지 않고 마주했다.

"도훈이와 내 관계에 대해서 알고 있나?"

"예."

"그럼 내가 나예를 만나는 걸 허락하지 않으리라는 것도 알고 있겠군."

"예."

"알면서 왜 매일 오는 건가?"

"허락하실 때까지 설득하려고요. 그리고 아버지가 전하라는 말씀도 아직 못 전했고요."

희석은 어이가 없다는 듯한 얼굴로 헛웃음을 쳤다.

"할 말이 있으면 직접 와서 하라고 하게. 그리고 더 이상 찾아오지 말게."

희석은 훈겸에게 등을 돌렸다. 그리고 가게 밖으로 나갔다. 훈겸은 희석을 따라가 그의 앞을 가로막았다.

"아버지께서 직접 오실 수가 없습니다."

"흥. 그렇겠지. 귀하신 회장님이니."

"그게 아니라…… 아버지는 돌아가셨습니다."

"뭐?"

희석은 믿을 수 없다는 듯한 표정이었다. 지병이 아니었다면 도훈은 한창 나이였다. 희석의 입장에서는 놀랄 일일 수밖에 없었다.

"그게 사실인가? 어떻게……."

"뇌출혈로 돌아가셨습니다. 햇수로 6년 전입니다."

희석은 충격을 받은 얼굴로 한참을 아무 말도 못 했다. 훈겸은 말없이 서 있었다. 아무리 원수지간이라 해도 본래 10년을 넘게 친형제처럼 지낸 절친한 사이였다. 그런 친구의 죽음은 충격일 수밖에 없을 거라 생각했다.

"따라오게."

한참 만에 정신을 차린 듯 희석은 훈겸에게 한마디 던지고는 앞장서서 걸었다. 근처 포장마차에 들어가는 희석을 따라간 훈겸은 자리에 앉아 희석의 굳은 얼굴을 바라보았다. 희석은 술을 시키고 몇 잔을 거푸 들이켰다. 훈겸은 말없이 술을 따랐다.

"그놈이…… 끝까지 날 기만하고 가 버렸군."

소주 한 병이 비워질 때까지 말없이 술만 마시던 희석은 한숨을 쉬며 한마디 내뱉었다. 훈겸은 희석의 잔을 다시 채워 주었다.

"마지막에 아버님을 찾으셨습니다. 뇌출혈 때문에 갑자기 쓰러지셔서 수술을 바로 했는데, 수술 후 깨어나셨다가 바로 돌아가셨습니다. 아버지께서 임종 때, 직접 사죄드려야 한다고……. 그런데 그때는 아버님을 찾을 경황도 시간도 없었습니다."

"못난 놈."

"아버지께서는 모든 게 다 본인 탓이라고 후회하셨습니다. 모든 걸 다 잘못하셨다며…… 제게 당부하셨습니다. 꼭 아버님 찾아서 사과를 전하라고."

희석은 술잔을 들어 한 번에 들이켰다. 훈겸은 다시 술을 따랐다. 한참 동안 말없이 술을 마시던 희석의 눈시울이 붉어졌다.

"그 녀석, 잘못한 걸 알았어도 인정할 수 없었을 거야. 도훈이는…… 선택한 일에 대해서 후회하지 않는 녀석이었거든. 나를 배신한 것도, 난희를 그렇게 보낸 것도, 킹 과자점에 평생을 바친 것도…… 다 녀석의 선택이었다."

"아버지는 후회하고 계셨어요."

"아마도 마지막이라 생각했기 때문이겠지. 그래, 알겠네. 용서는…… 이미 했으니 신경 쓰지 말게."

"네?"

"그 녀석은 내게 하나뿐인 가장 소중한 친구였지. 나처럼 빵을 사랑했고, 난희를 사랑했어. 사실은 도훈이의 마음을 짐작하고 있었어. 괴로웠지만 난희가 선택한 것은 내가 아니라 도훈이였다."

"그건…… 저 때문이었다고 들었습니다."

"아니, 아이 때문이 아니었어. 내가…… 어쩌면 자네의 아비가 되었을지도 모르지. 난희가 날 선택했었다면. 난 그때 난희와 아이를 모두 받아들일 생각이었어. 하지만 난희는 도훈이를 선택했다. 아마 1년도 채 못 되는 기간 동안의 결혼 생활이었겠지만 행복했을 거야."

훈겸은 할 말을 잃었다. 어떻게 그런 생각을 한 것인지 이해가 되질 않았다. 아무리 사랑하는 여자라지만 다른 남자의 아이를 가진 여자와 어떻게 결혼을 하겠다는 것인지.

"자, 이제 도훈이의 말도 전해 들었고, 나예와의 교제에 대한 내 생각도 말해 주었으니 더 볼 일 없겠군. 먼저 가게. 난 한잔 더 할 테니."

잠시 후 희석은 다시 고집스럽게 말을 하곤 술잔을 기울였다. 훈겸은 한숨을 쉬곤 술병을 한쪽으로 치워 놓았다.

"왜 볼 일이 없습니까? 아직 승낙 안 하셨잖습니까."

"안 된다고 했잖는가."

"아버지는 용서한다고 하셨잖아요. 나예 짝으로 제가 마음에 안 들어서 그러시는 겁니까?"

"당연히 마음에 안 들지. 어떤 놈이든 내 마음에 들 놈은 없을 거야."

어느덧 술병이 몇 개 더 늘었다. 희석은 이미 술에 취해 있었고, 훈겸 역시 꽤 많은 술을 마셨다.

"왜 제가 마음에 안 드십니까? 말씀해 주시면 고치겠습니다."

"난 킹 과자점 자체가 싫어. 도훈이 그놈이 성공하겠다는 욕심에 회사를 너무 키웠어. 프랜차이즈라니. 우리 같은 윈도우 베이커리와는 마인드 자체가 다르거든."

"제가 킹 과자점과 아무 상관이 없다면 허락해 주실 겁니까?"

"흥. 자네가 가진 모든 것들을 다 버리겠다는 건가? 아무것도 없는 맨주먹으로 살 수 있다고?"

"이미 다 버렸습니다. 저, 아버지가 돌아가셨을 때 킹 과자점을 나왔습니다. 지금은 새어머니와 이복형이 운영하고 있고요. 아버지가 제 앞으로 주식을 물려주셨지만 언제든지 처분할 수 있습니다."

"뭐? 킹 과자점에서 나왔다고? 그럼 어디서 일을 했나?"

"나예와 함께 일하기 전에는 라파예르호텔에서 일했습니다. 그리고 저도 프랜차이즈에서 일했었지만 제 꿈은 나예와 함께 동네 빵집을 운영하는 겁니다. 제가 만들고 싶은 빵 실컷 만들면서 사는 게 제가 원하는 거라고요."

훈겸의 말에 희석은 그의 말을 믿어야 하나 말아야 하나 고민하는 것처럼 한참을 생각에 잠겼다. 훈겸은 희석의 잔이 비자 다시 술을 따랐다. 어느덧 술병이 한 병 더 비워졌다.

"이상한 녀석이로군. 빵은 언제부터 만들었지?"

"제 기억으로는 다섯 살 때쯤 되는 것 같습니다. 어머니 없이 커서, 아버지는 절 아기 때부터 공장에 데려다 놓고 일하셨거든요. 하루 종일 밀가루 반죽을 가지고 놀았는데, 대여섯 살 때쯤부터는 아버지 흉내를 내면서 빵을 만들었습니다."

"도훈이 녀석답군. 그렇게 어려서부터 했으면 꽤 만들겠는데."

"예. 실력 하나는 내세울 만합니다."

"허! 자화자찬인가? 건방지군. 따라와 봐."

희석은 비틀거리며 자리에서 일어섰다. 훈겸은 얼른 따라 일어서서 부축했지만 희석은 그의 손을 뿌리쳤다. 희석은 비틀거리며 지갑에서 지폐를 몇 장 꺼내 테이블에 놓고 휘적휘적 밖으로 나갔다. 훈겸은 혹시나 그가 넘어지지나 않을까 걱정이 되어 뛰듯이 따라갔지만 희석은 비틀거리면서도 넘어지지 않고 잘 걸어갔다.

"아버님, 많이 드셨는데 집에 가시죠."

"아니, 이리 와 보게."

희석은 훈겸을 데리고 가게로 갔다. 훈겸은 설마 하는 생각으로 따라갔다. 희석은 제빵실로 들어가 의자를 놓고 털썩 앉았다.

"자, 한번 내 눈앞에서 해 봐."

"예?"

"그렇게 잘난 척을 했으니, 한번 해 보라고. 자신 있는 걸로 만들어 봐."

훈겸은 잠시 망설였다. 빵 만드는 건 어렵지 않으나 희석이 술을 많이 마셔서 너무 취한 것 같아 걱정이었다.

"잘 만들면 허락해 주실 겁니까?"

"뭘 허락해?"

"아버님 마음에 들게 빵을 만들면, 나예랑 만나는 거 허락해 주실 거냐고요."

"흥. 내 마음에 들게 빵을 만들 수나 있을까? 얼른 해 보기나 하게."

"그럼 약속하신 겁니다?"

훈겸은 얼른 다짐을 하고 손을 씻었다. 희석은 훈겸이 절대 자신의 마음에 드는 빵을 못 만들 거라 생각하는 것 같았다.

"발효종은 어떤 걸 쓰십니까?"

훈겸은 재료 창고에 가 밀가루와 부재료들을 챙겨 와서 준비를 하곤 희석에게 물었다. 희석은 발효종을 묻는 훈겸의 말에 적잖이 놀란 듯했다.

"재료 창고에 내가 만들어 놓은 게 몇 개 있긴 한데. 그걸로 하려고?"

"예."

훈겸은 재료 창고에 다시 들어갔다. 발효종을 모아 놓은 병들이 보였다.

"흐음. 뭐지? 막걸리종인가? 아닌데. 아, 호밀사워종이네."

훈겸은 적당히 발효가 되어 시큼한 맛이 나는 발효종을 골라 왔다. 밀가루와 호밀가루를 체에 치고 반죽을 시작했다. 작업대에서 재빠르게 반죽을 해 발효종을 넣고 반죽에 탄력이 생길 때까지 치댔다. 그가 반죽하는 모습을 희석은 빤히 쳐다보았다. 술을 꽤 많이 마셔 취했을 텐데도 희석의 눈빛은 또렷했다.

훈겸은 1차 발효를 위해 반죽에 랩을 씌워 놓고 온도를 체크했다. 희석은 가만히 훈겸을 보더니 시계를 보았다.

"반죽은 꽤 하는군."

"말씀드렸잖습니까. 내세울 만하다고."

훈겸은 씨익 웃으며 말했다. 희석은 코웃음을 쳤다.

"그렇게 내세울 만한 실력이라면 제과점을 차리지 뭐하러 나예 밑에서 일한다고 들어갔지?"

"나예를 계속 보고 싶어서요. 같이 좋아하는 빵도 만들고 모든 걸 함께하고 싶었습니다."

"아직도 같이 일하고 있나?"

"예. 나예와 함께 발효종을 연구하고 자연 발효빵을 만들고 있습니다."

"뭐? 같이 연구를 한다고?"

"나예가 계속하고 싶어 했거든요. 아버님이 연구하셨던 발효종. 그걸 저희 나름대로 새로 만들어 보고 있습니다. 처음에는 녹원당에 가서 스승님께 레시피를 받아서 만들었고요."

훈겸이 녹원당에 갔다는 말을 하자 희석은 놀란 표정으로 그를 바라보았다.

"녹원당에? 스승님을 찾아갔다고?"

"예. 제가 유학 갔다 와서 잠깐 녹원당에서 스승님께 빵을 배운 적이 있었는데, 그때부터 막히는 거 있으면 항상 가서 가르침을 받았거든요. 그리고 저희들 나름대로 여러 가지 발효종을 개발하고, 또 자연 발효빵을 만드는 베이커리를 찾아다니며 노하우를 배우고 있는 중입니다. 여기 봄 베이커리도 자연 발효빵을 만든다는 소문을 듣고 찾아왔던 거거든요."

훈겸은 시간을 체크하고 발효시킨 반죽을 가볍게 눌러 가스를 뺐다. 그러고는 반죽에 밀가루가 묻도록 둥근 틀에 밀가루를 듬뿍 바르고 반죽을 넣어 둥그렇게 굴려 모양을 잡았다. 랩을 씌우고 2차 발효를 시키는 동안 훈겸은 작업대 정리를 했다.

"아버님, 서울에 한번 오세요. 나예가 만든 빵, 드셔 보셔야죠. 정말 맛있어요."

정리를 하고 나서 훈겸은 희석에게 웃으며 말을 걸었다. 희석은 훈겸이 정리를 하는 걸 찬찬히 보다가 묘한 표정으로 그의 얼굴을 바라보았다.

"예전 클로버 빵집 건물에서 나예가 빵집을 차렸다고?"

"예."

"건물주는 다른 사람이었는데……."

"아, 그건…… 아버지가 돌아가시기 한 달 전쯤에 제가 집을 나갔습니다. 사실은 그때 제가 아버님의 일기장을 발견했거든요. 제가 세상에서 가장 존경하고 닮고 싶었던 아버지의 잘못된 행동을 알고 하늘이 무너지는 것 같았습니다. 아버지께 모든 걸 확인하고 모질게 상처를 드렸죠. 그리고 나서 아버지 건강이 급격히 나빠져서…… 아버지는 아마 그때 돌아가실 걸 예견하셨던 것 같습니다. 유언장을 새로 고치셨거든요. 아버지가 강남에 갖고 계셨던 부동산들 중 일부를 아버님께 돌려 드리라고 유언하셨어요. 그래서 장례를 치르자마자 사람을 사서 아버님을 찾았지만 행방불명 상태라 찾을 수가 없었어요. 그리고 집도 빵집도 사채업자에게 넘어갔다는 말을 듣고 빵집이 있는 건물을 제가 샀습니다. 언젠가 아버님을 찾게 되면 돌려 드리려고요."

"허!"

훈겸은 오븐을 예열하고 스팀을 주기 위해 자갈을 준비해 넣었다. 그리고 2차 발효가 끝난 반죽을 판에 쏟아 놓고 칼집을 넣어 예열시킨 오븐에 넣고 시간을 맞추었다. 그러고는 다시 희석에게 다가가 이야기를 계속했다.

"마침 그때 나예가 절 찾아왔어요. 클로버 빵집이 있던 바로 그 자리에 세를 얻고 싶다고요. 그때 알았습니다. 나예가 아버님 딸이라는 거. 그래서 나예가 원하는 대로 똑같은 빵집을 차릴 수 있게 도와주었죠."

"그랬군."

"그 건물은 나예 앞으로 명의 이전해 두었습니다. 그리고 제가 관리하고 있었던 나머지 부동산들은 아버님 명의로 돌려드리겠습니다. 서울로 오세요. 제과점을 차릴 만한 곳이 여러 군데 있으니 보고 마음에 드는 곳으로 결정하세요."

"됐어. 그건 내 것이 아니야."

"아뇨. 아버지와 아버님 두 분이 함께하셨어야 하는 거라고 저는 생각합니다. 연구도, 사업도. 아버지가 킹 과자점을 키운 건 사실이지만 그건 올바른 방법이 아니었어요. 아버지가 가졌던 것들의 절반 이상은 아버지의 것이 아니었다고 생각합니다."

희석은 굳은 표정으로 생각에 잠겼다. 훈겸은 조마조마한 심정으로 희석을 바라보았다. 사람이라면 돈의 유혹에서 자유롭지 못하다. 강남의 부동산들을 다 주겠다는 말이 희석을 얼마나 움직일지는 미지수였지만 어쨌든 평범한 사람이라면 뿌리치지 못할 제안이었다.

"난 서울로 갈 생각이 없네."

쉽지 않았다. 희석은 정말 대단한 사람이었다. 돈 따위는 아무런 필요가 없다는 듯 그는 완고했다. 훈겸은 작게 한숨을 쉬었다.

"나예와 영우, 계속 둘만 놔두시려고요? 가까운 데 두고 같이 지내고 싶지 않으세요? 그럼 이렇게 하면 어떨까요? 제가 나예랑 결혼해서 영우와 함께 살면. 그럼 멀리 계셔도 마음이 놓이시지 않을까요?"

"뭐야!"

훈겸의 제안에 희석이 버럭 화를 냈다. 훈겸은 몇 발짝 뒤로 물러나 실실 웃었다. 어느덧 빵이 익는지 향긋한 냄새가 풍겨 왔다.

"그러니까 서울로 오세요. 아니면 일단 빵집에라도 들르시든가요. 나예가 어떻게 하고 있는지 궁금하시잖아요."

희석은 못마땅하다는 얼굴로 훈겸을 노려보았다. 훈겸은 희석이 화를 내든 말든 웃는 낯으로 그를 대했다.

"자네는 도훈이를 꼭 닮았군. 끈질기게 들러붙는 게."

"당연하죠. 아들인데요. 아버님, 절 자식으로 키울 생각까지 하셨으면 지금이라도 제 아버지가 되어 주시면 안 되겠습니까?

전 아버지도 없고, 어머니도 없고……. 저도 가족이 있었으면
합니다, 네?"

"흥. 헛소리 그만하게. 내가 미쳤었나 보군. 빵이나 꺼내 와
봐."

훈겸은 씩 웃고는 오븐을 열어 갓 구워진 빵을 꺼내 왔다.
희석은 빵의 모양을 훑어보더니 손으로 들고 이리저리 돌려 보
았다. 그러다가 향을 맡아 보곤 딱딱한 겉을 매만졌다. 그러고
는 빵을 반으로 갈랐다. 하얀 김이 오르는 빵은 무척 맛있어 보
였다. 희석은 부드러운 속을 뜯어 입으로 가져갔다.

"어떻습니까? 괜찮죠?"

훈겸이 웃으며 물었다. 희석은 대답하지 않고 빵을 천천히
씹었다. 그의 표정에 놀라움이 스쳐 지나가자 훈겸은 속으로
쾌재를 불렀다. 희석의 마음에 꼭 드는 빵일 거라 확신했다. 희
석은 말없이 빵을 계속 먹었다.

"아버님, 어떤지 말씀을 해 보세요. 합격입니까?"

"흥. 이 정도 가지고 내 마음에 들겠다고? 어림없어. 치워라."

희석은 입을 굳게 다물더니 빵을 탕 내려놓았다. 훈겸은 희석
의 눈치를 보며 빵을 뜯어 입에 넣었다. 부드럽고 촉촉한 빵의
풍미가 달콤하게 혀를 감쌌다. 훈겸은 씩 웃으며 빵을 치웠다.

"아버님, 제가 만들 수 있는 빵의 종류는 수백 가지나 됩니
다. 마음에 들 때까지 매일 하나씩 만들어 드릴게요. 허락해 주
세요."

얼른 제빵실을 치우고 희석을 따라나서면서 훈겸은 그를 졸

랐다. 희석은 대꾸도 하지 않고 휘적휘적 집으로 향했다.

"아버님, 내일 또 오겠습니다. 편히 주무세요."

훈겸은 희석의 등에 대고 꾸벅 인사를 했다. 희석은 훈겸을 돌아보더니 또 코웃음을 치고 집으로 들어가 버렸다.

35장

나예는 반죽 재료를 준비하면서 훈겸을 흘끗거렸다. 그는 요구르트 발효종을 넣은 반죽을 치대고 있었다. 나예가 몇 번을 실패하면서 결국은 이스트를 소량 넣고 만들기에 성공했다. 이번 주에 새로 나오는 발효빵은 요구르트 발효종을 이용한 요구르트빵이었다. 고객들에게 나눠 줄 양을 만드느라 나예는 하루 전에 종일 발효종을 만들어 놓고 준비를 하느라 꽤나 고생을 했다.

"오늘도 파주 갈 거예요?"

안 물어보려고 했는데 결국 물어보고 말았다. 자꾸 궁금해하면 그가 부담스러워할까 봐 나예는 될 수 있으면 말을 꺼내려 하질 않았다. 물어보나 마나 아버지 성격에 한 번 안 된다고 한 것을 번복하지는 않을 것 같아서 몇 달 동안 훈겸이 매일 파주에 가는 걸 알고 있었지만 모른 척하고 있었다. 훈겸은 반죽을 치다가 나예에게 고개를 돌렸다.

"아니. 오늘은 중요한 약속이 있어서."

"약속? 누구하고요?"

"너랑."

나예는 그가 무슨 말을 하나 싶어 잠시 고개를 갸웃거렸다. 그와 만날 약속 같은 건 하지 않았다. 어차피 제과점에서 매일 보는데 무슨 약속을 했다는 건가 모르겠다. 하지만 그는 태연하게 그녀와 약속을 했다고 하며 다시 반죽을 치기 시작했다.

"나랑 무슨 약속을 했는데요?"

"음. 저녁때 갈 데가 있어. 시간 괜찮지?"

"시간이야 있지만…… 어딜 가는데요?"

"가 보면 알아. 그리고 오늘 아버님 오신다고 했거든. 오전에 잠깐 매장 들르겠다고 하셨어."

나예는 반죽을 하려다 깜짝 놀라 그를 돌아보았다. 영우와 함께 가서 부모님을 만난 적은 있었지만 아버지가 매장에 오겠다고 한 것은 처음이었기 때문이다.

"정말이에요? 아빠가 오시겠다고 했어요?"

"응. 오늘 만드는 요구르트빵, 맛있게 해 봐. 아마 좋아하실 거야."

석 달이 넘게 매일 아버지를 찾아가더니 이제 어느 정도 아버지의 마음을 얻었나 싶어서 놀라웠다. 나예는 포기를 모르고 끈질기게 아버지를 찾는 그를 보고 솔직히 그게 무슨 소용일까 싶었는데 정말 아버지의 마음을 움직인 모양이었다.

"아빠가…… 허락한 거예요?"

"음, 아직은."

"대체 매일 찾아가서 뭘 하는 거예요? 아빠가 상대는 해 주는 거예요?"

"맛있는 거 만들어 드리고, 제빵실 청소도 하고, 바쁘실 땐 도와도 드리고. 뭐 할 일이야 많지."

"아빠가 제빵실에 들어오게 해요? 안 쫓아내고?"

"응. 너도 알겠지만 나, 쫓아낸다고 쫓겨날 사람 아니잖아. 맛있는 빵 만들어서 제대로 인정받으려고. 빵을 좋아하시니까 매일 만들어 드리다 보면 언젠가는 허락하시지 않을까?"

그가 웃으며 말했다. 나예는 놀라움을 감출 수 없었다. 제빵실에 들어오게 하는 것도 그렇고, 그가 아버지에게 빵을 만들어 드린다는 것은 생각도 못 했던 일이었다.

"정말 놀라워요. 어떻게 그런 생각을 했어요?"

"어떻게든 설득해야 하니까."

그는 나예를 내려다보며 눈을 찡긋하고 그녀의 이마에 입을 맞췄다. 나예는 한숨을 쉬곤 반죽을 시작했다.

"참, 네가 서울로 오시라고 말 좀 해 봐. 나보단 네 말을 더 귀담아 들으시겠지. 어차피 같이 사는 게 좋잖아. 너도 영우도. 그리고 아버님이 원하시면 제과점도 할 자리가 많은데, 절대 아무것도 받지 않겠다고 하셔. 네가 설득 좀 해 봐."

"아빠는 내 말도 안 들으세요. 고집은 아무도 못 꺾는다고요. 그리고 내 생각에도 아빠가 훈겸 씨한테 뭔가를 받으려고 생각하시진 않을 것 같아요. 이 건물도 빨리 돌려주라고 성화라고요."

"정말 특이하다니까. 욕심도 없고, 그러니까 평생 당하고 사셨지. 거리에 나가서 아무나 붙들고 물어봐. 아무 조건 없이 공짜로 주겠다고 하면 다 받는다고 하지."

"아빠는 원래 성격이 그래요. 그리고 아빠만 이상한 거 아니에요. 당신도 마찬가지야. 자기 재산을 다 퍼 주는 사람이 어딨어요?"

나예는 아버지도, 훈겸도 다 이해가 되질 않았다. 훈겸이 갖고 있는 재산이 얼마나 되는지는 정확히 모르지만 전국적인 가맹점을 가진 킹 과자점의 주식만 해도 엄청날 거라는 생각이 들었다.

"원래 내 것도 아니었는걸 뭐. 아버지가 물려준 거잖아. 그리고 어차피 갖고 있어도 별로 쓸 데도 없고."

그는 정말 돈 쓸 줄 모르는 사람 같았다. 하루 종일 제빵실에 틀어박혀 있으니 특별히 돈을 쓸 일도 없고, 값비싼 브랜드를 고집하지도 않았다. 유일하게 그가 욕심을 내는 것은 빵을 만들 때 필요한 도구들과 기계들이었다. 오븐을 비롯한 기계들은 아무리 비싸도 늘 최신식으로 갖춰 놓았다.

"빵 다 된 것 같은데요."

오븐을 보고 나예가 말했다. 새벽에 반죽해 놓았던 것부터 차례로 오븐에 돌리고 있었다. 훈겸은 구워진 빵을 오븐에서 꺼냈다. 노릇하고 고소한 냄새가 나는 요구르트빵과 빵 위에 깨를 묻힌 요구르트깨빵이 나오자 제빵실에 고소한 향기가 가득 찼다. 나예는 일단 구워진 빵을 챙겨 들고 매장으로 나갔다. 매장에는 아침 일찍부터 손님들이 줄을 서서 기다리고 있었다.

"아직 문도 안 열었는데 벌써야?"

나예는 영미에게 놀란 시선을 돌리며 물었다. 영미는 얼마 전부터 매장 일손이 부족해 채용한 아르바이트생과 함께 영업 준비를 하고 있었다.

"응. 정신없어. 오늘 새 빵 나오는 날이라 기다리고 있는 것 같아."

가슴이 뿌듯해졌다. 나예는 제빵실로 들어가 새 빵을 또 가지고 나왔다. 몇 달 전, 자연 발효빵을 홍보하기 위해 매주 두 번씩 새로운 빵을 개발하거나 기존 빵을 자연 발효빵으로 바꾼 날은 손님들에게 무료로 새로운 빵을 나눠 주기 시작했었다. 그 방법이 효과가 있었는지 일단 빵을 먹어 본 손님들은 그 빵을 다시 찾는 횟수가 늘었다. 그리고 자연 발효빵으로 빵들을 서서히 바꿔 가자 이제는 매장에 있는 빵 절반 이상이 다 자연 발효빵으로 바뀌었다.

훈겸의 말은 사실로 증명되었다. 매장의 크기나 판매 방식보다도 고객들은 빵 맛을 더 중요하게 생각했다. 그리고 일단 자연 발효빵의 맛을 본 사람들은 특유의 부드러운 풍미를 또 맛보고 싶어 했다. 소화가 잘되고 위에 부담이 없다는 것 또한 큰 장점이었다.

"어서 오세요. 오늘 나온 요구르트빵 시식해 보세요."

빵집 문을 열 시간이 되자 손님들이 우르르 몰려들어 왔다. 새 빵이 나오는 날은 어김없이 시식 행사를 했다. 물론 평소에도 시식을 할 수 있도록 늘 빵을 많이 준비해 두었지만 새 빵이 나오는 날은 시식도 하고 빵을 무료로 나눠 주기도 해서 사람들이 평소의 두세 배는 많이 오곤 했다.

"빵이 정말 부드러워요."

"요구르트의 상큼한 맛이 느껴지는데요."

"오렌지 맛이 느껴져요. 잘 어울리는 것 같아요."

손님들은 빵을 먹으며 맛을 평가했다. 나예는 빵을 만들면서 손님들이 시식 행사 등을 통해 빵 맛에 대해 평가를 하는 말을 한마디도 놓치지 않았다. 그것은 훈겸이 가르쳐 준 것이었는데 손님들의 반응을 보고 바로 그 다음 반죽부터 배합비를 조절하기 위해서였다. 그렇게 하면 바로바로 빵 맛이 손님들의 평가에 따라 바뀌게 되고 그 반응이 훨씬 좋아졌다.

킹 과자점으로 빼앗겼던 손님들은 서서히 나예의 빵집으로 돌아왔다. 특히 주변 아파트에 사는 아이 엄마들의 입소문이 손님을 늘리는 데 큰 힘이 되었다. 웰빙 바람을 타고 자연 발효 빵이라는 아이템 자체가 아이들에게 안심하고 먹일 수 있는 빵이라는 인식이 커지면서 프랜차이즈 빵보다는 신선하고 좋은 유기농 재료로 만든 자연 발효빵이 더 좋다는 입소문이 퍼졌다. 덕분에 한 달 전쯤부터는 매출이 오랜 기간의 적자를 마감하고 흑자로 돌아서기 시작했다. 평소에도 손님들이 줄을 서지만 새로운 빵이 나오는 날은 거의 하루 종일 줄을 서서 빵을 사는 진풍경이 연출되었다.

"빵 나왔어요?"

나예는 제빵실로 들어가 훈겸에게 물었다. 이미 매장의 빵은 손님들이 물밀 듯이 밀려들어 오면서 바닥을 보이고 있었다.

"응. 거기. 손님들 반응은 어때?"

그는 정신없이 빠르게 빵을 만들어 내고 있었다. 반죽을 하는 현란한 손놀림이 정말 대단했다. 나예와 둘이서 매장의 빵을 다 커버하고 있는 상황이었지만 그는 힘들어하는 기색 없이 늘 많은 양의 빵을 만들어 냈다.

"좋아요. 오렌지필이 들어가니까 맛이 잘 어울린대요. 검은깨 있어요?"

"응."

"흰깨만 있으니까 검은깨 찾는 손님들이 있어요. 그리고 요구르트빵에는 견과류를 추가하면 더 맛있을 것 같다는데, 어때요? 괜찮을까요?"

"피칸 넣어 볼게. 잘 어울릴 것 같은데."

나예는 구워진 빵을 매장으로 가져갔다. 손님들은 여전히 매장에서 북적이며 빵을 사고 맛보고 있었다. 신제품뿐만이 아니라 기존의 제품들도 시식을 충분히 할 수 있도록 시식용으로 평소보다 더 많이 만들어 내고 있었다. 영미는 신이 나서 손님들에게 빵을 권하기도 하고 시식용 빵을 잘라 놓고 계산대를 왔다 갔다 하며 관리를 하고 있었다. 아르바이트생은 계산대에서 정신없이 계산을 하고 있었다.

"어? 아빠!"

나예는 빵을 더 가지러 제빵실로 들어가려다 마침 매장 안으로 들어서는 아버지 희석을 보고 반색을 했다. 영미 역시 희석을 보고 반가움에 달려가 인사를 했다.

"아저씨! 어서 오세요. 저희 매장 처음이시죠?"

희석은 놀란 눈으로 매장 안을 둘러보았다. 손님이 매장 밖에 줄을 서 있고 계산대에도 줄을 선 광경을 본 희석의 눈이 커다래졌다. 매장 안을 북적이며 돌아다니는 손님들을 보니 놀라움에 말을 하지 못하는 것 같았다.

"아빠! 오늘 저희 신제품 나오는 날이어서 좀 정신이 없어요. 제가 만든 빵, 드셔 보세요."

나예는 희석의 손을 잡고 새로 나온 요구르트빵을 하나 들고 권했다. 희석은 놀란 눈으로 매장을 다시 둘러보더니 빵을 한입 베어 먹었다.

"원래 이렇게 손님이 많은 거냐?"

"평소에는 이렇게까지 많진 않아요. 오늘은 신제품 나오는 날이라서. 아빠! 오신 김에 좀 도와주세요."

나예는 희석의 손을 끌고 제빵실로 들어갔다. 매번 신제품 나오는 날은 손님이 많았고 판매량도 점점 늘어 가고 있었지만 오늘은 특히나 더 많았다. 희석은 얼떨떨한 표정으로 제빵실에 들어서다 빵을 만들고 있는 훈겸을 발견하고 표정을 굳혔다.

"아버님 오셨어요?"

훈겸은 희석을 발견하자 웃음을 지으면서 인사를 했다. 희석은 인사를 받는 둥 마는 둥 하고 훈겸을 외면했다. 나예는 희석의 등을 밀어 훈겸 쪽으로 보냈다.

"아버님은 왜 여기로 모신 거야? 매장이 복잡해?"

훈겸이 의아하다는 얼굴로 물었다. 나예는 생긋 웃으며 대답했다.

"오늘 잭팟이에요. 손님들이 너무 많이 와서 빵이 부족할지도 모르겠어요. 아빠가 도와주실 거예요."

"뭐? 나보고 여기서 빵을 만들라는 거냐?"

희석이 어이가 없다는 얼굴로 물었다. 나예는 난처한 웃음을 지으며 빵을 챙겼다.

"어차피 아빠, 오전엔 내내 저희 정신없어서 아빠 심심하실 거예요. 좀 도와주세요."

나예는 매장으로 얼른 빵을 가져다주곤 다시 제빵실로 왔다. 희석은 손을 씻고 제빵 가운을 이미 입고 있었다. 나예는 요구르트 발효종이 모자라지 않는지 확인했다. 상황이 어떨지 몰라서 전날 예상했던 양의 1.5배 정도를 만들어 두어서 다행히 모자라지는 않을 것 같았다. 나예는 나머지 부재료들을 체크하고 부족한 것들을 거래상에 바로 주문했다

"자네, 날 오늘 오라고 한 이유가 있었군."

거래상에 전화를 하고 나서 정신없이 오븐에서 빵을 꺼내는데 희석이 불만스러운 목소리로 투덜거리는 소리가 들렸다.

"아버님 일 시키려고 그런 건 아니었는데. 나예가 만든 요구르트빵이 기가 막히게 맛있거든요. 그래서 그거 맛보시라고 오늘 오시라 한 거였어요. 진짜예요."

"맛은 있더군."

"아, 드셨어요?"

"오자마자 먹었지."

"나예 정말 대단하죠? 그거 몇 번이나 실패하면서도 계속하더니 결국 성공하더라고요."

두 남자가 나란히 서서 반죽을 하며 이야기를 나누는 모습은 꽤나 사이좋게 보였다. 나예는 내심 놀라며 빵을 다시 매장으로 가져갔다.

"얘, 훈겸 씨 무사하니?"

영미가 나예를 붙잡고 웃음기 어린 목소리로 물었다.

"응. 다행히도."

"아저씨가 몇 달 동안 문전박대했다면서. 그래도 좀 친해지긴 한 모양이네."

"내가 생각했던 것보다 더 친해진 것 같아."

나예는 부족한 빵의 종류를 체크하곤 다시 제빵실로 들어갔다.

"호밀빵하고 식빵, 모닝빵 거의 다 떨어져 가요."

"응."

나예가 말을 하자 훈겸은 바로 미리 준비해 놓은 반죽을 꺼내 성형을 하고 오븐에 넣었다.

"발효종을 몇 가지나 만든 건가?"

희석은 훈겸이 가져다준 발효종을 넣고 반죽을 하다가 문득 물었다.

"평소 주로 쓰는 것은 예닐곱 가지 정도 됩니다. 과일 발효종들은 그때그때 만들어서 쓰고요. 어차피 발효종은 오래 보관할 수 있는 것들이 아니니까 대부분 매일 만들어서 쓰죠. 그리고 발효종에 따라서 만들 수 있는 빵의 가짓수가 다르기 때문에 계속 연구를 하고 있습니다. 새로운 발효종이 있으면 매번 시도는 해 보죠. 하다 보면 더 좋은 게 나오기도 하니까요."

"흠. 그래."

"아버님, 오늘 제가 만든 빵도 여러 가지 맛보시죠. 오셨으니까 특별히 맛있게 만들어 드릴게요."

"됐네. 맛도 없는 빵, 뭐하러."

"레이즌브레드 한번 맛보실래요? 호두를 넣어서 고소한 맛이 일품인데. 아버님 호두 좋아하시잖아요."

"그래? 어디 한번 줘 봐."

나예는 훈겸이 막 나온 레이즌브레드를 하나 들고 희석에게 내미는 걸 보고 웃음을 참을 수가 없었다. 희석은 맛도 없는 빵은 뭐하러 먹느냐고 핀잔을 주던 것과는 달리 아주 맛있게 레이즌브레드를 먹고 있었다.

"어때요? 괜찮죠?"

"흠. 별로야. 건포도가 딱딱해."

"에이. 부드럽기만 한데요."

훈겸이 웃었다. 희석은 못마땅하다는 눈으로 훈겸을 흘겨보
더니 빵을 내려놓고 다시 반죽을 시작했다.

"아버님, 그러면 단호박빵은 어때요? 이거 한번 드셔 보세요."

"단호박 싫어해."

"이건 맛있어요. 단호박이 달콤하니까 설탕의 양을 줄이면
서도 달콤하고 맛있는 빵으로 만들 수 있거든요."

"설탕을 얼마나 넣었는데?"

"한번 드시고 맞혀 보세요."

"어디 줘 봐."

훈겸은 일을 정신없이 하면서도 끊임없이 희석에게 빵을 권
했다. 희석은 훈겸이 만든 빵 따위 절대 먹지 않겠다는 듯 단
호한 태도를 보였지만 훈겸이 몇 마디 하며 호기심을 자극하면
금세 빵을 먹곤 했다.

'정말 대단하네. 아빠를 전혀 어려워하지도 않고 마음대로
들었다 놨다 하잖아.'

나예는 훈겸의 기가 막힌 꼬임을 보고 혀를 내둘렀다. 희석
의 빵에 대한 호기심과 열정을 자극해 훈겸은 끊임없이 본인
이 만든 빵을 희석이 먹도록 유도하고 있었다. 결국 오전 내내
제빵실에서 빵을 만들던 희석은 훈겸이 만든 빵을 열 가지 이
상 맛보고 말았다. 오후에도 손님들은 물밀 듯이 밀려왔고, 오
후에도 내내 제빵실에서 일을 해야만 했던 희석은 어느새 일을
하며 훈겸과 자연 발효빵과 발효종에 대한 이야기를 나누고 있
었다.

"아버님 빵은 좀 독특한 맛이 나던데, 발효종만으로 그런 맛을 낸 건 아니죠? 뭘 쓰신 겁니까?"

"내가 그걸 왜 네놈한테 가르쳐 줘야 해?"

"궁금해서 여쭤 본 거예요. 누가 따라한대요?"

"흥."

"이 캄파뉴 한번 드셔 보세요."

훈겸은 어느새 또 녹을 듯이 웃으며 희석에게 자신이 만든 빵을 권하고 있었다. 나예는 웃음을 참으려 애쓰며 성형한 빵을 오븐에 넣었다. 희석은 캄파뉴를 맛보더니 맛이 괜찮은지 계속 먹었다.

"이건 무슨 발효종을 쓴 거지?"

"궁금하시죠? 제 질문에 답해 주시면 저도 알려 드리죠."

"이놈이!"

희석이 화를 내려고 하자 훈겸은 얼른 다른 빵을 들어 내밀었다.

"이건 똑같은 캄파뉴인데 부재료를 다르게 쓴 거예요. 비교해 보시면 재미있을 거예요."

희석은 화를 내려던 걸 잊고 빵을 또 먹었다. 곰곰이 맛을 보던 희석이 고개를 갸웃거렸다.

"호두로군. 그런데 발효종이 이것과 달라. 이건 그냥 이스트를 쓴 캄파뉴군. 그럼 저건…… 뭐지?"

"아버님 빵은 우리밀로 만든 건가요? 혹시 거기 쌀가루 같은 거 넣으신 거예요?"

희석은 화가 치미는 듯 훈겸을 노려보더니 빵을 탁 소리 나게 내려놓았다. 훈겸은 씩 웃더니 발효종을 가져다 희석에게 건네주었다.

"이건…… 무화과로군."

"네. 부드럽고 진한 맛을 낼 수 있죠. 아버님, 오늘 보신 발효종 중에서 마음에 드는 거 있으면 말씀하세요. 제가 레시피 드릴게요."

"됐어! 필요 없네!"

"아 참. 그럴 게 아니라 제가 만들어서 가져갈게요. 무화과 어떠세요? 내일 가져갈까요?"

"에이, 쇠심줄 같은 놈."

나예는 결국 웃음을 터뜨리고 말았다. 희석은 훈겸을 어떻게든 밀어내려 하고 있었지만 이미 그에게 마음이 기울어 있는 것 같았다. 나예는 기분 좋게 오후 내내 일을 할 수 있었다.

"아버님, 모처럼 오셨는데 고생만 시켜 드려서 죄송합니다."

저녁때가 다 되어서야 희석은 제빵실에서 풀려날 수 있었다. 나예는 매장에서 영미와 뒷정리를 하다가 옷을 갈아입고 나온 희석과 훈겸을 보고 반갑게 웃음 지었다. 희석은 매장을 둘러보곤 훈겸을 바라보았다.

"작정하고 날 부른 게지. 일손이 필요했던 게 아니라 네 녀석이 만든 빵을 먹이려고 부른 거 다 안다."

"아닙니다. 나예가 만든 빵도 드시고, 잘해 나가고 있는 모습 보여 드리고 싶어서 오시라고 한 거예요."

"입술에 침이나 바르고 말해. 오늘 네놈이 만든 빵을 열일곱 가지나 먹었다."

"그게 다 나예와 함께 연구해서 만든 거예요. 그러니까 나예가 만든 거나 마찬가지죠."

"흥."

희석은 매장 밖을 보고 길 건너편에 있는 킹 과자점에 시선을 주었다.

"저 킹 과자점은 언제 생긴 거냐?"

"아, 작년 11월에 생겼어요."

나예가 희석의 시선을 따라 밖을 보며 말했다. 희석은 한참 동안 킹 과자점 매장을 보다가 훈겸에게 시선을 돌렸다.

"저 킹 과자점은 자네와 아무 관련이 없는 건가?"

"제가 회사 지분을 갖고 있다는 것 외에는요."

"왜 이렇게 매장을 가까이 둔 거지? 저렇게 커다란 매장을 길 바로 건너편에 오픈했다는 건 좀 이상하군. 그리고 자네는 킹 과자점을 눈앞에 두고 이곳에서 아무렇지 않게 일을 했던 건가?"

훈겸이 얼른 대답을 하지 못하고 나예를 바라보았다. 나예는 그가 어디까지 말을 해야 할지 고민하고 있다는 걸 알았다. 나예는 희석에게 직접 대답했다.

"사실은 아빠, 훈겸 씨는 날 지켜 주려고 여기서 일을 했던 거예요."

"뭐?"

"킹 과자점에서 저 매장을 오픈한 뒤로, 우리 빵집은 계속 적자였어요. 물론 처음부터 말도 안 되는 싸움이었죠. 다른 곳에 빵집을 다시 오픈할 수도 있었는데 저한테 여긴…… 무엇과도 바꿀 수 없는 곳이잖아요. 아빠와 처음으로 빵을 만들고 우리 꿈을 키웠던 곳이었잖아요. 그래서 아빠가 행방불명된 뒤로도 전 이곳에서 빵집을 하고 있으면 언젠가 아빠가 돌아올지도 모른다고 생각했어요. 그래서 킹 과자점과의 싸움을 포기할 수 없었고요. 그래서 훈겸 씨가 도와준 거예요. 날 위해서."

희석은 충격을 받은 듯했다. 나예는 길 건너 킹 과자점을 바라보았다. 언제부터인가 나예의 빵집에 손님들이 줄을 서기 시작하자 동시에 킹 과자점은 한산해졌다. 거대한 매장을 유지하기 힘들 정도로 상황은 심각해졌다고 들었다. 손님들은 냉정하게 등을 돌렸다. 처음에 나예에게 그랬듯이, 이제 사람들은 킹 과자점에 등을 돌리고 있었다.

나예는 며칠 전, 인재가 찾아왔던 일을 떠올렸다.

*

밤늦게 마무리를 하고 가게를 나서는 나예 앞에 인재가 불쑥 나타났다. 훈겸이 파주에 가 있던 터라 혼자 문을 닫던 나예는 조금 놀랐다. 인재는 평소와 다르게 넥타이도 풀고 흐트러진 모습이었다. 술 냄새가 약간 나는 걸로 보아 어디서 술까지 마시고 온 모양이었다.

"무슨 일이시죠?"

나예는 경계하는 태도로 인재를 바라보았다. 그는 뚫어질 듯 나예를 노려보다가 성큼성큼 다가와 그녀의 손목을 잡았다.

"넌 항상 그랬지. 나에게 날을 세우고 쳐 내려고만 했어."

"이거 놓으세요! 취했어요?"

인재는 입술 한쪽을 비틀어 올렸다. 흐트러진 건 사실이었지만 취한 것 같진 않았다.

"그럴 리가. 지금까지 내가 뭘 하다 온 줄 알아? 전쟁이야. 난 항상 전쟁터에서 살아. 술 마시고 정신 놓을 정도로 바보 같은 짓 하다간 한순간에 목이 잘리지."

인재는 시니컬한 어조로 말했다. 그가 잡고 있는 손목이 아파 왔다. 나예는 눈살을 찌푸리며 그의 손을 다시 뿌리쳤다.

"용건, 말씀하세요."

"흥. 넌 항상 내게 차갑게 대해. 왜지? 훈겸이 그 자식에겐 그러지 않잖아. 그놈과 내가 다른 게 뭐야?"

"궁금하세요? 그럼 알려 드릴게요. 이사님은 절 마음대로 휘두르려 하지만 훈겸 씨는 제가 하고 싶은 걸 하게 해 줘요. 이사님은 제게 마음을 강요했지만 훈겸 씨는 진심으로 자기 마음을 내놓았어요. 이사님은 이사님이 갖고 있는 걸 단 한 가지도 포기하지 않았지만 훈겸 씨는 절 위해서 모든 걸 포기했어요. 이제 아시겠어요?"

인재는 허탈한 표정을 지었다. 잠시 말을 잇지 못하던 그가 한 발짝 뒤로 물러섰다.

"여긴…… 뭐가 다른 거지?"

그가 다시 물었다. 나예는 인재가 무엇을 묻는지 몰라 침묵을 지켰다.

"네 코딱지만 한 제과점이 킹 과자점과 무엇이 다르다고 사람들이 줄을 서는 거야?"

그가 무엇을 궁금해하는지 이해한 나예는 말을 골랐다. 인재는 차갑게 가라앉은 표정으로 나예를 노려보았다.

"모르시겠어요?"

"그래. 모르겠어. 처음부터 이건 말도 안 되는 게임이었다고. 위치도 매장도 킹 과자점이 훨씬 유리했어. 우린 사람들이 원하는 빵을 팔았고 대부분의 사람들이 만족했다고. 가격도 훨씬 쌌어. 훨씬 많은 빵을 싼 가격에 제공했지만 사람들은 떠났지. 볼것도 없고 하잘것없는 네 빵집으로!"

"이사님 말씀이 맞아요. 하지만 한 가지 이사님이 모르는 게 있어요."

인재의 눈에 핏발이 섰다. 나예는 숨을 크게 들이쉬곤 말을 이었다.

"제가 만든 빵이…… 더 맛있어요."

"뭐?"

"제가 만든 빵에 더 정성이 들어가 있어요. 오랜 시간 동안 숙성시킨 자연 발효종을 가지고 훨씬 오랜 시간을 들여 빵을 만들었어요. 싼 단가에 맞춘 재료가 아니라 정말 신선하고 좋은 재료로 엄마가 만드는 것처럼 정성껏 만들었거든요."

인재는 얻어맞은 것 같은 표정으로 멍하니 서 있었다. 그런 단순한 진리를 전혀 짐작도 하지 못했던 게 틀림없었다. 나예가 처음에 몰랐던 것처럼.

"이사님의 킹 과자점이 모든 면에서 제 빵집보다 유리한 위치에 있었던 건 사실이에요. 영업력도 자금력도 좋은데다가 인지도도 높고, 일정한 품질의 다양한 빵을 싼 가격에 제공할 수 있으니까요. 공룡처럼 거대한 대기업과 이런 조그만 동네 빵집이 경쟁을 한다는 것 자체가 말도 안 되는 일일 수도 있어요. 그렇지만 그 말도 안 되는 일이 가능할 수도 있죠. 빵이 더 맛있으면 말예요. 건강하고 정성이 담긴 좋은 맛이 바로 경쟁력이에요. 끊임없이 제품 개발을 하고 좋은 제품을 만들어 내는 게 바로 다른 점이에요."

인재는 한참을 아무 말도 하지 못했다. 씁쓸한 표정으로 나예를 보던 인재는 쓴웃음을 지으며 말했다.

"오늘이 마지막이야. 이제 널 보러 오는 일 없을 거다."

인재는 뒤도 돌아보지 않고 떠났다. 기분이 묘했다. 나예는 천천히 집으로 걸어오며 생각에 잠겼다. 인재가 한 말로 보아 이제 그녀를 두고 더 이상 힘겨루기를 하진 않을 모양이었다. 엘리베이터 앞에 서 있는데 뒤에서 훈겸이 나타났다.

"이제 들어가는 거야?"

나예는 미소 지으며 훈겸의 손을 잡고 엘리베이터에 탔다. 집 앞에 도착하자 그가 나예의 손을 놓는 대신에 잡아당겼다.

"표정이 좀 이상한데? 무슨 일 있었어?"

"훈겸 씨, 이제 독심술도 해요?"

"잠깐 얘기 좀 해."

훈겸은 나예를 데리고 집으로 들어갔다. 나예는 소파에 앉아 그가 건네주는 차를 마셨다.

"정인재 이사님이 찾아왔었어요."

"흐음. 그래?"

"무슨 일이 있었는지 평소보다 좀 흐트러져 보였어요. 아무래도 일 때문인 것 같던데."

훈겸은 고개를 끄덕였다.

"며칠 전에 주주총회 있었거든. 이번 분기 각 영업점 실적 검토하다가 서초점 실적이 다른 영업점과 너무 차이가 나서 주주들이 문제 제기를 했어. 사실 최근 몇 달간 우리 쪽이 잘되니까 상황이 반대로 바뀌었잖아. 영업 이익도 없는데 형이 점포를 계속 유지하겠다고 고집을 부렸나 봐. 게다가 서초점만 몇 달 전부터 제품 가격을 다운시켜서 상황이 더 심각해진 것 같아."

"아…… 그랬던 거예요?"

"아마 빠르면 다음 달 중으로 점포 정리 할 것 같아. 서초점에 대해서는 형이 좀 월권을 행사해서…… 주주들은 책임을 물어야 한다는 입장이고. 아무래도 입장이 난처하게 된 것 같아."

그래서 인재가 이상해 보였던 거였다. 나예는 고개를 끄덕였다.

킹 과자점이 영업점을 정리하게 된 것은 패배를 완전히 인정한다는 뜻이었다. 나예는 킹 과자점과의 싸움에서 이겼다.

"그랬군."

희석은 잠시 말없이 생각에 잠겼다. 나예는 훈겸과 마주 보곤 미소를 지었다.

"아버님, 시장하시죠? 저녁 같이 해요."

훈겸이 희석에게 말을 걸자 희석은 화들짝 놀라 고개를 들었다.

"이놈아. 네가 하루 종일 빵을 먹인 덕분에 배가 터질 것 같다. 집에나 갈란다."

"그러지 마시고 같이 식사하시고 나예 집에서 하룻밤 주무시고 가세요."

"새벽에 일하러 가야 하니까 가야겠다."

"그럼 모셔다 드릴게요."

훈겸은 나예와 함께 희석을 파주까지 차로 데려다주었다. 희석은 차 뒷좌석에 앉아 가는 내내 말없이 생각에 잠겨 있었다. 집에 도착하자 훈겸은 내려서 차 문을 열었다. 희석은 차에서 내려 집으로 들어가려다가 돌아섰다.

"내일 뵙겠습니다."

훈겸이 씩 웃으며 인사를 하자 희석은 잠시 훈겸을 바라보다가 입을 열었다.

"됐다. 이제 찾아오지 않아도 된다."

"예? 왜요?"

"너희 둘, 허락할 테니 이제 그만 귀찮게 해."

나예는 깜짝 놀랐다. 아버지가 정말 훈겸과의 교제를 허락할 줄은 몰랐다. 언젠가 마음을 돌리시겠지 생각하기는 했지만 막상 그 말을 듣고 보니 기뻐서 가슴이 울컥했다.

"아빠! 정말이에요?"

"그래."

나예는 희석에게 달려가 꼭 끌어안았다. 눈물이 나려고 했다. 희석은 무뚝뚝했지만 나예를 따뜻하게 안아 주었다.

"고맙습니다. 아버님, 실망하시지 않게 잘하겠습니다."

"당연하지. 우리 나예, 힘들게 하면 가만두지 않겠네."

"예. 고맙습니다."

훈겸이 고개를 꾸벅 숙이며 인사를 했다.

"이제 가거라. 나도 들어가야겠다."

"아버님, 그래도 내일 또 올게요. 저 매일 보다가 안 보면 서운하실 거 아니에요."

"하나도 안 서운해!"

"네. 무화과 발효종 갖고 올게요."

"흥."

희석은 돌아서서 집으로 들어갔다.

나예는 훈겸의 손을 잡고 미소 지었다. 그 역시 환하게 웃음 지었다. 서울로 돌아오면서 나예는 꿈속에 있는 듯 기분이 붕

떠 있었다.

"참. 그런데 오늘 저녁때 어디 가자고 하지 않았어요?"

서울에 거의 도착할 때쯤 나예는 문득 아침에 그가 했던 말이 떠올랐다. 그는 신호 대기를 하며 나예를 돌아보았다.

"응. 저녁 먹으러. 배고프지?"

그의 말을 듣고 나자 하루 종일 빵 조금 먹은 거 빼고는 아무것도 못 먹었다는 데 생각이 미쳤다.

"그러고 보니 오늘 바빠서 못 먹었네. 뭐 먹으러 갈까요?"

"예약해 뒀어."

그가 다시 운전을 했다. 그가 몇 달 동안 계속 아버지를 만나러 다니는 통에 제대로 데이트 한번을 못 했다. 그와 외식을 하는 것도 실로 오랜만의 일이라 나예는 기분이 좋았다. 그가 나예를 데리고 간 곳은 서울 외곽에 있는 한적한 레스토랑이었다.

"예쁘다. 이런 곳도 알아요?"

나예는 예쁘게 꾸며진 정원을 보고 감탄했다. 연못과 꽃으로 가득한 정원을 지나 유럽풍의 레스토랑 건물 앞에서 나예는 아름다운 경관을 감상하느라 정신이 없었다.

"나도 처음 와 봐. 나도 이런 건 처음이라…… 영미 씨한테 물어봤거든."

"이런 거? 뭐요?"

훈겸은 씩 웃으며 레스토랑의 문을 열고 나예의 등을 밀어 넣었다. 레스토랑 안은 어두웠다. 나예는 이게 뭔가 싶어 어리둥절한 얼굴로 안으로 들어섰다. 그들이 들어가자 환호성이 들리며 조명이 켜졌다. 은은한 조명 아래 드러난 내부는 꽃으로 예쁘게 꾸며져 있었다. 나예는 깜짝 놀라 아무 말도 할 수 없었다. 넓은 내부는 손님 하나 없었고 테이블도 몇 개를 제외하곤 없었다. 대신 내부는 꽃과 풍선 등으로 장식이 되어 있었고 바닥엔 꽃잎까지 뿌려져 있었다.

"어서 와!"

고개를 들어 보니 안쪽에 혁준과 영미가 손짓을 하며 나예를 부르고 있었다. 영미의 동생들과 영우도 와 있었다. 나예는 놀란 입을 다물 수가 없었다. 꽃잎을 밟고 안으로 들어가자 영미의 동생들과 영우가 나예에게 꽃다발을 주었다. 테이블 위에는 예쁜 케이크와 선물 상자가 놓여 있었다.

"이게 다 뭐예요?"

나예는 얼떨떨한 기분이 되어 물었다. 훈겸이 다가와 선물 상자를 나예에게 내밀었다.

"풀어 봐."

나예는 꽃다발을 내려놓고 선물 상자를 풀었다. 상자 안에는 붉은 벨벳 케이스가 들어 있었다.

"이건……."

훈겸이 케이스를 열었다. 나예는 숨을 멈추었다. 안에는 눈부시게 아름다운 목걸이가 들어 있었다.

"강나예, 나와 결혼해 줘. 평생 행복하게 해 줄게."

나예는 말을 잇지 못하고 훈겸을 올려다보았다. 저도 모르게 눈앞이 뿌옇게 변했다.

"나예야, 얼른 대답해."

영미가 옆에서 웃으며 채근했다. 동생들도 대답을 하라며 박수를 쳐 댔다. 나예는 눈을 깜박였다. 눈물이 흐르고 눈앞이 맑아졌다. 훈겸이 웃으며 나예를 바라보고 있었다.

"네."

나예가 나직한 목소리로 대답하자 모두 환호성을 지르며 박수를 쳤다. 훈겸은 환하게 웃으며 나예를 안아 주었다.

"나예 씨, 이것도 봐. 저 녀석, 어제 밤새 이거 만드느라 한숨도 못 잤어."

혁준이 나예에게 테이블 위의 케이크를 가리키며 말했다. 나예는 눈물을 채 닦지도 못한 채 테이블 위의 케이크를 보았다. 케이크에는 날아갈 듯한 나비 모양의 투명한 설탕 조각이 몇 개 올려져 있었다. 윤기가 흐르는 까만 초콜릿 무스 케이크. 나예는 말없이 케이크를 뚫어지게 보았다. 가슴이 두근거렸다. 케이크를 만들기 위해 그가 얼마나 시간과 공을 들였는지 알 것 같았다.

"고마워요."

가슴속은 온갖 말로 꽉 찼지만 겨우 나온 말은 고맙다는 말 한마디뿐이었다. 훈겸이 케이크를 한 조각 잘라 접시에 담아 주었다.

"먹어 봐. 이 케이크 이름이 '나예 케이크'야. 신제품인데 네 거니까 먼저 맛보라고."

케이크의 단면을 보니 속에 몇 가지 과일이 숨어 있었다. 진한 초콜릿의 맛과 상큼한 망고의 맛이 어우러진 유혹적인 맛이었다.

"맛있어요. 뭘 넣은 거예요? 향이 나는데."

"샴페인."

샴페인의 톡 쏘는 맛과 향이 배어 있어 몇 번을 먹어도 질리지 않는 맛이었다.

"나도 좀 먹어 보자. 어제 내 주방 빌려 줬는데 몇 번을 다시 만들면서도 나한테는 한 입도 안 주더라고."

혁준이 침을 꿀꺽 삼키면서 말했다. 훈겸은 나예의 목에 목걸이를 걸어 주곤 흡족한 듯 나예의 어깨를 잡고 그녀의 목을 내려다보았다.

"케이크 마음에 들어?"

그의 말에 나예는 고개를 끄덕였다. 케이크는 자꾸 먹고 싶어지는 중독성이 있는 맛이었다. 케이크를 한 입 더 먹는데 그가 웃으며 고개를 숙였다.

"나도 맛 좀 볼까?"

그의 입술이 닿자 나예는 조금 당황했지만 금세 눈을 감고 그의 입술을 느꼈다. 주변에 있던 사람들도 잊었다. 입 안을 감미롭게 채우는 초콜릿과 더욱 부드럽게 그녀의 입 안을 쓸어 오는 그의 혀에 정신이 아득해졌다.

"초콜릿이…… 이런 맛이 날 줄은 몰랐네."

그가 입술을 떼고 속삭였다. 나예는 화끈거리는 볼을 감싸며 시선을 내렸다. 그의 말이 무슨 의미인지 이해했기 때문이다.

"야, 이제 우린 가야겠다. 영미 씨, 여기 방은 없어? 저 두 사람, 방이 꼭 필요할 것 같은데. 아니면 침대라도."

혁준이 영미의 어깨를 감싸 안으며 걸쭉한 농담을 던졌지만 훈겸은 눈썹 하나 까딱하지 않았다.

"한 번 더 맛보고 싶어."

훈겸은 나예의 턱을 손가락으로 천천히 들어 올렸다. 나예는 떨리는 시선으로 그의 눈동자를 바라보았다. 그가 천천히 고개를 숙이며 속삭였다.

"사랑해."

그의 입술이 나예의 입술을 뜨겁게 눌렀다. 나예는 눈을 감고 고개를 들었다. 그와 함께할 뜨겁고도 행복할 날들을 상상하면서.

"밸런타인데이는 연인을 위한 날 아닌가? 그런데 왜 우리는 밤새 한숨도 못 자고 일해야만 하는 거지?"

"새삼스럽게 애처럼 떼를 쓰고 그래요."

"넌 내가 떼쓰는 걸로 보여? 오늘 같은 날은 우리 둘이 데이트도 하고……."

나예는 거품을 풍부하게 올린 머랭에 설탕과 거품 올린 노른자를 섞다가 혀를 찼다. 체에 내린 밀가루, 전분, 바닐라 가루를 넣고 반죽이 꺼지지 않도록 고루 섞었다. 훈겸은 주문받은 밸런타인 케이크 때문에 밤새 산더미 같은 케이크를 만들면서 투덜거리고 있었다.

나예는 비스퀴를 만들기 위해 기름종이를 깐 철판에 반죽을 고르게 폈다.

"오늘만 날이에요? 좀 한가해지면 해요."

"밸런타인데이는 오늘이잖아! 그러니까 내가 파티시에 더 채용해야 된다고 했지! 열 명도 부족해. 스무 명쯤 있어야 한다고."

"너무 많아도 힘들어요. 다른 건 맡겨도 케이크는 훈겸 씨가 직접 하고 싶어 하잖아요. 못 미더워서 맡기지도 못하면서 뭘 더 채용하래."

나예는 피식 웃으면서 말했다. 훈겸이 씩씩거리며 나예에게 다가왔다. 나예는 철판을 예열된 오븐에 넣고 돌아서다가 훈겸과 부딪쳤다.

"깜짝 놀랐잖아요. 왜 그렇게 바싹 다가오고 그래요? 무섭게."

나예는 웃으면서 뒤로 한 발짝 물러났다. 훈겸은 나예를 꼼짝 못하게 꽉 잡곤 거세게 키스했다. 몸을 꿈틀거렸지만 그의 센 완력을 당할 수는 없었다. 그는 정말 나예가 도망가기라도 할 듯이 꽉 끌어안고 입술을 눌러 댔다.

"꺄! 아파요! 도망 안 갈게 좀 놔요. 흡!"

나예가 고개를 도리질 쳐 겨우 입술을 떼고 소리치는데 그가 또 물어뜯듯 키스했다. 나예는 비명을 지르다 웃다 하며 그의 입술을 받아들였다. 제빵실은 예전처럼 좁지 않았기 때문에 나예가 몇 번 그를 뿌리치고 도망을 다녔더니 그는 아예 나예가 도망가지 못하도록 세게 붙잡고 키스를 했다.

나예가 얌전해지자 그의 손이 조금 부드러워졌다. 나예는 입술을 벌려 그의 혀를 빨았다. 뜨거운 숨결과 촉촉한 입술이 그녀의 온몸을 흥분에 휩싸이게 만들었다. 나예는 작게 신음 소리를 내며 그의 입술을 빨았다.

"아니, 이것들이! 일은 안 하고 또 붙어 있어!"

문소리가 난 것 같았다. 나예는 멍하니 훈겸에게 매달려 있다가 아버지 희석의 커다란 목소리에 깜짝 놀라 그에게서 떨어졌다. 훈겸은 태연하게 나예를 끌어당겨 한 번 더 입맞춤을 하곤 놓아주었다.

"아버님! 제 여자입니다. 질투하지 마시라고요."

훈겸의 말에 희석의 얼굴이 붉으락푸르락했다.

"이놈이! 내 딸이야!"

"압니다. 그러니까 들어오실 때 노크 좀 하고 들어오세요. 나예 놀라잖아요."

"뭐야! 내 빵집에서 나더러 노크를 하고 다니라는 게야!"

희석이 버럭 화를 냈다. 나예가 훈겸과 결혼을 하고 나서 희석은 파주의 빵집을 정리하고 서울로 올라와 나예와 훈겸과 함께 일을 하기 시작했다. 훈겸이 희석을 매일 찾아다니며 설득했기 때문이기도 했지만 희석은 나예와 함께 일하는 것을 무척 좋아했다.

"아 참! 그러네요. 그럼 아버님이 좀 이해하세요. 나예가 좀 예뻐야죠. 보기만 하면 달라붙고 싶은데 어쩌겠어요. 그냥 못 본 척하세요."

훈겸은 실실 웃으며 나예에게 정말 달라붙었다. 희석의 눈에 불이 났다. 나예는 얼른 훈겸을 밀어내고 헛기침을 했다.

"식빵 반죽은 다 된 거냐?"

희석은 재료 창고에서 부재료를 가지고 온 참이었다. 금세 일에 집중하는 희석을 보며 나예는 웃음을 지었다. 훈겸은 식빵 반죽을 꺼내 희석에게 내밀었다.

"아버님, 여긴 건포도보다 블루베리나 라즈베리를 넣는 게 더 맛있어요."

"됐다. 네가 만들면 되잖냐. 내 빵에 토 달지 마라."

"그럼 제가 만든 거랑 비교해 볼까요? 나예한테 맛보라고 하면 되잖아요."

"흥. 그러든지. 네가 지면 오늘 주문 들어온 케이크 다 만들어라."

"좋습니다. 아버님이 지면 저 나예랑 오늘 데이트하러 나갑니다."

두 남자는 여느 때처럼 티격태격하다가 또 말도 안 되는 내기를 시작했다. 나예는 혀를 차며 오븐을 열어 구워진 비스퀴를 꺼내 식혔다. 두 사람이 하던 일을 팽개치고 빵을 만들기 시작했기 때문에 나예는 제빵실과 이어진 또 다른 제빵실로 들어갔다. 나예의 웰빙 트렌드를 내세운 빵이 날개 돋친 듯 팔려 나가기 시작하자 매장을 좀 더 넓히고 제빵실도 더 넓히기로 했다. 그래서 건물 한 층 전체를 매장으로 리모델링하고, 제빵실은 2층 전체로 넓혔다. 그리고 함께 일할 파티시에도 더 채용해 지금은 10여 명의 파티시에와 함께 일을 하고 있었다.

"오늘 주문받은 케이크 다 커버할 수 있겠어요?"

나예는 공들여 케이크를 만들고 있는 파티시에에게 다가가
물었다. 그는 한숨을 쉬더니 나예의 말에 대답했다.

　"정훈겸 실장님이 다시 하라고 하지만 않으신다면요. 어제
만든 거, 마음에 안 든다고 다 다시 하라고 하셔서 지금 다시
하고 있거든요."

　"알겠어요. 어쩔 수 없어요. 훈겸 씨 성격 알잖아요. 어제 것
은 할 수 없어요."

　나예는 다시 훈겸과 희석이 있는 제빵실로 들어갔다. 그들
은 여전히 티격태격하고 있었다.

　"아버님, 이번에 새로 만든 빵 이름 말입니다. '시골빵'은 좀
아닌 것 같아요. 너무 촌스럽잖아요."

　"시골빵처럼 향수를 불러일으키는 맛이니까 그렇게 지었지.
우리말이 훨씬 좋은데 꼬부랑 말 갖다 붙이는 게 더 이상하다
고!"

　나예는 또 혀를 찼다. 못 말릴 사람들이었다.

　"이젠 하다 하다 빵 이름 갖고도 싸워요? 그만 좀 하세요."

　나예가 끼어들자 두 사람은 나예에게 시선을 돌렸다. 훈겸
이 오븐에서 빵을 꺼내더니 나예의 손을 잡고 끌어당겼다.

　"자, 먹어 봐. 어떤 게 더 맛있는지 공정하게 평가해 줘야
해."

　"어휴, 정말 이런 내기를 꼭 해야겠어요?"

　"우리 데이트가 달려 있어. 정말 공정하게 맛봐야 해."

　나예는 훈겸의 간절한 표정에 웃음이 나올 것 같았다. 어쨌

든 나예가 맛을 보기 전까지는 두 남자 모두 일을 하지 않을 것 같아 나예는 빵을 살짝 뜯어 맛을 보았다. 블루베리를 넣은 빵도 건포도를 넣은 빵도 맛있었다. 나예는 신중하게 생각을 하다 입을 열었다.

"건포도가 더 맛있어요."

"그렇지!"

희석이 아이처럼 환호성을 질렀다. 나예는 속으로 웃으며 구워진 빵을 챙겼다.

"강나예! 너 솔직히 말해 봐. 아버님 편 들어준 거지, 응? 이게 더 맛있는데!"

훈겸이 나예를 붙잡고 늘어졌다. 나예는 웃으며 그의 손을 풀어냈다.

"건포도가 더 어울려요. 블루베리는 쌀빵에 한번 넣어 봐요."

"야, 우리 오늘 데이트도 못 한다고. 케이크 다 만들어야 해."

"훈겸 씨가 사랑하는 케이크라고요. 정신 차려요."

"난 케이크보다 강나예를 더 사랑한다고."

훈겸이 나예의 허리를 뒤에서 끌어안았다. 희석이 보든 말든 그는 아무 거리낌이 없었다.

"그렇게 금슬이 좋으면서 왜 아이 소식은 없는 게냐?"

포기한 듯 희석은 반죽을 하며 한마디 던졌다. 나예는 훈겸을 허리에 달고 작업대를 치우다가 그의 손이 슬금슬금 가슴 쪽으로 올라오자 호되게 손을 쳐 냈다.

"나예가 기능올림픽 메달 따야 아이를 갖겠답니다."

결혼할 때부터 나예는 국제 대회를 비롯해 도전하고 싶은 것들을 정해 두고 그걸 다 이룬 뒤에야 아이를 갖겠다고 못을 박아 두었다. 그녀의 나이가 아직은 어리기도 했고 아이를 갖게 되면 아무래도 일을 하기 힘들 것 같아서였는데 다행히 훈겸은 그녀를 이해해 주었다.

"쯧쯧. 아주 꽉 잡혀서 사는구나."

"전 그게 좋은데요."

"팔불출 같은 놈."

훈겸은 희석의 핀잔에도 실실 웃으며 다시 희석에게 다가가 제가 만든 블루베리빵을 내밀었다.

"아버님, 드셔 보세요. 진짜 맛있다니까요?"

"이놈아! 나예가 내 빵이 더 맛있다고 했어!"

두 남자는 또 티격태격하기 시작했다. 나예는 웃으며 힘차게 밀가루 반죽을 시작했다.

《파티시엘 강나예》 끝